最后的幽默论丛

奥斯卡·王尔德的叛逆叙事

OSCAR
WILDE

杨子莹　著

延吉·延边大学出版社

Oscar Wilde

图书在版编目（CIP）数据

奥斯卡·王尔德的叛逆叙事 / 杨子莹著 . — 延吉 : 延边大学出版社 , 2023.8
（最后的幽默论丛 / 赵沛林主编 ; 1）
ISBN 978-7-230-05395-2

Ⅰ . ①奥… Ⅱ . ①杨… Ⅲ . ①王尔德 (Wilde, Oscar 1856-1900)—文学研究 Ⅳ . ① I561.064

中国国家版本馆 CIP 数据核字 (2023) 第 157769 号

奥斯卡·王尔德的叛逆叙事 / 最后的幽默论丛

著　　者：杨子莹
责任编辑：杨　明
封面设计：姬　玲
出版发行：延边大学出版社
社　　址：吉林省延吉市公园路 977 号　　**邮　　编**：133002
网　　址：http://www.ydcbs.com　　**E-mail**：ydcbs@ydcbs.com
电　　话：0433-2732435　　**传　　真**：0433-2732434
印　　刷：三河市嵩川印刷有限公司
开　　本：787 毫米 ×1092 毫米　1/16
印　　张：21.25
字　　数：286 千字
版　　次：2023 年 8 月第 1 版
印　　次：2024 年 1 月第 1 次印刷
书　　号：ISBN 978-7-230-05395-2

定　　价：98.00 元

最后的幽默论丛

总　序

只要给定适当的条件，我们的世界原是无处不幽默的，正如无论什么东西都可以放到哈哈镜面前。本论丛选择19世纪至20世纪上半叶六位幽默艺术大师，以为最后的幽默之代表，却并非仅以通常的幽默概念看待之——此处之“幽默”实为至广意义的用法。

这种出自朴素情怀的人类幽默文化由来久远，它始自原始时代，原始神话、传说、故事、寓言等原已包含有原始幽默元素，而古代社会以降的古典幽默和近现代幽默，至今遗存最多，成就最高，它为经典文化敷陈了一层健朗、明快、天然、朴实的色彩，集中了悠久的民间乐观精神和美感追求，凝聚着人类想象、情感与智慧的精华，也体现着历代作家艺术家们高超的审美创造力。

迄至20世纪上半叶黑色幽默兴起之时，古典幽默已渐次消歇，且常为现代幽默或黑色幽默所取代，形成了古典幽默与现代幽默貌合神离的局面。故此，本丛书的内容设计是总结黑色幽默兴起之前，特别是在19世纪里，在世界范围内取得最高幽默文学成就的大师们的文学创作，对他们创造的幽默文学胜境做出力所能及的阐发和评判。

我们之所以从广义幽默的角度论述所选幽默大师的艺术成就，是把他们看作人类在相对朴素而自由的心灵生活的时代所创造的艺术之美的代表者，把他们看作发扬人类幽默精神并以之积极干预人生、干预现实的文学勇士。我们相信，他们的美学创造和幽默精神是不朽的，也是可望获得越来越高的读者评价的。

下面自报家门，谈谈与广义的幽默概念，与幽默文学之形态转变相关联的若干问题。

首先是核心概念。此处“幽默”的广义之广，超过先前国内外通常定义。如果将幽默理解为一种特殊的笑，一种会心的、机智的、讨巧的、新奇的、善意的、别具新意的笑，那么从久远的古代到不久前的 19、20 世纪之交，便是幽默的自然而普遍的生长期。彼时人与自然、人与自身的关系具有普遍的直接交往（不必经过复杂的中介）与相对和谐（更少内在冲突）的性质，人类尚存相对朴素的生活理想、乐观的人生态度和心智的游戏趣味，并以此普遍心态为基础，创作审美的文学艺术。土壤决定作物。我们将生长于斯的文学——普遍具有明晰的形式、朴素的情感和乐观的精神，也普遍带有幽默的神态和韵致，给人以从容情绪、理性濡染、审美感动（特别是由衷喜欢的美感与身心自由的快感）的文学，视为“幽默文学”，而将那时代视为“幽默时代”。本丛书就是在这个意义上被命名的，恳望读者切勿误解。

其次，关于幽默文学的生长。很显然，过于辛苦的原始时代和过于紧张的后现代皆与此广义的幽默相抵触，因为在原始时代，幽默的必要条件尚未具备，人的本质尚未成熟：在后现代，幽默的必要条件已遭破坏，人的本质已被严重地置换为物的本质。其实早在 19 世纪的中后期，西方的幽默艺术已因含有冷峻、尖刻、愤懑、苦恼、批判，显出转向黑色幽默的趋向，种种迹象表明，它已是最后的幽默。

至于为何来到 19 世纪末叶幽默便呈现出最后的形态，原因仍出自社会形态的演变。

从身世背景上看，幽默文学几乎在所有古老民族中都有长久的流传演变。当原始神话传说在原始部落解体时代受到世俗歌手的故事性改编之后，众神便逐渐脱去了至尊的外衣，开始了常被世人揶揄的历史（其后是帝王将相、权贵财阀直至普通人士成为幽默讽刺对象的下行过程）。古埃及的创世神拉在年老体衰之际，遭到女神伊西斯的法术攻击，那种痛苦不堪、死命抵抗、虚张声势而又颟顸失态的模样就不免给人幽默的印象；古巴比伦神话中的恩利尔大神起初发作洪水剿灭人类，后来又在众神的指责中心生反悔，于是帮助人类避入方舟，其中也不无幽默之趣；在北欧的神话中，雷神托尔多次以伪装骗过对手，在戏弄对手的同时征服对手，更是充满了幽默的精神；至于希腊神话中的幽默，如被女神瑞亚欺骗的克洛诺斯误把石头当成宙斯吞噬下去，结果被宙斯诸兄弟所推翻的神话，荷马笔下的忒耳西忒斯被俄底修斯痛殴（事见荷马史诗《伊利亚特》第二章），引得众将大笑的传说，以及奥林匹斯山上众神戏弄火神赫淮斯托斯的情景等，都充满了幽默意味。

在古希腊，对幽默及一切引人发笑者的研究可追溯到柏拉图和亚里士多德；在古罗马，尽管世风不苟言笑，但也不乏幽默讽刺之作，其中尤以贺拉斯和朱文纳尔的讽刺诗、琉善的幽默讽刺散文和阿普列尤斯的喜剧性小说为最著名。

在中世纪，宗教生活固然虔诚有加，道貌岸然，幽默诙谐被认为不可取。但在下层社会的讽刺叙事诗和民间歌谣俚曲中，却保留着幽默文学的丰饶成果。特别是在中世纪后期的城市文学中，由于民智初开，身受王权和贵族压迫以及教会僧侣的虚伪欺诈的市民便以各种幽默讽刺的创作做出反抗，人们利用故事、讽刺诗、歌谣俚曲、寓言等形式对其加以描摹和戏谑，直至无情的讽刺和抨击。

在中世纪后期的文艺复兴运动中，除了民间文学中的各种幽默讽刺故事，以及针砭世风的表演艺术之外，薄伽丘、拉伯雷、塞万提斯的小说、本·琼生、莎士比亚、维加等的戏剧等，把幽默文学的发展推到了登峰造极的境界。

从那以后的整个近现代时期，大批作家戏剧家的幽默创作遍及欧美各国，促成了幽默文学的繁荣鼎盛。在各个领域社会进步的推动下，幽默文学异军突起，一时竟有燎原之势。英国有德莱顿、斯威夫特、菲尔丁、斯摩莱特、狄更斯、萧伯纳、王尔德、萨基等，法国有莫里哀、伏尔泰、勒萨日、莫泊桑等，意大利有哥尔多尼、浦尔契等，德国有克莱斯特、霍夫曼等，俄国有果戈理、契诃夫等，美国有爱伦·坡、欧·亨利、马克·吐温等。总之，不但在欧美各国，即便在东方各国，特别是在中国、印度、日本等文化大国，自进入近现代社会后，也都在古老的幽默文化传统的基础上，涌现出许多近现代幽默作家，获得过崇高的世界声誉。

在中国，传统的诙谐和滑稽在原始文学，即神话中便已初露端倪，到了战国以后则日益普及，至汉有司马氏所记滑稽者传，至宋元明时则幽默文字日趋繁荣。在各种先秦神话故事中，混沌开窍而死，刑天舞干戚，河伯状告后羿，嫦娥变蟾蜍，夸父逐日，钟馗捉鬼等，不仅具有历史生活痕迹，而且将许多可笑而有教谕作用的现象诉诸高超的故事形式。尽管一般说来神话总是严肃的，但就连女娲造人时抟土为贵人，甩泥为贱人，也不无幽默想象。可见华夏民族很早就已见出幽默诙谐之魅力。其后的世代，从诸子百家到尊为正统的早期儒学诸家，皆善于以幽默入于思考和教化，从孔子、庄子到淳于髡、东方朔等，从魏晋名士到唐宋文豪，从明清作家（特别是吴敬梓等）到近代的鲁迅、林语堂和老舍等，都是幽默创作的大家，而他们的创作又无不以丰赡的民间幽默诙谐为文化土壤。

除了时间的维度，幽默文化的生长还和空间密不可分。幽默文化具有不同的类型特征与民族特征，充当着不同的文化符码。例如，幽默的品秩会同时出现在不同群体中——过低则流于粗野油滑，失掉品位，过高则曲高和寡，费解失谐；各民族又因文明发展水平的高低而现出丰歉不一，欧美地区多幽默，亚非拉美则少之，以至于幽默之考量庶可充当进退的标杆、文明的尺度。仅以这里所选的作家为例，提到马克·吐温，我们便看到雄阔的密西西比河，看到顺流而下的小木筏，看到鬼精灵的少年和做着白日梦的幻想家；想起老舍，我们就听到嘈杂的人声，说着一口京腔，过着老百姓的灰暗日子；说起狄更斯，那些充斥现代大都市（伦敦）的芸芸众生便一齐向你拥过来，每个人都夸夸其谈，神气活现；遇到阿莱汉姆，他会给你开一扇门，里面满是犹太人的家庭生活、民族生活，不时显出幽默的自嘲与悖论；还有果戈理，他总是邀你读他的小说，看他的喜剧，藉此把俄罗斯人的民族劣根性和悲怆史诗推送给你；至于那位招摇过市的王尔德，举止放任、妙语连珠，既招人恨又惹人妒，则在审美的冲突中直抒洞见，幽默地揭发文明的悖论。他们大多出自欧美国家地区，可见幽默文化的发展演变，不仅与历史范畴的发展状况直接相关，而且与地域空间密不可分。

再次，我们的研究动机。说实话，就中国文化传统来说，幽默、讽刺以及与之密切相关的写实，确实是一个社会症结性的问题。且不论历朝历代因言获罪者比比皆是，即便在今天，我们仍然见到，许多人为了仕途晋身的需要，常常摆出一副正统的模样，不苟言笑，以正视听。但是到了私底下，便换了嬉笑怒骂，用笑声宣泄郁闷，自我解嘲（即到厕所里放个响屁）。可见在中国，关于什么时代和形势下才有幽默，自发还是自觉地表达幽默，人们犹在徘徊。总之，在传统的儒家文化和当代的正统意识的笼罩下，幽默问题说大不大，说小不小，实与社会乃至人生有大利害。

回顾 19 至 20 世纪上半叶幽默文学的盛况，人们不禁要问，为什么西方的幽默文学早已被一代幽默大师推上过巅峰，而中国作家们还在为幽默的存废而争讼纷纭？为什么像果戈理、狄更斯、马克·吐温、王尔德、肖洛姆·阿莱汉姆、老舍等人会以庞大的阵容出现在这同一时代？为什么他们不约而同地以幽默作为自己屹立于现代世界文学之林的风格标志？以及，为什么在他们所代表的幽默文学的鼎盛期过后，幽默文学的经典形态会迅速衰落，而代之以黑色幽默文学？

我们的理解是，每一次社会形态的重大转折，都会冲击到与人类利害相关的传统文化，此时也必然会激起有志于捍卫优秀文化的作家们的强烈反应，从而在自己的创作中保卫优秀文化、遏制现实罪恶，从而以幽默和讽刺的文笔摹绘人间，指斥现实。但是随着资本这个魔鬼的坐大，世风日下，人性窳败，超现实的力量日益控制了人类命运。于是20世纪以降，传统幽默式微，传统文学的叙事描写方式被弃——如景物描写（反映朴素社会中人与自然的亲情），心理描写（对人的全面描写与关怀），情节描写（对故事的兴致与欢愉）等，幽默情调与道德、理性、普遍美感一道遭到了冷遇，后现代主义文学则异军突起，异趣而行——现代社会的数字化、信息化、智能化造成了更加深刻的异化，反人格、反理性及其灾难性的后果——人性冷寂，不仅造成了普遍的社会苦闷，而且导致了文学的浮躁和丑化。

同时，与幽默文学相反的倾向，如反幽默、黑色幽默、荒诞、乏味、野蛮、物性化、苦恼与绝望等涌入文学，文学也许更形深刻，但却无法感人，其变化不但遮蔽了艺术美感的朗日，而且将人类推入更深重的苦闷之渊。这对于人类的优秀文化传统，对于人自身的丰富性、健全性、人生价值乃至人生趣味，都是极大的打击和破坏。这一现象从文化的角度有力证明了现代高技术社会和汹涌到来的大资本经济使人与自然、人与自身的关系发生了严重的畸变，使社会陷入了非理性、非人性、非和谐的境地。试问，如果你深陷现代危机的重重包围之中，如果你坐在达摩克利斯的座位上，你还能幽默吗？

由此可见，广义幽默文学的终结是以历史变迁为首要条件的，幽默文学与自然经济为基础的社会形态之间具有相互依存的关联，自然经济形态下由于人们的生活方式接近自然，人亦高度自然化，因此其文化表现易于采用感性的形式，这就为审美趣味的丰富化提供了条件，而自然方式的生活节奏、从容的心态以及人与人之间的天然联系（尽管差强人意）也促使人们乐于采用和接受幽默方式的交往，从中可见幽默与自然的、乐观的宇宙观之间存在必然的依存关系。

最后，为了说明幽默文学的生存基础和条件，也为了向幽默文学致敬，我们不妨将幽默文学的内在特性与生存环境（或称幽默文学的特性和价值所在）胪列如下：

其一，自由。无论文学之内或之外的幽默，都需要一种相对自由的环境和背景，使幽默的主体（施者与受者）得以在愉悦和乐观情绪中发生幽默交际，以保障幽默的情感和魅力。简单地说，自由是创造的前提，而幽默依靠着创造，所以自由不仅是幽默灵感的来源，而且是其固有品质。何况，幽默作为一种异于常规或忤逆正统的表达方式，常具有一定的颠覆性和冒犯性，这就需要幽默主体具备宽容的胸襟和自由的心态。正是在这个意义上，我们认为，幽默于艺术有重大的干系。凡是伟大的艺术，都有某种程度的幽默或讽喻，因为都是某种程度的自由表现。

其二，逻辑。幽默具有特定的形式结构，通过各种富于技巧的逻辑和含蓄微妙的意蕴引发会意的微笑，从而显出有别于其他表达方式的特定风格。在幽默活动中，交际者均会感受到一种异于常规的、巧智的指涉关联（这种关联类似思维的“短路”），从而使交际者获致某种发现的快感，甚至获致趣味和美感上的满足。这种逻辑的力量带给幽默的魅力，往往出自对于不合时宜的揶揄和讽喻。例如，落后于时代者，固然引人发笑；超越时代者，何尝不暴露出幼稚可笑，成为幽默讽刺的对象？

作为塞万提斯的读者，我们深切感到，在我们这一代，人人都曾是堂吉诃德，因为我们经常陷入严重的历史错觉。例如，明明想入此门，却偏偏进入彼门；明明落后于时代却不自知，明明超越于时代却自认为有理；自觉和非自觉，可笑和可悲，喜剧性和悲剧性，常常造就幽默讽刺的对象。

由于与事实相乖违，所以畸形和片面之物常是幽默讽刺的又一对象。例如，对经济社会的过度强调，对精神生产力的漠视，对制度文化的忽略，对功利主义的痴迷等，都会成为幽默文学的靶子。至于无数语言超越现实、幻想支配理性、迷信取代科学、人为扭转历史规律等有违逻辑以致遭到规律的无情打击的历史教训，更是幽默讽刺的用武之地。

其三，价值取向。幽默地看待事物，往往是人应对世事时聪明和有利的角度，因为实践证明，幽默对于人的身心健康和移风易俗均有积极的作用。幽默往往和讽刺相结合，对虚伪和荒谬的事物加以揭露和颠覆，同时揭示事物的真相和本质。而且正是在幽默的笑声中，人们才更能见出虚假面纱后面的可笑和愚蠢，使幽默主体感受到发现的愉悦。所以，幽默文学的文化变革作用有时是极为深远的。以塞万提斯的《堂吉诃德》来说，其颠覆骑士文学的意义与警示空想社会主义的意义（讽喻落后和超前于时代）同样巨大，堪称对时代巨大迷误的寓言式描写，它告诉人们，时代有多大的历史迷误，文学往往就有多大的幽默讽刺和寓言化，直到把历史的迷误彻底廓清为止。

其四，达观。幽默的一个重要条件，是乐观和达观精神。人生固然充满痛苦乃至悲剧性，但幽默却不失为人生愉悦的标志。在乐观精神笼盖下，幽默的主体既有对现状或俗见的不满，又有出于智识的优势，于是才以智慧发出幽默的笑噱、讽刺、调侃甚至指责。当然，人们在表达幽默时，又因处境和心境的不同，特别是社会立场的不同，而有方式与内涵乃至风格的区别。20世纪鲁迅与林语堂的“幽默”之争，就表明幽默是强烈反映理想趣味和伦理态度乃至政治立场的，是活生生的意志表达，也是折射着各种社会势力之间的冲突的。另一方面，欲求达观，先要从容，进退有据，成败在握，要有实现达观的能力和条件。当年的鲁林之争便表明，幽默须在从容雍容宽容的社会历史条件下才能生存。因当时中国社会尚不具备充足的此类条件，但外来影响已十分强大，故而林语堂、梁实秋、周作人等倡导幽默，实属应和此外来影响而推动内在变革的努力所在，而鲁迅的不以为然却在表达现实愤懑的同时，暴露了器量的狭促。

其五，亲和力。幽默作为交际方式，除了会赋予个体以人格魅力，还在个体之间和社会内外经常发挥协调作用。众所周知，爱与恨、恩与仇是对立统一的。幽默则与紧张相对立统一，有紧张的地方就难有幽默。因为在某种意义上或某种状态中，幽默常与人所受的压力相关，并成为宣泄压力、破解压力，甚至成为反抗严肃而巨大的威胁的一种方式。一方面，幽默可以使人们消除疲劳困顿、增进相互默契、加深友情、创造快乐、陶冶趣味（特别是在教学中）、提升自信和乐观、增进健康和活力，使生活对人来说变得更加适宜。另一方面，幽默对于克服生活中的挫折、压力、困境等否定性因素以及由此引起的消极心态，具有显著的效力，幽默的受益者毕竟首先是幽默者自己。

其六，审美性。幽默常出自睿智哲思和艺术技巧。特别是幽默文学的创作，既要充满幽默的快感，又要发扬文学的启示功能，为读者奉上艺术真实与审美享受，所以幽默文学属于较高级的创作活动，需要调动包括各种修辞手段的叙事方法，赋予表达以别致的意蕴，以造成别开生面而意味隽永的高超幽默效果，这是一个千殊万类、不胜枚举的技巧领域，但只要回顾我们每个人都曾经历过的为高超的幽默描写击节赞叹的情形就不难理解。而且，这种高超的幽默艺术既需要先天条件，又往往有赖于生活的赐予。

其七，生理性。试想，人类如果全然没有幽默，笑只是一种生物学意义上的舒适或兴奋的结果，那么，人的生活将是什么状况？毫无疑问，人就会变成普通动物，人生也失去了最根本、最值得占有的一类生理过程。一切生活中值得玩味、乐于享有的趣味，特别是精神的、智力的、美好的趣味都会消失殆尽，只剩下务实的、唯物的、锱铢必较的、功利至上的算计和倾轧，其结果只能是，人失去了心情的营养和活力，变得枯燥乏味、厌弃绝望。所以，幽默，不仅是人与人之间，更是人与自身之间的交流与自洽，是人的生命不可或缺的快乐快感的源泉，是人的文明果实。

其八，幽默的启蒙性。高超的幽默活动不仅促使个体的觉醒和喜悦，而且具有颠覆虚假常识、清除文化糟粕、改造思维方式的功用。

试想如果没有果戈理的幽默，旧俄社会的农奴主和官僚组织的各种丑恶和弊端怎能以可笑可悲的面目受到良知的审判？如果没有马克·吐温的幽默，多少奴隶迫害、拜金梦想、虚伪教化、竞选丑态和帝国行径得以堂而皇之地蒙蔽世人的视听？如果没有肖洛姆·阿莱汉姆的幽默，犹太民族的病态心理和行为将延续多少时日？当然，如果这些作家们从无如此幽默的艺术创造，他们如何能够得到世人的喜爱和敬重？可见他们的幽默不啻一种黏合剂，使他们能够一改正统说教的面孔，换上为人们喜闻乐见的笑貌，带来他们和人们亲密无间的相互理解和情感融洽。说到底，这就是寓教于乐的具体实践！

其九，爱与恨的统一，或曰，幽默的人性化。幽默须迎合普遍的受众和社会形势。幽默的文化特征与时代特征相呼应，才能获得优异的效果。在具体的方面，幽默艺术甚至可以说是场合的艺术，其寓意深远而锋利的笑的力量足以产生巨大的威力。即便那些轻松喜庆的幽默，要具有持久的魅力，也往往要与人的本性、诸如食色等发生关系，尽管这些本性也常与滑稽调侃相结合。当然，幽默的分寸和实质是重要的价值标准。不适度的幽默会破坏幽默的效果，而徒有幽默之表并无幽默之实，或讨巧取媚卖弄聪明的幽默更谈不上幽默的价值。从人的发展的意义上说，幽默又是与民族进步、文化昌明相互联系的。人们常常见到，民智未开、民识未逮的地方，其人就不懂幽默或少有幽默，其中体现着人群、民族乃至国家的差异性和时代的差异性。

从更广的意义看，幽默的特征之一是善，善意，出自善心或爱意（没有爱这副作料，幽默便失去了魅力，甚至引起他人的憎意）。首先是致人快乐之心，化解对抗之意，其次是讽喻缺欠，皆为利他之处，很少伤人之处。故此，幽默就和爱最为关切。如果每说一句话，每写一个字，都出自爱，就会费心给听者和读者带来快乐，也就自然而然地创造了幽默。惟因有爱，幽默者才格外用心地予人以爱，或令人解颐，或除人窘困，或着意于讽谏，等等。

人类的进步、发展，人类的一切福祉，端赖人类之爱，由爱而驱动生命，以生命而铸造福祉，此中大义弥足珍贵。但世人之昧，富贵之贪，豪强之恶，皆荼毒戕害之，世风也就遭到败坏。所以，幽默的笑，往往具有民主主义的性质和力量——它把博大的爱奉献于被侮辱与被损害者，同时把一切德不配位的高贵者拉下来，把他们的画皮与伪装剥掉，还他们以丑恶的真面目。从这个庄重的方面看，幽默的最大力量是拆解文明以来的一切可笑建筑，是将正襟危坐者从高位上拉下来，是破坏和建设的同时进行，是把困厄变成顺遂，是人的解放。

其十，幽默中的辩证法。如主观无幽默却客观有幽默，以及主观有幽默而客观无幽默，很显然，前者是一种妙境，而后者则是一种失败；再如，庄中有谐，谐中寓庄，若以表面判断，很难切中肯綮。说到这一节，我们便不免想到，整个人类历史进程的庄与谐、悲剧与喜剧，以及政治家与哲学家、科学家的不同妆容（柏拉图是否想过也未可知），政治家的妆容通常总是庄严伟岸甚至威严可畏的，不若哲学家科学家的谦恭寒酸相，但是在上帝的眼中，前者却是十足可笑的历史幽默罢了。人们只见尘世间的纷纷扰扰争权夺利，谁听到骨灰堂里轻轻叹息窃窃私笑。

唠叨至此，想以两位幽默大师——王尔德和马克·吐温为例，做个结语。

一个是战败的巨人王尔德，因为他与一群对手，或者说，一个顽固的、更强壮的巨人——一个诞生在金钱时代、武装到牙齿、膂力极强壮、机谋极狡黠的巨人的战斗，犹如当初起而捍卫古老价值的部落与新崛起的强大部落的战争一样，充满了英勇的气概。尽管胜算不足，却因为高傲的英雄主义，或其他不得不战的缘故，投入了生前和死后持久未决的战斗。不幸的是，在遭到对手——在战胜后的第二天便开始——不断的丑化、诋毁、塑造之后，于是便有了愚昧的世人所谓的英雄传说，所谓文明战胜野蛮，所谓历史的进步，直到更持久的时日之后，人们才面露赧然，渐渐看出了他的正确和崇高之处，看到文明中的野蛮、进步中的退步。

另一个是马克·吐温，作为一个美国人，对中国人袒露出如此胸怀，不惜开罪本国的权贵和西方的政要。相比之下，我们中国人呢？又当以怎样的胸怀对待自己，对待他人？恐怕不便于再自我标榜、自我虚骄、自我膨胀了吧，希望切莫将他人对己的尊重看作理所当然，切莫把自己头顶的天空看作无处可比的一碧青天，而是客观真实地见出它的昏暗迷蒙吧！

对于我们引为先贤和楷模的幽默大师们，我们只想再说一句，他们不仅皆是善于打破旧有格局的开拓者，而且，几无例外皆是疾恶如仇的爱人类者，甚至是悲天悯人的献身艺术与神圣事业的圣徒。他们送给我们的笑最多最甘美，他们留给自己的泪也最多最苦涩，作为回报，让我们用心体会他们的笑与泪，为他们拂去岁月吹在他们金身上的尘灰吧！

赵沛林

2023 年 8 月

目 录

第五章　王尔德喜剧的精致结构与伦理叙事

第六章　王尔德叙事艺术的美学追求

第七章　对王尔德现象的若干理解

结　论

参考文献

附　录

第一章
王尔德的创作及其背景

奥斯卡·王尔德属于拥有丰富的生长背景、教育背景和社会活动背景的作家，因此，他受个人童年经历和家庭因素的影响，比其他作家要重要得多。这就是说，对王尔德的叙事艺术进行研究，就必须在较大程度上采用能够印证他生活实践特征的资料信息，运用传记批评、心理批评和主体论批评的研究方法展开。但是，笔者并不赞同文如其人、风格即人格、文学即人学之类的标签式的简单化说法。所以，尽管笔者并不否认作家的一般世界观，特别是其中的审美趣味在其整个创作过程中具有举足轻重的作用，但在具体的作品分析中，还是要自觉地把作家和作品进行必要的区别对待。

重视王尔德童年经历的理由还在于，科学以定性定量的研究为基本方法，文学则不同，它以模糊和测不准研究为基本方法。科学的对象通常不包括复杂的主观因素，而文学研究的对象总包含复杂主体的复杂个性。因为文学艺术现象总是通过复杂的矛盾运动和审美意识创造出复杂的文学客体，处处包含人的状况、人的审美想象和审美情感，以此揭示生活的真谛，表现主体的追求和灵魂。因而，虽说文学即人学的说法过于笼统疏阔，但其中也有道理。正如约翰·沃尔夫冈·冯·歌德指出，“我们不认识任何世界，除非它对人有关系；我们也不想要任何艺术，除非它是这种关系的摹仿”[①]。文学的活动只关心与人有关的事物，一切与人无关者都不会引发作家的艺术兴趣。

所以，若是抛开对作家的主体性研究和理解，就无法从根本上研究文学。为此，本书把对王尔德的传记批评视为对其主体性研究的重要方面，置于全书的开端予以讨论。

文学主体性的研究需要调查和分析作家的个人经历，特别是其幼年经历。就像格奥尔格·威廉·弗里德里希·黑格尔在《小逻辑》中指出的，“人们知道了一个事物的开端，就可以根据中介的原理，循序认知该事物的后来发展”[②]。所以，对作家、艺术家幼年经历的研究，不仅具有发生学的意义，而且具有某种哲学意义。作品中包含的艺术人格自觉，是衡量一个作家的审美要求和满足这要求的审美创造力的重要标准。艺术人格自觉既是伴随作家的生活体验和审美经验积累而形成的，又是在创作活动中不断成熟起来并显现于创作活动中的。归结起来就是，审美活动是文学主体的艺术人格自觉发生对象化的产物，是审美主体占有审美客体并在改造审美客体的同时改造审美主体自身的过程。

诚然，强调文学主体性的研究不应脱离主体存在的具体历史条件，也不应与具体的文学传统相割裂，因为个体的创作活动总是继承前代的创作活动，归根结底总是社会历史生活的产物。正如马克思所说：“人的本质并不是单个人所固有的抽象物，在其现实性上，它是一

---

① 约翰·沃尔夫冈·冯·歌德：《歌德的格言和感想集》，程代熙、张惠民译，中国社会科学出版社，1982，第 93–94 页。

② 格奥尔格·威廉·弗里德里希·黑格尔：《小逻辑》，贺麟译，商务印书馆，1981。

切社会关系的总和。”[①] 脱离了历史背景的文学研究难免会造成“不知有汉，无论魏晋”的状况，而历史背景不仅决定着主体的存在环境，还与主体保持着相互决定的关系。

从王尔德的成长特征来说，很多事实表明，他年幼时期便已具有影响后来艺术人格的因素。这些因素随着他的年龄增长和生活环境变化，从接受家庭和亲属影响逐渐转向接受学校和社会环境的影响。所以，我们既要关注王尔德年幼时期的心理发展特性，也要更多关注王尔德青少年时期的社会环境与在校学生之间的影响关系。而且，在社会现实状况和他的个人成长之间，存在无数的中间环节，也就是说，他的个人成长时刻受到社会基本运动的深刻影响，资本主义竞争、爱尔兰民族独立、年轻一代的个人理想、艺术传统的影响启迪等，会复杂地交织在一起。所以，各种中间环节才是主体性研究的真正对象。因此，本书尽力将主体论研究建立在切实的传记考察基础上，尽力融入王尔德的生活体验，融入当时的生活环境，对特有的形势与状况的必然性达到深切的理解和熟稔。总之，只有融入当时的环境中，才能更好地体会其人其事，更好地体会当时当地各种现象的过程和意义，诸如宗教、出版物、民风、风景等。

① 卡尔·马克思：《关于费尔巴哈的提纲》，载中共中央马克思恩格斯列宁斯大林著作编译局编《马克思恩格斯选集》第一卷，人民出版社，1995，第60页。

第一节 家庭文化环境的影响

一、王尔德的家庭出身

上述对文学主体性研究的必要性和重要性的阐述，揭示了重视作家童年生活的必要性，因此就需要借助发生学、儿童心理学的理论和方法，对王尔德的早期生活和成长中有可能影响后来文学创作的若干因素进行考察和说明。

一个人的最初记忆意味着什么？它对一个作家又意味着什么？大量资料显示，儿童的想象力和创造力是非常活跃的，只不过最初的记忆往往无法保留。根据婴儿心理学研究，新生儿出生不久就会出现记忆活动，这表明婴儿的大脑机能已经开始基本工作。从出生到 3 岁间，婴儿的记忆能力迅速发展，符号表征能力也已出现，这是最初象征的标志。婴儿对目标物能够进行延迟模仿活动，表明婴儿的记忆发展和参与行为机制已经成熟健全，婴儿藏找什物的行为就是典型例证。

那么，一个作家的最初记忆，与先天的、隐藏的创造力潜质结合起来，对后来的形式感受——反应能力、审美能力及造型能力会发生怎样的影响？这个问题在当前的婴幼儿心理研究中正在不断地被研究和发现。由于这些最初的表现通常处于引而不发、难以察觉的状态，因此，一个作家的童年经历及其留下的童年记忆给人的印象似乎也与别人并无不同。那是充满了各种可能性倾向的状态，其复杂与微弱乃是一切后来发展的前提。可惜人类长期以来很少给予其充分的重视，不然每个人都会获得更多的自由生长空间和更好的审美创造力培育。

为了在王尔德艺术生涯的早期基础方面作出科学意义的考察和判断，下文将借鉴若干哲学、心理学的理论展开讨论。对于人与他所生存的世界的关系这个哲学认识论的根本问题，仅仅依靠经验是无法确定的，需要从科学研究的领域找到证据。现代心理学的研究便为本书提供了这样的证据。

在众多哲学家、心理学家中，本人认为卡尔·荣格的理论方法具有比较剀切的性质。他在《心理学与文学》一文中，不仅指出了艺术与心理学深刻广泛的联系，而且非常清楚地警告人们，正如每个学科都具有自己独特的基础、对象和研究方式一样，心理学完全不能以自己的研究成果简单地取代艺术的研究。更为可贵的是，他从心理学的角度发挥“旁观者清”的优势，发现并论证了艺术研究的一系列重要问题。例如，关于作家、艺术家的人格与其艺术创作的关系，荣格提出了不可简单加以类比和关联的观点，这是对于理解王尔德的行为表现和创作活动的关系需要遵循的原则。他的思想告诉人们，心理学家也知道文学非人学、风格非人格这些令艺术界时常困惑的答案。联系到艺术实践，便可发现，文学艺术在创作上的落后乃至颟顸状态，不能不说与这类基础理论问题直接相关。

关于艺术与心理学，或者从推理的意义上说，对于艺术与其他所有学科领域的关系问题，荣格不仅具有明确的区别与界限意识，而且格外重视混淆其区别与界限可能造成的严重后果。

必须承认，以我个人的经验，一个医生很难做到完全抛开职业偏见，清除流行的生物学观点去考虑和看待一部艺术作品。但我也知道：尽管一种具有纯粹生物学倾向的心理学，可以在相当的范围内对普通人作出解释，它却不能应用于艺术作品，更不能应用于那作为创作者的个人。纯粹因果性的心理学只能把个人降低为人类的物种成员，因为它的范围被限制在通过遗传而输送，或从别的源泉而获得。然而艺术作品却并不输送也不获得，它只是那些条件（因果心理学总是把艺术作品归结为这些条件）的创造性改编。植物并不仅仅是土壤的产物，它是一个有生命的、自身包含着自身的过程。这一过程本质上与土壤的性质没有任何关系。同样的道理，艺术作品中的意义和个性特征也是与生俱来的而不取决于外来的因素。人们几乎可以把它描绘成一种有生命的存在物，它把人仅仅用作一种营养媒介，按照自身的法则雇佣人的才能，自我形成直到它自身的创造性目的得以完全实现。[①]

艺术的独特性和艺术与其主观基础的关系的确如此。荣格在此将作家与作品的关系比拟成土壤和植物，令人不由想象出一幅画面——人群中的作家、艺术家走在街上，他们的脑子里想着摊在家中桌子上的书稿，可是他们的头上出人意料地长出了各种植物——美丽的和不甚美丽的花朵，引得众人纷纷驻足欣赏他们带来的景观。王尔德戴着花朵出入社交场所，与此颇有几分相似。

笔者在充分重视荣格主体论观点的同时，也注意到了他在运用心理学展开对作家的传记研究或心理研究时所面临的陷阱。荣格的意见很朴素，也符合目前的艺术研究状况，即人们还不能利用近于自然科学的精确手段给艺术现象以科学的论证。任何将传记研究看作打通进入作家内心奥秘的曲径的做法，都是幼稚而不切实际的。但是，对作家的传记批评如果不是带着机械论的教条观点看问题的话，还是能够得出比较乐观的结论的。歌德的恋母情结和威廉·理查德·瓦格纳的英雄崇拜毕竟都是比较明显地存在于他们的作品中且有迹可循。

荣格除了强调艺术研究和心理学研究的根本性区别之外，还提出如下几点：其一，心理学家很容易把艺术看作普通的研究对象，忽略艺术的独特性，从而造成事与愿违的结果；其二，艺术所依托的创造力，特别是处于创造力中心的艺术灵感和想象与情感的艺术思维，是完全不受心理学家掌握的研究手段所支配的，因此也不会受到心理学家理论“缰绳”的束缚；其三，它们两者确实是伴侣关系，相互需要的关系；其四，心理事件服从科学，心理产物则是信马由缰的，没有谁能控制住他人的审美感受。作为心理学和艺术学的两种特性若能实现合作和统一，才是通往心理研究和艺术研究各自目标的通衢。

---

① 卡尔·荣格：《心理学与文学》，冯川、苏克译，三联书店出版社，1987，第109–110页。

上述观点不仅对于心理学家是恳切的规劝和警示，对于文学艺术的研究也极有借鉴价值。而这里引述的荣格的意见，对于理解本书后面关于叙事学和阐释学的说明，也同样具有指导意义。

另一类值得借鉴的理论出自瑞士哲学家、心理学家让·皮亚杰。皮亚杰是美国心理学家、教育家大卫·埃尔金德的导师，后者在总结皮亚杰的研究成果时，对皮亚杰学术思想的精髓作出过如下说明，因为这段文字对本书的文学阐释观深有启发，所以摘引如下：

> 爱因斯坦的相对论在物理学中并不是第一次出现。它正像一些悦耳的曲调一样，既引起了专家们的注意，也引起了平常人的兴趣。在皮亚杰看来，相对论具有特别的魅力。爱因斯坦曾经指出，如果概念判断和作出这个判断的观察者的地位总是紧密相关的，那么在概念的构成过程中就不能遗漏掉这个观察者。这个见解加强了皮亚杰早已坚持的一个信念，即实体总包含着一个主观因素，这就是说，实体总是，至少部分是，思维或行为的外在化或具体化。这一点是从康德那里，也许是从马克思那里得来的。
>
> 认识论方面的相对论渗透了皮亚杰关于实体结构的全部思想。甚至于最简单的环境影响也从不是被动接受的或被动表现出来的，而总有主体对它发生作用。婴儿把他碰到的一切东西都朝嘴里放，这样便构成了一个为他所吸吮的世界，从而就形成了一个为他自己的行为所组成的世界。主张没有主体活动的干预，就没有心理的实体，这并不是否认外在世界的独立存在。这只是说，一切知识都是属于中间的工具，而不是对外界的直接描摹。[①]

需要说明的是，这段引文中的“实体”包括一切相对于主体的“存在”，“实体结构”指一个心理系统或整体，它的活动原则不同于

① 让·皮亚杰:《儿童的心理发展》，傅统先译，山东教育出版社，1982，第7–8页。

组成它的各个部分的原则。这段文字的要点在于物理世界的相对论在人类精神世界中存在着类似表现。一种认知总是包含人的积极的主观因素（环境影响从不是被动接受或被动表现出来的），一个实体（物质的和精神的）也总是包含人的主观外化。人中有环境，环境中有人（人是其中积极的方面），一切认知都是中介性的，并非（像镜子那样）对外界的直映。

接下来，埃尔金德列举了心理学实验，证明了儿童如同成人一样，每形成一种概念，或获得一种认知，就立即将其外化到各种对象上，并因此不断扩展自己的对象世界，这就是“一个为他所吸吮的世界”。于是，人和世界既是相互独立的，又是相互一体的。

从这个原理出发就可以确认，尽管儿童的自我中心是天然地建立起来的自我与世界的联系，儿童的行为表现往往是自发而非自觉的，但是同成人的具有某种片面性的认知系统具有基本性质的一致性。也就是说，他们都倾向于把世界视为自己的延伸，并且在自我中摹拟这个“形成于自我”的对象——因自我加工而成为非直接实体的对象，从中发现自我、修正自我、推动自我。

由此可见，画家笔下的床并非如柏拉图说的那样是直接来自工匠的床，而是那只工匠的床的表象在画家脑海中的显现，是画家对脑中这个自造的床的摹仿。这种情形正如要对别人描述一件目睹过的事件一样，人们只能根据自己脑中的事件加以描述，那早已和真实的事件隔了一层，难免会被人们“添油加醋”，成为其“艺术创作”。

为了说明人的认知活动所具有的非单纯自我和非单纯外物的实质，埃尔金德进而阐述道：

当一个概念构成以后，它就立即外化了，因而在这个主体看来它已成为客体在知觉上表现出来的特性而独立于主体的心灵活动之外了。自动化的心理活动和这些活动的结果被儿童感知为存在于主体之外的这种倾向，使他相信有一个独立于思维之外的实体。那种把心灵和物质绝对分开的想法乃是一种幻想，要克服这种幻想就必须考察儿童的思维发展。[①]

这里的认识论陷阱就是误以为存在着主体之外的独立客体或独立对象。在艺术创造过程中，这里同样存在着认识论的陷阱，就是误以为存在着对现实的直接的、客观的、真实的摹仿，这是导致长期以来机械唯物论支配或影响下的现实主义观念的根源。也就是说，艺术正因为这个缘故，才成为和人相关的意识形式，才成为人类生存所依赖的重要条件。接受美学依据的也是这个原理，孤立的文本还不是完整的艺术，文本的本质存在和艺术的完整实现只有在读者或观众的接受下才会完成。

从这样的观点出发，便有两个收获，一个是王尔德自己的艺术理论，他在其中大力呼吁艺术依靠自己独立于其他意识形式的基础和属性而获得自身的价值、权益和自由，摆脱机械刻板的反映论及其日益露出败絮的现实主义；另一个是对王尔德幼年所处的生存状态和他所受影响的认知，虽然早已知道他的家庭情况——他的亲属、家庭条件、生存空间，但仍有必要在深化认知方式的同时不断加深对他的幼年、童年、少年直至青年时期生活过程的分析，以便更加合理、更加富于成效地理解这些过程对他后来从事艺术活动的影响。

众所周知，王尔德成年后的言行，特别是在其艺术创作中，都表现出比较明显的贵族倾向（自古以来美就是贵族的专擅），这种倾向的来源显然是多方面的。他的家庭环境、身世血统、家学熏陶，他所接受的教育和古典文化教习，他的教养所培育的温厚率真性情的发展等，都使他远社会下层而近社会上层，远资产者社会而近贵族社会。

为了理解王尔德的个性，理解他的艺术创作和艺术思想，有必要再考察一番维维安 · 贺兰提供的传记资料。鉴于传主的传记比较直接、具体、可信，本书将王尔德的幼子维维安 · 贺兰著的《王尔德》一书中有关王尔德家庭出身的资料择要摘录如下：

① 让·皮亚杰:《儿童的心理发展》，傅统先译，山东教育出版社，1982，第8–9页。

王尔德的性格特质绝大部分可归因于他的出身，而要评价其一生，就一定要先介绍他的家族。王尔德家族起源于荷兰，这个姓直到今天在荷兰仍极为常见……事实上，第一个定居爱尔兰的王尔德家族成员是一名上校，他是荷兰一位画家之子，画家的作品到现在还在海牙艺廊（Hague Art Gallery）展出。上校极为富有，他为英国的威廉三世效命，于十七世纪末受封大片的爱尔兰领地。后来他娶了一位爱尔兰女子，从此就在爱尔兰定居，而且和其他移居爱尔兰的人一样，变得比当地人还要本土化。①

从这段文字可以看出，作者对王尔德的理解与他人有所不同，因为他特别指出了王尔德性格特质的成因，所谓“绝大部分都可归因于他的出身”，而且，“要评价其一生，就一定要先介绍他的家族”。一个是出身，一个是家族，意味着一个是早年生长环境，一个是生物学遗传。前者本书可以根据经验和范例给予比较充分的探讨和判断，后者则至今仍处于模糊认知而有待进一步发现。

在出身之前，先要梳理家族谱系。按照维维安·贺兰的说法，他那位 17 世纪末的先辈，也就是那位最先移居爱尔兰的上校，娶妻生子，儿子叫雷夫。雷夫娶了玛格丽特·欧芙琳并育有三子，其中一人名唤汤玛斯，即王尔德的医生祖父。汤玛斯娶艾美莉·芬尼并育有三子，老大和老二成了英国国教会神职人员；最小的儿子威廉 (William Robert Wills Wilde) 于 1815 年出生于卡色雷，后来受封为威廉·王尔德爵士，也就是王尔德的医生父亲。这个有限的家谱表明，王尔德的高祖父以下，并无穷困潦倒之辈，不乏奉教受爵之人，他的父亲、祖父均是医生，可谓悬壶世家。有如此出身，王尔德以风流贵族自居也就不足为怪了。

本书引述王尔德的家谱的目的在于说明名讳的重要性，它是一种耳提面命的符号，在塑造主体的过程中发挥极重要的作用。此外，遗

① 维维安·贺兰：《王尔德》，李芬芳译，百家出版社，2001。

传因素和心理因素同样都是极其重要的影响个体成长的因素。王尔德对自己出身的想象很可能超出一般的估量，在从青年到成年的自我表现中，他展示出的特立独行就很可能与他的自我出身和自我使命有直接关系。这种自我想象和自我使命感在他母亲的影响下发酵并膨胀起来，是丝毫不足为奇的。

为了说明王尔德自幼受来自母亲的影响的重要性，以及他母亲的特点，本书从维维安·贺兰早期写的传记资料中选取两段文字，一段关于他的家世和血统认同问题。

神父，律师，知识传家的环境，北欧人的姓氏，北欧女英雄传说的暗示性，祖母对曾祖父的回忆，这是多少代人的记忆！至于姓氏中的英雄符号，佛罗伦萨的移民传说，罗马天主教传统信仰，直至但丁的想象……这是怎样一种家族记忆和英雄情结！它们对王尔德的心灵生活又会发生怎样的影响！

另一段是维维安·贺兰的传记资料中关于他父亲王尔德与他祖母的关系的文字，即王尔德的母子关系，有些片段从精神分析学的角度看，能说明王尔德的心理倾向形成的根据：

我父亲对他母亲的孝顺可谓全心全意，而且以她为骄傲。即便在他事业成功、名声大振的时期，他也从不中断每周两到三次看望住在奥科利的母亲，他特别重视的事情是，在母亲的每周接待日必须到场。当他从上演的戏剧中得到丰厚的报酬时，他立刻就把他母亲微薄的生活费添补起来，使她的生活舒适得多了。他在写作后来被称为《自深处》的自述时，想到他母亲的时候要比想到他父亲的时候多。“我的母亲和父亲留给我一个姓氏，他们不仅在文学艺术、考古和科学的领域，而且在我的国家的历史上，在民族的发展中，都为这个姓氏增添了荣耀。”她死于1896年2月，对他是一个沉重打击。他在《自深处》中写道，“没人知道我多么爱她，多么忠实于她。她的死对我来说太可怕了；可是，我虽曾出口成章，却无法道出我的哀痛和愧疚。”我的母亲深知她丈夫是如何崇拜他母亲的，所以，她特意从意大利赶到英格兰，把这个噩耗告诉给雷丁监狱中的他。[①]

根据这样一些留给后人的印记，不难理解，王尔德的母亲给王尔德的心灵楔入了一个多么深刻的烙印，而这个儿子对母亲的评价又是多么至高无上——“诗人中的勃朗宁夫人，历史中的罗兰夫人。”[②]

考虑到王尔德的命运和创作生涯都与他的幼时生活、童年记忆存在直接且很可能是深邃的联系（王尔德始自幼年和童年的性取向对于研究他的文学创作来说是一个无法回避的问题），因此本书从皮亚杰的儿童发展心理学引述若干论断作为理解他的内心生活和成长轨迹的重要参考。

正如本书在前面提到的那样，皮亚杰的理论在目前的婴幼儿研究方面仍然是最重要的依据。皮亚杰在发生心理学代表作《儿童的心理发展》中，继新生儿与婴儿之后，论述从两岁到七岁的儿童心理和行为发展。

皮亚杰的基于实验的心理学理论表明，儿童从两岁起的语言习得是至关重要的心理发育进程。联想到语言在人类文明史上的重大意义，可以判断出个体的语言能力是真正的人的资质基础。因为没有语言，一个人很难达到人类普遍心理和行为乃至整个文明的水准。而有了语言的辅助，一个牙牙学语的幼儿就开始了真正介入“文化性”的人际交往的生活。与人交流，内在语言、思维、行动自觉，这一切都是决定性的成长要素，也将成为一生中成长为大树的萌芽。

正是在这决定性的阶段（出生至三岁），在语言的帮助下，王尔德把自己所穿的女童装内化成了自己的童年记忆和女孩情结。尽管这

---

① Vyvyan Holland, *Son of Oscarc Wilde* (London: Richard Clay and Company Ltd, 1954), p.24.

② Cf. St John Ervine, *Oscar Wilde: a Present Time Appraisal* (Edinburgh: George Allen & Unwin Ltd, 1951), p.29.

一切都不是自觉的，也都没有留下任何真切的记忆，但是，沉淀到潜意识中去的幼儿意识值得予以充分的估量，特别是在幼儿开始接触并日益习得人类语言的时候，这种无意识积淀很可能得到了语言这个“载波器”的支持。皮亚杰指出：

当声音是和某种特定的行动联系在一起的时候，结果便学会了语言（首先是基本的词组，然后是名词和各种的动词，最后便是句子本身）。在没有学会一种语言形式之前，人与人之间的关系仅限于身体与其他外部姿态的模仿和一种笼统的情感关系，而没有分化出来各种特殊的交流。与此相反，有了语言之后，个人的内心活动就可以彼此交流了。①

不难想象，当王尔德有了最初的语言能力的时候，他如何感受自己一直穿着的女童装，如何与母亲交流，如何在交流中感受自己与哥哥威利的不同，感受自己比哥哥更美丽、更得宠……从王尔德与母亲的毕生关系可以看出，他不仅接受母亲的遗传学物质，而且在精神上与母亲远比与父亲更密切，或许这一点具有一定的普遍性。儿子对母亲的遗传继承无论肉体还是精神通常总是更具自然性和原始性，对父亲的继承则总是反映在后天影响方面更多、更明显。从这个方面看，母亲对儿子的影响更多显示出天性的色彩，而儿子在相貌和身体以及天性本能方面都有明显的母源性的特征。因此，这位史波兰萨（王尔德母亲）是理解王尔德儿时个性的重要线索。

上述亲子之间的影响发生在幼小的王尔德身上，究竟会产生怎样的结果？这个问题与儿童心理发展过程的特点有着密切联系。这一点恰恰与皮亚杰的儿童心理发展学研究是一致的。

不难想象，这种皮亚杰所谓的“自发语言”除了具有对自己的刺激作用外，儿童对自己的独白也具有未来发展的重要意义，这种意义

① 让·皮亚杰：《儿童的心理发展》，傅统先译，山东教育出版社，1982，第38页。

在其自发性形式消失之后（皮亚杰观察到的七岁之后），依然会以内在的伴随思维的方式继续发挥作用。一个成年人在对镜穿衣打扮时，或者一个工匠在独自操作时，出声或者不出声地发生语言行为，就是很好的例证，遑论一个艺术家在作曲或作文时内在语言的自我切磋和腹稿操演。

从整体上看，两岁到七岁儿童的心理发展的突出特征是带有某种输入输出性质的，或者可以理解为同周围世界实物交换基础上的精神交换。皮亚杰指出：

> 对儿童自发语言及其在集体游戏中的行为所作的考察表明，儿童早期的社会行为始终是处于自我中心状态和真正社会化之间的中间地位。与其说，儿童是为了使自己的观点和别人的观点协调一致而把自己从自己的观点中解放出来，还毋宁说，儿童仍然始终是不自觉地以他自己为中心。[①]

这里所说的“处于自我中心状态和真正社会化之间的中间地位”虽然具有半意识甚至无意识的性质，但却是极为重要的自我认知的过程。原因在于，语言的习得直接导致社会行动——虽然是限于家庭和亲人范围的行动。

参照上述心理学的证据，处在成长关键期的王尔德显然恰好接受了女孩诱导，这种诱导很可能具有全面的、隐蔽的、深远的影响，直至参与到他的成年后的心理结构中去。

由于这个阶段依靠语言和思维分化的帮助，一个人将自己从他实际所处的自然状态中剥离出来，开始了一个“文明化”的进程。于是，皮亚杰便按照行动社会化、思维的发生、直观、感情生活的顺序，连续揭示了儿童发展的这个关键期中实质性的心理进展。

对于七岁之后直至青年时期之前的儿童心理发展的特点和意义，

---

① 让·皮亚杰：《儿童的心理发展》，傅统先译，山东教育出版社，1982，第40页。

皮亚杰也有连续的报告和论述，由于在后续的年龄段，儿童心理发展过程总是以先前的结果为基础形成的，而王尔德的后续生活又主要在学校度过。因此，日益强化的文化教育和有限的群体生活逐渐占据主导地位，对他的个性成长和心理发展具有更加重要的影响作用。所以，在下文中，视角也就转至他的文化熏陶和学校教育方面了。

二、家学与童年记忆

一个有文化的家庭对于儿童的文化影响何等重要，是不言而喻的。这种影响因为有文化的参与，故而突出体现在思维方面。在下一个心理发展阶段——七岁至十二岁的儿童心理发展研究中，皮亚杰着重阐述了儿童思维发展和文化素养的发展过程及其规律。

王尔德的父亲威廉是英国社会名重一时的耳科与眼科专家兼考古家，是维多利亚女王的御医，有“现代耳科之父”美誉。通过王尔德的书信可以了解到，在青年时代，父亲辞世未久之时，王尔德曾着手编辑父亲的遗稿。除此之外，他在初试文才、问鼎文坛时，为了公开发表自己的诗歌，曾多次恳请名人和权威举荐自己。甚至他的一切勤学苦练和呕心沥血的创作，不仅是为了满足自己的爱美之心和功名之志，在很大程度上是为了博得父母，特别是他母亲的骄傲和欣慰。在这方面，他明显有别于他的长兄和一般的同龄人。

王尔德的母亲珍·法兰西丝卡出身律师之家，生于一八二六年，被誉为爱尔兰出名才女，也是狂热的爱尔兰爱国主义者，笔名约翰·芬萧·艾里斯（John Fernshaw Ellis)，并以笔名史波兰萨（Speranza) 闻名于世。据维维安·贺兰回忆：

她不止一次险些遭到当局以叛国罪名逮捕起诉。珍的异议行动在一八四八年（这是个极有意义的年份——笔者注）达到顶点，同年还发表了一篇长达六千字，题为《木已成舟》(*The Die is Cast*) 的文章。刊登这篇文章的报社编辑达菲 (Charles Gavan Duffy) 在文章见报前就因煽动叛乱罪被捕，虽然他不必为文章负责，但检方仍在审判中引用文章中的段落来对付他。当时还未出嫁的珍在法庭旁听，马上就毫不在意地起身大叫道："我就是写那篇文章的罪犯，站在被告席上的应当是我。如果真的有人犯法，应该是我。"①

婚后的珍主要以文艺沙龙主人身份生活在都柏林和伦敦两地（关于珍·法兰西丝卡的著述情况，可参见理查德·艾尔曼所著传记《王尔德·附录》），她和丈夫育有儿子威利和奥斯卡·王尔德、女儿艾索拉（10岁时夭折）三子女。她对王尔德的影响似乎大于丈夫，主要体现在几个方面：其一，遗传因素，包括身心两方面；其二，对女儿的期盼和把三岁前的王尔德打扮成女孩；其三，主持文艺沙龙给王尔德以"谈笑有鸿儒，往来无白丁"的熏陶；其四，以民族斗士和女作家身份给王尔德以民族主义和艺术创作的影响。其五，终身对儿子们期待甚高，给王尔德以无形的激励。

这段回忆文字涉及对王尔德性取向的早期影响。珍的做法虽然有爱尔兰民族男子经常穿裙子的背景，也有天主教对圣母玛利亚和女性普遍崇拜的痕迹，但毕竟在当时工业社会和科学主义的盛行中，这些古老习俗已经不受待见。幼小的王尔德受到母亲女性打扮的影响，因此产生爱美倾向和女性化倾向。

维维安·贺兰的追忆中，有一段牵涉王尔德的性取向，值得关注：

王尔德在哥哥出生一年后诞生，不过他的出生令母亲有些失望，因为她一直以为这胎能如愿生个女孩。值得注意的是，当时的小男孩多半在会走路之前就不再穿裙子，可是王尔德的母亲一直到一八五七年生了第三胎，才不再让王尔德穿裙子。晚近的一张着色照片（或利用银版照相而成的照片），就是年约两岁的王尔德身穿蓝色天鹅绒服装的模样（看上去不止两岁——笔者注）。

---

① 维维安·贺兰：《王尔德》，李芬芳译，百家出版社，2001，第4–5页。

王尔德深受母亲举动的影响，甚至对妹妹的出生和夭折也深心受挫，几乎是具有决定意义的事实。因为衣裳对于儿童的最初记忆是格外重要的，那是他们最初的“自我意识”和“他者意识”的重要内容，因为儿童是通过自己的衣着而非相貌来认识自己的“形象”并感受自己的“展示”的。那么，女童装无疑给王尔德留下过朦胧或者是潜意识的印象和影响。此外，王尔德终生受到母亲的鼓动和激励，要在学业和创作的竞争中取胜，甚至博得盖世功名。因此，他从母亲处还继承下了女儿期盼——“生男慎莫举，生女哺用脯”。[①]这种女性倾向心理也是不容忽视的。因为它很可能对后来的同性恋心理具有重要影响。

王尔德在牛津读书的最后一年，衣着华彩惹眼并引起了关注。维维安·贺兰在回忆录中提到，他父亲王尔德曾与鲁伯特王子一道，宣称服装改革比宗教改革还重要。在日常着装方面，他回忆王尔德有时候“穿着缀有穗带的天鹅绒外套，长及膝盖的黑丝袜，大领的宽松丝衬衫配上大大的绿领带”。除了贺兰，也有其他人回忆，王尔德曾手拿罂粟花或百合花走在伦敦时髦名店聚集的皮卡迪利大街上。这些回忆和传闻确实与否似乎并不重要，重要的是王尔德的行为举止在诸多方面都与众不同，这就在维多利亚时代的正统风尚中鹤立鸡群了。

青年时期的这种装束打扮虽然不无自我宣传之嫌，但毕竟事出有因，从来没有华衣彩服体验的人要来上王尔德这样一出，他们恐怕只敢在室内孤芳自赏罢了。王尔德之所以长期宣扬人生是艺术的主张，之所以从外观到住所再到举止彻底实践艺术化，与他的幼年经历，尤其是女装影响不无关系。从幼儿时的假丫头，到大学里的花花公子，再到出入伦敦上流社会的风流诗人、深入美国各地的唯美使者，王尔德从哪里来便注定了他往哪里去。

维维安·贺兰在追忆中称，王尔德为妹妹的夭折和所留头发写下情真意切的悼亡诗，似乎除了赞美和伤痛并无别意。但值得注意的是

① 出自陈琳的《饮马长城窟行》，原意为慨叹修筑长城之苦，令百姓心生养儿不如女的念头。

最后一句，“我的一生于此入殓，与这堆尘土中”，所谓图穷匕见，这个突转的结尾暗示了很多。这样一首袒露王尔德少小心灵中深切爱意的诗作，若是放在西格蒙德·弗洛伊德和荣格手里将获得怎样的分析阐释！从王尔德的母亲体内的阿尼姆斯(或阳性基质，其高度聚集会让女性具有攻击性、追求权力等)，到王尔德被最初的女儿身份所唤醒的阿尼玛（或阴性基质，其高度聚集可使男子变得容易激动、忧郁等)，再到这种萌芽状态的、畸变的性取向，后来不断受到古典信念的激励，直至转移到同性恋和中年病亡，其间贯穿着若隐若现的性倾向、文学创作、人生际遇之间的逻辑关系。

在维维安·贺兰的传记中，有一个比较明显的不足，就是对王尔德少年时期的自然体验对他的后天发展发生的影响估计不足。他在传记中写道：

> 王尔德出生不久，一家人就搬到都柏林梅瑞翁广场（Merrion Square) 一号的豪宅。在那里，王尔德的父亲继续行医，母亲则经常在家中招待艺术家、作家、知识分子与城内的医界人士。后人对王尔德的幼年时期一无所知，因此我们推断他的童年应是极为平静的，除了艾索拉的去世之外并无太大的波折。俗谚说：“没有历史的国家最快乐”，这句话或许也可适用于儿童身上。王尔德与哥哥、妹妹在父亲位于寇瑞伯湖（Lough Corrib) 畔的宅院“摩吐拉”(Moytura) 中度过了许多美好的时光，后来他还在文章中描写过“忧郁的大鲤鱼”争相聚集到岸边抢食小孩子撒下的饲料，一点都不怕人的情景。

事实上这种田园野处的生活给予王尔德的影响并非像维维安·贺兰所说，是“他的童年应是极为平静的，除了艾索拉的去世之外并无太大的波折”，而是迥异于成人的、隐秘塑造性质的。一个成人可能对自然景观无动于衷，但一个儿童可能把整个身心沉浸在其中，并得到塑造和浸染，形成此生不渝的自然情结或出于自然的审美情结。在王尔德的小说、童话、诗歌中，可以见到大量对于自然景物的细节描写和沉思描写，还有许多流露出自然情愫的作品片段，这些都能说明王尔德从自然中汲取的美感资源。

由于王尔德没能活到为自己写自传的年龄，所以他留给世人的早年生活印迹并不是很多。但是，关于王尔德家世和王尔德早年经历的意见，学界又有普遍认同的资料和看法。美国的王尔德研究专家理查德·艾尔曼对维维安·贺兰传记进行了有效补充。他对上面这段出自维维安·贺兰的传记文字补充如下：

> 我们对儿童时代的奥斯卡·王尔德所知甚少，只有些许片段。他有一次跑掉了，躲进一个山洞；还有一次，他跟爱德华·沙利文和威利玩冲撞游戏，折断了胳膊。1853 年，威廉爵士在西边的菲湖（Lough Fee）上购买了名叫“劳恩罗”的狩猎小屋，这个小屋位于一个后来被他儿子称作“紫色小岛”的地方（通过一条堤道跟陆地相连）。威利和王尔德在这里学会了钓鱼。很多年后，王尔德告诉罗伯特·罗斯，“湖里到处都是肥大、忧郁的鲑鱼，它们待在水底，对我们的鱼饵不理不睬。”①

这段陈述虽然文字不多，但包含的信息很重要。王尔德童年时期在乡野环境的生活具有天然、放任、自得、沉迷的特点。这对于王尔德的自然美的感受与把握、自然情操的陶冶，特别是自由和率真性格的形成，具有极为重要的作用。

问题在于，无论哪个时代，领略过美和从未领略过美的人——无论是大自然还是人类的美——会在精神方面形成巨大的差异，甚至产生境界方面的天壤之别，因为美有净化心灵的作用，有走向人与自然和谐共生的意义。马克·吐温曾批评那种只有旅游经验便妄自批评美国社会的人，称一个人只有多年沉浸在民族生活中，才能产生真挚的

① 理查德·艾尔曼：《奥斯卡·王尔德传》，萧易译，广西师范大学出版社，2015，第 24 页。

认知和价值判断，才能让文化传统浸透自己的灵魂。应该承认，如果没有出自天性和习性而凝视过任何地方的自然，也没有凝视之下的沉思，像他所崇仰的罗斯金，或林中的梭罗那样，甚至像笔者蓦然想到的湖边的老舍，那么一个人的灵魂是不会被美浸透并为之终生不渝追求到底的。

作为最重要的儿童期意识习得，受生存环境的影响，而一个人的自然环境的优劣，有如原始人类与其生存环境的关系一样，具有决定诸多成长要素的作用。艾尔曼写道：

> 王尔德一家经常会去拜访都柏林南边的美丽乡村，他们待在沃特福德郡的登加文。据说，他曾经跟一个名叫爱德华·卡森的男孩在海滩上玩耍，这个男孩后来不但促成了爱尔兰的南北分裂，还在法庭上对他进行过交互盘问。（迈克尔·麦克拉埃莫瑞评论说，“哦，一切全明白了。奥斯卡可能摧毁过爱德华的沙堡。”）也许是在一两年后，他们去了威克洛山区（Wicklow）的格伦克里。他们在格伦克里山谷的脚下买了一幢农舍，也许就是布雷湖别墅，距新成立的格伦克里管教所不到一英里。①

按时间推断，此时的王尔德大约四五岁，正是一个孩子接受早期印象最为积极活跃而又能够保留下最初记忆和心理印象的年龄。这里所说的卡森其人，将早年的隔阂、嫉妒（由同校竞争引起的名次之争有时是极为残酷的）、游戏冲突所生的怨气发展成对王尔德的仇恨，虽不无睚眦必报之迹，倒也是可以理解的。本书关心的是另一点，即王尔德早年记忆中必定包含丰富的自然体验和室外乐趣的内容，它们将在他后来的艺术生涯中发挥巨大作用，特别是那些渗透童年感知印象和模糊记忆的童话创作。

---

① 理查德·艾尔曼：《奥斯卡·王尔德传》，萧易译，广西师范大学出版社，2015，第25页。

从王尔德写下的文学评论中，也不难发现他对一个人的早年经历和童年记忆的强烈重视。他在写于1889年的纪念威恩莱特的文章《笔杆子、画笔和毒药》中，着重追述了威恩莱特的童年、少年经历及其个性特征的儿时成因。这篇文章是他篇幅最长的传记性研究论文，也是突出体现他的主体性批评观念的论文。他写道：

> 他的童年是在特汉·格林的林顿宅邸中度过的。那房屋是乔治时代许多出色的宅邸之一，可惜它们在郊区建造者入侵之前就已经灰飞烟灭了。他在那可爱的花园和绿树成荫的庭院中培养了对自然纯朴而热烈的爱，这种爱在他的一生中从未泯灭过。这使他的精神极易受华兹华斯的诗歌影响。他就读于哈默史密斯的查里斯·伯尼学堂。伯尼先生是音乐史学家的儿子，富于文化修养，是他的近亲。威恩莱特后来成为他最出色的一名学生。多年后，他还常常深情地称赞伯尼先生是位哲学家、考古学家，是位令人尊敬的教师。伯尼先生注重智育教育，同时也没有忘记早期道德培养的重要性。正是在伯尼先生的教导下，威恩莱特开始发展自己的艺术才能。赫兹立特先生告诉我们，威恩莱特在学校时的绘画作品至今犹在，那些图画展示了他非凡的才华和自然的情感。的确，绘画是深深吸引他的第一门艺术。多年以后，他才寻求用笔杆子和毒药来传情达意。①

这段文字给笔者的启发在于以下诸点：

首先，最能说明一个人的人生特质的，除了别人对他的看法，还有他对别人的看法。王尔德对威恩莱特童年至少年时期的这番追述有几个值得关注的要点，它们显示出了王尔德在思考一个艺术家的儿时经历时特别关注的若干要素，而这些受到强调的要素（包括童年时对绘画的喜好）很有可能体现着王尔德对自己和他人普遍存在的成长影

① 奥斯卡·王尔德：《王尔德全集》第四卷，赵武平主编，荣如德、巴金等译，中国文学出版社，2000，第360页。

响因素的理解。

其次，一个人为他人作传，哪怕是小传形式，也必定出自这个人对传主的深思，甚至出自与传主性情的共鸣和对传主关怀的心情。所以，在此能够看到王尔德自家生活的影子——在多年之后的回忆和钩沉。王尔德曾在老宅中生活过，经历过英国乡村被资产阶级暴发户破坏的现实，体验过在花园、庭院，特别是野外自然美景的熏陶濡染，形成了终生未泯的自然情愫（从他对华兹华斯的熟稔和尊重便能看出这种情愫的作用），而且，他本人就和传主一样，毕生怀有对心灵导师的挚爱和好感，即他对古典学教授马哈菲以及后来的约翰·罗斯金、沃尔特·佩特的美好感怀，因为他们的智慧和扶持让他受益终身。

当然，王尔德在受到上述几位唯美或近于唯美的名流的亲炙之后，不忘在读书之间及之后遍游欧洲古迹，书本与实地相印证，理论与实践相结合，铸成了他的古典情怀和唯美之志。

最后，王尔德与这位简传的传主心有灵犀，他像传主一样自幼喜爱绘画，且擅长素描，他还走过与传主相似的道路，充满传奇色彩，只不过不是擅长毒药，而是擅长毒舌，妙文高论是他的所长。就连犯罪的癖好，似乎也带有惺惺相惜的痕迹。王尔德在少年求学过程中取得包括古典语言和文学创作的文科佳绩，显示出超过同侪的审美感受力和创造力，以致对后来成为唯美主义的热烈拥护者和坚定推行者，都与他的早期形成的类似个性特征有着深刻的联系。

总之，在这篇独特的评论中，王尔德在威恩莱特身上看到了自己的影子，也深为后者的性情、文才、奇迹所动，在引为知己的同时，王尔德抒发了自己内心天然的感受，其中包含的审美内涵和倾向不仅与他的儿时经验结合在一起，而且还生长壮大、触类旁通地激发了他后来狂热的审美追求，以发生学和动力学意义的酵素形式塑造了他贯通一生的整个心理生活的个性特征。这种因素对王尔德后来成长和人生抉择产生的决定性的、持久稳固的支配作用，通常不为人所关注，但如果比较一个受精卵细胞与一个成年人的毕生表现的奇迹，就自会对这种早年动力深有体会了。

如果说王尔德自幼并不缺少室外生活的体验，那么他的室内生活除日常起居之外的家学教养又是怎样的？这方面的内容无疑对其后来的成长具有重要意义。艾尔曼写到了王尔德童年时的家学，那是一个由家长刻意安排的、贵族后代的培养模式所规定的教育方式。艾尔曼在传记中叙述了王尔德一家在 1855 年迁入梅里恩广场 1 号后，王尔德的婴儿生活：

> 他们雇用了一个德国女家庭教师和一个法国女佣，共有六个仆人为整幢大房子服役。孩子们在成长过程中说的是法语和德语，幼年时所受的是家庭教师的教育。王尔德向雷吉·特纳坦白过一些事，他提到，在梅里恩广场，傍晚时分，奥斯卡和威利曾在保育室的壁炉前洗澡；他们的小衬衣被挂在高高的壁炉围栏上烘干。保姆暂时离开了一下房间，两个男孩注意到有一件衬衣上出现了一个褐色的斑点，那个斑点在变深，燃起了火焰。奥斯卡兴奋地拍起了手，而威利却大声呼喊保姆，保姆赶过来拯救这个局面，把那件衬衣丢进了炉火。为此，奥斯卡愤怒地大哭了起来，因为他的景观被摧毁了。“这，”王尔德说，“就是一个例子，表明了威利跟我之间的差别。”①

这段由王尔德主诉、艾尔曼补足的回忆片段，除了说明王尔德幼儿时期过着优渥的物质生活并接受正规的初级教育（这种优渥生活对于后来王尔德的人生期望值之高必定极有影响）之外，还暗示了一个极为重要的事实，即王尔德自幼形成的强烈的感性想象趣味。他尽管年龄尚幼，但在燃烧的火光面前，他既无畏惧恐慌，也没有任何本能的安危意识，而是显露出浓重的即兴美感兴奋。这种强烈的敏感对于他超出常人的美感判断力的形成，显然是个先兆。

按照皮亚杰的观点，10 岁之内的儿童，其认知是以感知运动和图

---

① 理查德·艾尔曼：《奥斯卡·王尔德传》，萧易译，广西师范大学出版社，2015，第 24–25 页。

式转变成内化表象为主导特征的，他们不能有效利用概括能力把表象变为概念并进行运算，而且这种感知图式和表象思维还具有自行延续的特点，这个特点决定了自幼形成的习性是很难改变的。王尔德在后来的人生中不断受到导师和朋友的规劝和批评，但却固执己见，至死不改某些恶习，就是出自这个缘由。

事实上，除了智力方面的实验研究，还有一个比较隐蔽却格外重要的成长方面，即是儿童的情感发育。皮亚杰提出：

在我们现在所考虑的发展阶段，有三种新的情感上的发展，人与人之间情绪的发展（爱情、同情和恶感），这是与行动社会化有关的；直觉的与道德的情操的出现，这是成人与儿童之间的关系的副产品；兴趣价值的调节作用，这是与一般的直观思维有关的。[①]

这些情感发育是有特定方向性的，爱情、同情、恶感、自卑感、优越感等都是典型表现。于是就会理解，王尔德的母亲给他穿上女儿装时，必定伴随着母子间的亲密交流与爱抚，于是，“凡是对主体的兴趣作出反应和珍惜他的人就能得到主体的同情。”亲子之爱加上同情，王尔德对母亲的情感自然就会发生认可、强化、沉潜、不可逆的反应，他在一生中从未中断的对母亲的依恋（对父亲相对疏远）、为满足母亲的爱女情结和功名心而作出的努力，他的毕生爱美的习性都有力地证明了儿时的心理成长印迹。

在讨论两岁至七岁儿童心理发展的部分，皮亚杰最后讨论的是儿童撒谎的问题。联想到王尔德的《谎言的衰朽》一文，这种讨论就显得格外有意义了。皮亚杰指出：

我们分析一下儿童在一个十分明确的领域内，即对于说谎，所作出的评价，是有趣的。由于儿童具有单方面尊敬长者的心理，儿童在

---

① 让·皮亚杰：《儿童的心理发展》，傅统先译，山东教育出版社，1982，第55页。

他们自己理解真理的价值，即说谎的性质之前，只是接受和承认别人要求诚实的行为规则。通过他的游戏和想象的习惯以及其自发的思维活动（它作出肯定而没有证明，它把现实同化于自己的活动之中而不考虑其真实的客体性），幼童便改变现实并按照他的欲望去歪曲现实。因此他便歪曲真相而无所畏惧，而这就是我们所谓幼童的“说假话”（斯腾所谓“虚假的谎言”）……幼童认为：只要他是和同伴谈话，说谎就不是什么“坏事”，只有对成人说谎才是应受责罚的，因为是成人禁止说谎的。

皮亚杰告诉读者，儿童的说谎是普遍的，他们都经历过说“虚假的谎言”和说真正的谎言的转变过程，而且他们最初都以说假话为常态，因为那是他们游戏和想象的习惯，是自发的思维方式。王尔德自幼穿戴女儿装，这本身就是游戏式的谎言，而且在自得其乐中形成一种装扮意识和乱真意识，这已经类似于艺术的萌芽了。再加上他自幼和母亲的特殊亲密关系，这种远父而近母的行为只会加深他的恋母情结。从他幼小的心灵“把现实同化于自己的活动之中而不考虑其真实的客体性”，到成年以后将艺术的真实看作远高于现实客体的真实性，只有一步之遥了。而且，幼童对同伴说谎是游戏，是快乐，是炫耀，是为了说谎而说谎，对成人就不可说谎，这种分离正是最初的道德感，也是后来王尔德在创作和评论中力求贯彻的两种不同的逻辑观、道德观和真实观——在艺术中以谎言为胜，在实证中以客观为胜。

王尔德的小说、童话中，虽然充斥着神奇的想象和意外的情节，出没着各种动物和精灵，但是里面很少有迥异于现实的变形形象，即除了巨人之外的妖魔鬼怪，或者如阿拉伯故事中的庞然大物或恐怖形象。这两种谎言的区别在皮亚杰的实验中都得到了印证，即孩子们会把逻辑上可能的或现实中可能发生的谎言看作小恶，而讲述世上不可能有的东西，则是大恶。受罚须以此为据。王尔德对谎言的推崇和运用，便和这两种谎言的前一种相关联，显示出自己的创作特色，而他对谎言的赞赏，可以一直追溯到古希腊赫希俄德的《神谱》，那位希腊诗人对于谎言胜真言、神赐诗歌能力的讴歌，给王尔德树立了高古的榜样。[参看赫希俄德《神谱》，有“荒野里的牧人，只知吃喝不知羞耻的家伙，我们知道如何把许多虚构的故事说得像真的，但是如果我们愿意，我们也知道如何述说真事。”（张竹明，蒋平译本）]

至此，本书还只是借助哲学家、心理学家的理论和方法对一般儿童心理发展的低幼阶段关键环节进行描述，以说明王尔德的童年状况及其可能对其成年创作活动产生的影响。事实上，每个个体的童年经历都是极为不同的，尤其是在社会等级分层复杂的现代社会更是如此。皮亚杰的儿童发展心理学只是建立在实证和实验基础上的一般理论和法则，具体的个人总是沿着具体的法则走过成长之路。所以，个人的独特出身、处境、遭遇，特别是处在挑战性或陌生性的环境里，面临着对立者和竞争者的威胁时，每个个体的反应都会很独特，每个人的自我意识、社会感、道德心都各不相同。

所以，引述实证范例的目的，只是要表明王尔德的叙事艺术的创造是具有充分的主体性，即具有儿童心理发生学的依据的。如果只从社会状况和成年经历中寻找缘由，那么只会得出颇为勉强的结论。

在王尔德这里，问题的关键是，从他青年时代起，他的家境就处在衰败的状态，因此王尔德一边要迎接生活拮据的挑战，一边会不由自主地留恋和怀念往日的岁月和幸福的时光，这样就阻止了他对先前形成的意识倾向及其人格取向的否定和蜕变过程，使他不但长久保留着早年的记忆，而且深受其影响。这就是他初衷难改的缘故，也是中国俗语说的“本性难移”。

除了上述家庭生活和童年早期的环境影响外，社会形势通过家长和成人的行为对王尔德产生了潜移默化的影响。在英国近代历史上，大众启蒙形式、报纸、日记、书信、辩论、沙龙聚会……尽管这一切都是在英国工业革命以及遍及世界的殖民掠夺基础上建立起来的奢侈生活方式，但其推动社会思想活跃和文化创造的作用是不可小觑的。也可以说，这些文化生活方式的意义不在形式本身，而在形式之外，它们有力地促进了社会主体的思想交流和相互激发，促进了人们的知识高涨和思维飞跃。正如书信增进了人际关系的深化、日记增进了认识自己一样，沙龙对于组织社交、信息流通、社会舆论等方面的意义也应得到充分重视。至少，它对于以家庭为单位、以家人为对象的情感交流，文化普及和观念塑造都有十分重要的作用。

王尔德从母亲举办的各种文化沙龙所受到的熏陶——诗人给他的诗思的种子和美的感动，哲人给他的思想和才智，女性给他的生活哲理和爱的直觉，那种虽然无法参与讨论但却由衷赞羡敬佩的心灵响应……这个美妙的温室和爱尔兰的乡野生活融汇一炉，必定具有塑造他的人格类型的意义。

据记载，王尔德的母亲在1864年发表的诗集中，有三分之一作品都是民族主义题材的。① 从受到母亲影响的角度看，如果说王尔德对英国社会的认同中包含着对爱尔兰社会的不满的话，那么他对英国社会日益加深的反感，显然同他的爱尔兰民族情结不无关系。

也就是说，除受到个体性的遗传因素和从家庭接受的文化熏陶的因素外，英国社会当时的文化生活方式与文化生活环境的影响也是极为重要的，它们不仅直接影响到王尔德的幼儿期的生活，也通过其父母的文化生活方式，特别是成人社交谈吐，间接地给予王尔德以影响，甚至是重大而深刻的影响。

三、求学与荣誉

在维多利亚时代，一个中产阶级的子弟如何接受教育，是极为重要的家庭生活内容。王尔德于10岁（1864）就读普托拉皇家学校，17岁（1871）就读都柏林三一学院，20岁（1874）就读牛津大学。他自出生到走上社会，基本上10岁以前是受自然教育和家庭氛围熏陶，10岁以后便是正规的中产阶级教育。

如果说，对于男女儿童的成长来说，最重要的动力无疑来自鼓励，

① Stephen J.Brown, *A Guide to Bookson Ireland* (Dublin:Hodges Figgis & Co Ltd, 1912),p.78.

那么对于他们的成长来说，最为关键的时期则出现在少年期，也就是10岁前后。这个时期通常意味着一个人的各方面趋于成熟。但是整个成长过程却不能一概而论。事实上，有早熟的儿童，有晚熟的儿童，也有正常的儿童。这些差别往往与具体的儿童境遇直接相关。

王尔德的重大人生转折，都与牛津大学有关。维维安·贺兰写道：

> 王尔德在都柏林求学期间受教于马哈菲教授时，就已种下对唯美主义与希腊美学浓厚兴趣的种子，等到他进了牛津后终于开花结果……二十多年后，王尔德表示他生命中的两个转折点，分别是在他父亲送他进牛津，以及他入狱的那段时间。[①]

在求学牛津期间，王尔德的社交活动和交谈艺术都有长足的发展。维维安在传记中曾转述过别人记录下的王尔德在社交场合的表现，里面除了关于对王尔德的身材相貌等的记录之外，就是对王尔德的智力印象的记录，例如王尔德的口才——自幼在家熏陶，在校历练，在社会上出尽风头。还有就是他得天独厚的遗传特点，略带腼腆，骄傲，但为人亲善，健谈，尤其具有强烈的争胜意识和荣誉感。

王尔德在求学经历中积累而成的强大荣誉感和开拓动力来自他赢得的一系列奖励和荣誉。根据维维安·贺兰叙述，王尔德在求学生涯中获得的奖励和荣耀大致如下：

1873年，获三一学院大学部学生最高学术荣誉、古典文学基金会奖学金，年得20英镑；1874年，获牛津大学莫德伦学院奖学金，年得95英镑；1874年，获柏克莱金质奖章的希腊文学奖，为三一学院颁给学生的古典文学最高荣誉；1878年，获牛津诗作比赛纽迪吉特奖。在这些几乎是最出色的学业奖励和创作奖励中，从中可以看到王尔德的聪颖好学，特别是他的若干诗作，已显示出宽广的学识和以古贤为范的胸襟。

---

① 理查德·艾尔曼：《奥斯卡·王尔德传》，萧易译，广西师范大学出版社，2015，第14–16页。

这些光彩夺目的荣耀使他在学院里鹤立鸡群，不能不激发或增进他的荣誉感和功名心，也不能不使他对自己发出“我想我会成名，如果我没能出名，就会臭名在外”的预感。[①]

32岁之后，王尔德基本停止写诗，这很可能与他的诗人意气缺乏冲力而过于纤柔有关，他通过创作实践发现，仅有妙语连珠、锦心绣口、广闻博识就想当大诗人还是靠不住的，缺少诗人的意气、冲动、机灵和果决就无法独步诗坛。于是，他便把写诗的力量转向小说、童话和戏剧，并创造了卓越的成就，也反过来证实了自己散文创作的实力。

回顾他在三一学院所受教育，熟谙希腊文化、思维敏锐、口才出众的马哈菲教授对他的强烈影响几乎和他童年所受母亲的影响相媲美，这种影响发生在王尔德世界观成熟期，其支配力量是难以估量的。也就是说，这种影响具有导向性、始发性的性质，与后来罗斯金、佩特等学术权威对王尔德的影响完全不同。当然，王尔德仰慕男性化的古典风气，也很可能在这一时期扎下了文化之根。

参照王尔德当时写下的《拉文那》一诗就能看出，王尔德固然聪颖过人，但尤为难得的是他由衷热爱古典文化，崇仰但丁（亡于并葬于拉文那），具有佛罗伦萨情结；是古典之魅，决定了他的命运，将他引到了唯美之路。

除了王尔德的生平与社会历史进程的对应关系外，还存在生平与创作对应关系，尽管这些关系不是简单和精确的。从历史上看，以王尔德为代表的唯美主义对人类关于美的观念产生的启示意义，以及对整个人类审美文化的贡献，都是格外重要的。

从唯美主义到王尔德，其中包含的逻辑令人推想到历史上对美的探索与思考，推想到各种极尽虔诚敬仰之心的艺术小说。如奥尔罕·帕慕克的《我的名字叫红》作为中东细密画小说，罗曼·罗兰的《约翰·克里斯朵夫》作为音乐小说，肖洛姆·阿莱汉姆的《游星》作为

① 维维安·贺兰：《王尔德》，李芬芳译，百家出版社，2001，第25页。

戏剧小说，村上春树的《刺杀骑士团长》作为绘画小说，以及王尔德几乎所有集中讨论艺术的小说和戏剧……它们既不是当下方兴未艾的元小说类型，也不是如罗曼·罗兰、斯蒂芬·茨威格等人撰写的广泛涉猎艺术的艺术家传记，而是真正的小说，只不过它们以艺术本身为题材，以作家本人的艺术之魂为灵感来源和创作动力，是真正意义上的元小说。它们以艺术的方式，把艺术的真谛揭示于世人面前，引导读者的心灵向美的境界攀登。从这个意义上说，它们不啻为指引生活摹仿艺术的典范之作。

因此，如果说整个唯美主义运动是一部打开的书，那么它就是一部关于美的小说，它的诸多主人公中最重要的就是王尔德。在艺术与生活的关系这个根本性的方面，王尔德的贡献具有巨大的推进意义。

王尔德大起大落的命运，以血肉生命的方式印证了一个道理：作家、艺术家的创造活动时常遭到打击，不是战争、天灾等无由归咎或人力无法避免之凶咎的打击，而是人祸，彻头彻尾的人祸。除了日常生活的困厄，以及身不由己地陷入精神亢奋，天才们时常为这些多少都可以归咎于自身的原因而付出生命代价，例如许多勇敢反抗强权的现实主义作家和直抒异见的浪漫主义诗人的遭遇，更多的是世人的刻意打击——从文字狱到舆论诋毁，自上而下或自下而上的绞杀，令作家、艺术家常为自己的创造而落入世人的毒手（越是独创就越是招灾）。直至时过境迁，人们才念起他们的创造和冤屈，可是为时已晚，只是心下略感歉意罢了。

王尔德的遭遇启示人们，一个作家、艺术家对人类文明的贡献在很大程度上取决于对人类的启示、启蒙、批判、告诫，像牛虻一样对人类的颟顸懵懂作出痛彻的蜇刺，使人类能够在他的教训面前除了感受到惭愧和赧然，更会从他诚挚的智慧（这往往得自良知和勤勉）中欣喜地获益。为此，真诚、勇气、献身精神，都是不可缺少的品格。

第二节　维多利亚时代的机械主义与意识形态冲突

一、维多利亚时代的机械主义

关于维多利亚时代英国社会的诸多特点，已有很多文献资料从各个方面进行了大量介绍。在世人眼中，甚至在很多学者眼中，维多利亚时代是一个繁华盛世、彪炳全球的伟大时代，是大英帝国强大国势的顶峰。的确，它给英国历史和那个时代以来的英国人以炫耀的资本和光荣的记忆，但是，还有两个极为重要的因素往往被人们忽略：一个是在这半个多世纪，英帝国体系的社会危机不断加深，导致世界性的帝国体系矛盾日益尖锐，朝着大战形式的外部冲突结局飞奔；另一个是社会两极分化、贫富悬殊导致的阶级对立和各种罪行的激化，以及新旧社会文化激烈碰撞交锋所造成的思想挑战，如日中天的贵族——资产者所标榜的维多利亚风范和道德标准遭到了剧烈的冲击。表面的繁荣并不能掩盖或是压制这种普遍的末世危机。

正因如此，M. H. 艾布拉姆斯在介绍维多利亚社会的词条里，强调了如下要点：

这是一个经济和社会发生了前所未有的迅猛变化的时期——这些变化使英国这个占世界表面1/4以上面积的帝国成为主要的工业国。这些发展的速度与深度激发了民族自豪感，以及对未来发展的乐观主义态度，但与此同时也造成了社会压力与动荡；人们普遍对国家及个人在处理时代积累的社会问题、政治问题与心理问题的能力感到焦虑……未加控制的工业化不仅给日益扩大的中产阶级带来了巨大的财富，而且造成了英国乡村地区的衰退、粗劣的城市化的迅猛发展和集中在贫民区的大规模贫困。查尔斯·达尔文的进化论（1859年出版的

《物种起源》）以及实证主义（认为所有正确的知识都必须以自然科学建立的实验调查方法为基础）对所有知识领域的影响引发了宗派争论，对宗教信仰正确性的质疑在某些情况下导致了回归严格的《圣经》基要主义。给社会及政治造成动乱的还包括所谓的“女性问题”，即早期女性主义鼓吹的平等地位与权利。[①]

问题在于，这种机械力量的强大威力对人具有怎样的影响。机械，大机器生产，冰冷而无休止的运行，发出震耳的轰鸣，巨人般吞噬人的时间、力气、思维、生命，天空是人造的伦敦雾……它把世界翻了个儿，把劳作的人赶进了炼狱。这样一种把地球上的资源都用来增长残暴者的财富，把自然的瑰宝都用来毁灭一切美好，把一个原本能够更美好的世界一下子打回到远比先前更原始的、新的野蛮蒙昧状态中去的现实，是令那些还保留着往昔田园般岁月印象的英国人，对于迷恋快乐的英格兰的人，难以接受的。这是以卡莱尔为代表的一代知识精英猛烈批判社会的根由，也是王尔德激烈地反现实的动力，因为一个力造就了另一个力。

工业资本主义除了在物质层面给这个世界带来了改观之外，也在精神层面极大地改变了世人的想象、思想乃至情感。我国学者柳无忌在所著《西洋文学的研究》一书中，曾非常生动而概括地描述了西方文学的历史演变和工业化后呈现的“满面灰尘烟火色”的局面。由于拥有学贯东西的根底，因此柳无忌能够将西方文学与中国传统文化所统治的大众头脑联系起来并予以论述，在比较中发现双方的差异。而且，他的比较是从古今、东西两个维度同时展开的，因此具有丰富的对比意义和互见长短的益处。他说：

西洋文学有三个时期：古代、中古时代与近代；使它进展的也有三

① M.H. 艾布拉姆斯：《文学术语词典（第7版）》，吴松江等编译，北京大学出版社，2009，第657–659页。

种原动力：希腊艺术、耶稣教圣经与促进工业文化的科学……古代希腊人表现一种唯美的嗜好……在文学的创造中……希腊人最高的理想是形式的完善，不但各部分要配合着平衡发展，而且在各部分之间也要互相调和，产生一致性的美丽。①

关于东西方古代的审美文化差异（与一般历史发展的亚细亚方式和古典方式相伴随的），柳无忌说到了两者性质的差异：

不同的地方是：希腊人把形式的与身体的美视为至上的理想、艺术的主要条件；而在东方则一切都以道德的标准为归依……形体美得不到真实的欣赏，为道德的热忱所代替了。这并不是说希腊人没有道德，或他们的文学中缺乏道德的成分；我们仅是说，希腊的艺术以美为出发点，亦以美为归宿，比较起来美丽的观念重于道德的观念。②

经柳无忌的提示，便明白了到社会文化的根源所致的审美差异；这两种传统，一个源于宗法，一个源于理性，中国的独尊孔圣而老庄不显，西方的酒神和日神文化并行不悖。所以只要古希腊罗马文明不为基督教所掩盖，就会保持世俗文化的统治地位。文艺复兴、古典主义、启蒙主义、浪漫主义直至现实主义都是例证。虽然浪漫主义以及它的余绪唯美主义也有回归中世纪的因素，但毕竟是以自然主义、古典主义、酒神精神、个性解放为主导倾向的。

所以，唯美主义从其本质来看，是对古典的人本主义、酒神精神、自由主义审美的推进形式，王尔德之所以对歌德、济慈等人推崇备至，也是这个缘故。只要举出歌德的“献出一生而得永生”，以及济慈的“一件美丽的事物是永远的快乐”，就可以证明这一点。

当然，这样说并不是无视《圣经》《古兰经》以及儒、释、道学说

① 柳无忌：《西洋文学的研究》，大东书局，1946，第9页。
② 柳无忌：《西洋文学的研究》，大东书局，1946，第9–10页。

对西方社会的深刻影响，在王尔德的作品中，特别是他带有教谕色彩的童话中，能够看到非常明显的基督教信仰痕迹。而基督教的圣母子崇拜又延伸到对一般女性的尊崇，与中世纪的尚武之风相补充，形成了“除了酷爱着真理、名誉与自由外，一个典型的武士也崇拜着恋爱”的传统。就这样，由宗教以及骑士文化的助力，文艺复兴掀起的理性和情感的解放便朝着现代伦理生活，朝着现实主义和浪漫主义相互颉颃又相互促动的方向发展而来。

从古老的时代延续至今，从东方到西方，能够看到存在着一个主导性社会意识相互区别的格局——从伦理（中国，畸形情感的理论化）、性理（印度、犹太，将本性中的神秘理性发展到极端）到情理（克里特、古希腊，对人的感情和理性相结合状态的歌颂，如史诗和悲剧等）以及法理（罗马帝国，对权威和等级的维护意志使国家生活变成法律理性统治的典范），虽然同有逻辑演绎的“理”，但所指不同，围绕其构成的社会意识体系也不同。

而西方在科学兴起之后，便以 15 世纪以来的社会大改造为动力，动摇了宗教根基，也唤醒了生存问题。生死成为无情的客观事实，人生是连续的求生挣扎，于是“自然也变了颜色，不再有那种浪漫的光华与色彩，如昔日的诗人那样歌唱着”。月中无嫦娥，银河无织女，海底没有龙宫，诗意的大地变作了冰冷的自然，生活的艰难、艰难的不免、好梦的破灭、科学对于文学的写作方法也有决定性的影响。一是给予文学以写实的方法，即巨细兼察、精密正确。文学家也置身于事物之外，用客观的叙述处理各种问题。古代文学如绘画、现代写实，特别是其极端的做法，如照相机。二是“科学间接地自心理学影响到人物的描写。心理学是近代科学的一个宠儿，它诞生的日子尚短，但它却已为文艺批评家开辟一条新的途径，改换了作者对于写作小说与戏剧的重点，因而也革新了人们对于文学的观念。”①

正是出于对机械时代的反抗，在最先出现近代世界科学技术的英

① 柳无忌：《西洋文学的研究》大东书局，1946，第 15–17 页。

国，此时又出现了各种冲决配合资本主义社会的意识形态和艺术规范的思潮流派，直至达到尖锐的冲突和决绝的对抗。

王尔德在这个新兴力量中，充当了后来居上、登峰造极的角色。他虽然崇仰古典，却不循规蹈矩，他摹仿他人而又善于创新，尤其对于拉斐尔前派的各位诗人、艺术家，他情有独钟且自得益深。拉斐尔前派（其诗歌与绘画）的突出特征在于捍卫艺术的本体地位，发扬艺术创作的个性自由和独特想象，即表现隐藏在生活幔帐后面的真实对人具有的实质性影响，真实、鲜明、高光、热情，突破了学院派和古典派的虚假的和谐与柔美，显示了对现实的叛逆精神。

素以浪漫主义批评见长的艾布拉姆斯对拉斐尔前派解说如下：

他们的目标是回归到拉斐尔（1483—1520）及意大利文艺复兴全盛时期之前意大利绘画所具有的真实、简朴和对艺术的奉献精神，并以此取代当时占据统治地位的学院派绘画风格。随后，但丁·加布里埃尔·罗塞蒂（他本人既是画家又是诗人）、罗塞蒂的妹妹克里斯蒂娜·罗塞蒂、威廉·莫里斯和阿尔杰农·斯温伯恩等人接受了这群画家的理想，并将其发展成一场文学运动。罗塞蒂的诗歌《天女》突出表现了该学派早期作品的特征：中世纪信仰，生动的写实中暗含象征，并体现了肉体与灵魂、世俗与宗教的结合。也可参阅克里斯蒂娜·罗塞蒂的名诗《精灵集市》（1862）和威廉·莫里斯的叙事诗歌《人间天堂》（1868—1870）。[①]

由此可见，正是该派领袖们对古代风习文化的继承，迎合了王尔德的古典崇拜意识，才使他后来一直以发扬该派的艺术精神和创造意识为己任。

除了继承古典风范，还有一个现实楷模的资源也深得王尔德的欣

① M.H. 艾布拉姆斯：《文学术语词典（第7版）》，吴松江等编译，北京大学出版社，2009。

赏，并成为他后来反抗社会、冲决正统藩篱的精神动力来源，就是泰奥菲尔·戈蒂耶的小说《莫班小姐》(1835)。小说里面的作者自序，其浓烈的火药味等，十分投合王尔德的胃口：

显而易见，本人是欧洲及全世界的头号背德者。[①]

序言里这句话，代表着戈蒂耶的挑战开启了。他的《莫班小姐》向世人展示了唯美主义锋芒犀利的反抗文学，而且是冒天下大不韪的反抗。它对维多利亚社会的精神压制氛围的揭露最彻底，义愤最强烈，主张最坚定，意志最刚烈，是文化斗士的战斗檄文。从小说中摘出几个片段，不难看出它升腾出的烈焰：

我是荷马那个时代的人；我所生活的世界不是我的世界，我对周围的社会一无所知。基督并非为我降生人世；我与阿西比亚德和菲迪亚斯一样是异教徒。我从来不曾在各各他山采摘西番莲，从受难者胸腔淌出的深色河流，成为人世的一条红腰带，却不曾将我浸入它的波涛；我反叛的肉体拒不承认灵魂的至高无上，也不认同肉身会死灭。我觉得人间和天国同样美好，认为改善造行就是积德。灵修不是我的事，比起幻影我更爱雕像，比起晨曦我更爱正午。[②]

这里有对基督教的大胆亵渎，有对此生与来世关系的颠覆，更有恶魔般的反抗现实的精灵的诞生。如果说这段文字主要针对耶稣的神迹和教义，那么紧接着的一段文字就更用无以复加的火力，对着基督教世界公认的最圣洁、最美好的信念展开了攻击：

我的眼深深注视圣母像上那双长长的美目的淡蓝色眼白，怀着恻

① 泰奥菲尔·戈蒂耶：《莫班小姐》，艾珉译，人民文学出版社，2008，第6页。
② 泰奥菲尔·戈蒂耶：《莫班小姐》，艾珉译，人民文学出版社，2008，第123页。

隐之心观察她消瘦的椭圆面庞和微呈弓形的秀眉，我欣赏她平滑而有光泽的前额、纯净透明的鬓角，还有额颊处泛起的比桃花更动人的纯洁朴实的红晕；我一根一根数着她美丽的金色睫毛——它们在此投下了微微颤动的阴影；我从她所沐浴的中间色调中，辨识她微俯的柔弱脖颈难以捉摸的线条；我甚至用一只鲁莽的手掀起她长袍的褶调，无遮无掩地凝视那充满乳汁的贞洁的乳房……[①]

有哪个时代的哪个狂徒曾经如此嚣张？约翰·弥尔顿笔下的魔王也望尘莫及。这样的文字已经向世人宣告，世间没有什么是作者所畏惧的，也没有什么是值得他奉为神圣的，他就是要在世间最圣洁、最不可侵犯的地方踏上一只脚，把它踩在脚下。

当然，戈蒂耶是说得狠，王尔德却是做得绝。这种大胆的亵渎，决然的分裂，为唯美主义竖起了战旗，立场鲜明地向全世界宣示。在整个作品中，作者全然不顾现实生活的逻辑，人物都如生活在大地和天空之间，上不着天，下不着地。充分展示了写意作品与写实作品的差异之大。以作者的立场统观现实，现实已经变得全无意义；以此统观个人心理，则个人大有冲决一切之势，对于理解时代反抗的爆发力极有启示意义。

就连历来作为道德伦理的性爱主题，戈蒂耶也没有放过。他在小说中对同性恋、异性恋进行了同样大胆的描写和肆无忌惮的抒情，这些文字落入性取向异常的王尔德的眼里，又会发生怎样的轰鸣：

为满足我的双重天性，我的幻影将交替以两种性别出现：今天是男人，明天是女人，我为情人保留着我缠绵的温情、顺从和忠诚的姿态、温柔的爱抚和一连串多愁善感的轻声叹息，总之所有我性格中猫儿般的女性成分；而与情妇在一起时，我将是敢作敢为、大胆果敢、热情洋溢、志得意满的神情，帽子扣在脑后，一副冒险家和好汉的姿

① 泰奥菲尔·戈蒂耶：《莫班小姐》，艾珉译，人民文学出版社，2008，第125页。

态。我的天性若这样全部展现，我会十分快乐，因为真正的幸福，就是让自己的方方面面自由发展，并成就自己可能成就的一切。[①]

虽然作者以幻想的形式写出这些画面，但是它没有虚拟的意味，在有心人看来，它比真实发生的情景更为有力。看起来小说男主人公泰奥道尔的爱情理想仿佛是中性的，他远离男女两性由文化塑造出的偏执和畸形，却无形中泄露了中世纪之后、近代化以来的男女关系的畸变与冲突给人类带来的失望和厌弃，暗示了未来的现代化生活所带来的无性或中性的人格形态。

这些来自学院精英，来自当代艺术先驱的鼓舞和推动，使王尔德犹如一匹嗅到血腥气味的战马，遏制不住要发出嘶鸣奔向战场。他每日梳妆打扮，给人温柔贤淑之感，但内心里他充满了无法安宁的焦灼，他为童年以来的向往、少年以来的得意、青年以来的功名欲、成年以来的生存压力而焦灼，也为无法再以童子之心、成年之身混迹于学子之间而焦灼，更为文名初立而奇勋未建而焦灼，所以他才焚膏继晷于创作，萧飒招摇于人前，才在内在的冲突与战斗的激励下写下了惊世骇俗的作品。

二、唯美主义与意识形态冲突

历史发展到19世纪下半叶，文学领域中出现的现实主义的衰落已呈必然之势。究其原因，应该承认，这正是自由竞争的资本主义社会形态转变为大工商业资本和金融资本的联合统治社会的结果，现实社会对文学艺术提出的要求已经不再是如何认识社会及其复杂变动中的关系，不再是社会对人所发生的支配性的影响，而是要认识人自身，认识人性中还有什么力量能够抵御强大的猛兽般的中产阶级社会的压迫，还有什么途径能够引导人类在铜墙铁壁中突围出去，实现救赎。

所以，现实主义的衰落主要是这一创作和接受的美学形态失去了

① 泰奥菲尔·戈蒂耶：《莫班小姐》，艾珉译，人民文学出版社，2008，第247页。

自身的对象性基础，失去了可以导向现实性的实践可能性所造成的结果。每个时代的审美把握世界的方式不同，现实主义和浪漫主义的消长也就显示出不同方式。在现实的出路日益变得绝望，个人的空间日益变得逼仄的时代，没有哪个青年还在希求正义事业的崛起和群众运动的威力，个人的压抑和痛苦唯有在奋激的冲决中才能得到伸张和宣泄。这就是维多利亚时代后期的潜在历史要求，王尔德恰在这个时候进场，也就是在这个舞台上尽情地施展了自己。

而以拉斐尔前派为代表的新浪漫主义既是18世纪末、19世纪初勃然兴起的浪漫主义的延续形态，又是唯美主义的先驱。作为早期浪漫主义的延续形式，拉斐尔前派在个性的张扬、情感的真切、形式的鲜明质感等方面都做出了革新的表率。但丁·加百利·罗塞蒂等人的画风对于学院派和古典派的冲击十分强烈。罗塞蒂的灵肉一体的诗歌也对中世纪以降的灵肉分离、肉体屈居灵魂之下的有力反拨，对于王尔德的唯物唯心沟通合一，产生了极大影响。

到了约翰·罗斯金和沃尔特·佩特时期，他们的劳动美学、自然美理论、人生美学化、艺术至上论等，对王尔德的影响更为直接而强烈，可以说王尔德的文论和美学都是从他们的思想中衍生出来的。

至于以夏尔·皮埃尔·波德莱尔（1821—1867）为代表的法国颓废派的影响，只要看看《画像》中亨利勋爵那些精致的自我主义的享乐哲学，就非常清楚了。按照人们通常的理解，以波德莱尔为领袖人物的颓废主义（姑且这样称呼），其要义包含反科学、自我崇拜、技巧居上、不关世事等主张。这些观念对于急于投身到艺术革新的潮流中去，以先锋姿态展示自己的王尔德来说，不啻一面战斗的旗帜。而波德莱尔说过：

今天很少有人愿意赋予这个词（即浪漫主义——笔者注）以一种实在的、积极的意义，不过他们敢说一代人同意进行好几年的论战是为了一面没有象征意义的旗帜吗？

我们回忆一下近年的混乱就不难看到，假如留下的浪漫主义者为数不多，那是因为他们中间很少有人找到了浪漫主义，但是他们都曾真心实意、老老实实地找过……浪漫主义恰恰既不在题材的选择，也不在准确的真实，而在感受的方式。

他们在外部寻找它，而它只有在内部才有可能找到。在我看来，浪漫主义是美的最新近、最现时的表现。有多少种追求幸福的习惯方式，就有多少种美。①

就这样，王尔德把他从现实中和历史上能够凝聚起来的思想资源汇聚一处，以拉斐尔前派、洛可可艺术、新浪漫主义、唯美主义、颓废主义、象征主义等艺术资源联合起来，把远至古希腊以来的伊壁鸠鲁主义、柏拉图主义、托马斯主义、文艺复兴人文主义直至德国古典哲学和德国古典主义文学联合起来，熔铸成了自己的艺术至上主义和艺术乌托邦理想。

一件艺术品的目的仅仅在于其以完美无瑕的形式存在；换句话说，唯美唯思即是其本身的目的。唯美主义的呼声最终成了“为艺术而艺术”的口号。②

事实上，西方社会自古以来就一直沿着自然主义和神秘主义，或者客观性和主观性的思想文化相互交织、相互博弈的路线而发展演变。唯美主义及其领袖人物王尔德的出现，也体现了自西方古典主义以来崇尚人文和美感的传统在现代机械主义、科学理性主义的压制面前发起的反抗运动。

自文艺复兴时代以来，思想文化和文学艺术的巨大社会改造作用日益引起西方社会的重视。到了现代，随着资产阶级社会日益加深的

---

① 夏尔·皮埃尔·波德莱尔：《美学论文选》，郭宏安译，人民文学出版社，1987，第217–218页。

② M.H.艾布拉姆斯:《文学术语词典(第7版)》,吴松江等编译,北京大学出版社,2009，第7页。

阶级分化与对立危机的出现，人们越来越关注文化对于社会变革的巨大作用。于是，在相对自由的社会文化环境下，作家、艺术家的文化雄心得到激发，各种艺术潮流也就应运而生了。

当然，英国社会之所以成为新思潮的重镇，王尔德之所以成为最为耀眼的悲剧性角色，这与英国社会的先期发展演变分不开。

文学从来都是一种带着强烈意识形态色彩的意识形式，而且这一意识形态的性质也是特殊的，不是通常意义上的一般意识形态，因为它往往是和特定的统治阶级意志捆绑在一起的，并且随着他们的利益而转移。而艺术，特别是具有人道主义和人文主义倾向的艺术，它所承载的总是代表下层社会或民族民主意志的社会意识形态，所以与敌对的意识形态相对立，而且具有强大的破坏性、否定性力量。这正是维多利亚时代正统观念、保守势力、统治阶层无法容忍王尔德的根源所在。因为任何意识形态都会在文化方面争夺阵地，都会不遗余力地在文化和艺术产物上打下自己的烙印。因为这个文化就是它们的载体，也是它们的生命所系。

所以，本书认为，考察文学的意识形态属性，就要关注活的意识形态，具有动态的意识形态观，尤其是将其作为权利话语和规训方式来看待，其中包含的对抗性是它的实质内容，马克思对阶级社会中两种思想阵营的论述就与意识形态多元化的思想有联系。

当然，艺术之所以常与意识形态相纠缠，还有其他缘由。例如，艺术的真实性与意识形态的真实性问题，艺术的无具体真实和有实质真实，与意识形态的有具体真实而无实质真实的问题；艺术需要想象，意识形态同时需要真实，这都是两者的要义。但是读王尔德的《谎言的衰朽》，看到的却是传统写实艺术的衰朽与意识形态的衰朽和破产，发现艺术摹仿生活的无力，发现生活摹仿艺术的必要。从生活到艺术再到现实主义的衰朽和正统意识形态的破产，促成了王尔德的超越社会历史进程的、非现实主义的探索结果——审美乌托邦。

关于唯美主义和王尔德现象的现实基础问题，有两个极好的理论范例可以借鉴，一个是佩特的《文艺复兴：艺术与诗的研究》，另一个是王尔德的《英国的文艺复兴》。这两个理论范例都是以文艺复兴为名，都是从时代生活的洪流中寻找艺术的源泉的范例。

先看佩特的范例：

赫拉克利特说：万物流动，变化不息。

将一切事物和事物的原则看成是常变的风尚和样式，日益成为现代思想界的趋势。让我们先从外形——从我们的身体说起吧。我们假想这样一个适意的情况：天气酷热之时猛然暴雨加身的刹那的快意。身体在那时的感觉，不正是具有科学名称的各种元素或成分的化合作用吗？但这些元素——磷、石灰、微细的纤维质，并不只存在于人体中。我们的生理活动——血液的流动、眼睛里水晶体的新陈代谢，每次声光造成的大脑变异，都被科学归纳为较简单、较基本的力。像我们身体所赖以构成的这些元素一样，这些力不仅在我们身体中起作用，它还可以使铁生锈，使谷物成熟。在许多力的作用下，那些元素在我们周围散布得很远。人的出生、姿态、死亡及紫罗兰从墓地的萌生，这不过是成千上万种组合的点滴例证而已。颜面与肢体的清晰、恒常的轮廓，只是一种表象，在其框架之内，我们把种种元素凝结成一体，这恰如网中的纹样，织网的细丝从网中穿出，引向他方。至少可以说，我们的生命像火焰一样，它只是多种力的组合，那些力量虽不断离去，其组合则时时更新。①

这段话表面看来无非是谈世界的物质运动，谈化学元素的无处不在，在天地万物之中，在人之中，在生死之间，在生命的洪流里。这都是老生常谈。但是，这里有一个格外重大的问题，一个永恒意义的问题，就是万物流动，变化不息。流动变化贯穿万物，贯穿历史，贯穿一切存在所包含的默契或者说自洽。人类一切高妙的创造都起于“青

① 沃尔特·佩特：《文艺复兴：艺术与诗的研究》，张岩冰译，广西师范大学出版社，2002，第 265 页。

萍之末”，也都可以归于这“青萍之末”。这是多么简单的道理！但是佩特却从中见出了文艺复兴的根由。王尔德也必定从中发现了无穷的奥秘——通过佩特的指点。[①] 这奥秘就是，从古希腊命题“人是小宇宙”，到中世纪的“人的渺小与上帝的伟大”（格里高利教父），到18世纪的“人的眼睛如果不像太阳就永远看不见太阳”（歌德），到19世纪的“人是机器”（向下延伸到20世纪的“人类大脑皮层分布图谱”和“人类基因谱系”），它们与人类的生产力、智力的发展一道前进。如果抛开了机械的意味而只取其同构的意义，那么，人与宇宙之间的默契不就昭然若揭了吗？从古希腊罗马的原子论、辩证法，到中世纪的神学形而上、文艺复兴的人文主义主体论的确立，到浪漫主义的无极天造、万象心生，再到19世纪万国来朝的维多利亚盛世，佩特没有做出哲学主体论关于人的本质力量的历史发展的科学概括，但他的确切身体会到了这种哲学意味——通过艺术直觉和美的启示。所以，应该承认，这是唯美主义的理论基础，也是其现实基础，是迄至19世纪的人类文明发展历程在这个牛津教授的头脑里结出的思维之果。

在王尔德这里，他像一个传教士一般，把他熔炼的一壶唯美主义灌进了美国听众的耳朵里。他不想看到一个为资本主义现实所侵蚀的美国，不想看到资本的力量以超现实的意志把人民变成庸众，所以他要在反启蒙的面具下展开一场新启蒙。他在演讲中宣传道：

我之所以称之为我们英国的文艺复兴，是因为它的确是人的精神的一次新生，同十五世纪伟大的意大利文艺复兴一样，它渴慕更为美好、更为通情达理的生活方式，追求肉体的美丽，专注于形式，探寻新的诗歌主题、新的艺术形式、新的智力和想象的愉悦。我又称之为我们的浪漫主义运动，那是因为它是我们对于美的最新表达。

人们把它说成是希腊思想法则和中世纪情感的单纯复活，然而，

① 这里以佩特的引导和王尔德的领悟引出的话题，令人想起19世纪盛行的“人即机器”的机械唯物论观念，但其中所含合理因素也是很显著的。

我认为它给这些人类精神的形式增添了现代生活的错综复杂的任何艺术所能提供的价值。它取希腊精神中的永久静穆和景象清明，取中世纪精神中表达方式的多样化和景象的神秘。歌德说过，研究古代不为别的，就是为了返回现实的世界（他们也正是这样做的）；马志尼说过，中世纪精神也不意味别的什么，就是意味着个性。

就是在气度恢弘、意向清明、静穆优美的希腊精神与异国情调、张扬个性、情感激荡的浪漫精神的联姻中，产生了英国十九世纪艺术，就像从浮士德与海伦的婚姻中产生了美丽的男孩欧福良一样。[①]

这就是王尔德在佩特思想的启发下，从历史的、美学的、直觉的角度透彻理解他所处的时代和艺术，理解精神的辩证法在造就他自己和他所投身的事业方面所起的伟大作用的结果。他把各位先贤的思想融会贯通，上升到历史的，特别是思想史和文化史的高度，概括为唯美主义的理论纲领。

从下面这些表述中不难发现，王尔德把佩特的“元素”完美地贯穿到他的演讲中去了：

我们英国的文艺复兴，就其对纯粹美的热情崇拜、对形式的无瑕追求，就其专注的感觉特性来说，当然与任何粗野的政治情感不同，与反叛者们刺耳的声音不同，然而我们还得向法国革命去寻找它产生的首要因素和最初环境：我们都是这次大革命的孩子，尽管我们当中有些人反对它，在一段时间中甚至柯尔律治和华兹华斯这样的人也在英国对它丧失了信心，却从大海的彼岸你们年轻的共和国里传来了高尚仁爱的祝愿。

对于历史连续性的现代感觉告诉我们，在政治和自然中没有革命，只有进化。1789 年席卷了整个法国，使欧洲的每个君主都为自己的王

① 奥斯卡·王尔德：《王尔德全集》第四卷，赵武平主编，荣如德、巴金等译，中国文学出版社，2000，第 6–7 页。

位而发抖的暴风雨的前奏，早在巴士底狱陷落和皇宫被攻占以前，就回响于文学之中了。为塞纳河与罗亚尔河旁的红色场面铺平道路的是德国和英国的批评精神，它使人们习惯于以理性和功利或是二者的结合来检验一切。巴黎街上人们的不满是追随爱弥儿和维特的生活的回声，卢梭在宁静的湖山之旁召唤人类回到黄金时代，以充满激情的雄辩，教诲人类返回自然，其韵律仍然回响于我们此方严酷的空气中。歌德与司各特使禁锢了几个世纪的传奇获得了再生——传奇不就是人性吗？[①]

王尔德的意思很明确，英国的浪漫主义运动像半个多世纪前的浪漫主义运动一样，都是法国革命的精神产儿。而王尔德这种精神变物质、物质变精神的观点，在他的文论中不止一次地表达过。而且，他已具有超出当代普通作家的历史眼光和哲学意识。他把歌德与司各特的传奇理解为人性，就等于说，唯美主义的理想与追求，同样出自人性。

如果说，马克思当年从黑格尔哲学辩证法中听出了革命的号角声，那么是否也应从王尔德以及佩特的历史连续性的理解中听出唯美主义美学革命的号角声？

而且，如果将王尔德的这些美学思想同弗里德里希·威廉·尼采关于酒神精神与日神精神的交融催生出了古希腊艺术的观点对照起来，就会发现，王尔德的古典精神和浪漫精神的结合，其实就是对尼采观点的另一种说法。

总结起来，这里有几个原因值得关注：其一是英国的帝国政治，将爱尔兰揽入自己的统治怀抱，导致民族冲突的危机；其二，英国工业社会的传统及其飞速发展使资产阶级的势力和随之而来的高傲空前膨胀，从而导致维多利亚时代傲慢、虚伪、功利、冷酷的社会风气；

① 奥斯卡·王尔德：《王尔德全集》第四卷，赵武平主编，荣如德、巴金等译，中国文学出版社，2000，第6–7页。

其三，英国社会传统的贵族习性和贵族社会礼法对人性和自由的阻碍和压制；其四，受到法国，特别是巴黎的各种风气和思想的影响，而这些裹挟着法国大革命影响的风气和思想对英伦三岛的巨大影响必然造成激进而广泛的响应；其五，正如佩特在《文艺复兴研究》一文中指出的，英国社会的工业化进程极大地解放了生产力，也解放了人类的精神活力和思想能力，从而产生了巨大的思想文化解放要求。

第三节　王尔德文学创作的阶段性发展

王尔德的创作生涯，大致可以分为早期——1875 年至 1885 年，即初试锋芒的诗歌和悲剧创作时期；中期——1885 年至 1895 年，即高产的 80 年代中期至 90 年代中期；后期——1895 年至 1990 年，即入狱直至去世。

一、早期创作阶段（1875—1885）

王尔德早期作品基本上属于创作冲动与创作实验兼具的性质，他在各种体裁和样式上测试自己的才能和禀赋，舒展自己的才华。这种创作的尝试在很多作家身上都出现过，既有实验和尝试的性质，又适合年龄特征的需要。一个作家在初始阶段通常都要有一个练手的机会，而且由个体复制整体的规律可知，这个阶段开始创作的青年通常要听从激情和幻想的召唤，以诗歌创作为主，正如人类的早期以“诗性”的方式创造文化一样。

所以，王尔德在这个阶段的创作以诗歌为主，自 1875 年写作诗歌《圣米尼亚托》到 1885 年前发表《英国的文艺复兴》，他在诗歌、戏剧、评论、演讲等方面都做出了努力的尝试，也对自己的创作前途有了自信和经验。

在文学史上，很多出身贵族的少年是在贵族学校接受正统教育后成为诗人的（贵族往往以诗为荣），而具有资产者身份的少年则大多通过独自闯荡和练笔而最终成为叙事作家的（自但丁开始，直至巴尔扎克等）。王尔德自幼接受的既是新式的资产阶级时代的教育——家庭、初级学校，又保持着贵族正统的古典风格，因此他的练笔趋于唯美的诗歌才成为必然的选择。即便在他成年后的创作中，这种诗意的精髓也始终如影随形，从未离身，成为他的创作风格的核心。

可见，一个人与时代的内在关联与交集不是没有缘由的——王尔德参与维多利亚时代的文化冲突，与但丁参与政治冲突、巴尔扎克参与社会冲突，同样都是内在逻辑的表现和结果。

当然，本书无法逐一阐释王尔德内在心理的矛盾运动，那是一部很大的著作才能完成的任务。但笔者找到了他的人生轨迹后面的机关和动力。少小烙印，民族主义熏陶，创作的本事，心理学的创伤与补偿，身世的方向与世界观的状况，这是他的主体论，也是那个时代孕育的超越自我的冲动与价值追求，在亚瑟·叔本华、尼采、瓦格纳等其他人那里同样表现出普遍的超越倾向。

总之，他虽然不像东方人那样心怀修身齐家治国平天下的志向，但他对艺术和美的毕生追求等都是极其感性的。他对爱尔兰的既爱且恨以及最终皈依天主教，他对朋友以及世人的热切期待和终遭鄙弃，这一切都表现为命运而又内含着逻辑。

如王尔德这样的艺术追求和美的献身，有爱有恨的创作，如果不能得到后世的充分认知和尊重，实在无可厚非，毕竟时过境迁，那个时代的风云际会早已成为缥缈的记忆，一切苦难和创痛也已平复而变成甜蜜，但是，自那个时代以降的历代有识之士还是持续不断地深入王尔德的表现和灵魂，在追究他和他后面的象征和寓言，追究审美救赎的宿命。而且，他们致力于给这一切以恰切的评价，正如那个时代说过的，“没有哭过长夜的人不足以与之语人生”，王尔德的爱恨哲学及他的诗歌也正在化为那个时代的寓言。

用王尔德的意思来表述，就是一个人成了时代的象征，时代造就了他，他也造就了时代。时代和人在相互塑造中实现了各自的转变，克服了各自的缺欠。

回到王尔德的早期创作，他在少年情怀的激励下写下了《圣米尼亚托》。《圣米尼亚托》是为佛罗伦萨的圣米尼亚托而歌，也是为王尔德自己而歌，其中包含的圣徒殉难之烈与王尔德的登临之志，并且形成了强有力的对比。类似的创作还表现在他的获奖作品《拉文纳》中，但是后者已是真正的有诗歌内涵规模和形式之美的艺术之作了。

此时王尔德的创作除了诗歌集之外，还有悲剧《帕都瓦公爵夫人》和《薇拉》，虽然没有复演，但是毕竟显示了王尔德的戏剧创作天赋，就算在当时上演，也暴露出某些演出的不适，以及时代的误置。若在欧洲近代的风云时代，在英雄气概尚存的时代上演，那么当然会在适当修改后成为名剧。

不过，由此创作的悲剧差强人意，王尔德也学到了很多东西。至少他明白了，他的真正长项，除了叙事作品，就是喜剧。他既有德莱顿的才智和表演冲动，又有马哈菲的辩才，还有内在痛苦的喜感冲抵要求，加上维多利亚时代的展示文化的配合，所以他在后来的喜剧创作中得到了成功。

二、中期创作阶段（1885—1895）

这一阶段是王尔德的叙事艺术勃发的阶段。从1884年至1895年，王尔德处于创作高产状态。在此期间除了上演早期写就的悲剧《帕都瓦公爵夫人》之外，他发表了童话集《快乐王子及其他故事》（1888）、《石榴之家》（1891），艺术批评论集《意向集》（1891），剧本《无足轻重的女人》（1892）、《温德密尔夫人的扇子》（1892）、《认真的重要性》（1895）、《理想丈夫》（1895）、《莎乐美》（1893），长篇小说《道林·格雷的画像》（1891），意图集《谎言的衰朽》（1889）、《笔杆子、画笔和毒药》（1889）、《身为艺术家的评论者》（1889）、《英国的文艺复兴》(1882)、《面具下的真实》（1889）、短篇故事集《W.H.先生的画像》（1889），散文集《社会主义下人的灵魂》（1891），以及大量诗歌作品。

这个短促的10年堪称王尔德收获甚丰的黄金时代。其主要成就有小说、童话、论文、喜剧四种。严格说来，《莎乐美》并不是典型的悲剧，反倒很符合传奇剧的范式。这是《圣经》传统的因素使然，也是王尔德热衷于传奇所致。

在整个中期创作过程中，创作与理论的并行不悖，突出体现了王尔德个人的艺术天赋和思辨才智兼备的特点。同时，在时代生活推动下的自觉意识和无意识的相互作用，使他能够在感性和理性的不同层面相得益彰。这是一个艺术家身上很难达成的统一，如果考虑到王尔德创作生涯的短暂性，就更为难得了。当然，正因他有个人的先期积累——无论哪种性质的，他得以在这个动荡的、思潮涌动的时代，表现出激情推动下的日常行为和艺术创作的惊人特点。

小说、童话、论文、喜剧，22部作品，5部艺术专著，以及大量的抒情诗、文章、演讲等，即便与他所尊崇的高产作家巴尔扎克相比，王尔德也并无逊色。

在王尔德的作品中能看到他的自我观念的折射，他在小说里展开多重对话，进行哲学思辨，在童话里抒发自己成年的感受和社会看法，在论文中袒露自己对时代生活、艺术、自我、历史的看法和观点，概括出自己的人文发现。这些迹象使人相信，他在生活中获得的对于世界和对于自我的新知也许不无偏颇，但毕竟极为深刻！他对艺术风格素有卓识，所以，他对自己在作品中折射自己的人格这种表现方式，必定也有深刻的自觉。正是在这个意义上说，他承担着后世多元对话小说、复调小说乃至元小说先驱者的角色。而他的新浪漫主义，他的各类作品，包括理论著述中的诗性精神，在后世的现代主义、后现代主义的创作和理论中同样得到了发扬光大。这也是王尔德现象能够长久得到学界、艺术界和社会大众关注的原因所在。

从王尔德的中期叙事艺术成就可以得出一个结论，那是一个进化论楔入一代人头脑的时代，也是科学昌明的时代，生命的伟大意识推动人们产生了人与宇宙共同生灭的统一图案，华兹华斯的《露西组诗》、巴尔扎克的《人间喜剧·前言》、卡莱尔和瓦格纳的英雄主义、叔本华的伦理学和尼采的意志哲学，都对王尔德有着深刻的影响。正因为他在自己的头脑中融入了远比这里提到的广阔得多的思想资源和理论成果，他才得以在自己的论著中提出了如此之多的创造性观点——尽管有些观点明显带有极端的性质。但是，一切创造都难免有瑕疵，何况他是如此一种心境，如此一种年龄，处于如此一种时代。

三、后期创作阶段（1895—1990）

自从王尔德锒铛入狱，他的创作便日益呈现出无助的哀声般的风格。这种变调显然是命运打击的结果，更是他的遭遇出乎他的先前意料的结果。无论是约翰·班扬、弗朗索瓦·维庸，还是威恩莱特，都似乎显示了监狱和艺术的相辅相成作用，王尔德对此心存幻想也就可以理解了。但是，他忘记了一点，就是他虽然刚烈，但是性格主要还是柔弱的。这种性格侧面里面有着复杂的构成，女孩儿情结、自然情愫、爱尔兰民间故事、神秘的宗教感、神圣之美的追求……这些都无法使他适应监狱和苦役的折磨。可以猜想，他在搓绳子时结下的手茧恐怕是他从未见过的，他在暗中流下的热泪也是他从未体验过的。当然，他也由此见识了英国人的劣根性，见识了人性的可怕。

在这样的心境下写出的哀歌《深渊书简》《雷丁监狱之歌》，不仅是他心境的必然产物，而且是他为时代画出的另一面身影。

王尔德此期创作也提示一条规则，就是他与时代的冲突终于达到了无法调解的程度，他的敌人也终于无法忍耐他的胆大妄为，他的行为举止、艺术创作、理论思考中包含了敌对态度、伤害力度、影响害处。在这里看到的已经远远超过机械化、商品化、消费化对艺术的抵制和打击，还包括政治的、意识形态的、阶级的你死我活。艺术？美？人性？全都屈服在这些严酷的冲突之下。

问题的关键是，那个时代杀害了自己的先知，却不自知，正如每个充满罪恶的时代一样，如《莎乐美》一样。所以更加能够理解，艺术，美，从来就不是在和煦的春风里徜徉于花乡的仙子，她们都经历过没有硝烟的沙场，都经历过浴血重生、凤凰涅槃。

王尔德屈服了，绝望了，过去是向死而生，现在是向生而死，他被人唾弃，令人不齿，被示众。他没有未来，他目力所及也看不到未来，未来中的希望太遥远了，那要到两次大战的毁灭性打击和洗礼之后才会到来，“一个人可以被毁灭，但不能被打败”。所以，不要为王尔德的哀苦而责备，不要为他的没出息的哀诉而愤慨，而是要为他所承受的几乎全社会的重压而怜悯。

第二章

《画像》的叙事艺术：三位一体的寓言

《道林·格雷的画像》(1891，以下简称《画像》) 是王尔德创作的唯一长篇小说，也是王尔德流传最广的成人文学作品。这部作品在艺术上虽然带有明显的浪漫主义小说的特点，如浓厚的主观色彩、奇异的想象场景和画面、戏剧性的情节展开方式等，但也显示出为王尔德所独有的诸多叙事特殊性，如古今文体的混合运用，故事框架的寓言色彩，近于元小说的美学讨论以及唯美化的构思、雕琢、意象等。这一切艺术特征为作品赋予了一种现代传奇的品格，虽不能比肩于黄钟大吕之作，但不乏珠圆玉润的美感。至少，它在英国19世纪文学史上，在唯美主义的创作实绩中，占有重要的地位，它为后世叙事文学创作的风格类型方面也提供了宝贵的经验和范例。

为此，结合西方小说的发展历史，参照文本细读的有效经验，对这部作品在叙事艺术方面的深入发掘和探究，以得出其中的创作原理和内涵意蕴，显然是极有必要的。

第一节　传奇、小说、美论的汇集

一、传奇与小说的异同和源流

美国学者杰拉德·吉列斯比在《欧洲小说的演化》一书中，按通常对中世纪文化史的划分，将传奇的发展历程和特征变化分为三个时期，即公元1100年以前的中古英雄时代，1100—1300年间的优雅时代，1300—1600年间中世纪全盛时代。[①] 其中对后世小说艺术影响强烈而深远的，是三者中所谓"优雅"类型的传奇。这种阶段划分方式遵循了传奇的形态变化状况，符合三个大致时期里传奇发展的不同特点。

关于其中优雅时代的传奇，吉列斯比正确地指出：

> 典雅的传奇乃是一笔巨大的文学遗产，这笔遗产是文艺复兴时期所不能忽视的。传奇中大量的历史和神话典故，以及各种主题和模式，为严肃的、"现代的"（当时）论述社会和政治的作品提供了有用的艺术框架，因而作家们开始把文艺复兴时期关于教育、文化和历史等各方面的思想放到中世纪传奇的框架之中。中世纪传奇的宝库还提供了一种艺术手段，即作家们可以虚构一个对象，随后以严肃的或喜剧性的手法含蓄地批评他们自己的时代。[②]

这段话中有些用语值得关注，如巨大的遗产、主题和模式、艺术

① 杰拉德·吉列斯比：《欧洲小说的演化》，胡家峦、冯国忠译，三联书店出版社，1987，第5–6页。

② 杰拉德·吉列斯比：《欧洲小说的演化》，胡家峦、冯国忠译，三联书店出版社，1987，第10页。

框架、虚构对象、批评时代。也就是说，随着生产能力的提升和城市的普遍成长，新阶级、新精神的文化需求催生了各种新文学成就。欧洲各民族的史诗（《尼伯龙根之歌》等）、文人创作（但丁的《神曲》等）、市民文学（《列那狐传奇》等）、骑士文学（《亚瑟王传奇》等）、宫廷文学（瓦尔特·封·德·福格威德等人的抒情诗）等，从文学史上不难看出，体裁样式、风格类型、思想情感、表现技巧等，都已呈现显著的丰富化、多样化趋势。它们在刻意利用旧形式时，往往近于影射或借古讽今，即所谓古为今用；而无意识地利用传统的艺术样式和形式手法，则往往属于旧瓶装新酒，推陈出新。前者具有明确的功利目的，如塞万提斯·萨维德拉的《堂吉诃德》便是在精神上反传奇，从形式上仿传奇的作品。

这些中世纪后期呈现出的文学成果不仅直接推动了文艺复兴时期的文学高涨，而且对西方文学的近代、现代发展也有深远影响。它们在体裁、叙事、描写、抒情、象征、人物塑造等方面为后世提供的大量经验迄今仍很明显。在 19 世纪，无论浪漫主义、现实主义、哥特小说、历史小说等领域都有那个时代留下的痕迹。

与历史上的叙事艺术形式相对照，不难看出，王尔德的小说《画像》具有传奇和现代小说的综合特点，而且这种传奇因素和小说因素的结合堪称典范。在吉列斯比的《欧洲小说的演化》中也随处可见对王尔德小说综合文体特征的印证资料。

吉列斯比以斯宾塞为例说明了包括心理描写等方面的过渡性贡献，为近代长篇小说准备了诸多条件。而王尔德在演讲《英国的文艺复兴》中也说起过古代传奇在他的时代得到复兴的情形。王尔德的观点的确显示了历史眼光和关于传统的意识。他对 19 世纪西方乃至整个世界的巨大变化所产生的自觉意识，特别是其中包含的对当下社会生活的历史价值和意义的思考，都体现在他的新传奇论述中了。从王尔德的历史观中能够发现两个重要的认识，一个是透过历史生活的迷雾而达到的对于历史的连续性和因果性的理解，一个是对浪漫主义或精神生活高涨的规律性的认识。

不妨将普遍公认的“传奇”和“小说”的异同和渊源关系再做以下对比：

小说是指具有一定长度和相对复杂结构的虚构散文叙事，在特定的背景下对若干人物所卷入的事件展开预定的叙事，以呈现想象的人类经验。小说的广阔空间可以容纳各种类型和风格的叙事，传奇式的，书信体的，哥特式的，浪漫的，写实的，历史性的——这只是比较常见的而已。

虚构的叙事，它应在描写中显示出构思的艺术性，呈现出人类生活的状况，以发挥娱乐或教谕的作用。小说的各种形式不应被看作分别独立的不同类型，而应被看作渐变的序列，从最短小的逸闻趣事到最长篇的可接受的叙事。[①]

这是 2006 版的《大不列颠百科全书》对“小说”的概念界定。在这个定义中，强调了小说的虚构性和散文叙事性，以人物、情节、广阔空间以及各种形式变化体现其艺术性。

另外，还可以将“小说”与“传奇”进行对比：

传奇通常指骑士叙事样式，首先出现在 12 世纪中期的法国。它源自多种古老的散文作品，即古希腊传奇，但作为一种特定的文体类型，它却是在贵族宫廷的资助下发展起来的。法国阿基坦地区的埃立诺王后便是这样的资助人。[②]

总结一下就是，传奇作为文体意义上的来源，是从拉丁语“土语文本”转来的古法语“土语”。当这个词从“语言”变为用语言写成

---

① 2006 CD/DVD Product Development Team. Encyclopedia Britannica 2006 Ultimate Reference Suite DVD Version.Encyclopedia Britannica, Inc.2006.01.00.000000000.

② 2006CD/DVD Product Development Team .Encyclopedia Britannica 2006 Ultimate Reference Suite DVD Version. Encyclopedia Britannica, Inc. 2006.01.00.000000000.

的“传奇”后，便沿着“故事”的路线指称各种传奇了，爱情的、骑士的、历险的等等。

通过以上的对比，可以看作辞书作者对传奇和小说的现代界定。不过因为只是定义或概括性的特征描述和抽象，所以不可能将这两个概念的基本内涵和外延做出很全面的表述。例如，传奇相对于小说，在叙事者眼里便有很大的甚至是根本性的区别，前者的叙事者往往将所叙之事看作真实的历史，后者的叙事者则只把所叙之事视为虚构的美文；传奇经过了原始思维主导或参与下的创造过程，因此与自觉的审美理想统率下的小说创作内涵有着根本不同的意义。

二、《画像》的文体特点

通常情况下，一个作家若是具有突出的艺术创新性，会在文体方面得到显现。因为文体是一个总体性的概念，综合反映一部作品在体裁样式，特别是艺术风格方面的特征。而王尔德的叙事作品，那种瑰丽的美感、奇异的画面、酣畅的意境以及缀满篇章的妙语格言，置于作家之林也显然有别于他人。所以，在他的唯一长篇小说中，梳理总结其文体特征，有助于理解他的创作的艺术面貌和艺术价值，解开他的作品魅力所在。

关于文体（Style）的概念，美国学者艾布拉姆斯在《文学术语与辞典》中做过如下说明：

就传统意义而言，文体指的是散文和韵文中语言的表达方式——说话者或作者如何说话，不论他们说的是什么。修辞情景与目的（参见：修辞学），有特点的措辞或言词的选择，句子结构类型和句法，比喻语的数量与种类等术语都能用于分析某部特定作品、某位作家或某类作品特有的风格。[①]

---

① M.H.艾布拉姆斯:《文学术语词典(第7版)》, 吴松江等编译, 北京大学出版社, 2009, 第607页。

从艾布拉姆斯的解说可以看出，文体的概念和风格概念基本相同，在英语里也用同一个词（style）来表示。但是，本书认为，文体还有体式和样式（pattern or model）的意思，或者简单地说，即属于什么类型，显出哪些体裁上的总体特征。

从王尔德的传记资料来看，他对这部唯一的长篇小说十分看重，曾多次向友人谈起。小说发表后，针对攻击者，他虽然没有进行大量回应，但偶或的回应还是采用了严厉的措辞。[①] 由此可知，王尔德是刻意要用合乎自己艺术理想的文体来创作并实现其文体效果的。

从艺术形式的角度加以考察，能够发现这部小说是以几个突出特征构成其艺术价值并产生艺术效果的。这些特征分别是：题材的类型传统或类型特征；被偏执的情欲（用巴尔扎克的话说）所推动的情节发展；形式与内容之间的矛盾运动与相互克服，或者如维戈茨基所说，小说的活的解剖学特征，其中包含作家的创作意图；人物对立对比的张力场特征（以人物对立关系的展开为主，兼及场域环境的描写）；以及观念折射和宣谕论道的特征，这一特征尽管在几乎所有作家的创作中都无法避免，但王尔德的刻意做法却超乎寻常。

在题材的类型传统或类型特征方面，这部小说引起人们联想的，首先是同一世纪出版的巴尔扎克的小说《驴皮记》（1831）。两部作品之间的确有着惊人的相似。两者都存在一种类似交易的关系，都有一个向万能的魔力交出生命而换取生命所求的情节。只不过这魔力一个是神奇的驴皮，一个是诡异的画像，都和年轻主人的生命相对立。如果说驴皮和画像都是欲望的代表，反映了主人的交易物，那么主人的生命就是这欲望的牺牲品，最后终止于这魔力的追索中。这种对立关系是否揭示了物与人、欲与命之间的奥秘？

除了《驴皮记》，世界文学史上还有很多类似的作品，其中歌德的《浮士德》、普希金的《石客》、高尔基的《丹柯》等，都存在类似的情节。同时，这类作品也都是在作家选定的特殊情境中展开情节的。

① 赵澧、徐京安主编《唯美主义》，中国人民大学出版社，1988，第181–185页。

如《驴皮记》中赌场里绝望的陌生人，《石客》中的安娜的家，《丹柯》中的沼泽地。

所有这类叙事作品，除了一般叙事作品通常具备的要素——情节、人物、环境、象征、视角、语调等之外，都包含一个特殊的情节要素，即处于某种特定情境中的决定人物命运臧否的价值交换，并且任由这个交换支配整个情节的发展和结局。在《驴皮记》中是欲望和寿命的交换，在《浮士德》中是灵魂归宿和满足追求的交换，在《画像》中是画像（灵魂）和青春的交换，在《石客》中是爱情和仇恨的交换，在《丹柯》中是救世和牺牲的交换。事实上，几乎所有的悲剧作品都包含一定程度的价值交换，就连一部《圣经·新约》也是从耶稣受难和拯救世人的交换组织而成的。

这种由价值交换组织而成的叙事作品，应该具有怎样的文体特征？从简单的道理推断，它应该是严肃的作品，因为这价值不是仨瓜俩枣，而是关系到重大利害的问题。同时，它应该是具有情节展开逻辑的作品，因为这交换需要得到延续和验证。再有，它应该是在交换的缔结、延续、验证过程中，逐渐呈现交换的结果的作品，并且唯有通过这结果，才能显示交换的意义和价值评价。作为统摄这类作品的总体风格，应该是贯穿一种与此价值交换相关的宇宙秩序的意识，诸如这交换是否公正、是否有价值、是否具备正义性，以及是否富于永恒意义。

由于浪漫精神和非功利性意图在王尔德的审美理想中占有重要地位，所以他在《画像》的整体风格方面渗透了多种淡化严肃性和悲剧性，而突出其形式感和娱乐性的因素。例如，他在小说的整体构思中置入了许多传奇性因素，人物的传奇性表现在道林（有的译者翻译为“道连”）的神奇相貌、贝泽尔的艺术偏执，以及詹姆斯的行动神秘等方面；环境的传奇性表现在严格配合人物心境的自然景物等方面；情节的传奇性表现在跌宕起伏和突转发现之中。这种随处可见的传奇性似乎在提示人们，这里叙述的故事并非实事，纯属虚构，它的旨趣虽然不无现实的影子，但早已从现实的地面腾到高空，从那里用闪烁的银光照临奔突在红尘中的纷纭众生。

当然，类似的传奇性在情节的构思、环境的设置、对话的神秘感和哲理性、象征以及名物描写的装饰感等诸多方面都有突出的表现，它们和人物的特征都是相互配合的。

此外，在文体上独具特色的地方还包括作品的基调和氛围构成上。所以，尽管小说中的基调和氛围存在着丰富的变化和暗示意义，但毕竟作家要把它打造成如璀璨宝石一样的作品，所以，诗意化描写是不可缺少的。那些跳跃在模糊或虚化的尘世生活之上，给人印象强突的景物和环境，在那些星罗棋布地撒落在人物对话中的妙语格言的配合下，完美地诠释了人物的行动及其意义。

如前所述，这部小说中人物和作家的关系，是一种创造和折射的关系，这些人物身上按照不同的比例，分担了作家的因素。例如，贝泽尔就对亨利进行了如下的评价，很像是作家对自己的评价：

"我讨厌你这样谈你的家庭生活，亨利，"贝泽尔·霍尔渥德一面说，一面往通向花园的门那边踱去，"我相信你实际上是个很好的丈夫，不过你硬是以自己的美德为耻辱。你是个怪人。你从来不说正经话，你也从来不做不正经的事。你的玩世不恭无非是装腔作势。"[①]

亨利的自白从小说结构的方面看，具有一种重要意义，就是作为结构的节点和情节的起点。又由于这个人物在很大程度上体现着王尔德个人的思想观念和行为方式，所以，这部小说具备很强的自传性，至少显示了突出的作家主观折射的特性。

如果说，由于这种主观折射的原因，使小说带上了浓重的意象化特点，那么便有理由根据意象出自意识深处的观点，推断出这部小说

① 奥斯卡·王尔德：《王尔德全集》第一卷，赵武平主编，荣如德、巴金等译，中国文学出版社，2000，第 8 页。

必定是王尔德长久思考唯美主义精神的结果这样的结论。[①]

在文学史上，一切伟大的悲剧都与整个世界的悲剧事实相联系，而悲剧是这世界神秘性的典型的审美形式。这部小说的悲剧性普遍意义就在于，它涉及每个社会成员都会遇到的道德伦理和审美需求的矛盾：每个人都可能遇到与该悲剧类似的敌对力量的挑战，都可能遭到道连式的毁灭性打击。这就是这部宣称绝不涉及道德伦理，只观照美的历险和命运的小说，带给这个世界的道德伦理主题。

尽管如此，本书却无法将这部小说的总体风格归入现实主义的范畴，在这个问题上，风格学的理论告诉人们，文学史上几乎所有的伟大作品都属于既有现实主义基础，又有浪漫主义风采的创作，且与个人风格和民族风格有着紧密联系。在《文学讲稿》中，弗拉基米尔·纳博科夫一再强调风格之重要和思想之无用，这一带有极端色彩的观点暗示了纳博科夫推崇风格的理由，即注重从时代生活的漩涡中产生出来的时代精神的实质。根据这样的实情，维克多·雨果的《巴黎圣母院》、弗吉尼亚·伍尔芙的《海浪》、赫尔曼·黑塞的《纳尔齐斯与歌尔德蒙》、巴尔扎克的《驴皮记》、王尔德的《画像》等，都是这类凝聚了时代精神的极具浪漫色彩的小说。

既然是浪漫主义风格的小说，那么它的根须也必然藏在浪漫主义文学传统的土壤中。事实上，古今文学传统的传承和复现是常见的情形。甚至可以说，文学形式和艺术风格的变化往往遵循周期性变化的规律。例如，在当代以色列作家萨缪尔·约瑟夫·阿格农的传奇式小说《婚礼华盖》中，作家再次把古老的近代传奇小说的形式用到了自己的创作中，从而将其提升到了现代形态。由此可见，现代历险小说可以进入艺术性小说的领域，只不过与古典历险小说不同，古典的历

① 王尔德在一封致拉尔夫·佩恩的信件中曾说过一段可资参考的话，“道林·格雷并不存在；它不过是我的一个幻想而已。我很高兴你喜欢我的这本稀奇古怪、色彩丰富的书；其中包括了我这个人的大部分。贝泽尔·霍尔渥德是我认为的我个人的写照；亨利勋爵在外界看来就是我；道林是我愿意成为的那类人——可能在别的时代。”见奥斯卡·王尔德《王尔德全集》第五卷，第606页。

险小说情节朴素而重复，人物几乎没有性格发展；现代则流行不限于谋生或探险的各种形式的历险，包括反抗时俗和精神叛逆的文化性质的历险。王尔德的《画像》即属于此类创作。

作为亨利身上显示出的一种品格，《恶之华》在小说中占有重要地位。恶的以恶生善——恶动机带来善结果，与善动机带来恶结果——玛甘泪的结局实际上处于辩证的关系中；恶以致善往往在艺术上表现为悲剧中的喜剧；善以致恶往往在艺术上表现为喜剧中的悲剧。不仅如此，善恶在世界观基础方面也往往显示出一种差别。例如，恶在本体论方面的唯物主义倾向往往出自下层对上层的反抗，或进取者与解放者的冲动，从歌德笔下靡菲斯特的自述便可看出这一点。而浮士德的追求则具体地表现了历史压抑中的寻求自由解放的要求，这也是人的意志的宿命。所以，歌德的这部长诗也可理解为欧洲摆脱中世纪羁绊的总结之作。

关于《画像》的创作动机以及所实现的艺术效果，可以用波德莱尔的一番为爱伦·坡辩护的话来作为理解的参照，也可以把这番话看作波德莱尔没来得及做的对非难《画像》的批评者的一种回敬：

> 颓废文学！我们经常从那些整夜守着古典美学神圣大门的没有谜语的斯芬克斯们口中听到这种空话，并且还伴着一种夸张的哈欠。可以断言，每当响起这种不容辩驳的预言，准是关系到一部比《伊利亚特》还有趣的作品。显然，这里说的是一首诗或一部小说，各部分配置得巧妙，足以惊人，风格也修饰得十分出色，语言和韵律的各种表达能力通过无可指摘的手笔被发挥得淋漓尽致。每当我听见发出这种咒骂——顺便说说，这种咒骂通常都落在某个我偏爱的诗人头上——我就真想回答说：你们把我当作像你们一样的野蛮人吗？你们以为我能像你们一样做可悲的消遣吗？[①]

① 夏尔·皮埃尔·波德莱尔：《波德莱尔美学论文选》，郭宏安译，人民文学出版社，1987，第190页。

最后，正如波德莱尔在这里所捍卫的那样，王尔德这部小说从始至终显示的观念折射和宣谕论道的特征，也是王尔德所有作品的共同特征。在王尔德这里，其非说教的说教、非宣谕的宣谕的特点，既是浪漫主义者都不同程度地具有神秘色彩和通灵气息的表现，也是他在将民间文化精髓、浪漫主义精神、古典文化情致、唯美主义理想熔冶一炉的产物。他的产物过繁过多，所以迫切地向世人宣教，但是又不愿承认艺术的宣教目的和功能。其实这是时代精神和黑格尔的时代情致带给他的灵感，因为王尔德在艺术实践中领悟到了艺术哲学的精华，这是超越理性哲学的直觉形而上的感觉，以审美表象和审美意象为存在形式。因此，它也超越唯物论和机械论等一切有形世界为基础的哲学，从而达到了人与世界的通灵关系，而且在原始智慧中得到共鸣。这种处于模糊的、朦胧的、一旦诉诸理性就会蒸馏掉状态的直觉哲学正是王尔德急于向世界宣谕的救赎之路。

三、三位一体的自觉融合

王尔德的《画像》最初在《利平科特杂志》上发表时并没有前面的自序，在刊物上发表一个月后，他在听到了各方面毁誉参半的反馈后，才在扩充小说六章的同时，把自己的艺术观点抽出若干相关精义，列为各条，以警句的形式权当为序言。所以，从这篇自序能够看到王尔德对自己小说的自省，看到评论界的责难和误解，看到王尔德试图向公众宣示的唯美主义纲领。

有人说，这部小说是对唯美主义的批判，实际上，把作品中唯美主义说教的怂恿作恶以及为所欲为的放纵之徒看作王尔德对唯美主义的根本否定，就犯了以己推人的错误。在王尔德眼里，亨利也好，道林也罢，都不是唯美主义的代表，他们不过是在某些方面戴着唯美的面罩而已。只有贝泽尔的言行才在更大程度上体现了王尔德的唯美主张，才更像走进作品的王尔德自己。而他的遇刺似乎也透露了王尔德对自己的终局所做的想象。王尔德出入于自己的同性伙伴之间，不能不遇到相互猜忌、艳羡、嫉妒、仇恨、报复的行为与境况，最终写出这些事件可能的发展也是再自然不过的了。

那么，王尔德的唯美主义的美学基础又是从哪里来的？在他之前登上艺坛的拉斐尔前派给了他很大的启发。

王尔德在《英国的文艺复兴》演讲中，曾以深入浅出的方式，向美国听众介绍英国以拉斐尔前派的出现为标志的文艺复兴运动的开端和最初发展，他以威廉·莫里斯为范例，说明了这场运动的主流和精神实质，给予这场运动以艺术的、历史的评价，显示了他的广阔眼界和思考深刻性，是理解当时艺术潮流以及王尔德本人艺术观念的重要参考。

王尔德在此不仅以高超的艺术敏感性和美学鉴赏力对威廉·莫里斯等人的绘画、设计、诗歌艺术以及美学思想所具有的实践品格进行了中肯的论述和评价，还对欧洲文学传统从想象逐渐转向社会生活的自然这一划时代的变化有着清醒的认识，他准确地发现了这一变化发生在“许多各不相同的运动”中的规律性现象。这一观点是一种提示，即王尔德自己的创作正是在意识到这一历史性转变的思想背景下展开的。

而且，对于时代生活和文学批评所应承担的历史使命的自觉，充分体现在他的大量评论文章中，他对美国听众发表的这篇演讲，就是他自觉地将英国乃至整个欧洲正在发生的运动如实地、本质性地传达给新大陆和新民族的表现。毫无疑问，尽管当时的美国听众和普通大众对王尔德的“传教”毁誉参半，但其受到的深远影响却具有重要意义。只要把他的演讲中“献身于美”“追求完善”“精美构图”“精神幻觉”“完全模仿自然是干扰”“使传奇之美变为不朽”“精确明晰的诗歌”“社会观念和社会因素”排列起来，就会看到王尔德所呈现给听众的完整图景，以及他本人对所处的艺术潮流的体悟。他把这种潮流称为“一场革命”——在观念上和表现上的革命。可以说，他并非像有些传记家和评论家所说的“为了金钱”，而是为了他的思想、主张、信仰、革命而赴美演讲的，至少主要是这个目的。他是多么自喜于他人为自己的说教所改变，又是多么渴望自己的影响像闪电一样照亮这片夜空啊，哪怕是短暂的一瞬也好。

从这个意义上说，王尔德的小说创作不啻对他的时代感受、艺术体悟、审美理想的实践体现，他把历史性的变迁直观地、艺术地呈现在自己的创作中。而这种自觉的艺术观念具体化为小说创作，就是今天看到的《画像》的文体特点之一，即传奇与小说以及他的美论的三位一体。而他之所以刻意综合这三重因素，显然又是他从自己的夙愿出发，用自己的小说验证自己的唯美主义观念和理想的结果。

英国传记作家赫斯基思·皮尔逊（Hesketh Pearson，1887—1964）在《奥斯卡·王尔德的一生》中，曾就这部小说的文体特点发表过如下看法，表明他也对该作品的文体综合性有所考虑：

这本书是一个奇怪的混合体。有人可能说，这是他所有作品中最接近现实生活的一部，但也是最不同于生活的一部。换句话说，这里面包含着相当长的一幅王尔德本人的画卷，那就是健谈的亨利·华顿爵士，他对生活的长篇大论式的探讨和评论，同他个人情感生活的非现实性，在勾勒人的本质和病态的焦虑方面暴露无遗，而这病态和焦虑正是后来毁灭他的根由。王尔德是我们拥有的最富于自传性的作家，他的个性是他全部作品的核心价值，他把这个性几乎铭刻在了作品的每个方面，这个性也包括他的批评的深刻和创作的浅薄。①

皮尔逊的评论可以说是充满了敏锐的见地，但也有笔者无法认同之处。他正确地指出了王尔德这部长篇小说的综合特征，也从传记大师的角度发现了王尔德在作品中不断呈现的个人形象。但是，从今天的历史位置再度审视王尔德的作品和论述时，不能不反驳皮尔逊的说法，把小说等作品中的人物轻易地等同于或近似于作家本人是一种危险的做法。只能说，既然这些人物出自作家的头脑，便很容易带上作

① Hesketh Pearson. *The Life of Oscar Wilde* (London;Methuen & Co.Ltd., 1946),p.145.

家的影子，而且那是些在很大程度上变了形的影子。他们可能偶尔真实地作为作家的代言人在作品中发表看法和观点，但更可能作为作家所想象的对手，或者作为想象中的自己，甚至作为作家凭空创造的人物，在作品中表现自己。如果仅凭人物的言行带着作家的某些痕迹，就判断他们是作家的自我呈现，他们说的话就是作家的由衷之言，那就未免过于幼稚甚而荒谬了。

还有一层，以 19 世纪的传记作家的眼光来看当代人，皮尔逊似乎把王尔德的创作实践看得简单了。事实上，王尔德的创作在很大程度上是属于超个人化的创作，就是时代生活和历史法则联合起来对他产生了超乎寻常的推动作用，因为这种作用在一个爱尔兰精英、一个深受家庭荣耀鼓舞、一个性取向特异、一个抱有深厚的古典文化修养和坚定的唯美主义主张的人身上，要比普通的文化人士来得更强烈、更深刻。但是，王尔德的人生经验除了家庭、学校、爱尔兰和伦敦的文化界，便没有更多的亲身体验了，而且除了巴黎，他也很少涉及世界其他地区。英国维多利亚时代矛盾错综复杂的社会阶级状况、汹涌激荡的英国国内外矛盾冲突、资本的高速扩张和危机的急剧加深，都不是他熟悉的生活，甚至对他来说十分隔阂。

鉴于这种情况，王尔德在创作中可利用的资源比较有限。幸赖他对文学艺术和荣誉有着强烈渴望，又受到生活窘迫的压力，他才凭借一己之力的苦干，在极为有限的时期里创作了较多的优秀作品。如果说，他的诗歌距离伟大的杰作距离较远，他的戏剧良莠杂陈，那么他凭借丰富的文学艺术修养和大量的历史文化知识，从文学艺术作品和各种知识性文献中获取了丰富的间接经验，从而使他的小说、童话借助虚构和想象的惊人力量的推动，达到了较高的艺术水准。这一点从具体的形式结构分析就不难看清楚。

从整体结构上看，这部小说综合了传奇和小说因素，而且包含着一种新因素，即王尔德独具的浪漫主义因素，也是这部小说的艺术特征所在。这种浪漫主义因素将寓言性、传奇性因素同现实性、批判性联合起来，在文论思想的统领下，以中介的身份兼得二者所长，规避二者所短，对两种文体的传统因素进行了磨合、改造和调整，这才组织成了自己独特的综合性浪漫小说文体。被综合的因素有：传统的传奇体叙事所固有的偶然性、神秘性、故事性、娱乐性因素；传统的写实小说、现实主义小说所固有的必然性因素，如时代特征（社会冲突）、个人色彩（丰富而独特的人格结构及其相关行动表现）、社会现实内容（尤其体现在性爱、信念方面）。两者都被赋予了美的文化意义，从而使小说带上了强烈的主体性，其中包括某种非直接反映的自传性和抒情性。

这种起到中介作用的浪漫主义因素是具有理论形式的，即王尔德的文论所含的艺术思想。所以，除了传奇因素和小说因素外，作为贯穿整个作品的艺术理想，美论是王尔德式唯美主义的具体化，是三位一体的圣灵，它贯穿于传奇与小说，犹如圣灵之存在于圣父与圣子之中，共同服务于一个核心性的宗旨——创造故事的愉悦和幻想的真实，以此开启大众读者的美的启蒙之门。

这种多类型因素的综合，固然体现了王尔德的创作偏好，但是它们毕竟不能代替创作过程的具体形式追求和技巧应用，不能直接显示出艺术处理的效果。这就有待于将各种因素灵活而合理地运用在整体结构中，在具体的形式与内容的矛盾运动中发挥最大的表现作用了。

第二节　《画像》的寓言性叙事

一、寓言性特征的由来

关于寓言和寓言性，存在着系统的专门理论。由于本书只关注传奇与小说综合体所显现的若干寓言性特征，所以不拟对寓言展开讨论。寓言作为一种传统文体样式，一直是民间文学的重镇，它不仅历史悠久，远比大多数艺术样式如诗歌、传奇、戏剧等更古老，而且它从原始形态到审美形态的演变并未出现过根本的转变和中断。所以，将寓言看作原始文化的“化石”，看作原始神话的伴随物，毫不过分。

意大利法学家、历史哲学家维柯在《新科学》中曾指出：

顾名思义，各种神话必然就用各种神话故事所特有的语言；神话故事，如我们已经指出的，既然是想象的类概念，神话就必然是与想象的类概念相应的一些寓言故事。寓言故事的定义是“不同的或另一种说法”，用经院派的语言来说，这就是同一并不在比例上，而在种类上同属一类的不同的种或个体，因此它们必然有一种单一的意义，指同类中一切种或个体所共有的一种属性（例如，阿喀琉斯指一切强大汉子所共有的勇敢，攸里赛斯指一切聪明人所共有的谨慎）。所以这类寓言故事必然就是各种诗性语言的词源。①

在维柯看来，寓言在起源上与神话密切相关，它是神话叙事的基础，是神话发生的一种“酵素”，把人类的经验想象为超自然的事件和行动，它的行为者可以是人，更多的是非人类，其语言是幻想的符号形式。

对照《画像》的叙事，很容易就会发现其中包含的寓言痕迹，如人与画的相似和神秘联系，以及由这联系引发的带有特定含义的故事及其教训，等等。寓言性、传奇因素乃至现代小说因素，都可以称为同源的表意形式，只不过经历了从原始文化样式到审美艺术样式的嬗变，拥有自己的进化树和分化史而已。

如前所述，传奇因素是《画像》的组成部分，这种因素既分布在小说的外部特征如道具的神秘力量、情节的偶然性突转和发现，以及幻境氛围的惊悚和事件发展的悬念等，也渗透到了小说的深层，如象征和意象、寓言和寓意等的精心安排。从而构成了形式上的传奇性和内容上的现代严肃小说特征相结合的综合面貌。具体化后，就呈现了

① 焦万尼·巴蒂斯达·维柯：《新科学》，朱光潜译，人民文学出版社，1986，第179页。

浓重的寓言性和现实性相互矛盾运动又相互配合的特点。

为了说明这部小说的对立对比性的艺术建构过程，本书从一个设问开始探索。

可以对任何一个作家的创作发问，他/她为什么创作？几乎可以对每个作家的创作都提出这个问题，几乎每个作家都会对此给出不同的答案。在这里，根据王尔德所做的自序，特别是他在小说中做出的布局——三个主要人物的主动性行动和几个次要人物的多少带有被动性的行动，构成小说的基本架构——以及贯穿其间的大量对话、主观极其明显的拟象描写和拟意象征等，完全可以代替王尔德做出回答：他的创作动机并不在于讲传奇性的故事或博得读者的兴致，而是在于宣扬他的审美观念和艺术理想，在于揭示他所认定的生活的真实面目和真正本质。为此，他在创作动机方面，突出了极为独特的主观信念和客观推动因素，这一点在《画像》中有典型的表现。

对照上文关于传奇和小说的理论界定，大致可以区分出描写语言、情节发展脉络、场景设置、人物形象刻画以及采取的各种表现方法技巧，这些是主要的形式因素；而事件的含义、构思的用意、景物名物的寓意、人物个性内涵等表现为创作动机、创作目的、艺术宗旨的成分，则构成了小说的内容因素。正是形式因素和内容因素相互之间既有区别又相互配合的矛盾运动，才成就了小说的统一整体。

本书是从形式入手考察小说的叙事艺术。苏联学者波斯彼洛夫在《文学原理》一书中曾提出，“作品的情节是最先出现于作家的创作想象中的富有表现力的作品形式的一个方面。”[①] 应该说，波斯彼洛夫提出这个“最先出现于作家的创作想象中的”是什么的问题，是很有意义的，因为它提示着一次创作活动的正式开始。但是他没有加以区分的是，在构思情节之前，通常要经过一个“编故事”的过程。就是说，作家通常无法从一个忽然或偶然遇到的“本事”或“灵感”直接进入

① 格纳其·尼古拉耶维奇·波斯彼洛夫：《文学原理》，王忠琪等译，三联书店出版社，1985，第 128 页。

艺术情节，因为中间要有一个对本事或素材加以衡量，考虑其是否适于打造一个故事的问题。故事既然是构成情节的“龙骨”，那就必然需要经过甄别、挑选、想象和编织的过程。所以，情节虽然含有故事，却并非故事，因为故事尚未经过作家精密的艺术设计，还只是尚未进入小说形式的粗坯。要使故事变为情节，还要经过一系列构思加工过程，以便使原初的故事融化进整个创作过程中去。

王尔德创作《画像》便是符合上述观点的范例之一。因此，本书便基于上述概念的理解，从本事、故事、情节等形式因素着手，对《画像》加以分析，以便为探求该小说的艺术内涵提供可靠的依据。

正如文学史上许多范例那样，王尔德创作这部小说有一个颇为可靠的本事记录。皮尔逊在《王尔德的一生》中曾说到一段往事，其中涉及了王尔德在自觉寻觅创作素材的过程中巧遇小说创作的素材，触发了他创作《画像》的灵感：

王尔德不能理解，一个人怎么能够连续多年，一天又一天地埋头写作同一本书。“当我写一部作品时，”他对温森特·奥苏里万坦诚道，“我必须不舍昼夜地一气写下去，一直写到完。否则的话，我就会对那作品失去兴趣，街上第一辆驰过的汽车就会把我从那作品中带走。”尽管他也曾较长时间地连续鼓捣一部作品，但《画像》大概是他唯一耗费了几个星期以上的时间完成的作品。我们能够猜到，起初他只想在巴尔扎克的《驴皮记》和爱伦·坡的《威廉·威尔逊》的启发下写一个短篇，接着便想到了一个女演员因为堕入情网而丧失艺术天才的故事，再后来才是第三个故事，基于在耶路撒冷附近的一处墓穴中发现了耶稣尸体的报导，只是我们无法确证这些故事和报导怎样结合成了一个完整的叙事框架。

不过，有一件事情却给了他主导性的构想。1884 年，王尔德经常造访画家贝泽尔·华德（Basil Ward）的画室。这位画家有位男模特儿长得极俊美。我得说，王尔德那段时间一直是许多画家的天赐贵客，因为他的谈吐会使那些模特儿久坐不烦。就这样，当华德作完了画，

> 男模特儿也离开后，王尔德说道：“真可惜啊，这样一个美好的造物竟会有衰老的一天！”画家颇有同感地回应道：“如果这幅画像能代替他一年年地老下去，而他的容貌分毫不变，那可就妙极啦！”王尔德为了表达对画家的谢意，便将小说中的画家命名为“贝泽尔·霍华德”（Basil Hallward）。①

笔者认为，皮尔逊不太可能仅靠这里面的人名相似来判断这个创作契机的真伪，他必定有较可靠的依据才会这样完整地描述该事。与皮尔逊同时代的维维安·贺兰在说起这部小说的创作起因时，曾转述了皮尔逊的记述，这说明他相信这段往事的真实性和可靠性，并将其看作理解这部作品的重要依据。②

这段本事真切地反映了王尔德创作这部小说的直接灵感来源。但是，还应看到，如果王尔德不是经常和新派画家打交道、经常深入他们的画室，或者说，经常自觉地在艺术家们的生活中寻觅表达他的艺术理想的素材和感受，那么这段往事就算遇到了也会与他擦肩而过。

既然受到这番对话的启迪，小说的创作动机便很明显包含如下寓意：艺术不老，人却向老；正如古希腊人说的，人是会死的，所以人神同形同性同宗却有别于神。若想艺术老去而人不老，除非出现奇迹。不过这有何难？在装满了爱尔兰民间神话故事和基督教神迹，且充分理解原始思维方式的王尔德的头脑里，在唯美主义毫不费力便可调和现实与神迹的艺术真实观面前，剩下的只是围绕着这个神奇的寓言构思出一个完整的传奇而已。当然，作为多重影响下的卓越创造的结果，这部作品里面一定会有巴尔扎克的小说《驴皮记》、歌德的《浮士德》，甚至史蒂文斯、迪斯雷利、鲍沃尔·利顿、路易莎·梅·奥尔科特等作家的影响痕迹，因为王尔德对巴尔扎克、歌德以及美国超验主义作

---

① Hesketh Pearson, *The Life of Oscar Wilde* (London:Methuen，1946), pp.144–145.

② 参见维维安·贺兰《王尔德》。贺兰尊重皮尔逊对事件梗概的记述，但未全面介绍背景。

家群等的崇拜和熟稔必定会把他引向一个关于善恶功罪、美的诱惑以及爱的毁灭等充满生命内在冲突的创作思路。①

还有一个重要的线索对于王尔德创作这部小说颇有启发。罗伯特·薛瑞德作为最早为王尔德作传记的人，与王尔德有过长年接触，他对王尔德在巴黎的日子有如下描述：

“他对功成名就已感到厌烦，因此在心中立下了一个崇高的野心，想要在英国文坛打下一片天地。巴尔扎克曾在作品《贝姨》(La Cousine Bette) 中说，持续不断的工作是艺术的法则，正如它也是生命的法则一样，所有伟大的艺术家都是努力不懈的工作者，而王尔德就是从这段话中获得灵感。”②

从薛瑞德的描述可以知道，王尔德虽然不以现实主义为艺术取向，但他的鸿鹄之志却堪与巴尔扎克相匹。拿破仑用剑完成的，巴尔扎克要用笔来完成；巴尔扎克用现实主义成就的伟业，王尔德要另辟蹊径，用唯美主义来成就。也许正因如此继往开来之势，王尔德才以这部小说缔造了他在艺术世界的明珠，其盛名和影响远过于《驴皮记》。

除了这些有助于说明这部小说创作起因和灵感来源的情况，还有一个作家本人的思想，特别是其审美理想的背景值得重视。这就是小说前面置入的作者自序。这篇自序颇有特色，不是文章的形式却独具含义，应该择要理解在先③：

“艺术家是美的作品的创造者。”首句成了首要性的纲领，指向唯美。

“艺术的宗旨是展示艺术本身，同时把艺术家隐藏起来。”次句是艺术的对象即自身，主体必须隐匿不见，尽管不是无关，因为愈是要

---

① Cf. C. George Sandulescu, *Rediscovering Oscar Wilde*(Cornwall;T. J. Press Ltd, 1994),pp. 283–285.

② 维维安·贺兰：《王尔德》，李芬芳译，百家出版社，2001，第 38 页。

③ 此处引述的自序语句有几处疑有误译。笔者的修改可参见本书附录二。

凸显，才愈要隐匿。

“批评家应能把他得自美的作品的印象用另一种样式或新的材料表达出来。”所以，可以在王尔德的文论中看到尖锐而不失温雅的风格，与创作相贯通的夫子自白（为了让世人理解创作与理论），他的仿古式的对话写法尤其透出古风的启示性、思辨性、创造性。创作成了他的理论的见证和实践基础。

“自传体是批评的最高形式，也是最低形式。”这句话固然是一种比喻，但本书仍从对他的传记研究开始。

“在美的作品中发现丑恶含义的人是堕落的，而且堕落得一无可爱之处。这是一种罪过。”反过来就是，因为爱与罪，所以美与丑。王尔德给自己立的箴言。

以下各句大多富于类似深意，这里只摘引几个关键词，就不难见出用意——“发现美”“无所谓道德”“对现实主义的憎恶”“对浪漫主义的憎恶”“完美地运用并不完美的手段”“不企求证明”“没有伦理上的好恶”“艺术家可以表现一切”“既有外观，又有象征”“镜子反映的是照镜者，而不是生活”“艺术家不会自相矛盾”“艺术都是毫无用处的”（笔者对这篇自序的汉译有些无法苟同，将列于附录）。概括来看，便是以发现和创造美为宗旨，不避现实主义和浪漫主义，也不惮他人的怨怒，放弃道德与功用，但求完美技巧等等。从语调上体会，通篇主要说给读者，特别是批评家。

自序不长，但截至这部小说发表时，王尔德艺术理念中的核心观点皆备于此。而且，从这些核心观点看，它们指向的目标，或者提示读者的要点，是这部小说的风格和形式特征，是艺术性而非写实性的，是极为个性化而非大众化的，是一种需要读者放下自有的社会倾向和道德好恶，只需跟从画面的展开而投入自由欣赏的作品。

基于上述前提，接下来依照先前说明逻辑思路，从形式特征入手，深入作品结构，进而在艺术分析的基础上使作品的内涵得到呈现。

首先，他/她为什么创作？几乎每个作家的创作都会涉及这个问题，每个作家客观上也都有不同的答案。王尔德在创作动力方面，具有极为独特的主观信念和客观推动因素，这一点在《画像》中有典型的表现。

从静态的情节结构或画面分布可以看得很清楚，小说是由一条主线和几条副线按线性时间组织而成的。主线完全是虚拟的，具有浓重的寓言性。这一点从这部小说的开头或序篇中的“人与像的颠倒”一节便显示出来，完全摆脱了客观生活的逻辑性，具有突出的拟意性质；副线则大体遵从现实生活逻辑，只在需要情节转圜之处加入少量偶然因素。所以作品的主干是寓言性的，细节才最低限度地服从现实性的要求。

综上所述，在世界文学史上，很多伟大的作品都采用了寓言性的叙事方式，其中必有原因。《神曲》《巨人传》《堂吉诃德》《失乐园》《卷发遇劫记》《格列佛游记》《浮士德》《鲁滨逊漂流记》，后来获得诺贝尔奖的大批作品如《蝇王》《铁皮鼓》《百年孤独》《我的名字叫红》，以及以色列当代名作《婚礼华盖》《蓝山》《证之于爱》等，当然，还有最重要的基督教《圣经》，都以非凡的想象和高超的艺术技巧创造了艺术的伟绩。由于具有浓厚的寓言色彩，这样的作品往往更具艺术创造性，更接近艺术小说的概念，也更有世界文化意义。

当然，还有一种情况，很可能构成寓言性小说的成因，即因为时代生活处于模糊杂乱的状态，以致作家产生的感受和艺术直觉尚无与之配合的清晰理性，因而也就无法依据心灵深处产生的灵感与朦胧诗意将这现实生活整理成写实性的艺术图景，并诉诸艺术表现。于是，作家只能以精神的象征性的想象中，在类似于寓言的方式中将这种来自生活又未成形态的对象以象征性的寓言化形式表现出来，这种情况更多地见于比较古老的文学作品。

无论如何，作家对现实生活作清醒的、有序的、理性支配下的写实表现或再现，固然更为常见，但以曲折的、幻想的、超现实的方式创作出的作品，同样具有价值。写实的作家也许不肯将现实性感受表现于变形的形象，但是刻意打破现实秩序限制的作家则很可能更乐于曲折地、隐喻性地表现对人与世界的感受，尽管这种创作往往给批评带来无法直解的困扰。

经过这番对本事和背景的回顾，回到波斯彼洛夫的意见，便可以从小说的情节脉络、形式结构的布局加以考察了。

二、《画像》的形式结构

通过前文的说明，特别是作家的自序，知道了作家为什么创作这部作品，或预定要写什么，接下来的问题就是怎样创作或如何表现的问题了。所谓表现，实际上是王尔德告诉读者的，作为文学作品的“镜子反映的是照镜者，而不是生活”，用笔者的观点看，作家就是通过脑海里的拟象和拟意过程，展开形式与内容诸对立因素的矛盾运动（见第六章相关内容），从而使预定传达的艺术内涵得以呈现。

从静态的情节结构或画面构图可以看得很清楚。小说是由一条主线和几条副线按线性时间组织而成的。围绕格雷等主要人物展开的主线完全是从虚拟的假设引起的，具有浓重的寓言性质。这一点从小说的开头或序篇中的“人与像的颠倒”一节便显示出来，它几乎完全摆脱了客观生活的逻辑性，具有突出的拟意性质，并且与亨利、贝泽尔、格雷三人的交谈妥帖地配合在一起，呈现了一场思想交流和碰撞的盛宴；围绕西碧儿一家展开的副线则大体遵从现实生活逻辑，只在需要情节转圜之处加入少量偶然因素，使情节的发展和意义的呈现不至于破坏或改变整体上的小说宗旨。所以，这部作品的主干是寓言性的，中心人物表面上是道连·格雷，或者他的人格化画像，但真正推动人物行动的始因，却是亨利的哲学和伦理观。唯有各个线索上的细节描写，才在满足唯美主义形式要求的条件下，最低限度地服从现实性的要求。

很显然，不难想象，在小说主线的方面，存在一个和作家的描写时刻形成对照的、反相的客观生活——在现实生活中，人呈现于画像是常见的事情，画像不变而人与时俱变；在这部小说中则与现实逻辑的相反，人恒久不变而画像因岁月和德行而变；正如王尔德本人说的，“人的一切善恶都写在脸上”，格雷成了画像的活体，画像成了格雷的替身。

对于艺术创作来说，虽然形式与内容的矛盾运动是普遍法则，但在每部作品创作中的体现却是不同的。在这部小说中，如上所述，客观生活或本事的逻辑结构与想象的逻辑结构的对立对比，以及与之相关的现实性和寓言性的冲突和互补，成了小说中主导性的矛盾运动内容，也是决定小说艺术结构生成的主导因素。格雷与西碧儿的恋情及其悲剧结局，特别是格雷的纵欲人生和西碧儿一家的惨死，都暗示了王尔德在组织小说情节时必定意识到的一个依据或宿命：唯美主义，清高的、唯我的、享乐主义的（依自序中的含义）、超现实逻辑的唯美主义，必定包含着现实的冲突。

那么，该如何展开王尔德这部小说的内在矛盾运动的图景？虽然，因为小说内部各对立面的矛盾运动贯穿始终才造就了整体，但限于精力和篇幅，本书仅就小说的头、身、尾三个节点作一横切面的范例性分析，以求在有限篇幅内阐明这部小说的活的律动，活的结构生成。

就像一首交响诗一样，这部作品从最初的乐章开始，就和现实，和写实风格的具体时间地点人物拉开了距离。那是一个高雅的、室内乐般的序曲。

对于王尔德来说，美的哲思与想象的创造始终是他梦寐以求的目标。在这目标和《画像》的具体描写之间，到处都闪动着寓言性带来的寓意性。自序过后的小说开篇，就是在已明示了创作观念的情况下，刻意以如下方式拉开的序幕：

画室里弥漫着浓郁的玫瑰花香，每当夏天的微风在花园的树丛中流动，从开着的门外还会飘进来紫丁香的芬芳或嫩红色山楂花的幽香。

亨利·沃登勋爵躺在用波斯毡子作面的无靠背长沙发上，照例接连不断地抽着无数支的烟卷。他从放沙发的那个角落只能望见一丛芳甜如蜜、色也如蜜的金链花的疏影，它那颤巍巍的枝条看起来载不动这般绚丽灿烂的花朵；间或，飞鸟的奇异的影子掠过垂在大窗前的柞丝绸长帘，造成一刹那的日本情调，使他联想起一些面色苍白的东京画家，他们力求通过一种本身只能是静止的艺术手段，来表现迅捷和运动的感觉。蜜蜂，有的在尚未刈倒的长草中间为自己开路，有的绕着枝叶散漫、花粉零落的金色长筒状忍冬花固执地打转，它们沉闷的嗡嗡声似乎使凝滞的空气显得更加难以忍受。伦敦的市声，犹如远处传来的管风琴的低音，隐约可闻。

画室中央的竖式画架上放着一幅全身肖像……[①]

没有时间、地点、人物的具体铺垫，在这个寓言开头中，只有典型的维多利亚后期新潮艺术家的画室，以及在画室中的花园景色。静谧、温馨、安详、自然和艺术之美的汇聚地。所以，它奠定的是一种和虚幻的美相关的基调，和沉思相关的韵味，很像屏风掩映的日本居所，在格调上也仿佛日本民族崇尚的“瞬间的美”。从事件的一个切片开始叙事，是常有的情形，但这种把人、物和景联合起来，并以浓郁的风格情调暗示和开启后面的唯美叙事和唯美主题，是王尔德的发明。

大量范例证明，一部作品的开头往往暗示着全篇的重要信息，如场景、基调、想象方式、描写方式，作品的风格往往已露出端倪。

王尔德先声夺人的景物描写显然是典型的唯美形式的。金链花的疏影，颤巍巍的枝条，飞鸟的影子，柞丝绸长帘，一刹那的日本情调，不在场却介入想象的东京画家，还有蜜蜂在未刈的长草中和枝叶散漫、花粉零落的忍冬花间固执地打转，管风琴般的市声……这已经不是尘世，而是幻境了。读者在开篇中便已经受到后文中美的历险和诗意裁判的下意识影响。

再者，开篇处的这段描写看似以景物为主，实际上这景物不仅和通篇内容相呼应，而且首先与亨利的形象相配合。所以，亨利首先出场，而且最关键的是，他一直在和贝泽尔的交谈中占据主动的、主导

① 奥斯卡·王尔德：《王尔德全集》第一卷，赵武平主编，荣如德、巴金等译，中国文学出版社，2000，第5页。

的地位。第一章作为一个独立单元，根本没有格雷什么事儿。从后面的描写也可见出，格雷虽然占尽笔墨，但从他的行动和动力看，潜在的，甚至真正意义上的主角，非亨利莫属。

有了这样的开端，再回到波斯彼洛夫提示的构思因素——情节。

这部小说的整体画面是由清晰的情节发展主副线索支撑起来的。如果说，那幅肖像画本身像是一个和格雷相关的反衬物，那么亨利作为格雷行动的引导者，则是通过这反衬物的变化印证了自己对格雷的教化改造作用。所以，画像本身不过是一个媒介物而已。亨利的处世原则和唯美主张通过格雷的行动，折射在画像上，从画像的变化再折射出整个作品的主题。从这个逻辑来看，小说中亨利、格雷、贝泽尔三个主要人物的对立对比关系贯穿作品始终，成为主导线索；而西碧儿一家与格雷之间的恩怨、贝泽尔和格雷之间的恩怨都是从主导线索中衍生出来的，所以只能被视为服从线索。这一点从各条线索（包括其他更次要的线索）之间的张力关系，从它们不平衡的、从形式到意义的对抗性上，都得到了印证。

如果从小说组成要素的角度看，即把小说各处隐伏着的各种背景性的、情节性的次要但又绝对必要的成分（如阿加莎夫人的家宴，贵族打猎活动，坎贝尔帮格雷销毁尸体等）抛开的话，那么小说的成分并不复杂。整个画面显示，在一个轻浮的、形而上的层面，亨利、贝泽尔、格雷以思想和感情交往构成的精神生活处在画面的中心，而在混沌的形而下的层面，则是贫民区的居民、戏院、黑黝黝的街区，各种挣扎于困苦中的人生。一个西区，一个东区，构成一个完整的世界，演示一种冲突的逻辑。

由此不难看出，为了表现极端的、近于病态的唯美精神在这个世界上所占的地位、所起的作用、所生的恶果、所遗的教训，王尔德面临的是一个如何将这两个层面融为一体，又使之形成强烈的对比，如何让这一体的画面贯通伦敦西区和东区两个世界，完成一个美好与丑恶相互纠结、形式和内容相互寻求而又相互克服的过程。

于是，王尔德便遇到了形式与内容之间的矛盾运动与相互克服，或者如维戈茨基所说，小说的活的解剖学特征的问题。[①]他不能不围绕艺术理想设置人物、组织话语、构思人物性格所支配的行动，这是一个表现为内容克服形式的方向；同时，王尔德还不能不设法把一个满足私欲的说笑变成严肃而又带有寓言性情节的开端，将人物行动推上与唯美主义不无瓜葛的轨道。这就需要用生动的形式和丰富的美感，特别是瞬间而又永恒的美，把人物及其行动装饰起来，把一个偶然的、毫无哲学意味的幻想——长生不老——点石成金，变水为酒，在传奇性事件描写中展示变了味道的唯美信条带来的恶果，并且在悲剧中传达出他所追求的超现实的、纯审美的真。

在王尔德笔下，贝泽尔充当了很多正面主张的伸张者。他对这种纯审美的“真”，即艺术真谛的幻觉式的显现，有着灵魂回忆般的自白。他对亨利说：

我转过头去，就这样第一次看见了道连·格雷。当我们的视线碰在一起的时候，我发觉自己的脸色在变白。一阵莫名其妙的恐惧向我袭来。我明白自己面对面遇上了这样一个人，单是他的容貌就有那么大的魅力，如果我任其摆布的话，我整个人，整个灵魂，连同我的艺术本身，统统都要被吞噬掉。我在自己的生活中素来不需要任何外来的影响。你也知道，亨利，我有着怎样的独立性格。我一直是自己的主人，至少在我遇见道连·格雷之前一直如此。可现在……我不知道怎么对你说好。好像有一个声音告诉我，我正面临着平生最可怕的危机。我有一种奇怪的感觉，觉得命运为我准备着异乎寻常的快乐和异乎寻常的痛苦。[②]

这种瞬间的美被作家刻意描写为毫无色情成分而只有纯粹的形式

① 列夫·谢苗诺维奇·维戈茨基：《艺术心理学》，周新译，上海文艺出版社，1985。

② 奥斯卡·王尔德：《王尔德全集》第一卷，赵武平主编，荣如德、巴金等译，中国文学出版社，2000，第10页。

美，它给予心灵的震撼，犹如生命的洗礼和再生，足以把人从混沌中拯救出来。这情形太像是一个登临万丈深渊的行者，既惊悚，又惊喜，恍若出世，又因恐惧而退向人间。由此可见，整部小说的真正灵魂，正是贝泽尔在此描述的美的奇迹。只不过王尔德在刻意让读者体会到，贝泽尔的这种直觉并不限于个人，或限于王尔德本人，而是一种来自全欧洲的风潮，一种普遍的关于文化和艺术的直觉，具有时代本质的意义。事实上，王尔德在小说后面写的一切理性思辨、艺术创造、文明批判等，与其说是王尔德个人观念的表现，莫如说都是从这个时代性的思潮里出来的。

由于小说的核心人物只有亨利、贝泽尔、格雷三人，就看看贝泽尔和亨利这两位导师固有的“教师素养”吧。这里表面谈的是艺术，内里涉及大量艺术之外的事物——艺术的对象，也就是人及启示艺术的全部生活；艺术改变人，人也改变艺术；通过形式，浪漫和古典的融合（正如小说中传奇和小说的融合），以象征的魔力吸走了艺术家的魂魄。

贝泽尔的这些倾诉告诉读者很多关于王尔德本人的东西，除了他的艺术心得和主张，还有他的整个情感生活和性取向。所谓“这幅像里我自己的东西太多了”。应该说，在他身上，这两方面直接相关，且决定了他的创作和理论建树，就是从这里的意义立论的。成也萧何败也萧何，性与艺，艺与性，实为一体。这是王尔德的献祭，也是他的自我之诗。围绕这个审美的灵魂和极境，人物之间发生的关系才产生对立对比的张力场特征。

接着再来看看亨利的所谓“教师素养”。既然亨利在小说中充当了主动者和引导者的角色，明确他的社会立场和价值取向也就是不可避免的了。为此，王尔德让他做了一段自我剖白：

英国的民主派对于他们所谓的上层阶级的劣根性深恶痛绝，我也颇有同感。老百姓把酗酒、愚昧和道德败坏视为他们所专有，如果我们中间有谁出这种洋相，就被认为侵犯他们的权利。当可怜的索思沃克闹离婚的时候，老百姓的愤怒简直无与伦比。可是我不敢说有百分之十的无产者是循规蹈矩的。[①]

这段自白表明，亨利所持的社会立场，既非工党，也非保守党，而是右翼的自由党。由于他同保守党和工党都有差别和矛盾，所以作为自由党立场的人物，亨利在政治上是采取不合作态度的，正如他说的："不过我不打算跟你讨论政治、社会学或形而上学。我喜欢人甚于喜欢原则，我喜欢无原则的人甚于喜欢其余的一切。"[②]

在哲学上，自由主义者往往也采取怀疑主义的立场，正因如此，亨利才从小说开篇便露出了反理性的立场。"理智的表情在哪里露头，美，真正的美就在那里告终。"[③]可见美和艺术是排斥思想的，尤其是排斥成规的（他在这里便代表了王尔德本人的思想）。当面对艺术至上的贝泽尔、面对格雷的画像时，他给这两个角色的定位则是"没有头脑的、美丽的生物，"所以他和真正的美的信徒是判然有别的。

格雷的这两个"导师"在关于人的观点上同样泾渭分明，贝泽尔既然如此深刻地受到美的震撼和改造，就必然具有极为严肃的预感，用他的话说就是：

"你有身份和财产，亨利；我有头脑和才能，且不管它们值得几何；道连·格雷有美丽的容貌。我们都将为上帝赐给我们的这些东西付出代价，付出可怕的代价。"[④]

---

① 奥斯卡·王尔德：《王尔德全集》第一卷，赵武平主编，荣如德、巴金等译，中国文学出版社，2000，第 13 页。

② 奥斯卡·王尔德：《王尔德全集》第一卷，赵武平主编，荣如德、巴金等译，中国文学出版社，2000，第 13 页。

③ 奥斯卡·王尔德：《王尔德全集》第一卷，赵武平主编，荣如德、巴金等译，中国文学出版社，2000，第 7 页。

④ 奥斯卡·王尔德：《王尔德全集》第一卷，赵武平主编，荣如德、巴金等译，中国文学出版社，2000，第 7 页。

一个是财富及其生长其上的、腐蚀性的哲学，一个是空洞的、有待充实进实质性内涵的美，所以虔诚的艺术——期待充实着美的艺术，就遭到排斥并步入了险境。这个开端上的对话尽管是王尔德本人创造的，但可能出自他的预感。至少在这里，这开端已经暗示了小说后面的发展和结局。

到此为止，小说算是以一种类似谶语的方式，完成了整篇的序幕。下面就该是略带传奇色彩的故事情节和人物命运的展示了。

作为总结，可以把亨利、贝泽尔、格雷看作一个相对完整的场域中相互作用的三种力，它们之间又存在着不同的张力关系。从力的主导关系看，亨利的力施加到贝泽尔身上，几乎没有作用，但施加到格雷身上，却推动了格雷向前猛冲，并撞倒了沿途遇到的其他的力，包括爱他的西碧儿，恨他的詹姆斯，为他毁尸灭迹的坎贝尔，劝他悬崖勒马的贝泽尔，以及堕入深渊的他自己。

从这些构图、力场、层面的分析，以及形式与内容的相互矛盾运动，可以看到亨利这个始发力和王尔德之间的某些既一致又对立的关系。所以，这个人物除了具有一定的道德伦理批判的价值，还具有说明作家某些观念和情感的意义。与他相比，贝泽尔则更多地体现了王尔德的人格理想，而格雷却更带有生活中的道格拉斯之类放纵青年的影子。

对照小说人物和王尔德的生平，能够看到无论在王尔德身上，还是在他所塑造的亨利身上，他们的自我并非没有矛盾冲突，而是存在着激烈的冲突，这冲突强横地推动着他们的行动。在他们光鲜的表面和表演下面，他们的个性成了战场，生命成了战役。他们看上去相似，实际上却迥然不同——亨利消极颓废而堕落，王尔德始终在奋斗拼搏；亨利在小说中总是自发地选择信念和决定行为，王尔德在现实中则更多受到来自各方面的压力。两人的差异不一而足。

总之，笔者认为，不能因为看到亨利与王尔德在言谈举止和思想倾向方面的相似之处，就简单地把亨利与王尔德做等量观；也不能因为看到亨利与自己的创造者王尔德存在不同之处，就忘记了王尔德的确有意通过亨利之口宣扬自己的心中所想。

这里展示的思想清晰无比，从自由主义到无政府主义，亨利的社会观念和道德准则毕现无遗，令人想到歌德笔下的靡菲斯特，实际上他对格雷所起的作用也确实如此。至于亨利宣扬的，无非是良莠杂陈的浪漫主义的一向主张，这种思潮到了19世纪下半，便联合起一切破坏性的观点立场和主张，像一股飓风一般，吹荡整个欧洲，激起了各种抨击时弊的批判理论、反抗行为，以及各种唯意志论、实用主义、超人哲学、民粹主义、无政府主义乃至种族主义和沙文主义等各种社会思潮。一时间主张漫天、思想横流，个人和社会的冲突也急剧尖锐化，以至于把王尔德这样一批深怀古典理想的美的追求者推向文艺复兴和美学启蒙的轨道。

可贵的是，作家在这里显示出了自己对人性的探索之志。他探索到了人的本能和人性的深层，把它们与现实社会的制度和道德联系起来，深入到了思想史的深层思考，折射出了欧洲人的心理结构制衡在世纪末所发生的严重裂变和趋于崩解的危机。不过可以看到，王尔德利用似非而是的悖论话语所揭示的某些生活真相，诸如中世纪对古希腊社会方式的反拨造成弊端、最大胆的人也怕他自己、野蛮遗风演变为当代的自我克制、行动是一种净罪、摆脱诱惑唯靠屈服于诱惑、罪生于恶念等，仍然是令人难以达到的思想高度。

那么，一个涉及对小说内涵理解的问题是，无论亨利的言论是否果真出自王尔德的内心，这里都包含一种黑格尔式的时代情致的高度现实主义因素，即思想的新的交往形式，它在社会转型时期充当了重要的精神传导媒介和思想更新途径。且看下面这段亨利的自述：

对他说话好比拉一把奇妙的提琴。你的弓在弦上每碰一下，哪怕只是微微的颤动，都会引起反响……观察自己对别人的影响，这件事情太诱人了。任何别的事情都不能与之相比。把自己的灵魂注入一个精美的模型，并让它在里面逗留片刻；听听因自己发表高见而激起的配有热情和青春的音乐的回声；把自己的气质像输送稀薄的流体和清幽的异香一般输入别人的身躯：这确实是一种享受，在我们这个如此狭隘和庸俗的时代，在这个热衷于赤裸裸的肉欲和赤裸裸的实利的时代，这也许能够得到的最大的享受。[①]

王尔德书信的编撰者也是王尔德研究专家鲁珀特·哈特－戴维斯，他为王尔德书信所写的按语中有如下的记述，证实了王尔德早年在三一学院奠定的谈话艺术根基，这种和古典主义息息相关的交往能力：

1871 年，王尔德获得都柏林“三一学院”奖学金，入学时还带去了波尔托拉学校的一份奖金。此后三年他以古代经典的研究多次获奖，其中包括基金会的奖学金以及伯克利希腊金奖章。在此期间，他深受教士约翰·彭特兰·马哈菲（1839—1919）的影响。这位不凡的人物后来成为三一学院的院长，1918 年受封为爵士，当时则是古代史教授。他热爱希腊的一切，讲究谈话艺术，这些以及他待人处世的技巧都在他的这位学生身上留下了深刻的烙印。[②]

无论是亨利的谈话艺术，还是王尔德本人的谈话艺术（弗兰克·哈里斯将王尔德评价为历史上最出色的谈话家），抑或是马哈菲教授的谈话艺术示范，或者王尔德全部作品中具有的浓重的谈话特色，都表明这里说的是由衷之言。事实上，这种注重谈话艺术，享受谈话给自己特别是给他人带来的影响，是王尔德自幼形成的意识，也是他毕生深感自豪的一种本领。他在对美国听众的演讲中便把他的这种“童子功”发挥到了淋漓尽致的程度。

且不论这些说法的内容，只要和王尔德的传记相对照，就会立刻看出他的思想在很大程度上是自己幼年以来的人生体验的总结。此外，

---

① 奥斯卡·王尔德：《王尔德全集》第一卷，赵武平主编，荣如德、巴金等译，中国文学出版社，2000，第 7 页。

② 奥斯卡·王尔德：《王尔德全集》第五卷，赵武平主编，荣如德、巴金等译，中国文学出版社，2000，第 4 页。

还可以看到他对美的执着深入骨髓，得自家学、学校教育和自学，且认为美和艺术是个人也是民族、国家的福祉；他钦佩歌德的立场，所以在伦敦打击他的时候，他总是去往巴黎。

有了这些提示便再不会怀疑，亨利在很大程度上的确是王尔德自己的自画像，而王尔德也正有借亨利之口直抒胸臆之意。但是，归根结底，需要警醒的是，王尔德在自序里说过，“把艺术家隐藏起来”，王尔德还通过贝泽尔之口事先做了声明——“艺术家应当创造美的作品，但不应当把个人生活中的任何东西放进去”。他还说：“有人要钻到外观底下去，那由他自己负责。”所以，人物不是作家，本书也并没有把亨利当成王尔德本人。试想，在万千古贤思想业绩和艺术大师风范浸润下长大的王尔德，怎么会蠢到在作品中直抒胸臆？所以，人物之言行，都不过出自作家的艺术想象而已。有了这个开端和自序的指点，理解后面的情节发展就有了方向和动力，所谓顺理成章了。

最后，进入小说尾声的考察。作为小说的收束部分，尾声的描写与小说开头形成了呼应关系。寓言性的故事内容以超自然方式所开启的事件演变，在这部分来到了尾声，寓言也将回到现实。作为小说叙事逻辑的终结，格雷刺死了画像，画像回到了现实，恢复了原貌；格雷也承担了先前由画像承担的全部罪孽和报应。于是，按照正常的叙述逻辑，应该是贝泽尔的画不变，格雷却变老变丑，格雷为此迁怒于贝泽尔的艺术，因为它否定了自己，于是，他毁掉了画，贝泽尔也就心死了。这种构思否定了现在的一切风格。

第三节　寓言性和现实性矛盾运动的其他表现

一、意象化描写及其象征意义

除了传奇与小说及文论的三位一体结构、形式结构的主副线发展、思辨形而上与市民生活形而下的呼应，《画像》中还有若干构成形式结构整体并体现艺术手法的要素，值得分别予以探讨。小说中的意象化描写便是这种重要的形式要素之一。由于意象描写在小说中（正如在这里表现出的一样）通常兼有形式和内容的特点，所以构成了核心性的表现因素。

这种意象化见于人物和景物名物两种，见于人物者，从人物分析中便可进行讨论，见于景物名物者，则有必要专门探讨。因为意象化的景物名物不仅具有情节发展的陪衬作用，更被当作小说美学特征的重要表现者出现在重要位置上。

以第四章为例，先对一个完整的、日常生活情形的描写进行考察。这段情节发生在亨利外出打探格雷的底细和出入于上层人的聚会之后，但在格雷和西碧儿爱情故事正式开始登场之前，如果给它一个标题，可以称之为“在亨利勋爵公馆”，是一段比较舒缓的过渡性文字，主要内容就是谈话——亨利夫妇以及格雷之间的谈话。把出现在这一章中的全部景物名物集中到一处，便可见出其描写的文化意象性，这里的宅邸有如一幅装饰画，里面有各种所谓高雅的摆设，透着几分腐朽气——与亨利的思想观念的腐朽气一致，以及文明史意义上的颓废贵族风的寓意；可贵的是，这里还有画风的转变，随着主人公的脚步，从伦敦西区转向东区，另一种文明的影像映入眼帘，整个画面换上了炼狱般的调子。

当读者把分布在这一章中的景物外观、名物特征集中起来，就像把土壤中的石子拣出来放到一堆，立刻就会看出王尔德在描摹脑海里的物象时所选择的对象、对象的样子、给人的感觉。特别是那些较大的“石子”，犹如富于格外含义的特写镜头，在整个画面中充当了意象的角色，把承担着的美感特征和意味一道显露出来，刻入读者的脑海。

这里有普莱服神父的《曼侬·莱斯戈》，作为浪漫主义的符号；有贵族之家的浮华奢靡；有各种花的意象，有贵妇人和贫民女的对比关系；有对美的朝圣般追寻；有对忠贞、虔诚的怀疑和不入眼……从王尔德的名物描写风格可以看到，他并没有把贵族生活全然理想化，相反，他写出了两个极为重要的特征，一个是它的原始性，一个是它的奢靡性。在原始性方面，有巫术，有迷信，有古风，也有灵视，总之是对原始通灵文化的一种回溯和赏玩；在奢靡性方面，有陈腐，有奢华，也有高雅，有格调，总之是对贵族遗风文化的一种批判和淘汰。从这里可以看到王尔德的文化价值观和文明进化意识。他几乎完全肯定了原始的、古老的万物有灵论，即便出于科学意识知道它是虚假无用的，也乐于欣赏其中的原始“真实”和原始“智慧”；但对于贵族文化遗风，就不是那样欣赏了，他的描写中透着浮华、虚娇、自私、晦暗、残忍的调子，和亨利对待格雷的用心全然相配。这里面有对贵族社会的批判，有对历史法则的思考和认同，有文明进步的意识和见地，是王尔德社会观念、文明观念中值得赞许和记取的贡献之一。

在这种意象化的名物景物描写的风格上，几乎所有被景物和语境包裹起来的对话都是抒情或议论，思辨性和情感性十足，完全不是情节性的，显示出典型的浪漫主义特征；叙事被作家涂上了主观的色彩，其意义从中投射出来，又浸淫了画面和意象，传达出与这意象存在对应关系的审美特征和意念内涵。这里有西区和东区（“我出了家门往东走”）两个世界，有豪门的书斋和穷窟的舞台，有贵妇人和犹太人，有杏黄色日光和通明的煤气灯，有赤素馨花的幽香和熏昏头脑的硫黄味……日光和昏夜，花朵和毒药，贵族男子和如花少女，生活和诗歌，很明显这就是物化的生命，感性的时代生活内容，有形的艺术追求，对世界的直觉概括。

这种概括是文学艺术的专利。它不是其他学科领域能够取代的，因为它充满了情感、想象、审美的意识。它从诞生之日起就深得人民的喜爱，成为时代的最可靠的档案。人们在古希腊阿喀琉斯的盾牌上看到过这种民族生活的缩影，在无数作家、艺术家的有意和无意的意象刻画中见到过这种艺术的时代写真。

当然，除了这种星罗棋布地分散在全文中的意象化描写，王尔德还拿出大段篇幅集中渲染景物或名物，造成强烈的视觉和想象的冲击力，给整个作品赋予了与人抗衡的审美目光下的物的力量，这种对名物描写的力度在其他作家那里是罕见的。从王尔德的描写力度可以看出，他是掌握了艺术描写的量的重要性的，这一点很可能是从爱尔兰传统的民间故事那里学到的。下面是第十一章中描写格雷对天主教仪式的感受和他搜集宝石珍玩的片段：

跪在冷冰冰的大理石板上，看身穿硬邦邦的绣花法衣的神甫用苍白的手慢腾腾地揭开圣龛的帷幔，端起像盏琉璃灯似的嵌有宝石的圣餐匣，这时里面盛着的一块颜色泛白的硬面饼能叫人心悦诚服地相信那真是“天使的面包”。他也喜欢看神甫穿上基督受难时的装束，把象征圣体的饼掰入圣餐杯，并捶胸痛责自己的罪孽。神态庄重的男孩们穿着镶花边的猩红色衣服，把冒烟的香炉像一朵朵大金花似地不断摇动，让氤氲的炉烟在空气中散开，这对他也有一种不可名状的吸引力……

里奥内格罗（阿根廷地名）印第安人的一种神秘的乐器“朱鲁帕里斯”，那在当地是不许妇女看的，甚至青年也必须受过斋戒和笞刑后才能看；有秘鲁人的陶罐，声音像鸟儿的尖叫；有阿方索·德奥瓦列（西班牙历史学家）曾在智利听见过的人骨笛子；有在库斯科（秘鲁地名）附近出土的碧玉……[①]

这里对格雷见到的教会情景和他的收藏物的描写具有怎样的意义？宗教仪式，珍玩古玉，法衣锦绣，以及响器的异声和宝石的魔力，这是资本主义时代的一千零一夜，是站在人类学的山顶俯视历史长河，是原始智慧和当代理性的嫁接，是新的神话和传奇，是在作家眼中发生独特变形的景物和名物，是浪漫主义和唯美主义艺术的徽章学。

作家在此描写美物的目的是唤起读者的玄想，邃古的野性，原始的荒原，原始群团和氏族部落，石头骨头木头和陶器铜器铁器，兽骨

---

① 奥斯卡·王尔德：《王尔德全集》第一卷，赵武平主编，荣如德、巴金等译，中国文学出版社，2000，第 141–148 页。

堆旁的篝火和洞穴里的秘仪，祭坛上的烟火和面具下的巫师，还有古典时代的歌舞和鼓角，中古时代的厮杀和凯旋，15世纪以来的地理大发现，近代以来的全球殖民化，天南地北的商贸大通关……

结果是人的欲望高涨，要建起新时代的巴别塔，把宇宙收服在自己麾下，所以王尔德会写道，“他认为任何一种精神状态都在感官生活中有它的对等物，便下决心探索两者的真正关系”。反过来也是如此，莫非任何一种感官生活也联结着一种精神状态？甚至有形的人和物与无形的绝对之间也存在对应关系？这何尝不是王尔德自己的一种玄想？不然他何以在生命终结之刻答应神父的临终祝祷？在他的笔下，意象和内涵只隔着薄薄的一层，能够感受到这些意象，也就离小说的意蕴靠近了。

罗斯金在所著的《论自然》中，曾对自然景观展开了史无前例的精微描写，毫发毕现地写出了日光在白昼每一时刻的细微变化，以及他从中得到的感受；和他异曲同工的怀特在所著的《塞尔彭自然史》中以精微的观察和描摹写出了田野里鸟兽虫鱼的活动细节，这些于近代以来对大自然兴趣、观察、思考、研究的发动，客观地证实了人类对世界和对自身认知把握的新高度、新感情。他们那样的作家、理论家乃至科学家都是王尔德创作观念的源泉，他的创作和那个时代里人类社会取得的巨大进展之间，存在着多么密切的联系！只能说，时代的发展，人类的变化，世界的改观，在这些意象的描写中获得了生命。

二、寓言性的原型与原始情结

小说作为文学本体，总是联系着作家的个体经验、审美理想与人类总体的经验传统和审美历史两个方面的载体。这种个别与一般的特殊表现早在19世纪诗人波德莱尔那里就得到了具体表述。他说：

> 如同任何可能的现象一样，任何美都包含某种永恒的东西和某种过渡的东西，即绝对的东西和特殊的东西。绝对的、永恒的美不存在，或者说它是各种美的普遍的、外表上经过抽象的精华。每一种美的特

殊成分都来自激情，而由于我们有我们特殊的激情，所以我们有我们的美。[①]

除了托马斯·斯特尔那斯·艾略特在这个暂时与永恒、个人与人类关系上的集中讨论之外，作为关注艺术问题的心理学家，荣格也曾在这个关于艺术的永恒性和瞬间性的关联问题上，并且有着与文艺家、美学家相一致的共识。而本书所称的《画像》的结构特点——寓言性和现实性的综合，便突出地显示了瞬间性和永恒性的综合特点。

关于这个涉及《画像》的文与质、词与物、言与思的问题，不妨借用英国18世纪诗人兼评论家爱德华·杨格的观点来加以衡量评价。本书引述杨格的观点，目的不是要在哲学或小说一般理论的方面展开讨论，而是为了借此引入对《画像》包含的原型意义和原始情结因素的关注和认知，以便展示这部小说在结构所含的深层意蕴以及创作过程的矛盾运动方面的独具的特点。

杨格在论及英国剧作家艾狄生创作的悲剧《伽图》时，说过一段极有见地的话，为了说明王尔德的创作带有类似于艾狄生的悲剧思想大于形象的特点（由于大段的议论夹在小说中，从而使小说增加了美论的因素），这段话引述如下：

论伦理思想的庄严和分量，艾狄生像那位被称为戏剧哲学家的诗人（指欧里庇得斯——笔者注）；艾狄生本人，像他说到伽图那样，“刻意追求警句”。不过，说到欧里庇得斯中如此显著的溶化心灵于悲苦和怜悯的柔情中的奇才，他们的相似就不存在了。艾狄生的美闪耀，而不使人暖和；它们闪烁如霜夜的寒星。他的戏中确实有一群星：有哲人、爱国者、演说家和诗人，但悲剧作家又在哪里？[②]

---

① 夏尔·皮埃尔·波德莱尔：《美学论文选》，郭宏安译，人民文学出版社，1987，第300页。

② 爱德华·杨格:《试论独创性作品》，袁可嘉译，人民文学出版社，1963，第44页。

杨格在此将艾狄生与欧里庇得斯做了比较，认为艾狄生在悲剧中刻画了伽图的刚毅和雄辩，以及为共和理想死而后已的意志。但是，杨格像德莱登一样，并不赞同艾狄生的悲剧中慷慨陈词过多而行动不敷用的做法，因为这不符合悲剧作家的惯常写法，所以杨格批评艾狄生并没有在悲剧中发挥艺术想象的作用，这就是他那句“但悲剧作家又在哪里？”的意思，杨格并不是要求艾狄生在剧中直接表现他自己。所以，他还说：

> 艾狄生在牛津求学时期，把这个剧本送给朋友德莱登看，认为他是向戏院推荐这出戏的恰当的人，若是它值得推荐的话。德莱登把剧本退还，赞扬备至，但认为在舞台上它不能获得应有的成功……
>
> 即是说，艺术辛苦经营，想把戏剧的生命赋予无戏剧性的事物；那是不可能的。不过，就戏论戏，就像匹克梅梁（即皮格马利翁——笔者注）一样，我们不能不爱它，但愿它是活的。一个莎士比亚，或者一个奥特威（Thomas Otway，1652—1685，英国剧作家）将如何回答我们的愿望呢？他们会胜过普罗米修斯，用神圣的火焰，不仅给他生命，而且使他不朽。在他们的戏里（自然的力量就是这样），诗人从眼前消失了，完全隐身于维纳斯的背后，一直到戏终幕落，人们从不想到他。①

杨格在这里引用了古希腊神话皮格马利翁的典故，用以说明艾狄生的剧本令人赞叹爱慕，但它就是不会活起来。如果把它放到莎士比亚或奥特威手里，一定会栩栩如生、活力迸发地展现在舞台上，把那段血雨腥风的古罗马历史戏剧性地重现在观众眼前。

杨格在这里提到的皮格马利翁故事，是由古希腊音乐之神俄尔甫

① 爱德华·杨格：《试论独创性作品》，袁可嘉译，人民文学出版社，1963，第44–47页。

斯唱给一个由于得罪了狩猎女神而被变成一棵树的少年听的。从这个故事的上下文看，笔者认为，它和《画像》乃至和王尔德本人的创作和人生命运都有暗合的关系。因为它作为原型，映射着王尔德的精神生命本质——艺术和美崇拜，艺术真实论，对女性的排斥，将艺术取代性，不伦之恋，同性恋，艺术的桂冠，生命的短暂与美的永恒。

据奥维德所述，古希腊诗人俄尔甫斯唱的这首诗使皮格马利翁的神话家喻户晓。诗中唱道，古时塞浦路斯居民曾肆意渎神作恶，男人枉杀外乡人，女人不敬维纳斯。维纳斯遂将其地男子皆变为雄牛，女子皆为娼妓。皮格马利翁见女皆恶之，誓不妻娶。却以其所擅绝技，雕一象牙女子，身等真人，姿容盖世，乃甚爱之，日夜与之温存，饰之美物。又赴维纳斯庆典，祷之于神，愿得妻若牙雕之女。维纳斯为其诚心挚爱所感，乃示神迹，令祭火三次爆燃。皮格马利翁大喜过望，急切返家，亲昵所雕之女——关于这个为艺术而痴迷的皮格马利翁，不光成为大批艺术家的素材来源，教育家还借此总结出了“期望所在，进步所在”的“皮格马利翁效应”。[①] 由于它牵涉到王尔德的小说乃至戏剧创作，也牵涉到他个人的悲剧命运，所以在此有必要阐释一番。

在《画像》中，王尔德描绘了贝泽尔的神来之笔，似乎他的传神之作造成了人与像的颠倒和反串；在中国，除了《画中人》与此有着原始心理方面的相似情结之外，还有当代作家洪汛涛创造的《神笔马良》。《神笔马良》写出了神童马良用神赐的画笔劫富济贫、惩恶扬善的故事。简述出来，就是如下一段故事：

神笔马良，自幼喜画，虽生困苦，但耕樵之余，作画不辍，草木灰炭，充为画笔，不误画艺日精，几可乱真。一日梦中，老翁赠笔，遂宿梦成真。声名远播，竟为官府缉拿，然不肯为其画金玉。官府囚之，良画梯逾墙而逃他乡。又为皇家所知，拘至宫闱，命画摇钱树，

---

① 皮格马利翁效应（Pygmalion Effect）又称“罗森塔尔效应”或“期待效应”，由美国著名心理学家罗森塔尔和雅各布森提出，意指人们将期待和预言施加于对象时，有助于对象无意识间为达到该期望和预言的目标做出努力。

良乃画海中树，皇帝遂率宫人武士乘大舟往求。良纵笔风涛，排山倒海，倾其舟，毙其人。后良销声匿迹于人莫知处。

其实皮格马利翁也好，神笔马良也罢，都是用美的方式描绘人类关于艺术的幻想，也是人类寄托于审美认识论的理想。

实际上，皮格马利翁效应不仅指向教育界，因为它更为心理学家、艺术家所迷恋。心理学家、艺术家们往往为引导人们达到某种目标而费尽心血，或者为创造出活生生的艺术品而绞尽脑汁，所以，这种效应可以成为心理学家和艺术家与他们的引导对象或崇拜对象之间的媒介。王尔德塑造的贝泽尔对画像的崇拜便与此类似。王尔德在贝泽尔·华德的画室里之所以产生但愿画中人不再老去的愿望，也勾起了画家的感慨，便出自这一情结：

"如果这幅画像能代替他一年年地老下去，而他的容貌分毫不变，那可就妙极啦！"①

这部小说的寓言性即出自此处。问题是，雕刻家皮格马利翁为自己造了妻子，王尔德和他的人物贝泽尔可就没这么幸运了。贝泽尔在小说里没有异性恋，也没有家室，只有短促的生命和艺术。王尔德有家室却如同虚设，所以他把全部感情都献给了罗斯、道格拉斯等美貌青年。人们不是很关注罗斯，但都知道是王尔德的同性恋诱发者，他死后别人依照他的遗嘱，将他的部分骨灰埋进了王尔德的坟墓。道格拉斯则为世人所熟知，他恋母仇父极为显著。这从一个侧面反映了王尔德严重的同性恋情结出自何处。

除了这些关联，这个神话还与人类悠久的行为秩序、婚姻伦理制度有关系。神话学创立者、意大利的维柯在《新科学》中指出：

平民们处在半奴隶式的穷困情况，决不能要求和贵族通婚，他们

① Hesketh Pearson, *The Life of Oscar Wilde*(London:Methuen ,1946),p. 145.

所要求的只是举行隆重典礼正式结婚的权利，而这种权利已经是贵族们所专有的。但是在动物中间异种并不通婚。所以我们必须说，“像动物一样”这样的词组在英雄和平民斗争中是贵族们用来侮辱平民的……就是因为平民们没有确定的父亲，贵族们就说平民们和野兽一样和自己的母亲和女儿通婚。[①]

很显然，维柯的论述揭示了原始神话传说中包含的文明与野蛮、开化与原始的对抗，也充满各种势力之间相互倾轧争斗的内容。这种冲突与争斗的是非对错于今看来颇难评定。毕竟人类对于历史进退、事物正反、道德高低等的判断标准是极为活跃而富于变化的，即便是以促进还是阻碍社会开化文明为标准，也无法简单化地分类排队，只能就具休的情景和历史条件做出具体分析和价值判断。

为了理解《画像》中蕴含的复杂深邃的原始意味，本书有必要再从寓言和寓意方面做出简要的考察和分析。

在皮格马利翁成功地雕像娶妻之后，奥维德接着讲述了他们所生的一个儿子，名叫喀倪拉斯 (Cinyras)。喀倪拉斯的女儿密耳拉 (Myrrha) 竟对自己的父亲产生了不伦之恋，因不得满足，乃生自缢之心，幸为奶娘所救，她把隐情告知奶娘，奶娘遂助其达到了目的。但其情事被其父喀倪拉斯察觉，愤而欲杀其女，密耳拉遂逃往外邦，自变为一树，产子阿多尼斯。

据雅典的阿波罗多罗斯记载，其后又有维纳斯与阿多尼斯恋爱故事的叙述，阿多尼斯的典故不仅见于《画像》，用来比喻格雷，而且在其他场合也为王尔德所津津乐道。奥维德在《变形记》中写下了阿多尼斯的故事：

光阴如流水，不知不觉，瞒着我们，就飞逝了；任何东西，随它

① 焦万尼·巴蒂斯达·维柯：《新科学》，朱光潜译，人民文学出版社，1986，第 282 页。

多快，也快不过岁月。这个以姐姐为母亲，以祖父为父亲的孩子，好像不久以前还怀在树身里，好像才出世不久，不想一转眼，可爱的婴孩早已变成了少年，竟已成人，比以前出脱得更加俊美了。甚至连维纳斯看见了也对他发生爱情，这无异是替母亲报了仇。[①]

暂且把这个密耳拉和阿多尼斯母子的故事放在一边。皮格马利翁的故事还没有完。

在古希腊神话中，与皮格马利翁神话极为相似的，还有一段似乎更为古老的阿波罗与达芙妮的神话值得关注，为了理解小说《画像》，也为了理解王尔德用他的人生写下的"小说"，本书把这神话简述如下：

日神阿波罗素以神箭闻名天下，因偶见小爱神厄洛斯舞弓弄箭，责之夺己之长，遂开罪厄洛斯。厄洛斯取无爱之箭射河神之女达芙妮，取痴爱之箭射阿波罗，皆中。阿波罗遂热恋达芙妮。达芙妮视爱如仇，隐遁山林，比肩女猎神，不问婚嫁，任其父再三催逼亦不从。

然阿波罗对其一见钟情，终日追随之，痴恋其美。达芙妮却如避凶神恶煞，见之则逃，迅疾如风，任凭阿波罗在后直追力劝，绝不反顾，其飞逃之状犹如野兔为猎犬所逐。

阿波罗为爱所驱，追逐将逮。恰达芙妮奔至河边，疾呼其父将己易容，以避神爱。其父不忍，乃遂其愿：

她已经筋疲力尽，面色苍白，在这样一阵飞跑之后累得发晕，她望着附近珀纽斯的河水喊道："父亲，你的河水有灵，救救我吧！我的美貌太招人喜爱，把它变了，把它毁了吧。"她的心愿还没说完，忽然她感觉两腿麻木而沉重，柔软的胸部箍上了一层薄薄的树皮。她的头发变成了树叶，两臂变成了枝干。她的脚不久以前还在飞跑，如今变成了不动弹的树根，牢牢钉在地里，她的头变成了茂密的树梢。剩下

① 奥维德：《变形记》，杨周翰译，人民文学出版社，1984，第135页。

来的只有她的动人的风姿了。①

然而阿波罗依然爱之不已，爱抚树身不止。见树退避，阿波罗称，变成月桂也要为我所有，冠其枝叶，立之殿前，永享荣光。桂树惟随风点首。

在这里，达芙妮变成了桂树，而前面的密耳拉也变成了树，可见这是古希腊神话一个常见的主题。那么达芙妮为什么宁死不从阿波罗？密耳拉为什么必得从父得子？密耳拉的恋父情结与俄狄浦斯王的恋母情结是否存在对应关系？当然，弗洛伊德早已为恋父情结定名为“俄瑞科特拉情结”。本书的目的只是想说，《画像》中贝泽尔对格雷的异常感情，被指为带有同性恋含义。而王尔德的同性恋，他对妻子的排斥和对道格拉斯的迷恋，除了他自幼受到的母亲措置其性角色造成的影响，又究竟具有怎样的古老渊源？

如此说来，就不仅是王尔德，而是人类自远古时代起就有自己悠远的性爱故事，包括不伦恋情或性取向多样化的故事，而人类是否想讲这样的故事？他又是怎样讲这些故事的？这样一来，王尔德也就成了人类原始性爱的一个现代侧面的缩影而已。

依据人们对原始社会从原始群团到氏族部落演变过程的了解，参照维柯对于原始时期民政发生原理的考证和阐发理论，可以得出这样的结论：神话传说的叙事往往只是原始人类留下的诗性思维对久远时代的神秘理解和传述，原始社会历程的真正内容往往隐藏在神话传说叙事的后面，需要参照大量原始文化常识予以解读和阐释。维柯对原始社会内部经历过的各种矛盾冲突的解读基于大量文献资料和民间习俗调查，特别是参考了大量口耳相传的神话传说故事等文化遗产而作出的，因此具有较大的可靠性。按照奥维德的描写，皮格马利翁的孙女、喀倪拉斯的女儿密耳拉爱上自己的父亲，“发生了不正常的爱情”，乱伦的结果使她父亲要杀她，害得她逃往外邦，变成了一棵树，后来

① 奥维德：《变形记》，杨周翰译，人民文学出版社，1984，第11–12页。

多亏分娩女神的帮助，树干破裂，生下了美男子阿多尼斯。

在奥维德的《变形记》中，这类父女、母子的性爱有很多例，可见它们在古希腊罗马神话中被视为古老的习俗。但是，神话的真实含义往往不被后人所知。按照维柯的观点，未经隆重的结婚仪式而发生的两性结合被世界各民族无一例外地加以谴责。但是可以看到，在巴比伦神话（蒂阿马特和金古）、北欧史诗（《贝奥武甫》中的格兰代尔母子）、犹太教经卷（《圣经》中罗得和女儿）等都有所谓乱伦的记载，而古希腊神话中就更多此类记载了。这表明原始时代早期的杂婚习俗还是得到相当长时期的延续的。

但是，这里还有一个习俗和制度的更替、新旧势力的角逐的明显迹象。被视为乱伦和悖逆的情况大多与比较落后和蒙昧的背景相联系，往往受到比较先进和文明化社会的排斥打击和压制。在巴比伦神话中蒂阿马特母子被马杜克打败屠戮，格兰代尔母子为贝奥武甫所杀，就连罗得的后代也在犹太经卷中并未占据重要地位。这些现象提示人们，原始时代各地区、各部落之间，以及同一部落内部，都存在过激烈而残酷的争夺与冲突，人类走向文明曾付出了无数牺牲和代价。达芙妮、皮格马利翁也好，密耳拉、阿多尼斯也罢，他们在林莽中求生存，显然被排挤在边缘地域。他们在性爱方面所持的古老习俗尽管不被后来的记载所认可，但他们赖以支持自己行为的伦理和原则却是历史的产物，包含着一定的合理因素。以后人的眼光看来，无论他们的生存方式中有多少野蛮、犯罪、违法、迷信、落后的因素，但也都有合乎人性、回归原始的倾向。而且，用今天的话语来评判，他们无不处在权力话语的压制之下，后来的语境都是对他们不利甚至滥施暴力的。索福克勒斯的悲剧《安提戈涅》中安提戈涅与其舅舅、国王克瑞翁之间的尖锐冲突便是这种原始自然伦理、自然法体系与新晋的国家权力体系水火不容的例证。总之，在他们所代表的平民对贵族、落后部族对发达群体的反抗行动中，毕竟不能用落后或低级的断语予以一笔抹杀。特别是在全球加速现代化的今天，这种历史的是非曲直以及包含其中的辩证法就更有重新检讨的必要了。

王尔德之所以在小说中能将一段画室笑谈演变成严肃的艺术杰作，除了他的童年记忆和家学陶冶的作用，以及看似轻松的大学读书时期付出大量辛劳所赢得的优异成绩和学识壮大之外，他所处的爱尔兰人的无权无势地位、所受的无论多么隐蔽的民族歧视以及保守反动的社会势力的无情打击，都具有远古人类相互冲突、争斗的延续痕迹，也是他在小说中做出抗争的不可忽视的表现。而且，从个人到社会，这部作品事实上已经昭示了与他相关的艺术和人生重大事变的征候。他的隐含的恋母情结与异性爱障碍，他的古典学修养和文化价值观对他的文学创作的激励作用，他所处时代在哲学、伦理、意识形态等方面的激烈冲突，都使他在小说中刻画出具有颠覆色彩和犯罪倾向的人物，渲染了叛逆性的价值观和伦理观，为维多利亚时代后期的英国社会描画了一幅犀利尖刻的讽刺画面。

至于王尔德在小说中是否自觉地运用到上述原型和原始情结，是一个更为艰深的研究课题。不过，从这部作品的艺术表现上至少能够看到，世界在每个人的眼中都是不同的，因此艺术家关注什么，以及将所关注者诉诸怎样的艺术表现手法也就各自不同。王尔德在这方面的艺术自觉和创新意识是十分强烈而明确的。他在《英国的文艺复兴》一文中说过：

> 一件艺术品符合本时代的审美要求还是不够的，如果它要以某种永恒的愉快来感动我们，还应该有鲜明的个性特征，这种个性远离普通人的个性，仅靠着作品中的某种新意和惊人之处，通过一些奇怪的渠道，它才接近我们，而这些渠道之奇怪却使我们更为情愿地欢迎它们。
>
> 当代法国的一个最伟大的批评家说：La personalité voilàce qui nous sauvera.（法文：个性是我们的救星。）[①]

① 奥斯卡·王尔德：《王尔德全集》第四卷，赵武平主编，荣如德、巴金等译，中国文学出版社，2000，第 12 页。

如果认同他的观点，承认艺术的价值首先而且主要在于个性特征和新意中，那么人们就不能不承认，他的叙事作品确实具有基于原始文化原型、文化底蕴深厚的个性特征，也确实不乏新意和惊人之处。这样说的含义有两重：其一是指他的叙事艺术显示出的美学特征及其透露出的形式技巧；其二是指相对独立于新颖艺术形式的隽永的艺术内容。

这里说的艺术内容，是狭义的用法，是指深层的，潜藏于表面的题材、故事情节、人物性格、作品主题之下的，不经过抽象化的形而上分析便无法使其浮现出来的隐含内容，所以它通常是指作品的深层或形而上层面的内涵。显而易见，王尔德的叙事作品——长篇小说、短篇小说、童话故事、叙事诗和戏剧等，大多兼备表层和深层的艺术内容，而且这些内容又都是富于艺术个性和某种新意的。

在这方面，我国学者朱光潜也有过相似意见，他说：

> 爱好故事本身不是一件坏事，但是如果要直接欣赏文学，我们一定要超过原始的童稚的好奇心，要超过对于《福尔摩斯侦探集》的爱好，去求艺术家对于人生的深刻的观照以及他们传达这种观照的技巧。①

就拿皮格马利翁神话在《画像》中的痕迹来说，应该承认，从神话传说到《画像》的真义，从皮格马利翁效应与王尔德的性爱倾向，其间存在一定的关联，尽管王尔德本人未必对这种关联达到明确的察觉。王尔德在很大程度上也将自己的“作品”——教诲道格拉斯——看作自己的情人。王尔德幼时便受到他母亲的殷切期望，这对于王尔德后来性格的形成应该不无影响。加之他自幼在家庭受到的文化熏陶，使他性格中不免带上一种文弱与刚毅交织的性质。这在他的游戏方式、学校受辱时的暴怒与回击等事件中都得到了印证。在王尔德的生平经

① 朱光潜：《朱光潜美学文学论文选集》，湖南人民出版社，1980，第26页。

历对他的性格印证的有效性方面，宁信其有，不信其无。

除此之外，《画像》中带有意象化、隐喻性的描写还与处于人类文化核心位置的原型密切相关，特别是与原型之魅和原型之美密切相关。原型在人类文化中犹如一种放射性物质，它在释放自身的能量时不断给人以暗示和提醒，在不经意间以唤醒人的无意识，并以粒子裂变一样的方式，不断传递这种能量，使其达到持久甚至恒在的影响作用。《画像》中对于美的深邃隐喻和广阔暗示，对于艺术的巨大感召力量以及伦理的复杂冲突的深层主题内涵的揭示，都与原型意义的无意识触发存在密切关系。

以上从寓言到情节再到心理情结的分析可以表明，王尔德的《画像》在借助传奇叙事的方式传达现代小说严肃社会内涵方面，取得了成功的效果。原因在于，尽管他在作品中采用了大量的人物对话和作者议论，调动了大量意象化的描写方法，这些无一例外地加重了作品的思想负荷，但由于寓言性情节和寓意的推动，取得了出色的趣味化、陌生化、悬疑化、神秘化的艺术效果，成为寓教于乐、宣谕隐于唯美形式的突出典范。

从上述分析可以看出，这部小说不仅在语言、形象、意象、情节、氛围方面体现出王尔德勤于思索、刻意求工的创作精神和精湛技巧，而且在运用他深厚的家学和教育经历所积累的大量历史文化知识方面，特别是在利用原始智慧、民间传统方面做得极为成功。正是后面这一点，赋予了这部小说以浓厚的寓意和艺术意味，把小说中充斥的理论的思辨、思想的交锋、情感的悲喜、命运的神秘推举到了一个文化高度，为艺术小说或浪漫小说的创作提供了宝贵的经验。

三、多重镜像与性格寓意

对诸多人物的对话、自白、心理活动的描写，使诸人物的心理与对白形成不同的镜像关系，相互观照、相互映衬乃至相互评价，使其成为推动行动的动力，是《画像》突出的叙事特点。它虽然总体上从属于形式的层面，但却造成了整个作品的形而上思辨色彩，也给阅读和感受带来了一定程度的困惑和费解。应该承认，这虽然在调动小说的思想因素，即内容因素，以驾驭和统率形式因素方面具有强烈的作用，也的确克服了传奇因素带来的肤浅快感，但是，也使得这部小说暴露出一个仿佛先天的弊端——思想大于形象，辞藻胜过文意，就像上文中杨格对艾狄生的评价一样。当然，这些对话描写作为思想的载体，似乎暗示出，如果把这部小说变成一件衣服，也一定是足够华彩夺目，足以令王尔德披在身上。

应该承认，在整个小说中，以伦理观和审美观为主要内容的对话和说教——当然是带着各种善恶对立和伦理冲突的——构成了主要的艺术内容（在作品的深层审美内涵意义上），也是小说中具有实质意义的行动组成部分，因此对于各个人物的性格刻画具有莫大的作用。而且，从小说的艺术特色看，这种对话和独白的内容与王尔德在自序和理论著作中的思想主张密切相关，而且在亨利、贝泽尔甚至格雷的谈吐中，的确体现了“观念形象化”或“观念外化”的表现方法。尽管这种外化或带有宣谕色彩的美论、道德论、政治论等在立场观点上分属于不同人物，其间充满论辩性和对立性，可以说各逞锋芒，但从总体上看，许多对话确实宣扬了王尔德对当代生活的关切和批判之志，焕发出许多就那个时代来说堪称洞察秋毫而又高屋建瓴的精神品格和思想锋芒。也就是说，尽管许多对话不无偏激，但往往是从时代生活的深处涌现出来的，超乎俗见，值得赞赏。

从文明类型或文明特征上看，古希腊堪称尚美的民族，[①] 出于对 19 世纪欧洲现实的对抗需要，复兴古典是一代文人艺术家的基本诉求，也是批判社会的思想依据。[②] 王尔德通过人物之口，特别是亨利之口，对格雷，也对读者，发表了大量议论，把这部小说几乎变成了“对话小说”。他的这种双重说教，又在格雷身上得到了雄辩的印证。格

① 中国学者柳无忌直接将古希腊民族归结为唯美的民族，参见所著《西洋文学的研究》（1946）。

② 托马斯·卡莱尔曾以所著《过去与现在》（1843）一书赞美古代社会，指责他的时代和英国社会。《过去与现在》可以视为当时英国社会批判的代表作。

雷是盲从的，但作家显然希望读者是警觉的和批判的，这从小说的人物命运中便能得出对比的意义和应有的教训，这一切也是作品的主题所在。

以下是极为典型的关于美和人生（两者在王尔德这里是自觉融为一体的）主题的说教，当然，它们都出自亨利之口：

美有它神圣的统治权。谁有了它，谁就是王子。你在笑？啊！将来你失去它的时候，你就不笑了……世界的真正的奥秘是有形的，不是无形的……啊！要及时享用你的青春。[①]

除了极度赞美美的价值和伟力，甚至带有某种程度的主观夸大，显出某种程度的超越现实和脱离实际的缺欠之外，作家借人物之口说出的这番美学伦理学宣言充分显示了积极投身生活激流的态度和热望。由于王尔德超乎寻常地渴望当个大作家，所以这篇宣言以美的教化改造世界的激进色彩，以及突破伦理界限的叛逆精神，都可以从“一切批判几乎都是矫枉过正的”角度诉诸宽容的理解。如果联系到他的少小立志、切身品尝过民族歧视的痛苦的经历，联系到他在文化上体会到的社会压迫，人们就会更加体谅他的态度和立场了。

从亨利的观念个性不难感觉到，王尔德很可能从他推崇的巴尔扎克那里，或者从其他思想者那里，意识到世界上存在着“统一图案”或统一寓言的可能性，上面这段话里的“世界的真正奥秘”“人生与艺术相贯通”以及“及时行乐尽享生命”的观点，都是19世纪科学进步、文化昌明带来的启迪的回响。巴尔扎克在他的《〈人间喜剧〉前言》中便宣传过这种由科学进步、社会演进带来的统一图案的思想。

只要人们对亨利的言论稍做理论的“细读”，就会感受到他的“内在话语”，那就是突破一切野蛮的禁锢和虚伪的流风，努力去生活，

---

① 奥斯卡·王尔德：《王尔德全集》第一卷，赵武平主编，荣如德、巴金等译，中国文学出版社，2000，第26–27页。

生活，再生活！这里既有他审美信念的推动作用，也有他所处的19世纪高度繁荣发达的资本主义文明带给他的激励鼓动。相比之下，从学校到学校，很晚才步入社会的王尔德，下意识地感觉到人生阅历和社会体验对于艺术创作的至关重要性，如此渴望获得生活的丰富材料和思想启迪，是极其容易理解的。这里没有多少哈罗德·布鲁姆所说的影响的焦虑，但不乏投身时代思潮的激流和生活的怒涛，以及一展身手的渴求。

在那样一个“日不落帝国”的巅峰时刻，在那样一个占有全球四分之一土地的大帝国视野里，在时刻感受到凌驾于全社会之上的正统文化的虚假和狂妄的心态下，王尔德受到强烈的催动，要在挑战社会、征服大众的历险中施展自己的才华，完全是他必然的人生诉求。

这种精神的磁力，从生活传到了王尔德身上，又从王尔德传到亨利和贝泽尔身上，再传到格雷身上，只不过发生了艺术化的变形乃至变质，在艺术想象的世界里造成了苦难和悲剧，把美的赞歌唱成了哀歌而已。

亨利、贝泽尔、格雷乃至西碧儿等人的思想冲突是实现主题的绝好途径。王尔德在描写这些冲突时，不是没有立场和态度的，但是，基于他的艺术观和伦理观，基于他的叛逆之心和鸿鹄之志，他是极力反对道德说教和读者干预的，这不是像学界普遍认为的那样，因为他根本否定艺术的功用性和社会影响力的存在，而是因为他深谙艺术的奥秘，深知欲求其物，必先弃之的道理。何况他对康德哲学和浪漫主义先驱们深自服膺，早已意识到自己的使命更多的不是建树，而是破坏和颠覆。正因这个缘故，在这部小说中，除了贝泽尔和坎贝尔之外，在其他人物身上并没有现出他的褒扬态度。道德立场和社会功用，王尔德是懂得的，也是明智的，决不能让那类东西搅乱了他的艺术创造。

然而，作品中的人物却是需要表露出各自的审美品位和伦理观念的，因为那是生活本身，而不是艺术所决定的，无论是现实主义还是浪漫主义的作品，都无法规避这项生活的决定。不过在对待人物之间观念对立、行动冲突的问题上，他在遵循康德非功利主义的同时，更多地汲取了黑格尔式的冲突各方在克服各自的片面性的基础上，最终走向和解的思想。因此，小说中通过叙事艺术的处理，明显地传达了各种生活力量的诗性想象形式的冲突与和解！

就这样，在人物的多重对话中，王尔德积极地起用他的看家本领——丰富而高超的谈话艺术，使话语和包裹在话语中的性格配合默契，为人物行动和情节发展提供充分的依据，并在行动中折射出各个人物的心理镜像，塑造人物性格。这是王尔德以他当时还没有充分意识到其未来可观发展的多声部表现手法，也就是独特的复调方法，与其他形式手法相结合，刻画人物形象的重要尝试，具有文学史上突出的首创意义。

当然，王尔德式的对话叙事并非简单的情节因素，也不是简单地把话语权分配到说话人的身上，以显示对人物主体性的尊重，而是在创作中刻意地超越自我，其中包含自觉自省的意识，这种把人放到具体的生活情境中去，放到时代的精神冲突状况中去的方法，显示了王尔德对于前代艺术经验的自觉借鉴和学习。

但是，在这里也立刻遇到一个问题，即王尔德，像许多其他作家一样，是否或在多大程度上把自己写进了作品？人们知道，王尔德是刻意避免把自己带入作品中的，但是，他是否会确实做到？关于这个问题，笔者比较赞同美国学者哈特曼的观点：

有人说，一个艺术家的个性，包括他看事物、做事情的个人方式，都不可避免地要在艺术作品中得到反映。那种“风格如其人”的说法便是这种事实的表达方式。这种说法得到了很多人的认同，但是它却暴露出一个常识方面的错误。我的批评观认为，一个人待人接物的方式，如果不是在形象或音乐中直接地反映出来，那么它就只是一个心理学的过程，并不具有艺术中那种直接的认识价值。无论这种心理学过程充满了怎样的传记学或心理学的个案趣味性。艺术的主要参照物是结果，不是过程，不管是心理的还是技术过程。除非这过程会直接影响到结果。

……艺术在某种程度上是出自人类的需要、感性和情感，艺术也直接诉诸人类的这些品质。但无论如何，我们都不会在感受艺术时把我们自己和这些心理因素直接联系起来，除非这些心理因素构成了实质性的、合乎惯例的、心理学意义上的确切而微妙的表现形式。事实上，一个艺术家，如果他的所见、所做、所感没有被“无保留地服从大师们的经验所建立的艺术规则”所改造或塑造的话，就永远不可能成为大师。艺术的巨大成就不是个人性格的结果，而是艺术独特性的结果。①

哈特曼在此批驳了风格人格一致论，也指出了作品和接受的一条重要原理——艺术的征服，胜过一切暴力的征服。笔者的观点是，在作家和他的作品或创作活动之间，的确存在着复杂而有机的联系，它们之间不是各自独立、互不相关的。但是，笔者反对把它们简单地对等起来，或者漠视其间的复杂关联，而简单地推断它们的同一性或无关性。在王尔德这里，由于他的复杂个性，以及在复杂的矛盾交织的时代生活中的感受和思考，他的人生经验和他的创作、他的人格和他的作品之间，存在着极为复杂，有时甚至是相悖的联系，需要进行深入细致的分析和研究才能得出近于事实的结论。

在小说描写的世俗冲突的后面，最后是几种根本冲突的精神、价值之间的生死搏斗、人类前途的搏斗，正是这些根本权益和根本价值之间的角逐，造成了不同文化、不同社会立场、不同思维方式等具体的矛盾状况。在《画像》中，亨利把自己的感受进行了精辟的概括：

“道连，我活得愈久，就愈是强烈地感到：我们的父辈满意的东西已不能使我们满意。在文艺方面，和在政治方面一样，老祖宗总是不

① Henry G.Hartman, *Aesthetics:A Critical Theory of Art* (Ohio:R.G.Adams & Co.Columbus,1919), pp.29–31.

对的。”[①]

实际上，不同的人群、阶层之所以持不同的文化立场和价值尺度，同时代的变迁、个人所经历的时代生活内容都有直接的关系，这些因素在决定人的文化乃至道德伦理面貌方面的确起着巨大作用，例如人们看到的，在雨果的《欧娜妮》首演时出现的场面。但是，在更深的层面，应该说，人与人之间在不同的社会历史范畴方面的差异才是更为根本性的分野。生活在同一时代、同一空间的人们，甚至生长在同一个家庭中的成员们，之所以会持有不同的社会立场和文化观念，显然是受到后天经验影响的结果。这后天经验就很可能以某个社会历史范畴的文化种子的身份埋进个人或群体的头脑中，使其形成不同的社会观和文化观。在王尔德后来受审的法庭上，卡森律师作为他的老同学，同他针锋相对，势不两立，所代表的不同社会历史范畴是极为明显的。这种社会历史范畴并不是一个时间的或时代的概念，而是一种社会体系和形态、一种社会立场和价值的概念，总之是体现占主导地位的社会整体特征的概念。王尔德的社会行为和艺术创作固然发生在维多利亚后期的英国社会，但是在社会历史范畴方面，却向后更多地代表着古希腊罗马的文明典范，向前更多地代表着不久的将来就会蔚成风气的现代主义的文化和社会理想。所以，他和卡森所代表的维多利亚正统文化体系的立场发生冲突，只是一种历史的必然。

这方面的形势和思潮，对于王尔德这样的作家的研究，有着直接的影响。具体表现为，对人的复杂性和丰富性能否做到充分估量，对人的主体地位、生命价值和具体社会权益能否做到正确的理解和合乎实际历史条件的评价。

上文提到，一个力往往是另一个力的反应形式。而一个力的方向与强度则往往决定了它所引起的另一个力的方向与强度。正因为英国

① 奥斯卡·王尔德：《王尔德全集》第一卷，赵武平主编，荣如德、巴金等译，中国文学出版社，2000，第 56 页。

社会历史传统中包含的强大的意识形态体系和思想文化痼疾，特别是其保守主义的政治和思想文化、道德习俗的强大压制态势，都超过其他欧洲国家，所以，在英国引起的反抗，以唯美主义为代表的思想叛逆潮流，也最为突出而强烈，最有创作的激情和理论的建树。

作为反抗现实道德伦理的力作，《画像》中的亨利在很多方面都代表着王尔德的道德伦理立场和主张。他对世界的看法自不必说，在对待他人和对待自我的立场上，他也毫不容情地反抗现实中占主导地位的正统法范。例如，他在和贝泽尔、道连谈到人对他人之发生影响的问题时，从绝对个人主义的立场出发，一方面否认任何影响的积极性，另一方面又提出了人生目的或生存价值的学说：

“影响他人就是把自己的灵魂强加于他人。对方就不再用自己天赋的头脑来思想，不再受天赋的欲念所支配。他的美德并不真正是他自己的。他的罪恶也是剽窃来的——如果有罪恶的话。他变成了别人的乐曲的回声，像一个演员扮演并非为他写的角色。人生的目的是自我发展。充分表现一个人的本性，这就是我们每一个人活在世上的目的。如今的人们害怕自己，他们忘了高于一切的义务是对自己承担的义务。”①

王尔德在这里发表的慷慨演讲，带有揭发虚伪、概括症结的性质。关于虚伪，他告诉人们，并不是做善事的人全都心怀恶念，而是说他们出于好心，却除了慈善，全不知还有什么更有意义的善举。既畏惧现实，又畏惧上帝，于是人类把自己束缚在精心打造的禁锢里。

值得注意的是，亨利所宣扬的人生观，既然是极端个人主义的，便必然是与他者和社会相对立的，因此是没有出路，没有道德伦理标准可言的。人不可能脱离这个世界，脱离任何群体。至于接下来亨利

① 奥斯卡·王尔德：《王尔德全集》第一卷，赵武平主编，荣如德、巴金等译，中国文学出版社，2000，第 21 页。

发表的一番“浪漫者言”，就更带有个人主义乌托邦的色彩了：

> 我相信，每个人要是能充分自在地生活，可以表达自己的任何感情，说出任何念头，实现任何梦想——要是这样，我相信世界将焕发出蓬勃的朝气，我们将忘记一切中世纪的弊病，回到古代希腊的理想境界，甚至可能到达比这更完美、更富足的境界。但是，我们中间最大胆的人也怕他自己。野蛮时期残害人体的遗风还可悲地反映在人们的自我克制上，这使我们的生活遭到损害。我们正在为这种自我限制受到惩罚。我们竭力压抑的每一种欲望都在我们心中作怪，毒化我们。而肉体一旦犯下罪恶，也就摆脱了作恶的欲念，因为行动是一种净罪的方式，事后留下的只是甜蜜的回忆或悔恨的快感。摆脱诱惑的唯一办法是向它屈服。如果进行抵抗，你的灵魂将堕入无边的苦海，因为它所渴慕的是它自己所禁止的，它所向往的是被它自己那一套荒谬的法律视为荒谬和非法的。①

从绝对的个人主义，到绝对的自由，再到破除有史以来的一切文明成果，直到纵情作恶，毫无节制地作恶，才是人生的目标。但是，如果止于这样的理解，人们对亨利的认知就未免太过肤浅了。如果仔细思量，在亨利的说教中，的确还存在着某种生活的真理。例如，有诱惑，有欲望，有实现欲望的犯罪。但是，如果这诱惑和欲望是合理的，又会怎样？即使这诱惑和欲望不是原始的、人性深处的要求，如孩子揭发父母并把他们送上刑场，而是在统治者看来是邪恶的、犯罪的要求，那又该如何论定其合理与不合理？无论如何，人在内心的激烈冲突，始终是人性无法摆脱的困境，就连无意识间踏入的泥淖，也令人无法全然规避掉，这是不争的事实。

当然，在小说中，尽管道连是年轻幼稚、易受摆布的状态，但是

---

① 奥斯卡·王尔德：《王尔德全集》第一卷，赵武平主编，荣如德、巴金等译，中国文学出版社，2000，第 22 页。

他也不是没有丝毫抵抗能力的，只不过以他稚嫩的道德观念外表，根本就抵挡不住亨利的炽热雄辩的烧烤：

“享乐是值得建立一套理论的唯一主题，”勋爵用他悠扬而舒缓的音调回答说，“不过，恐怕这不能算我自己创造的理论。它的创造者是天性，不是我。享乐是天性测验我们的试金石，是天性认可的表征。我们快乐的时候总是好的。但我们好的时候并不总是快乐的。”①

至此，亨利的哲学已经昭然若揭，无非是率性而为，无所顾忌，典型的无政府主义。诚然，王尔德并不是亨利，但亨利不仅带着王尔德的影子，而且时常宣扬王尔德的伦理学。即使王尔德（不是亨利）一直把横扫维多利亚社会各种弊端当作己任，即使这段自绝于大众的哲学是针对英国社会上层的道德伦理准则而发，也完全没有现实依据，只能是空中楼阁。所以，人们从这样的宣言中，既看到了王尔德在人物身上寄寓的批判态度，看到他把小说人物当作一种精神显现来予以批判，同时也看到他在社会上表现出的离经叛道的某些痕迹。原因在于，王尔德的某些行为和主张，如同性恋和惊世骇俗之举，裹着岩浆般的反抗之火，难免不流露到他的小说作品里。

当然，在充分估量王尔德叙事作品中的主体性因素时，绝不可简单地把书中人物当作作者的直接外显或折射，因为尽管作者本身是主观形态的，但对于创作主体（即进入创作状态的主体）来说，这个“我”或是我的主观世界仍然是外在于这创作主体的客观存在。因此，无论书中人物在多大程度上与作者形似或神似，人们在另一个方面还应充分估量作家从自身之外寻求素材和人生模特的可能。

应该承认，王尔德在这部很大程度上以艺术为主题的作品中，对人的探索已经达到了相当的深度和辩证的水准。在他看来，艺术和生

① 奥斯卡·王尔德：《王尔德全集》第一卷，赵武平主编，荣如德、巴金等译，中国文学出版社，2000，第 84 页。

活的界线既应格外鲜明，又有相同之处。可贵的是，他在小说人物身上探索自己的内心，又在自己身上体会小说人物的行动逻辑，把自己置于他人的视野之内，又把他人纳入自己的视野。

如果说，以王尔德为代表的英国唯美主义具有强烈反主流、反理性、反传统的倾向和力量，那么这一运动的确还在艺术领域掀起了一场影响深远的变革。它留下的思想遗产虽然带着若干幼稚、激进、极端、片面的痕迹，但毕竟极大地削弱了陈腐的正统思想理论体系，提出了大量深刻而且辩证的思想主张。它在这方面的成就，除了体现在他们的创作中，还体现在具有正统色彩的艺术权威们的态度上。这里主要是指与王尔德同年辞世，却年长于王尔德的35岁的约翰·罗斯金。这位著作等身、成就超群的艺术理论家在很大程度上代表了英国19世纪文艺思潮和文学理论的最高水平，他在许多评论文章中，都曾对唯美主义表达了赞赏和支持的意见，虽然他的意见不无保留之处。这个情况也证明了，唯美主义，包括王尔德的艺术思想和艺术创作既迎合了时代文化的发展要求，又是得到了理论形式的高度认可。

王尔德小说中包含的自由与美的精神，令人联想到萨特的名言，“通过一种自由呼唤另一种自由、通过写作超越他人和世界的现象来解答”什么是文学的问题。[①] 其中包含的文学本体论的哲学意义，与艺术的现代异化形成了鲜明的对比。

在多重的对话关系中，一个明显的逻辑序列是，由亨利的“奇谈怪论”打先锋，冲决传统的或流行的价值观念和社会伦理，启示美的真谛，其中唯我主义和无政府主义的倾向直令贝泽尔感到震惊，令格雷感到可怕或者醍醐灌顶。如果说贝泽尔的伦理观已经成熟，艺术追求和良知信仰也坚定不移的话，那么年轻单纯而又浅薄的格雷就极容易入彀了。他从自安、自便，到自骄、自恋、自我放纵，结果既害他人，也毁了自己。

值得关注的是，小说在遵从每个人物的“切口”，因人而异地展

① 张寅德：《叙述学研究》，中国社会科学出版社，1989，第442页。

开对话时，作家明显处在创作理念的矛盾中。他既是反道德论的主张者，又每时每刻发表着自己对道德伦理的感受和见解；他既要规避在作品中暴露自己，又每时每刻身不由己地钻进作品的全部描写里；他把人物看作是外在于作家的独立主体，但又难免在他们身上掺杂进作家的心理因素和主观意念。这一点是王尔德整个创作活动中特别显著的、有别于其他同时代作家的个性特征。承担越重，挑战越多，矛盾纠结也就越集中、越强烈，这就是他创作的魅力所在，也是他注定的命运吧。

不过毕竟对于人物们在对话中发表的看法和观点，王尔德是尽量采取客观态度予以描写的，这也显示了他对于艺术法则的理解和尊重，他在尽力避免自己的箭射在自己身上——让作品带上维多利亚式的说教气息。小说中亨利对贝泽尔说的一段话就表达了他的这种意识：

向一个彻头彻尾的英国人谈出某种想法总是一件欠考虑的事情，因为他从来不去分析这个想法是对是错。他认为唯一重要的是对方自己相信不相信。实际上，一种想法是否有价值，同谈出这个想法的人是否出于真心毫无关系。事实多半是这样：说的人愈不是真的相信，那个想法就愈显得有道理，因为这样才不夹杂他个人的需要、个人的愿望或个人的成见。不过我不打算跟你讨论政治、社会学或形而上学。我喜欢人甚于喜欢原则，我喜欢无原则的人甚于喜欢其余的一切。①

这段话里埋着一个王尔德反道德论的秘密，就是以反道德的姿态和操作实现真正的道德功能。这一点暂且不论。可以看到，这段话不仅反映了亨利在社会事务方面的自由主义立场，以及他对待世间万物的方法和态度，而且暗示给读者，他是不为格雷的改变及其导致的任何后果负任何责任的，尽管他说人是他感兴趣的对象。问题的关键在

① 奥斯卡·王尔德：《王尔德全集》第一卷，赵武平主编，荣如德、巴金等译，中国文学出版社，2000，第 13 页。

于，他的思想观点，或者说，这种带有王尔德自己想法的言论，在多大程度上是合理的，在现实性上是正确的。从王尔德大量抨击时代精神的虚伪特色、大量批评大众庸俗观念及其行为方式的言论中，可以判断出，亨利也是他表达对时代批判和大众批判的传声筒之一。亨利的声明中含着批判，批判中含着颇为重要的合理性和正确性，这一点抛开王尔德自己的言行，参考一下莎士比亚等艺术大家的社会倾向，参考一下古斯塔夫·勒庞的《乌合之众：大众心理研究》（1895）等社会学杰作，就不难印证了。

当然，亨利的言论范围绝不仅限于美学和伦理学领域，他还把矛头指向了社会各个方面，而且带有历史视野和眼光。例如，他在和贝泽尔谈话时有这样一段内心独白，他知道贝泽尔不是毛头小伙，所以他没有把这段独白说出口：

> 每个阶级都要宣扬那些他们自己无须实行的美德是如何重要。有钱人大讲节约的好处，游手好闲的人口若悬河地谈论劳动之伟大。[①]

这样的想法，显然已经达到了对于社会政治和大众心理的研究的理论概括水准，其现实性的社会批判力量也是力透纸背的。他的，或者说某种程度上是王尔德的这种思想的风格，令人想起柏拉图、培根、伏尔泰等揭露时代假象、启蒙大众自觉的表率作用。

从对话叙事到人物形象的刻画，其中包含的矛盾运动和逻辑关系，人们仅从格雷的性格变化上便能见出其基本的内容：

格雷阶段性的性格发展在小说里展现得十分明显，一方面，他在亨利的教诲和生活的诱惑下不断发生人生观、道德观的变异，另一方面他又出于青年人所特有的好奇、冒险欲、享乐欲而不断走向恶行，他受到他人的诱惑，也诱惑他人，直至给他人和自己造成毁灭的结局。

---

① 奥斯卡·王尔德：《王尔德全集》第一卷，赵武平主编，荣如德、巴金等译，中国文学出版社，2000，第17页。

当然，这一切是从心灵的改变开始的，或者说，从聆听了一种异端的教义开始的：

“是啊，”亨利勋爵继续说，“通过感官治疗灵魂的创痛，通过灵魂解除感官的饥渴，那是人生的一大秘密。你是上帝创造的一个奇迹。你知道的比你认为知道的多，但比你想要知道的少。”

道连·格雷皱起眉头，转过脸去。他无法不喜欢站在他身旁的这个修长而潇洒的青年男子。[①]

这里已经明显地露出牛津的佩特所宣扬的哲学说教意味了。心理上有这种意识，格雷还能在人生的道路上像先前那样独立自主吗？这里就是他的命运转折点，也是小说真正具有现实性的开端。因为它开启了形而下的、实践的事件进程，不再停留在形而上的思辨讨论的层面了。

他幻想设计出一种基于合理的哲学和明确原则的新的生活模式，幻想通过感觉升华为精神发现这种生活的最高境界……要有一种新享乐主义来再造生活，使它挣脱不知怎地如今又出现的那种苛刻的、不合时宜的清教主义。当然，新享乐主义也有借助于理性的地方，但绝不接受可能包含牺牲强烈感情的体验的任何理论或体系。因为新享乐主义的目的就是体验本身，而不是体验结出的果实，不管它是甜是苦。[②]

在人物对话中推动情节发展，完成形象塑造，这是小说形式结构的主导特征，也是人物形象塑造的主导特征。但是，这个特征除了带

① 奥斯卡·王尔德：《王尔德全集》第一卷，赵武平主编，荣如德、巴金等译，中国文学出版社，2000，第25页。

② 奥斯卡·王尔德：《王尔德全集》第一卷，赵武平主编，荣如德、巴金等译，中国文学出版社，2000，第137页。

来思辨性和精神趣味之外，还给作品整体风格带来了观念先行的缺点。所以，尽管整体画面中不乏巧妙的行动变化和结构布局，但仍不免给人以意胜形之感。

而且，从整体上看，也就是从王尔德的生命过程、小说的教谕化和寓言化形式特征，以及传奇体与小说性的结合等特征的缝隙里，人们看到了一种谶语现象。格雷在小说中杀死了贝泽尔且拒绝其拯救，与王尔德本人为自己内心的性取向痴迷，以及终竟为道格拉斯所毁灭，且自坠深渊而在友人苦劝之下屡犯不改，恰成一种预演和应验的关系。

这种为命运之手所推动，却误以为有所追求的艺术之魂，在人格、道德、信仰、浊世之中遭遇的困境与挣扎，包括指向自我的谶语，都与他后来创作的《亚瑟·萨维尔勋爵的罪行》中手相师的自我预言如出一辙。

四、形式内容的克服与配合

寓言性与现实性的结合，达成了王尔德重要的艺术理想和创作目的，即最大限度地调动形式技巧以克服看似极为困难或极为不可能的材料对象，由此显示了他的个人艺术的高超与必然性的深刻。这里也包含一个形式克服内容与艺术张力的相互关系问题，如在雕塑中，材料与形式的巨大张力便造成艺术的超越与竞赛，显示出艺术家的才力。例如，古希腊雕塑中的胜利女神或米隆的《掷铁饼者》等，都是人们常说的范例。其中暗示着，选择最有对抗性的材料以创造最有难度的艺术，才是艺术家具有挑战性的创造。

从一幅画像，揭示出艺术与生活的关系、生命的短促和美的永恒的关系、道德的善恶关系、自由和规约的关系、面具和真相的关系乃至美丑的关系等，都在一部篇幅不大的描绘中得到了展示。这种力量和容量，无疑是和传奇与小说的结合、寓言和现实的结合、原型和形象的结合、形式与内容的结合紧密联系在一起的，没有这一系列艺术创造手法和形式技巧的运用，上述内涵是根本无法实现的。

从形式—内容的内在矛盾运动来看，除了形式克服内容，还有一个内容克服形式的机制：即对材料或本事所倾注的特定艺术理想，它决定了形式的创造和选择；通常这一过程和机制应出现在已有较为理想的素材或本事，需要为其选择艺术形式并将其组织进艺术整体的情况下。这是《画像》创作之前王尔德所面临的一个艺术任务，必定早已悬在他的脑海里，只是没有找到恰切的表现形式。所以，当他一旦遇到了那个“唤醒睡美人的王子之吻”，创作就变得易如反掌了。

当然，为了搜寻作家、艺术家的艺术加工痕迹，评价他们的艺术造诣，人们通常总是更多关注形式克服内容，即本事是如何被克服或改造从而被创造为艺术形式的。在那之后，形式才成为承载审美意味的载体。而这个过程通常出现在已有创作动机和主题意向，甚至已得到最称心合手的本事材料之后。由于需要对素材或本事展开艺术加工，只有在这种情况下，形式克服内容才会真正得到施展。

从改变原有素材形态，运用陌生化手段，直到最后彻底改变本事或材料的原有结构、性质、形态，艺术的维纳斯才会从塞浦路斯的波涛中诞生。可以看到，无论是司汤达的《红与黑》，还是陀思妥耶夫斯基的《罪与罚》，都是将普通刑事案件经过艺术形式的点石成金，最后提升为历史哲学探索，或心理分析与人生哲学探究，其中包含的创作动机、艺术理想和艺术技巧，推究起来是清晰可辨的。

可见，文学创作过程，在一定意义上可以理解为作家斟酌权衡素材和形式手法孰重孰轻，并最后进行取舍、剪裁、加工的过程。也是在创作主体、创作对象和读者对象诸要素组成的系统中，作家运用艺术手法将自己的创作旨趣和艺术理想诉诸艺术形式，从而使其得到表现的过程。

这种艺术过程内部的矛盾运动决定了艺术的本体论性质。就是说，艺术的本质不是在其结果，而是在其造成结果的运动过程本身，即审美地创造过程。这是一个组织艺术因素、调动艺术手法、运用艺术技巧的过程，更是一个艺术思维的形成过程。其中体现着艺术本质的形成机制，故而艺术的定义可以用审美性质的“结构（动宾词组）”或

"建构"来界定，主要是指一种动态的结构过程，而非指其运动的结果和物质表现形式。在这个运动过程中，主体的创造思维起着主导的作用，它利用潜在地包含着审美理想的材料，克服一切非审美的因素，将主体和对象、材料和构思、真实和幻想、必然和自由等对立因素全面统一起来，达到一种新的主客体统一状态，释放出文化创造的新能量（犹如原子核聚变）。这一过程的哲学依据在于，只有存在内在对立性的克服与扬弃（形式与内容的对立统一），才能形成新的存在的肯定形式。

综上所述，如果把这部小说看作一部格雷的犯罪小说，就会发现格雷只是亨利哲学的试验品和牺牲品（他的原本面目是单纯的青年），是唯一得到变化描写的人物。读者也可以把他理解为戴着假面的人物形象，他的真面目就在暗处的画像上。但他也兼备寓言和现实双重性，是名副其实的主要人物，因为唯有他能够印证不同观念、不同文化在一个无知兼无道德操守的人身上所起的作用。在人物按作家主观外化的方式形成了对立对比关系后，即寓言性之后，才到了形式与内容矛盾运动的过程。

在形式与内容的矛盾运动过程中，艺术对象内部的形式因素和内容因素既是相对而言的，又是相互作用的。一种形式因素或内容因素的地位取决于它的相对关系。由于形式因素和内容因素处于这样的相对关系中，所以任何一种因素的改变都能相应地改变它的对立面，而任何一种改变也都体现艺术创造活动的自觉与自主运动。用苏联学者维戈茨基的说法，形式与内容相互克服的规律，是小说的活的机体的运动方式。维戈茨基认为，任何小说都有自己特殊的结构，它不同于作为小说基础的材料的结构。但是十分明显，任何组合材料的诗的手法都是合乎目的的，或有明确方向的：它是被带着某种目的采用的，它是符合它在小说整体中所执行的某种功能的。因此，对手法的目的论的研究，即对每一个风格要素的功能、每一个组成部分的合理性和目的论意义的研究，能向人们说明小说的活的生命，把小说的死的结构变成活的机体。①

维戈茨基的这个方法，实质上就是在考察作品活体的组织结构及其运动方式中探求主题意图。这一方法显然产生于这样的动机：

> 两个事件或动作结合在一起，便产生某种新的、完全取决于这些事件的次序和安排的动态对比关系。②

从这些意见来判断，维戈茨基不仅比克里斯托娃等动态符号学家更具体地看到了文学的内在运动，而且已经在自觉地利用艺术的内在对立对比来揭示意义了。

就王尔德的《画像》来说，可以看到，最明显的形式克服内容，就是利用传统的传奇与小说的叙事形式因素，对现实材料如画室生活、艺术幻想、个人冒险等做出符合艺术理想的加工改造，是王尔德对艺术生活和艺术幻想起意志并予以艺术改造，从而赋予其唯美形式的过程。通过这一过程，形式的因素就克服了材料本身的粗糙、低俗的特征，实现了艺术理想化；同时，出于内容对形式的改造，王尔德在小说中也把传奇因素予以改造，以适合于自己的唯美主义批判的目的。例如，格雷的道德冒险和堕落便是在唯美主义批判对象亨利的教唆下发生的传奇经历和毁灭结局。所以，无论是形式克服内容还是内容克服形式，首先这些因素都是活的、听凭作家主观或时代精神的支配而发挥积极作用的因素，而不是像以往经常感觉的那样，将其视为静态的、工具性的因素。

当然，作家创作的本事固然来自生活，但同样的本事，如果没有先期影响到作家的心理和个性（如在身世、创伤、补偿、世界观诸方面），那么同样是毫无作用，无法进入艺术的。正是在这个意义上，

① 列夫·谢苗诺维奇·维戈茨基：《艺术心理学》，周新译，上海文艺出版社，1985，第198页。

② 列夫·谢苗诺维奇·维戈茨基：《艺术心理学》，周新译，上海文艺出版社，1985，第198页。

才能说从艺术的本事转变为艺术的题材和主题，其间具有丰富的艺术学和审美主体论的内涵，也间接地决定着艺术本体论的内涵。由此可见，对作家的研究往往超越个人研究的价值与意义。

王尔德在《谎言的衰朽》中所表达的对审美理想的追求，完全可以解释《画像》的创作心理背景，也可以解释他以往所受《驴皮记》的影响，前者是背景，后者是创作的诱因。作家的职责，就是将这些启示与灵感表达出来。王尔德对这一切是深有自觉的，他说过：

批评家应能把他得自美的作品的印象用另一种样式或新的材料表达出来。①

唯一真实的人，是那些从未存在过的人。如果一个小说家低劣到竟从生活中去寻找他的人物，那么他就应该至少假装他的人物是创作的结果，而不要去夸口说他们是复制品。②

王尔德在这些话里，已经把他创作《画像》的秘诀告诉了人们。当然，他没有告诉人们的还有很多，人们也没有奢望他会处处耳提面命。例如，这是一部显然包含大量道德因素的小说，尽管王尔德时刻提醒人们他是一个反道德的人，但是，他是否真的反道德？他反的道德是哪家的道德？他反道德的后面是否存在立道德？如果有的话，他要立的是怎样的道德？这一系列问题都是复杂深邃而又无法一概而论的。

无论如何，笔者并不认为王尔德的道德观是虚无主义或一概反道德的，那样的话他的作品将毫无价值。只是人们无法充分地讨论这些问题，因此只能暂时按下不表。

文学史上无数例证业已证明，道德的文学，也可以称为刻意教诲

---

① 奥斯卡·王尔德：《王尔德全集》第一卷，赵武平主编，荣如德、巴金等译，中国文学出版社，2000，第 3 页。

② 奥斯卡·王尔德：《王尔德全集》第四卷，赵武平主编，荣如德、巴金等译，中国文学出版社，2000，第 330 页。

的文学，常常是极为可怕的，其可怕程度丝毫不亚于道德的批评。应该承认，批评之所以遭到作家的反抗，遭到大众的鄙弃，很大程度上是因为可怕的偏见和自以为是。

形容词“教诲的”意为“旨在给予指导”，指旨在阐述某门知识，或以想象或虚构的形式具体表现道德的、宗教的或哲学的学说以及主题的文学作品。这类文学作品通常不同于本质上是想象性的作品（有时也称“摹拟性”或“描绘性”作品），因为后者的创作目的不是为了增强其具体表现的学说的吸引力，而是为了增强作品固有的趣味性，强化作品对读者的感染力和给读者以艺术的愉悦。①

艾布拉姆斯列举的典型教诲作品范例包括公元前 1 世纪罗马作家卢克莱修的自然哲学诗篇《物性论》，以及同一时期的维吉尔的田园诗《农事诗集》。与之相类似的还有 18 世纪诗人亚历山大·蒲柏的《批评论》及《人论》等教诲性诗作。同时，艾布拉姆斯也列举了教诲、虚构、艺术性三者兼顾的类型，如斯宾塞的《仙后》、弥尔顿的《失乐园》，以及萧伯纳、布莱希特的戏剧等。王尔德的这部小说显然更接近这类寓教于乐的作品。

但是很显然，王尔德的这部小说既非这类惩恶扬善、扶正抑邪的教诲作品，也非单纯渲染传奇色彩和离奇情节的娱乐之作，而是把观念立场论辩与断送灵魂的冒险结合起来，绘制成了一幅从天真无邪转变为极端虚无主义、享乐主义的堕落之徒的画卷，其间充斥着善恶交集的教唆者所宣扬的极端个人主义的说教。

至于亨利和格雷的关系，小说的情节模式便有所显示。小说继承了自古以来的智慧老人或教唆型主仆关系的叙事模式。在亨利和格雷身上，闪动着福斯塔夫和亨利五世、靡菲斯特和浮士德、伏脱冷和拉斯蒂涅等的影子，都是这种模式的典型作品。与此相对应的，是善良

① M.H. 艾布拉姆斯:《文学术语词典(第 7 版)》, 吴松江等编译, 北京大学出版社, 2009, 第 131 页。

的老人兼智者对年轻的受保护人的指导和教诲，如西朗神父和于连·索黑尔、黑人吉姆和白人孩子哈克，以及泰戈尔笔下圣徒般的安楠达摩耶、帕瑞什和一代年轻人，这些人与人之间的精神联系，既体现了不同的伦理道德意识和价值观，又折射出不同文化和社会立场之间的支配与被支配关系，具有极强的思想倾向性。

就《画像》而言，作品中亨利、贝泽尔对格雷的劝导，无疑是有心为之的。但是在作品之外，对该作品的误读或继之而来的误导，两者都可能是刻意或非刻意的。本书在此只能简单地说明，王尔德在小说中不但不是反道德的，而且是格外重视道德的，不然他不会让亨利长篇大论地讲道德，尽管是些反道德和非道德之论。接下来的问题就是，亨利是否就是王尔德的代言人？本书的看法是否定的，而且王尔德对亨利的道德观也是否定的，尽管对他的艺术观、社会观往往不无同情。否则的话，他就不会把格雷写到犯罪，写到残忍冷酷，写到死。所以，王尔德在小说中终究要表达怎样的道德观，只有作品说了算。

第三章
短篇小说：思辨的灵异叙事

在文学理论传统中，学者们历来把长、中、短篇小说看作截然不同的体裁样式，它们之间的差别不是长短，而是作品的内在结构和审美功能。

王尔德的短篇小说数量不多，收入中译本、赵武平主编的《王尔德全集》的短篇小说共计四篇，均发表于 1889 年，即《亚瑟·萨维尔勋爵的罪行》《坎特维尔的幽灵》《模范百万富翁》《没有秘密的斯芬克斯》。这几部短篇小说篇幅都很短（《没有秘密的斯芬克斯》几乎像一篇小小说），情节都很简单，几句话就能说明白，但是其审美形式的创意和隐含在叙事中的奥义却十分耐人寻味。

短篇更具变化性和要素丰富性，因其形制短小，需要的能量更集中、关联更紧密更复杂。因此，人们通常把短篇小说看作一种敏锐的文化形式。正因为短篇小说具有这一特点，所以它对于现实环境的反应以及它同作家的联系，还包括它发表传播的方式等，都和长篇小说形成很大差别。

但是，人们翻开王尔德的短篇小说，总感觉它们与众不同。与其说它们是小说，不如说它们更像故事，而且是民间故事。因为它们之中有两篇真正具有短篇小说规模（另外两篇只能算是速写）的作品都带有诡异故事的痕迹。为此，本书有必要对“短篇小说”和“故事”的概念稍作梳理。

艾布拉姆斯的“短篇小说”词条对该文体的特点进行过详细说明，兹摘要如下：

短篇小说是一种简短的散文体虚构作品。绝大多数用来分析小说组成部分、类型和各种叙事技巧的术语也都适用于短篇小说。短篇小说不同于轶事——对单个事件粗略地叙述——因为短篇小说像小说那样把人物的行动、思想和对话组成了巧妙的情节模式（参见：叙事和叙事学）。和小说情节一样，短篇小说的情节形式可以是喜剧性的、悲剧性的、传奇性的或讽刺性的；作家可以从许多视角中选用一种来陈述故事，故事的创作模式可以是幻想的、现实主义的或自然主义的模式。

故事或“事件故事”，关注的中心在于事件的发展过程和最终结局，如埃德加·爱伦·坡的《金甲虫》(1843) 和其他侦探故事……“人物故事”则侧重于主人公的心理和动机，或侧重于主人公的心理特征或道德品质。俄国短篇小说大师安东·契诃夫 (1860—1904) 的一些人物小说仅仅陈述了两个人物之间的邂逅和交谈。[①]

艾布拉姆斯在说明中指出了短篇小说形式的严谨紧凑、布局安排得经济简洁、塑造人物数量少、人物缺乏详细描写和个性发展、环境描写简约、截取关键时刻开始叙事、情节发展干净利落等一系列有别

① M.H. 艾布拉姆斯:《文学术语词典（第 7 版）》，吴松江等编译，北京大学出版社，2009，第 573–577 页。

于长篇小说的叙事特点。他的说明给人们一种印象，即短篇小说与长篇小说之别犹如田径比赛中的短跑和长跑。由于竞赛规则不同，参赛的技术技能也不同。

在对现实环境的反应方面，短篇小说机动灵活，随时随地通过题材、技巧、视角、口吻等方式对现实做出反应。王尔德的这四篇作品便是如此。它们长短不一，视角不同，人鬼交错，庄谐纷呈。从旨趣和内涵上也能看出作家对现实思潮（唯物和唯心，神秘和揭秘）和人生思考（贫富与虚实）等做出的响应。

从上述词条中对“短篇小说”和“故事”的对比中可见，短篇小说以虚构、艺术成分全面、情节考究、风格鲜明、模式多样为突出特征；而故事则关注事件的变化与完整、满足读者各种好奇心理和宣泄欲望，而且故事往往宣示道德教训，结构简单。

以此对比王尔德的两部较长的短篇小说，可见其事件性、趣味性都很强，而风格和模式由于作家的刻意渲染和描写也十分突出和典型，如神秘、恐怖、阴森、诡异、悬念等哥特式风格的表现，以及命运与意志、未知与科学等观念对比的主题。哥特式叙事显然突出了娱乐性，而有神论和无神论的对立对比（或宗教信仰和无神论的对立对比）则赋予了作品哲学色彩和思想倾向。总体上看，王尔德对于这两个方面的艺术效果都是不肯放过的。

王尔德的短篇小说总计四篇，根据其突出特点，现利用思想背景和作品组织方式分析的方法对其中的《亚瑟·萨维尔勋爵的罪行》《坎特维尔的幽灵》逐一阐述。其余两篇短篇小说《没有秘密的斯芬克斯》和《模范百万富翁》不但篇幅格外短小，类于速写，且均属于片段之作，并无相对完整的情节或故事结构，因此缺乏艺术韵味和完整的艺术内容，故而不准备专门讨论。

第一节　形式与内涵的新异性

虽说王尔德的短篇小说体现了趣味与哲理的联合，但是王尔德毕竟不是或主要不是为了趣味而创作的作家，在这两篇小说中，一个渲染了命运的扑朔迷离和人的道德险境，另一个明晰晓畅地表达了科学的进攻和鬼魂的退却。但是，必须看到的是，王尔德并没有否定命运的未知和鬼魂的存在，也没有蔑视它们无法估测和逆料的活动和作用。

他的这种描写和观念倾向表明，他在文化观乃至整个世界观方面是坚持自然的无限性和人类的有限性，坚持在人类无法穷尽万物机理的情况下，对神秘和奇迹、未知和绝对保持敬畏和留有思想余地的。

王尔德的创作实践和理论主张在他身后都有广泛的影响。但是，不能把后人对他思考和讨论过的问题的深化研究都归之于他的个人影响。毋宁说，他的观念和意志更是那个时代特定的社会状况，是特定的思想文化态势影响和塑造的结果。就是说，王尔德的创作既有输入的结果，也有输出的结果。在涉及他的思想观念的深刻成因方面，人们只要回顾意大利学者葛兰西以及比他更早的意大利思想家拉布里奥拉的实践哲学理论的要点，就十分清楚了。

在比哲学史广阔得多的文化史中，每当人民大众的文化因为经历了一个革命的阶段和因为从人民的矿石中锻炼出新的阶级而繁荣起来的时候，就会出现“唯物主义”的繁荣；相反地，在这同时，传统的阶级就抓住精神哲学不放。处在法国革命和复辟之间的中途上的黑格尔，给予思想生活的两个要素唯物主义和唯灵论以辩证的形式，但是，他的综合是“一个以头站地的人”。黑格尔的继承者摧毁了这种统一，有的回到唯物主义体系，有的则回到唯灵论体系。实践哲学通过其创始人复活了黑格尔主义、费尔巴哈主义和法国唯物主义的这一切经验，以便重建辩证统一的综合，“以脚站地的人”。

……“从政治上说”，唯物主义概念是接近人民、接近常识的。它是和许多信仰和偏见，和几乎所有的人民大众的迷信（巫术、幽灵）紧密相连的。这在民间的天主教中可以看得出来，而在拜占廷的东正教中甚至更其如此。民间宗教是非常地唯物主义的，然而，知识分子的正式宗教却企图阻止形成两种不同的宗教，两个分离的阶层，以便使它不正式地并实际地变成狭隘集团的意识形态。[①]

现代实践哲学是在意大利学者拉布里奥拉和葛兰西的大力倡导下发展起来的。它是在马克思主义关于实践理论的基础上，试图将历史唯物主义、辩证法同现代西方社会及其文化的批判结合起来，从而超越传统唯物主义和唯心主义的二元对立以及黑格尔认识论的局限性，在认识论方面对黑格尔的辩证法进行推广，将其推广到社会历史运动的广大实践领域，促进了马克思主义在实践领域的社会批判事业。

葛兰西在此提出的所谓革命的阶段和新阶级的产生会促成唯物主义的繁荣，实际上只是时代性的唯物主义思潮兴起的部分成因。除此之外，所谓新阶级的涌现即工人阶级及其下层大众的涌现与这些社会群体对物质主义、理性盘算的被迫接受，与他们直接参与社会物质生产也有直接联系。手握机器手柄的人和手捧咖啡杯度日的人，观念倾向必定是大相径庭的。

回溯自黑格尔哲学解体以来的西方社会哲学思潮分化过程，除了在马克思主义批判哲学的方向上之外，从 19 世纪的青年黑格尔派中分化出来的各种学说还包括机械唯物主义、新托马斯主义、实践哲学等诸多流派，王尔德的哲学观念也受到了这些思想运动的影响，带有哲学基本问题的思辨色彩。他的短篇小说中流露出的反唯物论思想便是这种影响的反映。除此之外，王尔德的哲学观念与他本人的宗教信仰也存在着密切联系。就是说，王尔德的超越与统一，与葛兰西的超越

① 安东尼奥·葛兰西：《实践哲学》，徐崇温译，重庆出版社，1990，第 84-85 页。

与统一除了具有形而上与形而下的区别，也有历史研究和美学研究的区别，以及与唯物论结合及与天主教结合的区别。

当然，在这些思想领域的分化与重组的过程后面，最根本的动力因素还是资本主义社会体制的逐渐成熟和壮大带来的深刻变迁。除了对于农业和乡村的破坏性改造以及社会等级的重新组织等基础因素之外，工业化对于社会精神领域的影响后果之一，便是科学主义与宗教信仰的文化冲突。对于王尔德来说，新教也好，国教也罢，都不如天主教对他的诱惑更大，而天主教中的蒙昧因素和粗朴性质也让他犹疑不决。因此，他的精神生活，特别是信仰生活，长期摇摆于各种挑战之中。由于天主教的朴素性质，特别是它的象征性仪式、现实性教义以及诉诸直觉的神秘主义，都使王尔德深受感动，并和他的美学追求、艺术创作有机地联合为一体。这便使他在小说等叙事作品的创作中朝着唯美而神秘、哲思而诡异的方向展开了形式结构。

第二节　小说中的命运之谜与科学之光

一、《亚瑟·萨维尔勋爵的罪行》：神秘花园中的伦理小径

《亚瑟·萨维尔勋爵的罪行》写的是年轻英俊的亚瑟·萨维尔勋爵在一个社交场合偶遇手相家波特琪斯，并对他的手相术深为信服，却不料从他那里得到了自己将要为娶妻而谋杀远亲的宿命。为了不让自己注定的罪行破坏与未婚妻西比尔的美满生活，他决定尽快履行谋杀的责任，以便早日和未婚妻完婚。结果，他两次谋杀亲戚都告失败，最后，他在河边绝望地徜徉时，偶然望见了波特琪斯的身影，于是他鬼使神差地把他推下了河。预言应验了，亚瑟勋爵和西比尔幸福地成婚，幸福地养育儿女并陶醉在田园生活里。

这部小说的内部组织中存在着几个重要的节点，它们依次分别出现在温德米尔夫人的家宴、波特琪斯为亚瑟勋爵相手、亚瑟的推迟婚

期同时实施谋杀、杀死波特琪斯、开启幸福婚姻。但是这只是情节的发展，不是故事的原型。依据现实的逻辑，在一个算命师和神棍出没沙龙乃至宫廷的时代（如俄罗斯的拉斯普京等），人们为了趋利避害，听信巫蛊之言的事件时有发生，完全可以作为小说题材被写进作品。但是，如果说谋杀与婚姻的诡异关联，特别是当事人杀死命理师的逻辑，却在现实或超现实范围内都有些匪夷所思。

但是，这对于制造艺术效果并不构成障碍，甚至还具有积极作用。小说正是利用人们的好奇心理和艺术调动幻觉的功能，把神秘命运的张力分布在这样几个相互关联的节点上——勋爵深信手相师的神异能力，并决意要完成谋杀以保全和未婚妻的幸福；手相师的不祥预言不仅吓坏了勋爵，而且在那之前就先行吓坏了自己，以致他当众失态，引起了恐慌；一个在无形中一直摆布众人的角色，即冥冥之中的命运之力，无论人们把它理解成偶然也好，理解成先前被手相师预见到的命运力量也罢，总之它就在那里，直到把命运的意志履行完毕——就像把导演规定的戏剧演完一样。在这些节点中，勋爵也好，手相师也罢，都受制于这个无形的导演。

就这样，通过对一个原本已经带有神秘、诡异色彩的事件进行努力渲染和离奇化设计，王尔德将一个通常总是宣扬神秘命运和相术神奇的作品写成了一个看似不可能，却不断由于机缘巧合而得以完成的作品，其结局指向了另一个主题——绝对不可能的手相师的预言似乎是完全可能的，而手相师的预言得以验证的过程又似乎是完全偶然的。作家把其中包含的命题交给了读者去揣摩和思索，究竟有没有命理？有没有禀赋异能之人？一个预言的应验靠的是偶然还是必然？最后，这一切是否都在人类理应探索或胜任探索的范畴之内？

应该承认，王尔德几乎在所有的创作中都流露出对于神秘事物的兴趣。他在《画像》中也多次提到了亨利身上多次暴露出的预兆。在《亚瑟·萨维尔勋爵的罪行》中，他把自己的预知兴趣发挥到了极致。手相师的神机妙算究竟有几分真实？他的未卜先知是否具有真实存在的依据？抑或他只是一个混迹于上层社会，在各种人际缝隙中搜集到各种信息，然后借此行骗的骗子？这一切王尔德都没有给出答案，也没有直陈自己的看法。但读者自会产生自由度很高的感受和理解。

在笔者看来，亚瑟也好，温德米尔夫人也罢，都是次要的角色。唯有波特琪斯，或者说，由他代表的神秘力量，才是小说真正的主角。波特琪斯给亚瑟的神示般的预言，尽管没有按照亚瑟的理解得到实现，但却在总的方向、总的解释方面得到了应验。这既是波特琪斯在害人的同时害了自己，又是用生命完成了最后的预言，宣告这高超的占卜实在是一门危险的行当。而代表人类理性的亚瑟，此时也陷入了对自己和自己承受的未知产生的畏惧之中。自从被手相师作了预言，他始终神情恍惚，不可终日，最后变得被宿命随意摆布。其实，他的行为失常和心灵震荡由来已久，在人和未知世界、人和偶然性之间，布满了荆棘暗礁，人类的危机、冲突、苦难、命运，都和这未知有关，他在注定的命运面前的无力确实象征了人类生存的另一个真相。

在艺术上极为成功的是，作家并未就这样的思想蕴涵直白于众或发表任何评论，而是从反复渲染的情节的事与愿违和人物的心理描写来表达，还有略带讽刺的画面和感想。这些叙事的艺术性回声，在王尔德的笔下变成了人类在危机四伏的命运面前的窘态：

他漫步经过牛津街走进了一条狭窄的下流小巷。两个满脸脂粉的女人，在他走过时，向他做了个鬼脸。从一处黑暗的院子里，传出了诅咒和殴打的声音，接着是一阵尖锐的叫喊，而在潮湿的门廊里，他看到一些缩成一团的弯腰弓背的贫苦与衰老的身影。一阵古怪的怜悯涌上了他的心头。这些罪恶与愁苦的孩子们命定要走上的结局，不是像他要走上的结局一样吗？他们不也像他一样仅仅是场荒谬演出中的傀儡吗？

可是打击他的不是这种苦难的神秘，而是苦难的滑稽，它既使人完全无能为力，又使人极其难以解释。这一切看来是多么不相关联哟！又多么缺乏和谐哟！对于当今浅薄的乐观主义和生命的真情实事之间的不协调，他简直是惶恐不安了。他还年轻哟。[①]

就这样，在科学高度发达的社会和高雅明丽的沙龙的背景上，一个是古老的占卜术所暗示的伺机毁灭人类的力量，一个是堕入神秘命运的渺小人类，预言的真实与虚妄已不再重要，重要的是这种悬殊的对比和警示，王尔德的写作意图通过上文的阴鸷语调流露了出来。

手相师所象征的人类探索未知领域的勇气和努力都是值得尊敬的，神秘的未知世界也充满诱人的魅力，而人因为自己的有限性，就常常被推入绝境，成为“荒谬演出中的傀儡”。这种人类全然无法把握的宿命，只给人留下无尽的敬畏和思考。

这部小说不长，但作者却借此生动地揭示了现实与戏剧、人生与戏剧的类似属性，形象地诠释了生活中的艺术与艺术中的生活。王尔德由于自身的命运，对自己闯荡世界，对自己在唯美主义创作的险途上的冲杀，也时刻感受到危机的逼近，其孤凄的心绪也在小说中得到了尽情的宣泄。他在这段文字里写道——当今浅薄的乐观主义，所以他借亚瑟的目光，从远处扫视整个伦敦的模样，不由想道：

一个离开了黑夜的罪恶和白天的烟尘，一个苍白的、幽灵似的城市，一个满是坟丘的荒凉的墓地！[②]

这显然是一个哈姆雷特式的感言，可见这个世界在几百年中并未发生根本变化。的确，王尔德在写作时，脑海里一定不断浮现这位不幸王子的形象，也一定把自己加入这些文学人物当中去了，以至于他在写到亚瑟陷入对爱妻、宿命、欲望、罪行的思考时，刻意提到了这种历史的共鸣：

① 奥斯卡·王尔德：《王尔德全集》第一卷，赵武平主编，荣如德、巴金等译，中国文学出版社，2000，第 255–256 页。

② 奥斯卡·王尔德：《王尔德全集》第一卷，赵武平主编，荣如德、巴金等译，中国文学出版社，2000，第 257 页。

许多人在他这种地位上，宁肯选择花天酒地的坦途而不愿攀登克尽厥责的陡峰；但是亚瑟勋爵不愿昧着良心把寻欢作乐放在为人准则之上。在他的爱情里不仅仅只有情欲，对他说来，西比尔是一切善与高尚的象征。一刹那间，他对于要求他做的事有过一种不由自主的厌恶之感，可不久就消失了。他的良心告诉他这不是一种罪过，而是一种牺牲，理智提醒他已别无他途可走。他不得不在为自己生存和为他人生存之间作一抉择……他幸而不是个梦想家，或是懒散的文艺爱好者。如果是这样的话，他会迟疑不决，像哈姆雷特一样，让优柔寡断挫伤了他的目标。但是他本性是务实的。[①]

人们说王尔德在这部小说中有一种借壳下蛋的动机，主要就是出于这类描写。这里提到了人的道德准则、人的责任、人和他人的关系、人的被迫抉择，还有哈姆雷特。一个脑子里装着如此之多理念的人，不可能只盯在编织诡异故事上。就这样，在实行宿命规定的两次谋杀中，亚瑟始终在反省自身，其心理活动使他变成了王尔德的传声筒。在人世间的确存在大量令人无法权衡、无法抉择的道德难题，而人的有限能力的确难以做出万全的抉择。在无从万全或无从两全的情况下，王尔德用主人公做了一次实验，即只要动机高尚，哪怕伤及无辜，也具有充足理由。

他为了杀人已经费尽心机，但是两次都失败了，而且都不是由于自己的失误。他曾经想方设法去履行他的职责，看来命运总是和他作对。他被好心无好报和想做好人也徒劳的感觉压抑住了。也许最好还是把婚约解除掉。尽管事实上西比尔会痛苦，但痛苦不会真正毁损她那如此高贵的本性。至于他自己，有什么大不了？总有一些人们可以为之赴死的战争，总有一些人们可以为之牺牲的信念，如今生活对于

① 奥斯卡·王尔德：《王尔德全集》第一卷，赵武平主编，荣如德、巴金等译，中国文学出版社，2000，第259–260页。

他已无乐趣可言，所以死亡就不可怕了。让命运安排他的毁灭吧。他决不对它加以援手。①

既然王尔德的头脑里装着哈姆雷特，他的笔也就不由自主地要转向生活的形而上意义了。正像莎士比亚借哈姆雷特的口讲了一番关于戏剧，或者说关于艺术和生活的关系的话，他也就借题发挥，写到了戏剧。既然他的聪慧和才能事实上有很大程度是源自他早年的文化熏陶和文化学习，也就是他的优越的家学和教育经历，以及他青少年时期肇始的诗歌和戏剧创作经历。所以，他写起这个内容来肯定是游刃有余的：

演员真太幸运了。他们可以选择上演悲剧或喜剧，选择他们将要受苦还是作乐，大笑还是流泪。但是在现实生活里就不一样了。大多数男女被迫扮演他们力不胜任的角色。我们的吉尔登斯吞给我们扮演哈姆雷特，而哈姆雷特却得像哈尔王子那样开玩笑。世界是个大舞台，但这出戏的角色却都配错了。②

一个是演员和脚本的关系，演悲剧还是演喜剧自己说了算；另一个是被配错了角色的男女，在世界这个大舞台上扮演力不胜任的角色。

继这段关于生活的形而上议论之后，人们就看到，亚瑟的心理描写很显然包含着一种对普遍伦理文化的挑战。谋杀无辜被亚瑟说成了代表正义的英雄行为。这是只要承认社会法律体系、道德规范的必要性的人们根本无法接受的。在小说的另一处，亚瑟和一个虚无主义的秘密党人有一段对话，这位为他免费提供杀人装置的工匠在解释自己的慷慨时，竟然说："我不是为了钱，我是为了艺术生活的。"作家在

---

① 奥斯卡·王尔德：《王尔德全集》第一卷，赵武平主编，荣如德、巴金等译，中国文学出版社，2000，第 275–276 页。

② 奥斯卡·王尔德：《王尔德全集》第一卷，赵武平主编，荣如德、巴金等译，中国文学出版社，2000，第 252 页。

此把艺术置于世间一切存在的价值之上，甚至混淆了基本的、稳定的人类善恶标准，这就不是简单地遵循西方历史上时常显现出的极端主义逻辑，而且使艺术本身也难免发生性质的霉变了。

一向认真对待艺术创作的王尔德，在这部短小的作品中依然不忘自己的初衷。这部小说向人们显示，除了这种关系到道德伦理、个人与群体的想象，王尔德并未忘记自己对于小说形式所负的责任。他在作品中随时寻找那些能够表达唯美形式观的机会，把唯美的精神融进哪怕是景物的描写中去。且看王尔德借亚瑟的目光看到的景象：

> 月亮从黄褐色的云彩后面探出头来，光芒四射，像是狮子的巨眼；无数星星在碧空里闪闪熠熠，像是紫色的穹苍洒上了一片金粉。不时有艘驳船摇摇摆摆地驶入混浊的水流，随着潮水漂游而过。铁路线上的信号灯从浅绿变为猩红，列车在桥上疾驰远去。过了许久，威斯敏斯特塔楼上钟鸣十二下，洪亮的钟声震撼了夜空。接着铁路上的灯火黯然消失，只留下一盏孤零零的路灯，光照四野，像是在高耸桅杆上的一颗巨大的红宝石。喧嚣的市声渐趋寂静。
>
> 一直坐到午夜两点钟，他才站起身来，向黑修道士街漫步走去，每样景物看来都是那么不真实！多么像是在噩梦之中！①

就这样，利用亚瑟的视角，王尔德以用心良苦的修辞艺术，景物和人物的心态表现为一体的唯美境界，写出了人物的真与幻交错纠缠的感觉，也写出了自己对于创作的艺术性，对惊人的美感和形式感的理想和要求。一句话，他成功地写出了唯美的景物或景物化的唯美主义。而这一切美的意象，都是和人的命运，和人的罪联系在一起的。命运是参不透的，善恶是只能有限地自由选择的，通神是一条险途，而随意地与命运一搏反倒可能逃出生天。这种意味无疑是带有揣测性

① 奥斯卡·王尔德：《王尔德全集》第一卷，赵武平主编，荣如德、巴金等译，中国文学出版社，2000，第276页。

质的，人们能够确定的只是这种运用景物描写透露人对世界的深层感受和爱恨情结，这也算是唯美主义留给后世的一份宝贵遗产。

二、《坎特维尔的幽灵》：理性光芒下的古老幻影

首先可以看到，这部短篇作品比前一部作品更加充满新异感——无论是题材、情节，还是构思和灵感。

王尔德是爱尔兰人，爱尔兰古老而富于神秘文化的历史传统是他成长的精神土壤，而他的原生家庭不仅给他以聪慧的遗传基因，而且以浓郁的现代文化氛围给了他成长的文化环境。因此，就像他得益于他的家庭陶冶而养成了妙语连珠和风趣健谈的习性一样，他在利用自己的聪明才智追求开启神秘之门的聪慧和聪慧之语时，明显地焕发出超越常人的热情和才能。

王尔德曾在一篇题为《文学札记》（1889）的文章中评论过叶芝的民间故事集，他在文中发表了如下观点；

W·B·叶芝先生写了一本迷人的小书《爱尔兰农民的神仙故事和民间传说》（沃尔特·司各特出版社），他在书中说，“爱尔兰民间传说的各式各样的收集者，从我们的角度看，他们有一个大优点；从别人的角度看，他们有一个大错误。他们把他们的工作视为文学，而不是视为科学；他们告知我们的是爱尔兰农民，而不是原始的人类史或民俗学研究者所从事的任何别的东西。如果作为科学家，他们应该把他们的故事按形式排列起来，像杂货铺的货单一样——哪些是神仙国王，哪些是神仙王后。他们没有这样做，他们抓住人民的声音，这生活的脉搏，每一个人都显出他当时最显著的东西。《克罗克和情人》充满了鲁莽的爱尔兰贵族的思想，认为一切都是幽默……《克罗克》以后最好的书，还是王尔德夫人的《古代传说》。幽默已完全让位于感伤和柔情。在这本书中，我们听到了凯尔特人的内心，他经过多年的迫害之后已成为要博爱的人了，这时候他经过梦想而变得温和，在晨昏中听神仙的歌，他在思考灵魂和死亡的问题。这就是凯尔特人，只

是凯尔特人的梦。"[1]

这段文字十分明确地说明了王尔德心中深厚的民间文化修养和情结。这也真是一段愉快的文字。做儿子的在评论中骄傲地评价母亲的作品，把它称为一直没人超越的"最好的书"。[2]在接下来的文字中，王尔德勾勒了叶芝故事书中的佳作，有爱尔兰本土神话中的诸神，他们像奥林匹斯神山上的众神一样快活；有众神中唯一的勤劳者、皮匠勒卜拉康，像奥林匹斯山上的火神赫淮斯托斯一样为众神做活；有大饥荒中四处讨饭的瘦骨伶仃的幽灵；有以拒绝爱情的凡人为食的仙女，她把唱诗的灵感……说起这些爱尔兰的神话故事，王尔德兴致勃发，活像一个孩子在把他听到的故事讲给自己的父母听。

为什么王尔德会大力推荐叶芝的故事书？为什么王尔德要写方术和鬼魂类的故事？

这种对故乡民间文化的热爱和记忆，表明了王尔德的文化观的一个重要倾向，就是强烈的、牢固的民族主义的文化立场和原始主义的审美情怀。在他从事文学创作时，正是这种立场和情怀（它们是超越他的一般社会行为表现的），从他的指尖流入作品，赋予他的作品以浓重的下层关怀和民间色彩。

人们从这个片段中看到不是王尔德的文字，而是他转引叶芝的话。但是王尔德何时如此不厌其烦地转引过他人的文字？因此，这里显示的是王尔德的赞赏和敬佩之情，是他引为知音的文字——"一个大优点""视为文学""爱尔兰农民""人民的声音""生活的脉搏""感伤和柔情""凯尔特人的内心""思考灵魂和死亡""凯尔特人的梦"。应该承认，王尔德的这篇文章集中地体现了他自己的、他所从属的唯美主义的艺术思潮所拥有的民间、民主、民族的美学追求、思想基础、艺

---

① 奥斯卡·王尔德：《王尔德全集》第四卷，赵武平主编，荣如德、巴金等译，中国文学出版社，2000，第167–168页。

② 依英文原名，王尔德夫人这本书应为《爱尔兰古代传说》（*Ancient Legends of Ireland*）。

术精神的特色之一，是人们今天乃至未来看待他和他所从属的流派时不可忽视的遗产。正是在这样的方向上，叶芝等人才在王尔德辞世未久之际，掀起了成就斐然的爱尔兰文艺复兴运动。

据王尔德的次子维维安·贺兰所述，王尔德的乳名是奥斯卡·芬葛·欧佛雷泰·威尔斯，每个名字皆有典故。从爱尔兰原住民德鲁伊教徒的后人库尔，到他的儿子男孩芬恩、他的孙子莪相、他的曾孙奥斯卡，王尔德的名字便取自这个英雄的谱系。全名合为一体，足以影响王尔德童年的心志。莪相留下的芬尼亚英雄歌久负盛名，自1200年以后更为流行，所记录的爱尔兰民间叙事诗和爱情诗深得爱尔兰人喜爱，其中最著名的《男孩芬恩的壮举》叙述了芬尼亚首领库尔战死后他的遗腹子芬恩（即莪相的父亲，奥斯卡的祖父）长大后为父复仇、建立功勋的事迹。

除了这个充满古老传说的家庭环境，爱尔兰的丰富民间故事也对王尔德产生了培育作用。他的母亲便亲自编写爱尔兰民间故事。按照通常的理解，这些民间文化对一个人的成长，特别是对一个儿童的成长具有格外重要的意义：

> 神话故事是我们接受文学的第一课……我们在最为好奇的年龄时，怀着渴望的心情所听到的出自母亲或保姆之口的民间故事，会伴随我们一生。它们在我们的脑海里占据非常重要的地位，成为我们童年时代的宝贵记忆，潜藏在我们的下意识里，并在不经意间或在关键时刻回到我们身上来。①

从王尔德幼时的乳名，到成年时撰写的评论，再到他对爱尔兰民间神话传说的熟稔和热爱，人们便能理解王尔德的短篇小说为什么要写幽灵，要写手相和命运。实际上，人们从作品中读到许多写作动机的表达，表明他主要不是为了宣扬神秘主义或民间文化，而是为了展

---

① Macleod Yearsley, *The Folklore of Fairy Tale*(London;Watts & Co., 1924),p. 1.

示其自幼铭刻于心的民族歌手的禀赋和才能，展示自己的哲学观和历史观，而神秘主义与科学主义的交锋便包含在这些题材中。至于他的哲学观，就如他在小说中借道连之口所说的，同样处于这种交锋状态：

具有化平凡为神奇力量的神秘主义以及同它形影相随的唯信仰论，曾经使他热衷于一时。而在另一个时期，他却对德国的达尔文主义运动的唯物主义学说产生好感，一心循着人们的思想和欲念，跟踪探究灰质脑细胞或白色神经纤维的活动，兴致勃勃地设想精神绝对取决于一定的生理条件——病态的或健康的、正常的或有病的——从中获得别有风味的乐趣。[①]

一边是神秘主义，另一边是理性所打造的科学。在别的地方，王尔德也倾诉过，一边是他的享乐主义——人生就是行动，行动就是哲学，哲学就是发现和占有生活的美，另一边是虔诚的信仰，他绝不会听任自己远离宗教信仰而走向灵魂的堕落，也绝不肯为神秘的信仰而排斥现代科学或放弃理性常识。这样就不可避免地处在矛盾纠结之中了。

在我们时代里，先验主义在哲学领域虽已被唯物主义和实证精神所取代，却派生出了两大思想流派，即牛津的纽曼学派与美国爱默生学派。然而，这种先验主义精神与艺术精神是不相符合的，因为艺术家不能接受某一个生活领域，以取代生活本身，对他来说，不存在从尘世束缚中逃脱的问题，甚至连逃脱的愿望也不存在。[②]

这是王尔德在赴美演讲中，以《英国的文艺复兴》为题说的一段

---

① 奥斯卡·王尔德：《王尔德全集》第一卷，赵武平主编，荣如德、巴金等译，中国文学出版社，2000，第 140-141 页。

② 奥斯卡·王尔德：《王尔德全集》第四卷，赵武平主编，荣如德、巴金等译，中国文学出版社，2000，第 9 页。

话。面对新大陆、新听众，他试图把笼罩英国社会的精神冲突概括为精简的定义。一个是唯物论和实证论的统治，一个是基督教随着中产阶级兴起而寻求扩张，此外还有 18 世纪以来逐渐壮大的广义自然主义意识。但是这三方面他都无法接受。原因很简单，唯物主义和实证主义是从资本主义时代的大机器和大观念中产生的，所以带着这个冰冷的庞然大物的全部机械、残酷和教条；而天主教和广义自然主义的超脱现实和神秘主义又不能不引起他的怀疑，以及对其蒙昧和消极的不满。他的结论，或者说统一这些对立面的途径——是用艺术改造作为时代文明标志的生活本身。

和王尔德的哲学思考不无对照意义的是，葛兰西的实践哲学曾对世纪之交的新思潮进行如下表述：

只有当把实践哲学看作是一种开辟了历史的新阶段和世界思想发展中的新阶段的、完整和独创的哲学的时候，才能领会辩证法的基本功能和意义，而实践哲学则在其超越作为过去社会的表现的传统唯心主义和传统唯物主义，而又保持其重要要素的范围内做到这一点。如果只是把实践哲学看作臣服于另一种哲学，那就不可能领会新的辩证法，然而，(实践哲学)却正是通过它(指辩证法)来实现和表现对旧哲学的超越的。

这段话表明，葛兰西是以建立新时代中的新哲学，即超越唯物主义和唯心主义，实现新统一，为自己哲学体系的核心思路的。其统一的方法是辩证法。在世纪之交，各种社会思潮激烈交锋的时代，葛兰西的思想具有比较广泛的代表性，特别是反映了马克思主义在新时代面临的挑战和更新需要。可以看到，每当两大基本的哲学思潮主流各自发展一个充分的、相当长的时期后，就会出现将它们进行批判基础上的综合工作，以便汲取两者的合理因素，创立新哲学的对立统一体系。葛兰西的努力便反映了这种哲学发展趋势。

值得注意的是，他在资本主义社会相对发达的时代，对于支持和鼓舞资本主义发展的庸俗的物质主义和社会进化论的批判推进到了哲学上对唯物论的扬弃，这一批判历史性地开辟了终结机械唯物论和庸俗进化论的历程。自他之后，阿尔库塞等人继续将包括马克思主义在内的现代哲学推上了与时俱进的道路。所以，葛兰西的思想既是当代性的，也是过渡性的。在当代性上，他说过这样一段堪称彻底的旧唯物主义批判的言论：

在19世纪头50年中，对于“唯物主义”此词，不应仅仅在其有限的专门的哲学意义上去理解，而且具有随着现代文化的崛起和胜利发展，而在欧洲发展起来的辩论中，论战地获得的较为扩大的意义。唯物主义这个名词被赋予了任何一种从思想领域中把先验排除出去的哲学学说。所以，它不仅被赋予了泛神论和内在论，而且被赋予了受政治现实主义所鼓舞的任何实际态度——就是说，被赋予了任何同政治浪漫主义中某些最坏的思潮（诸如在任何时候都带有“使命”“理想”以及诸如此类含糊的、朦胧的和情感的抽象物的马志尼学说的普及化）相对立的态度。①

在今天，甚至在天主教的论战中，唯物主义此词也往往是在这个意义上被使用的；唯物主义是严格意义上的唯灵论即宗教唯灵论的对立面，所以，人们能够把整个黑格尔主义，一般地说德国古典哲学，以及感觉主义和法国启蒙哲学，统统包括在唯物主义的标题之下。同样地，在常识的术语中，唯物主义包括一切倾向于把生活的目的放在这个地球上而不是天国里的东西。②

葛兰西的这段文字清楚地说明了19世纪上半叶唯物主义在近百年的时间里所发挥的意识形态作用。可贵的是，葛兰西在宏观的意义上，把唯物主义的深刻根源做了清楚的表述。这就为哲学思考者提供了一

---

① 安东尼奥·葛兰西：《实践哲学》，徐崇温译，重庆出版社，1990，第149页。
② 安东尼奥·葛兰西：《实践哲学》，徐崇温译，重庆出版社，1990，第150页。

个必须加以重视的思路。哲学女神的形而上身影永远脱离不了她的形而下的故土，即现实生活基础。尽管任何批判都难免偏颇，但葛兰西的实践哲学仍保持了克服片面性的警觉。他的前辈同胞艺术大师拉斐尔在《雅典学园》中心画面上留下的教益应该一直在提醒着他。

所以，人们在小说《亚瑟·萨维尔勋爵的罪行》里看到了，神秘的命运如何作弄了看似聪明的人，而人还自鸣得意，自以为得计；以及在《坎特维尔的幽灵》里满脑子新观念的美国人如何用科学和无神论的现代骑士精神击败了悠然统治古宅邸几百年的神秘幽灵，却无法抹去人们读后留下对旧时代余晖的同情。人们回想到上文引述的柳无忌关于资本主义和科学主义消灭幻想的论述，又该有多少反响、多少惆怅？

问题的关键是，王尔德是怎样利用并改造传统的，特别是怎样利用爱尔兰民间神话传说中的丰富素材来表现他的观念的？在唯物和唯心、科学和宗教之间，王尔德是以什么方式——骑墙的抑或判然的——统一起自己的矛盾观念的？这些矛盾又是如何写进作品中的？为什么说，王尔德的这部小说可以被看成对葛兰西式的超越唯物主义和唯心主义二元对立的诗意综合？

为了解答这些问题，有必要对王尔德的创作方式和艺术形式做一番考察。

首先遇到的问题便是王尔德的小说与现实主义小说相比所呈现的不同叙事特质。在现实主义那里，现实生活本身对于唤起作家创作的动机、灵感、意图、构思，都有巨大的作用。受到现实生活本身的刺激，作家之思的逻辑往往是：惊愕—反思—发现—创作，无论是司汤达在法院门前的布告栏里见到刑事诉讼公告，还是托尔斯泰听到柯尼讲述的贵族忏悔故事，过程往往如此。

作家总是从具体的见闻感受和思考出发，意识到当代的生活被毁掉了，因此他们从偶然中寻绎出必然，并诉诸艺术的各种形式技巧以揭示其中包含的直觉形式的真实。

而王尔德的小说创作虽然带有现实主义的因素，但毕竟主导的方面是由想象和虚构性题材所表达的主观化内涵（方法和目的是一致的）。而且，这种主观化内涵往往是绕过或超越客观的现实生活所直接呈现的表面问题和意义的。从这个意义看，本书把王尔德的叙事艺术视为含有现实主义因素的浪漫主义创作。

而且，《坎特维尔的幽灵》这部作品在文体上不只与现实主义小说判然有别，甚至与常见的浪漫主义小说也相距甚远。它在很大程度上更接近童话故事，甚至带有一丝神话痕迹。

小说的结构显然是由两个角色的冲突为基本构造的，一个是刚刚迁来的美国公使奥梯斯一家，一个是已经活动了几百年的幽灵赛蒙爵士。就像很多叙事作品那样，小说开头的一段对话被王尔德当作了情节展开的序幕，坎特维尔勋爵对公使大人明白无误地介绍了自己出售的商品——“坎特维尔庄苑”——一直在闹鬼这一缺点之后，两人之间的接续对话。本书把它择要列出：

“阁下，”公使回答说，“我愿意把家具和幽灵一起买下来。我来自一个现代化的国家，那里，我们可以用钱买到任何东西。我们的年轻人脑瓜灵、手脚快，正在给旧大陆带来朝气，而把你们最出色的戏剧女演员和歌剧女明星带走。我认为，倘若欧洲有幽灵这样的玩意儿，我们一定要在很短的时间内把它弄到国内某一座公共博物馆里去，或者在大路上巡回展出。”

“我担心幽灵确实存在，”坎特维尔勋爵微笑着说，“尽管它可能拒绝贵国善做生意的经纪人提出的建议……”

“是啊，就像家庭医生在类似的情况下总要来一下那样，坎特维尔勋爵。但是，先生，世上根本没有幽灵这样的东西；我估计，自然法则对于英国的贵族也不会不适用的。”

“你们美国人当然是非常顺应自然的，”坎特维尔勋爵回答说。①

① 奥斯卡·王尔德：《王尔德全集》第一卷，赵武平主编，荣如德、巴金等译，中国文学出版社，2000，第283–284页。

这段对话其实打开了一个悬念，即幽灵给美国公使一家将要带来怎样的遭遇。这个悬念其实也是一个象征，即旧大陆和新大陆的关系的象征，或者说，有神论和无神论的对峙关系的象征。

交代了这个相当于交易契约的对话后，情节便正式展开了。人们看到，在拥有爱尔兰乃至古文明的大量原始文化知识的作家笔下，小说的描写全然没有严肃的社会性描写，整个事件可以用一句话概括下来，就是公使一家（当然，主要是孩子们）和幽灵之间的斗法，或者说游戏式的较量。很显然，人们也不能用现实主义叙事艺术的分析方法来解读它。

这时，本书就用到了民间文学的分析方法。首先，这是一部由幻想贯穿起来的叙事，不过蒙着一层生活描写的面纱而已。这就决定了，在英美两国公民的交往下，埋藏着一个民间幻想文学的叙事法则和历史观念，全部描写都由这个居主导的民间方面来支配。当然，这个主导方面又肯定是由神话思维而非逻辑思维作为核心的。

这样一来，人们就会发现，小说里只是两方在做游戏。只不过从公使一家入住开始，游戏规则就和过去不一样了，严肃的内容也都变了味儿，成了喜剧。幽灵和儿童，犹如鬼魂和原始人，正好是游戏伴侣。

如在《亚瑟·萨维尔勋爵的罪行》中，具体的人物在作品中已退居次要地位，只有神秘的未知力量充当了主角一样，《坎特维尔的幽灵》同样围绕着幽灵展开了故事。只不过后者把那种充斥于前者中的近于宿命论的神秘主义来了个大戳穿，对前者沉溺其中的命运思考给予了相对明朗和愉悦的裁断。

小说写道，美国公使奥蒂斯一家凭借坚定的无神论和唯物论的信念，智斗幽灵，让幽灵吃尽了苦头。但公使的女儿弗吉妮亚小姐始终没有参与和幽灵的斗法，她最后意外遇到了幽灵，竟对他产生了同情和怜悯。于是，这个出没古堡几百年、贻害族人几多次的幽灵在祖先预言的指引下，让弗吉妮亚陪他一道去面对死亡之境，为他赢得了死神的宽宥和接纳。从此，坎特维尔古堡迎来了平静和安宁。

这部小说从标题到结局，完全围绕幽灵展开叙事。小说中的女管家把这幽灵的来历说得很清楚：

“这是坎特维尔的伊丽诺·德·坎特维尔爵士夫人的血。1575年，她就在那个地方被她的丈夫赛蒙·德·坎特维尔爵士所杀。赛蒙爵士比她多活了九年，后来在十分神秘的情况下突然失踪。他的尸体始终没有发现，但他那罪恶的阴魂至今在这个庄苑里作祟。游客和其他人等对这摊血迹很感兴趣，就是没法把它除去。”①

作为一部浸透了神秘色彩的寓言式小说，它很像惊悚的哥特式鬼故事，但是里面包含的具有哲学意义的冲突——对幽灵的恐惧和对幽灵的蔑视，即作者说的唯心和唯物之间的冲突，又使它迥异于娱乐之作。它也很像民间故事或民间传奇，但是对神秘的死亡和鬼魂的探究又另有一种超验的意味。所以，笔者还是将它视为带有寓言性和魔幻色彩的浪漫主义小说。

那么，还有没有原型，或本事，或近似于现实生活的存在？有的，就是幽灵赛蒙成了童话世界里的老仆人和老顽童，虽然时代错位的喜剧性让他接受不了，但是他仍要尽职尽责把主人伺候好，也就是把游戏玩到底，这才产生了作品尾声中累积而成的悲剧性。

如果说喜剧总是给人娱乐，悲剧总是催人思考，那么，《坎特维尔的幽灵》的结构所托出的意义就既是五味杂陈，又是立意鲜明的。事实上，这种从喜剧到悲剧，从哥特式到哲理性的转化是这部小说成功的秘诀。

喜剧性，以哥特式描写的悲剧性，两者的结合是这部小说的风格特征。而无神论和玄想性则是思想特征。先看喜剧性，艾布拉姆斯所做的说明如下：

---

① 奥斯卡·王尔德：《王尔德全集》第一卷，赵武平主编，荣如德、巴金等译，中国文学出版社，2000，第286页。

> 在最常见的文学用法中，喜剧是指一种虚构性作品，其素材经筛选和编排，主要用来愉悦我们：剧中人物和他们的困窘引发的不是我们的忧心愁绪，而是我们愉悦的会意，我们确信不会有大难临头，剧情往往是以主人公如愿以偿为结局。“喜剧”这一术语习惯上只适用于舞台剧或电影；然而应该指出，这种喜剧性的表现形式也出现在小说和叙事诗歌中。[①]

在小说里，虚构、愉悦、快意、谐趣，在智斗幽灵中都有了。王尔德用游戏写法和幽默笔调消灭了哥特式内容的恐怖与严酷，使后者描写处在居间的位置，既提供惊恐、阴森、诡异的效果，以增进趣味和紧张，又渲染游戏、顽皮、温情的气氛，在控制鬼魂和人类冲突不越分寸的基础上，不忘把严肃、悲哀、命运的沉重引进作品，与喜剧性构成互补的关系。

由于采用这样一种描写的技巧和方式，于是，虽然这部小说具有哥特式描写的特征，但这并未像常见的鬼故事那样，以无神论或有神论的单方面胜利来传达某种道德伦理主题，而是以大部分篇幅描绘了公使一家如何挫败幽灵的恐吓行为，尽管幽灵节节败退，但仍有着自身的领地、权威、使命、手段。无奈公使一家来自美国共和党阵营，仿佛从全新的地表生长出的新植物，不但满脑子无神论观念，而且还浑身散发出美国式的粗鲁恶作剧精神，家长把幽灵当成了无害的邻居，众兄弟把幽灵当成了作弄的对象，可见古老的英格兰鬼魂在新生的美利坚公民面前毫无神秘威信可言。

至于悲剧性，人们看到，这种唯物唯心的角逐最后以幽灵的惨败告终了，但幽灵却没有不留痕迹。从这个故事的原型看得出，里面有斯芬克斯的痕迹，也有小说副标题所示的唯物唯心主义传奇合璧为美

① M.H.艾布拉姆斯:《文学术语词典(第7版)》,吴松江等编译,北京大学出版社,2009,第78页。

的痕迹，而斯芬克斯在王尔德的心目中，想必是同该神话的原始智慧相关的“认识你自己”有关系，唯物唯心之争再次在小说结尾的余响中受到王尔德的指责。由此可见在19世纪末叶唯物唯心的分野和博弈，面向大众的社会主义和面向英雄的强者哲学的对抗，都被王尔德视为人类的危机，都应以艺术的形式予以克服。从生命进化的过程，从波粒二象性和测不准原理等自然科学的角度，从人的意识活动的复杂机制，都不难见出唯物唯心机械对立的荒谬性。王尔德的诗性哲思为此做出率先的批判，不仅在艺术领域，在思想史上也是颇有意义的。

初看之下，这部小说的结局留下了一个未解之谜，令人为之困惑，为之揣度。弗吉妮亚和她的家人一道为幽灵出殡，送他走向神爱的归宿之后，时隔多年，她的丈夫问起她当年失踪半天之久，陪伴幽灵去了哪里。弗吉妮亚答道：

“我从来没有对任何人说过，西斯尔。”弗吉妮亚严肃地说。

“这我知道，但你可以告诉我。”

“请不要问我，西斯尔，我不能告诉你。可怜的赛蒙爵士！我非常感激他。是的，你不要笑，西斯尔，我真的很感激他。他使我懂得了什么是生命，什么是死亡，为什么爱比两者更强。”

公爵站起来，深情地吻他的妻子。

“只要你的心属于我，你可以一直保守你的秘密。”他喃喃地说。

“我的心永远属于你，西斯尔。”

“有朝一日，你会告诉我们的孩子的，不是吗？”

弗吉妮亚刷地红了脸。[①]

为什么弗吉妮亚拒不外泄她同幽灵在一起的经历？这显然是出于某种禁忌。而且这禁忌也不应是幽灵的嘱托或诫命，而是别的东西，

① 奥斯卡·王尔德：《王尔德全集》第一卷，赵武平主编，荣如德、巴金等译，中国文学出版社，2000，第316页。

关乎生命本源的东西。人们无法钻进王尔德的脑袋探个究竟，但是从总体上考虑，这样一些基本的含义应该大致符合他的原意：尘世的奥秘和超现实奥秘是有界限的，凡人无法漠视或逾越而去；生命、死亡、爱，或曰生死恋，是永恒的神秘，人类虽然出于自然却无法穷究自然；那么，为什么还要追问超越这一切的根底？交给爱，无尽的爱就是了。

很显然，这是从小说一系列的对立对比的矛盾运动中得出的结论。

当幽灵说起他已经三百年没睡觉，已经极度疲劳时，弗吉妮亚小姐大惑不解，问起他的归宿时，幽灵答道：

“在松树林后面很远的地方，”他用一种低沉的梦幻似的声调回答，“有一个小花园。那里的草长得又高又密，蘑菇花像很大的白色星星，夜莺整夜歌唱。夜莺整夜唱个不停，水晶盘一般冷森森的月亮俯视着地面，水松树伸出它那巨大的臂膀罩住长眠的人。”

弗吉妮亚渐渐地感到泪眼迷茫，她把脸埋在自己的手里。

“你说的不是死亡园吗？”她悄悄地问。

“是的，是死亡园。死应该有这样美！躺在柔软的褐土中，头上有青草摇曳生姿，听到的只是一片寂静，没有昨天，也没有明天，忘掉时间，宽恕人生，永远安息。你可以帮助我，你可以为我打开死亡宫殿的大门，因为爱一直伴随着你，而爱比死更强。”①

当幽灵向弗吉妮亚小姐解释那段铁树开花、枯草发芽一样的预言含义时，他说道：

“你必须和我一起为我的罪孽而流泪，因为我没有眼泪；你必须和我一起为我的灵魂祈祷，因为我没有信仰；然后，假如你是始终温柔、善良、和蔼的话，死亡天使将会怜悯我。你将在黑暗中看到可怕的怪

---

① 奥斯卡·王尔德：《王尔德全集》第一卷，赵武平主编，荣如德、巴金等译，中国文学出版社，2000，第 305–306 页。

物，邪恶的声音会向你耳语，但是他们不会伤害你，因为地狱的威力压不倒一个小孩子的纯洁无邪。”①

行文至此，会发现解读这样的作品，需要运用维科在《新科学》或弗雷泽在《金枝》中用到的象征解读法，才能看出其中罪孽、眼泪、祈祷、信仰、善良、怜悯、邪恶、地狱、纯洁的真实含义。它们几乎涵盖了人类自古以来遭遇到的各种挑战、各种思索、各种命运。而王尔德在这尾声的象征中，已经把自己心中最深邃的题旨和理想都诉诸笔端了。

综上所述，本书从这部小说的形式入手，通过结构对比，找出了这部短篇小说的矛盾运动：在神性和人性的深处，揭示从有限到无极的哲学探求，从而发现人的处境和伦理的是非。通过这种揽镜自照，使人类感受到自己走在怎样的道路上。

在叙述的方式上，正如标题所暗示的，以神秘而且近于神话的方式，描写时间和空间上呈现的结构，即一个明的结构——公使家人的行动，随着情节的展开逐渐露出暗的思考；一个暗的结构——幽灵的行动，随着情节的展开逐渐露出明的答案。时间维度的展开逐渐把意义堆积到空间，然后在空间维度的分离之后合二为一。正是这种明暗配合，由分而聚，才凸显了整个作品的主题。

从两个结构的对比，以及语言对比、关联对比、细节对比等，小说的结构和意义才平行地由混沌逐渐转为清澈，显示出旧大陆与新大陆、旧观念和新观念、旧文明与新文明的对比。在对立对比的同时，在面向未来的基础上，作品传达出自己内涵的启示——正如批判的现实主义经常告诫人们的，再也不能那样生活下去了。在浪漫主义小说这里，同样告诫人们，只有反抗工业化、机械化及其所带来的唯物论和无神论等教条，努力走向人性化，才是人类文明的正当出路。

---

① 奥斯卡·王尔德：《王尔德全集》第一卷，赵武平主编，荣如德、巴金等译，中国文学出版社，2000，第 307 页。

对于小说尾声里，弗吉妮亚随同赛蒙爵士步入死亡之地的情节，笔者是这样理解的：在上古时代，东西方都曾流行过关于冥府或地狱的神话，在苏美尔神话传统中，有伊南娜下地狱等诸位神灵下地狱的故事；在古埃及神话传统中，有奥西里斯主持冥界的故事；在古希腊神话中，有俄狄浦斯、俄耳甫斯、赫拉克勒斯、奥德修斯、埃涅阿斯等大英雄下冥府的故事，也有阿尔科克提斯为丈夫死去，以延续丈夫的生命的传说；即便是在忌讳地狱传说的《圣经》中，也有罗得的妻子回望罪恶之城，当即变为盐柱的神话。更不用说但丁的《神曲》，展示了地狱、炼狱和天国的恢弘景象。

关于这类神话故事的教训，在生死问题的追问之外，显然还有丰富的含义。例如，无论哪种神话故事和传说，都表达了神对冥界或地狱的统治权，以及对去往死者之乡的英雄或凡人的警告，让他们遵守诫命，以便顺利通关，去而能返。

但化为幽灵的死者也偶或违背神意，结果无法逃出生天。如罗得的妻子、俄尔甫斯的妻子欧律狄克等。所以，凡人很难从冥府或地狱逃生而复活，除非被擢升到天国，如赫拉克勒斯，以及后来的耶稣等。这表明死亡之地不可留恋，众神之意不可逆转。

还有一种禁忌就是和死者相关的权能。俄狄浦斯放逐在外，临死前，他的儿子们争相接他回家奉养，但俄狄浦斯看穿了儿子们的用意，拒不顺从，最后独自下到冥界。结果他的两个儿子落入神谕的宿命，同归于尽。还有奥德修斯和埃涅阿斯的父辈，都能为儿子指点迷津，使他们得到胜利。可见死者的特权几乎和神能有同样的地位。在古希腊的神谕传统中，类似的死者神圣的传说屡见不鲜。

所以，弗吉妮亚的拒不泄露天机，是极有道理的。试想，如果她下到冥界，归来便四处宣扬，那就不仅有失庄严，而且也无从写起了。正如哈姆雷特说的，“从来没有任何人从死亡的国土里回来。”果真有，就没有悲剧了。

在瓦格纳的作品中，由于叙述神话故事，幻觉的经验被遮蔽起来，以致人们往往以为历史和神话就是这些诗人赖以写作的素材。然而感人的力量和深刻的意味却既不在于历史也不在于神话，因为两者都同时被容纳在幻觉的经验中。难怪里德尔·海格特被普遍认为是纯粹的小说发明家。然而即便在他手里，故事主要也还是用来表现有意味的素材的手段。无论表面上看来，故事是如何地胜过内容，然而在重要性上……内容却总是压倒故事。①

这是传奇式和浪漫式的微妙之处，不是题材，不是神话，而是手法和笔意，然后一切便顺畅如流了。予取予夺，声东击西，从灵感到故事，从故事到情节，再从情节到寓意，艺术创造融入其中。应该说，王尔德的短篇小说比之长篇叙事更加明显地昭示了他对此中的艺术法则早已心领神会、运用自如了。

最后，在这部集生死、心物、情理、明晦、灵肉、鬼神等诸多终极问题的思考的作品中，王尔德没有忘记自己的使命，或者说，没有脱离他作为美的使徒的行动轨道，那就是在作品中坚定不渝地书写美。在小说的一个关键情节中，王尔德把聚光灯打在了面对幽灵的弗吉妮亚身上，那是她听到幽灵痛苦地回顾自己的苦难，说到了他在三百年中没能睡觉的时候：

弗吉妮亚一下子变得十分严肃，她的嘴唇开始像玫瑰花瓣一样颤动。她走到幽灵跟前，在他身旁跪下，抬头凝视着他那衰老、枯萎的脸。②

人们只要看看作家的用词——嘴唇、玫瑰花瓣、颤动、跪下、凝视，都是鲜艳、明媚、柔美、慈爱的体现。在幽灵的衰老、枯萎的映

① 卡尔·荣格：《心理学与文学》，冯川、苏克译，三联书店出版社，1987，第130页。

② 奥斯卡·王尔德：《王尔德全集》第一卷，赵武平主编，荣如德、巴金等译，中国文学出版社，2000，第306页。

衬下，给人怎样强烈的美感。这就是爱，爱的象征和力量，但又不止于爱，因为其中还有对美的感动和感悟。这种形式的描写在 19 世纪末叶的阴霾中，不啻一种无言的启示，告知天下他手里还有一束最美艳而又香气四溢的花朵，献给人类，作为将要在新的世纪里与其久违的心灵慰藉的告别。

综上所述，从自作品中呈现的各种描写手法和形式技巧方面，从人物个性刻画方面，以及各种意象化的渲染方面，都显示了作家的真正倾向是在精神和灵魂一边。正如弗吉妮亚·沃尔夫在斯特恩的《多情客游记》的序言中说过的："我确信我有灵魂；就是把唯物论者那些使世人厌烦的书全搬出来，也无法让我相信没有灵魂。"[①] 这种哲学的超越，或者说，文学对哲学的胜利，不是庸俗的唯物论者所能解释的，因为它超越了他们。

在总体的人类文化演进的图景中，王尔德的唯美主义还有一种对抗现代科学和现代机械的人文精神倾向，这是他那个时代针对人类丧失感性生活权益而发出的最强音。柳无忌曾在他的《西洋文学的研究》一书中，对近代以来西方科学主义对人类悠久文化的毁灭性打击深表遗憾。他以达尔文的《物种起源》为题论述了科学主义对世界的改造：

生存竞争不只是动植物界的现象，它也可以应用到人类的生活上。人生遇到新的估价，被发现这是一大串不绝的艰苦挣扎，依照自然的规律而生存灭亡。而自然也变了颜色，不再有那种浪漫的光华与色彩，如昔日的诗人那样歌唱着。我们已不再想象月里嫦娥在桂树下捣着仙药，因为月不过是地球的一个卫星，它的光亮是借得的。也许在这团冰冷的地壳上根本没有生命的存在；我们看不见银河上会面的牛郎织女，只知道这些密集的星星仅如太阳那样的是无数发光的球体炽热的火焰可以熔化钢铁及一切物质；河内的水，在化学的分析中是轻气养气；人潜伏在海底，而没有探到龙王的水晶宫；一切有诗意的自然景物，

① 劳伦斯·斯特恩：《多情客游记》，石永礼译，人民文学出版社，1990，第 157 页。

多么美丽，却都可以解体为一些无机的物质，肉眼都看不见的分子与原子。宇宙的秘奥失去了浪漫的气氛消除了，自然的美丽褪色了，科学的现实的世界正视着今日的人类。

代替了这些的，是一个严酷的社会环境。①

柳无忌在此总结的科学对想象、理性对感性、野蛮对文明的捕杀，究竟意味着文化乃至文明怎样的危机？这是历史发展到世纪之交时艺术家有责任予以思考和艺术描绘的问题。王尔德在这方面做出了自己不遗余力的努力，虽然其中不无虚幻抽象乃至神秘不可知的嫌疑，但是其勇气、才智、献身精神，都是值得记入历史的。

---

① 柳无忌：《西洋文学的研究》，大东书局，1946，第 15 页。

第四章
《快乐王子集》：成人性与诗意性的童话

第一节　王尔德童话的成人性和诗意性

本书把王尔德童话在与各民族民间童话和历史上其他童话家的童话相对比中，得出了王尔德童话虽然与其他童话有所共享，但却具有两个突出特征，即成人化和诗意化。它们构成了王尔德童话独立的风格基础，赋予他的童话艺术以新艺术特征，也为世界童话宝库做出了独特的贡献。在具体阐述这些童话作品的文本之前，有必要对这些基本属性予以说明。因为它们也是人们认识王尔德人生与创作整个过程的一个重要侧面。

本书限于篇幅，仅以王尔德发表于1888年的三篇比较短小的童话——《快乐王子》《夜莺与玫瑰》《自私的巨人》为例，展开抽样式的讨论，目的是论证王尔德童话广受欢迎的缘由，以及人们感受到和思考到的王尔德童话的艺术成功的奥秘。

一、王尔德童话的成人性

王尔德童话的成人性首先表现在它们的美学风格和童真的结合方面。美与童真原本具有天然的关系。如果说，心理学和大脑解剖学所揭示的人类生物神经系统具有先验性功能的确有科学依据的话，那么，接下来就会引起一系列有关文化的问题。例如，荣格在思考艺术的心理学原理时，就曾从美与儿童的关系方面做过如下论述：

> 不可能证明昆虫掌握着自觉的知识，然而常识却不容我们怀疑它们的无意识行为模式也是它们的心理功能。人的无意识同样容纳着所有从祖先遗传下来的生活和行为的模式，所以每个婴儿一生下来就潜在地具有一整套能够适应环境的心理机制……无意识作为从原始时代遗传下来的心理功能的体系，总是先于意识而存在。意识不过是无意识的后裔而已。显然，如果我们企图用后辈的一套术语来解释祖先的生活，无疑显得牵强附会。同样，在我看来，把无意识视为意识的产物也是不正确的。[①]

荣格的意见肯定了三点，一是动物界的无意识也具有哪怕是最低级的意识性质，因为它也是神经活动的产物；二是人的无意识与人的先验能力是遗传所得；三是无意识先于意识，而原始人类不应用现代人的术语加以描述。

言外之意，今天的心理学固然很发达，但是代替不了对原始人思

① 卡尔·荣格：《心理学与文学》，冯川、苏克译，三联书店出版社，1987，第42–44页。

维活动的人类学论证和神话学研究，更不能僭越古人类生物学的研究。

我们援引荣格的意见，无非为了说明，儿童与美具有天然联系，而且这联系始自远古，因为原始人类与今日的儿童有着非对称的复制关系，这就是复演论的理论。

复演论的研究表明，儿童是人类早期原始生活的复制者。胚胎学也证明，每个个体的人都是从母体中的简单细胞形式逐渐发育成独立个体的。这里面包含着诸多关系到儿童文学的问题。

首先，最突出的问题就是，在为儿童读者创造艺术对象时，或者将作品创作为儿童的接受对象时，都要受到儿童化的制约，要合乎儿童的欣赏习惯和心理特征。

其次，由于复演论或个体复现整体的缘故，儿童文学的创作往往与人类生存的早期状况有关联，所以童话等儿童文学作品往往与原始时代的神话传说有很大的相似性。反过来也是如此，原始神话传说的最大读者群，也是少年儿童而非成人。这种情形也提示人们，儿童文学的创造在很大程度上是可以而且需要汲取原始文化的资源和养料的。这样一来，原始文化，特别是原始神话传说中的许多审美特点（尽管原始神话传说还不是后来意义上的审美作品）如神异形象的描绘、无意识象征的产生、普遍存在的通灵意识以及通过变形的方式汇聚起来的人类生存经验等，都是后世儿童文学的宝贵资源。

最后，如果人们略过许多其他儿童文学特性，值得重视的是，儿童的生活和配合这生活的儿童文化，是人类须臾不应忘记的重要问题。有人说，儿童是成人的父亲（华兹华斯）；有人说，在天国的，正是这样的人（《圣经·马太福音》19 章 14 节）；有人说，你曾被我当作心愿藏在我的心里（泰戈尔）；也有人说，儿童关系到人类的远景旨归及人类理想（马克思《政治经济学批判·导言》）。从这些观点可以看到，人类有怎样的儿童观，便有怎样的类本质的历史发展水平。

上述第一点可以说是前提性的问题。没有儿童和儿童思维，就没有儿童文学。在这方面，以色列儿童文学大师罗丝·吴尔在她的短文

《千真万确》里说得非常生动而明白[①]。她不仅创作的童话美轮美奂、字字珠玑，而且她通过这篇短文把一个真理告诉给了世人：儿童有儿童的天地、逻辑、思维、兴趣，儿童有儿童的一切。所以，当人们说“认识你自己”的时候，当人们把这个命题理解为人的历史发展和一般社会进步带给人的自觉的时候，首先要认识你的童年，人人的童年，人类的童年。当然，这里面最重要的是认识儿童的思维。

儿童思维几乎完全不同于成人思维（正如原始思维迥然有别于文明开化以来的思维），他们生活在自己的天地里，从思维方式到思维内容都围绕儿童天性而形成，进而展开儿童方式的生活。每个人只要仔细回味自己的童年就会承认，儿童之所见所闻所感所想，是全然不同于成人的（正如原始人类全然不同于文明开化后的人类一样），其中至多只是折射着成人的某些影响而已。成人之所以将极端幼稚无知之行事称为“孩子气”，就是这个道理。

由于上述原因，王尔德在童话中总是刻意施展儿童视角和儿童心理的描写手法，以确保写出的作品具有儿童喜闻乐见的形式美感。但是，要做到儿童文学创作心态的极境是极其困难的，王尔德毕竟是成人，还是一个意识极强的成人（例如他的功名欲），所以，尽管他在毕生的大部分岁月里都保持着天真乐观和简单幼稚的个性，但还是不免表现出浓厚的参与社会冲突的心志、干预社会生活的愿望和开创新型人生范式的动机。受到这些心理因素的制约，他的童话创作便带上了儿童和成人——既天真烂漫想象神异，又关注社会探究人性——的双重品格。人们从《快乐王子》一系列美学特征的考察中就能看到这一点。

但是人们还须看到王尔德作为童话作家的另一面，即他的成人心性中包含的童心，他的幼稚、单纯、好胜、骄傲、幻想、争宠、善良、慷慨，以及他的好古之心，都是他的童心使然，至少也是从童稚的心理生发出来的个性。笔者认为，正是由于他的这一审美主体性特征的

① 罗丝·吴尔：《智慧帽》，施蛰存译，少年儿童出版社，1956，第5页。

存在，所以，他的童话作品看似具有成人化、诗人化、文学化的特征，但其内核却是儿童的、童真的。因此，这些童话每一篇都充满了真正打动儿童天真心灵的力量，都能深入到儿童稚嫩的心田，并在那里扎下深根。

二、王尔德童话的诗意性

在王尔德去世后，有一封他的友人罗斯写给别人的信，里面提到了罗斯在料理王尔德后事时遇到的一件小事。信的原文如下：

> 罗伯特·罗斯致莫尔·阿迪
>
> 1900 年 12 月 14 日
>
> 我高兴地告诉你，奥斯卡看起来既安详，又尊严，就像他刚出狱时的样子，身体上可怕的东西都被洗掉了。他脖子上套着你送给我的佛珠，而胸前挂的是一位修女送给我的一枚方济各会奖章。我和一位匿名的朋友还在那儿放置了一些花圈，那位朋友是以奥斯卡孩子们的名义送花来的，尽管我并不认为孩子们知道父亲死了。当然，还有惯常的十字架、蜡烛和圣水。[①]

笔者认为，罗斯在信里写的是实情，但是他没有挑明送花圈者的心意。王尔德的妻子和儿子暂时还不知道他的死讯，但是陌生人偶尔知道了，便以他两个儿子的名义送来花圈，这显然是为自己的孩子或作为王尔德童话读者的所有孩子送来的花圈。这些花圈的含义显然是这场葬礼中最有价值的含义。

最令人感慨的是，这个送花圈者会以这种方式、这种名义表示哀悼，这就让人想起了周作人对王尔德童话的评论：

---

① 奥斯卡·王尔德：《王尔德全集》第六卷，赵武平主编，荣如德、巴金等译，中国文学出版社，2000，第 770 页。

> 安徒生童话的特点倘若是在“小儿说话一样的文体”，那么王尔德的特点可以说是“非小儿说话一样的文体”了。因此他的童话是诗人的，而非是儿童的文学。[①]

在此如果说“英雄所见略同”大概不会错，因为本人从周作人的评论中还读出了沃尔特·佩特在1888年6月12日对王尔德童话的评论，他当时就用“ 您创作的散文诗”来评价王尔德童话的。[②] 既然王尔德的童话是诗人的童话，那么童话的读者自然也就会用诗人的方式表达心意了。周作人的意见的确显示了洞察力，王尔德的童话的确充满诗意，也的确常说非小儿的话语。但是，如果说小儿缺乏诗意，就不会接受王尔德的童话，或者接受起来有难处，恐怕就不合实际了。须知儿童的好奇心和求知欲往往是成人所不及的。

正因如此，他的童话被人感受为小说的同时，他的小说也被人感受为童话。中国诗人、翻译家穆木天于1924年编辑《王尔德童话》时，所作的序言就把王尔德童话称为“王尔德童话小说”，他是把王尔德童话看作与小说相类的作品的。穆木天的“童话小说”与周作人的“文学童话”在意思上应该是很接近的，这里面究竟包含多少所谓误读的成分也很难判断。例如，如果与格林童话相比较，王尔德的童话不仅是文人创作的童话，而且更是文学童话或童话小说，因为它们比格林童话要包含更多构思的艺术化、更多文学的技巧化，甚至带有小说创作的痕迹；但是如果周作人、穆木天都没有这个意思，并不是在和格林童话作比，或者和安徒生童话作比，甚至没有和任何人作比，而只是和诗歌、小说作比，也未可知。

无论如何，王尔德的小说具有技巧、诗意和成人心理痕迹，是有作品为证的事实，这并不妨碍他的童话自成一家，不妨碍得到世世代

---

① 周作人：《自己的园地》，河北教育出版社，2002，第65页。

② 奥斯卡·王尔德：《王尔德全集》第五卷，赵武平主编，荣如德、巴金等译，中国文学出版社，2000，第370页。

代儿童们的喜爱，不妨碍在童话艺术的传统中占有一席之地。

事实上，王尔德童话的文体特征和形式特征是这样，它们的内涵还有与此相应的特征，就是成人的、诗人的、文学家的人道情怀和人类关怀，以及对世间各种不平的仇视，对各种邪恶的抗争，对各种不幸的怜悯，对各种英雄的崇拜，这里到处都能看到道德的锋芒，到处都有批判的力量，它们以对儿童读者"实不相瞒"的方式率真地袒露出王尔德自己的审美追求和道德理想。这不仅从侧面证明了他的全部创作都是彻底履行他的主张——放弃刻意的道德追求，反而获得最强烈的道德主题和道德影响。这就是王尔德童话的魅力所在，也是他的童话独立于童话之林的依据。

所谓童稚和成人、实用和诗意，全然是紧密联系的。人们从席勒、歌德、马克思那里，都看到绵延不断的关于人类童年和成年的思考。席勒在《论素朴的诗与感伤的诗》中说过：

> 它们是我们曾经是的东西，它们是我们应该重新成为的东西。我们曾经是自然，就像它们一样，而且我们的文化应该使我们在理性和自由的道路上复归于自然。因此，它们同时是我们失去的童年的表现。这种童年永远是我们最珍贵的东西；因而它们使我们内心充满着某种忧伤。同时，它们是我们理想之最圆满的表现，因而它们使我们得到高尚的感动。①

席勒在18世纪表述过的这种思想，显然在告诫人类，自然是人类的童年，人类无论长到多大，都应葆有童年的美好品格的思想，在19世纪的马克思那里得到了更加清晰的表述。席勒说：

> 一个成人不能再变成儿童，否则就变得稚气了。但是儿童的天真

① 约翰·克里斯托弗·弗里德里希·冯·席勒：《秀美与尊严》，张玉能译，文化艺术出版社，1996，第263页。

> 不使他感到愉快么？他自己不该努力在一个更高的阶梯上把自己的真实再表现出来么？在每一个时代，他的固有的性格不是在儿童的天性中纯真地复活着么？为什么人类社会的童年，在他发展的最美好的地方，不应该作为一个永不复返的阶段而显示出永久的魅力呢？①

无论是席勒还是马克思，他们对人类文明的未来发展所寄寓的美好期望早已为人们所熟知，且深入人心。但是，社会历史的发展从来就是不以或不完全以人的意志为转移的。从人类学、文明史的角度审视儿童和人类历史的关系，立刻就会产生一个问题，人类在较高发展水平上保持自己的童真，果然还有可能吗？今天的儿童和原始的人类果然存在复演关系吗？人们是否需要提出一个问题，让孩子变成什么样的人？

很显然，要回答这些问题，就需要批判现代社会，校正文明发展方向，而不是任由资产者和政客把本应公共富裕和开明政治的社会变为资本财团和霸权统治的行为，然后才有可能保持童真，而今天的儿童显然和原始的儿童截然不同，因而复演论也需要检讨。最后一个问题，才是文学艺术家们的职责所在，而王尔德也为此付出了巨大的努力。这就是美的创造，并以此诗意的美陶冶儿童的心。

王尔德的童话为什么能达到这样的境界？能广受世界儿童的喜爱？缘由似乎在于以下几个方面：

首先，王尔德个人的率真天性使然。他自幼所受的爱尔兰民间文化、宗教文化的影响以及长辈们的亲炙，已经塑造了他的人格形态，使他再也无法适应资产阶级社会的唯利是图原则，无法适应生存竞争的丛林原则。但是，他能俯下身去，和儿童们一道嬉戏一道欢乐。这是一个精明老练的男人所无法耐受的，但王尔德乐此不疲。他不仅在1888年推出了一批短小通俗的童话，而且在1891年推出了又一批篇

---

① 中共中央马克思恩格斯列宁斯大林著作编译局：《马克思恩格斯选集》，人民出版社，1995，第29页。

幅更长、故事更曲折、内涵更复杂的童话，即《石榴之家》。这表明如果假以天年，他的童话成就很可能彪炳一个时代。

其次，思维与儿童同步。以色列儿童文学杰出作家吴尔在她的童话集《智慧帽》的前言里，曾讲述过一个她亲身经历的故事。夜里的雷电劈倒了门前的大树，树上的鸟窝也烧毁了，早上出门的小吴尔吓得大喊起来，"失火啦！失火啦！"她的父母慌忙跑来看究竟，结果天下太平，于是把小吴尔呵斥了一顿。可是小吴尔一直记得，那场大火是千真万确的。[①] 吴尔的经历告诉人们，儿童总把虚构或想象当真，所以儿童的文学艺术是弥足珍贵的，那是他们的现实主义的食粮。就像吴尔那样，这种印象跟着她长大，看着她成为世界著名的童话家。她的名著《智慧帽》令人想起她的祖先在伊甸园里看到的千真万确的智慧树，她的名著《美丽国》让人想起人类永远应该追寻前行的美丽国。而王尔德的童话里，那些惟妙惟肖的生动描写，那些凌空飞扬的神奇想象——王子、夜莺、巨人、火箭、国王、公主、渔夫、流浪儿，它们就是王尔德的世界，人们在他的成人作品里依然可以见到它们的影子。

再次，以美的理想描绘美的画面和美的意象。于是，王尔德为儿童献上了最纯真的美，而不是雕琢美或矫饰美。他的童话里那种自然的美感、民间的野性、景象的多样、情节的迷人，到处都有唯美的色彩和线条，处处都可能化作美的种子落进儿童的心田，等待日后的茁长。可以看出，王尔德的诗教与美育理想不仅是唯美主张的一部分，而且是唯美主义和艺术理论的实践形式。他寓教于乐的创作实践，最突出地体现在他奉献给世界儿童的诗意的世界上。

最后，人们不应忘记的是，王尔德的批判锋芒。19世纪末，资本主义意识形态极为危殆，极为野蛮，在进化论、实证主义和机械主义的鼓动下，理性的说教几乎霸占了儿童精神生存的全部空间。为此，王尔德在童话中热烈地讴歌人的善良和美德、爱情和自由、奉献和纯

---

① 罗丝·吴尔：《智慧帽》，施蛰存译，少年儿童出版社，1956，第5页。

洁，对儿童的未来寄予无限的希望，这在他的童话主题方面尤其表现出强烈的倾向。他用世纪末的童话创作提示人类，工业化和商品化以来的社会危机的一个重心，就是少年儿童的消失和漠视。他的警告不是空谷回音，在不久便爆发的大战和经济危机，以及20世纪涌起的民权运动和欧洲动荡，都是他的警告和预言的应验形式。

一个人的少年情愫意味着什么？如果说，一个人最早的记忆——童年记忆，是最朦胧模糊而又终生难忘的，那么是否可以说，一个人的少年记忆是最强烈、最自恋，甚至最为刻骨铭心的记忆？如果说，作家是一个民族的预言者，那么是否可以说，作家的少年记忆，代表着一个民族的童年记忆？由此引申而去，不难看出其中包含的民族学、人类学、历史哲学，以及文学的一个生死攸关的要素——与人生的联系，与人生的决定期少年的联系。其中的民族、人类、历史、哲学、审美的意义即出自这些要素。

第二节　王尔德童话的叙事魅力

一、作为人子的快乐王子

《快乐王子》(1888)在王尔德的童话作品中享誉最广。作为一部自觉而成熟的作品，《快乐王子》包含一种艺术总构想，它仿佛一幅织锦的设计草图，勾勒出基本的作品框架。在《快乐王子》中，抛开其中隐约流露出的有意或无意的作者自我欣赏的因素（王尔德曾自比为美的王子，而且在社会上以此要求自己），其艺术总构想便包括落单之燕、塑像之身、行动中的矛盾、人物的命运。事实上这个按照事件的顺序排列出来的框架，是围绕一个忧伤的开篇形成的——王子的忧伤，燕子的忧伤，世界的忧伤。

开篇之处最先映入读者眼帘的是形象的美感。这篇童话的故事“底本”，固然是用一颗赤子爱心救助苦难中的穷人，用牺牲自己的一切换取众人的美好生活，这种忘我献身的精神感动每个读者的心，但是，那个居于中心的爱的主题却是在“凛冽而飒飒作响的”美感的衬托下浮现出来的。故事的开篇就是这种美感的描写：

快乐王子的像在一根高圆柱上面，高高地耸立在城市的上空。他满身贴着薄薄的纯金叶子，一对蓝宝石做成他的眼睛，一只大的红宝石嵌在他的剑柄上，灿烂地发着红光。①

在王尔德的心目中，美占据着崇高的价值、无上的价值。这是他所接受的古典文明教化带给他的结果。所以，这王子除了生前的尊贵、身后的哀荣之外，最可贵的是他内心的善和形态的美。这里的美在善之先，出现在篇首，而且带着自然审美的色彩。有天空，有宝石，有灿烂的光芒，就连那金箔也做成了叶子的形状。王尔德的审美理想总是建立在自然审美的基础上。因为他深知，除了古典美的陶冶，自然的审美教育对于一个人的成长格外重要，它不仅可以熏陶一个人的性情，而且决定一个人的道德伦理面貌。

但是，就是这个王子却生活在混沌的世界里。俗人的眼睛看他，对他存着多少偏见和误解啊：

一个市参议员为了表示自己有艺术的欣赏力，说过：“他像风信标那样漂亮。”不过他又害怕别人会把他看作一个不务实际的人（其实他并不是不务实际的），便加上一句：“只是他不及风信标那样有用。”

“为什么你不能像快乐王子那样呢？”一位聪明的母亲对她那个哭着要月亮的孩子说，“快乐王子连做梦也没想到会哭着要东西。”

“我真高兴世界上究竟还有一个人是很快乐的！”一个失意的人望着这座非常出色的像喃喃地说。

① 奥斯卡·王尔德：《王尔德全集》第一卷，赵武平主编，荣如德、巴金等译，中国文学出版社，2000，第 337 页。

"他很像一个天使，"孤儿院的孩子们说，他们正从大教堂出来，披着光亮夺目的猩红色斗篷，束着洁白的遮胸。

"你们怎么知道？"数学先生说，"你们从没有见过一位天使。"

"啊！可是我们在梦里见过的，"孩子们答道。数学先生皱起眉头，板着面孔，因为他不赞成小孩子做梦。①

在那个实证主义、功利主义不仅盘踞在理论家的书本和讲义里，而且还化成了无孔不入的熏风，吹进金钱世界每一个角落的时代里，这些工于心计的盘算、自命非凡的虚妄都是司空见惯的恶习。正是出于王子和燕子形象描绘的需要，作者在高踞的美的雕像之下，勾画了几个世俗的影子。接下来，他才开始进入故事情节。

世间的故事都是人际关系的产物。所以，童话在人物角色的关系上，做了两个层面的铺垫。一个是王子所关注的世人，也就是穷人；一个是燕子所交往的世人，也就是情人。尽管在这些人物关系的描写中稍稍流露了他的个性倾向，即燕子和王子的情谊，但作为儿童读者，多半不会产生性关系的印象。王子在自己长久的凝视和忧伤中孤独着，但燕子这到处飞舞的精灵却在经历一夏天的恋爱后，终于发现自己的恋人芦苇不仅感情轻浮，而且没有随他远行的心思。于是，他抛下芦苇，轻松地落在了王子的像座上。

他很快就发现王子在落泪。于是，故事与逻辑、与现实的关系由此展开，而且开始向深处显现：

"那么你为什么哭呢？"燕子又问，"你看，你把我一身都打湿了。"

"从前我活着，有一颗人心的时候，"王子慢慢地答道，"我并不知道眼泪是什么东西，因为我那个时候住在无愁宫里，悲哀是不能够进去的。白天有人陪我在花园里玩，晚上我又在大厅里领头跳舞。花

① 奥斯卡·王尔德：《王尔德全集》第一卷，赵武平主编，荣如德、巴金等译，中国文学出版社，2000，第337页。

园的四周围着一道高墙，我就从没有想到去问人墙外是什么样的景象，我眼前的一切都是非常美的。我的臣子都称我做快乐王子，不错，如果欢娱可以算作快乐，我就的确是快乐的了。我这样地活着，我也这样地死去。我死了，他们就把我放在这儿，而且立得这么高，让我看得见我这个城市的一切丑恶和穷苦，我的心虽然是铅做的，我也忍不住哭了。"[①]

正如童话世界的主人公多半是王子公主、神仙灵兽一样，这位王子也是一副经常出没于童话故事的模样。可是，他又和其他王子不同，因为他为世界的丑恶和穷苦而忧伤得哭了。就这样，在美之后，善被引了进来，而儿童的善又区别于成人，因为它是普世性的存在。王子的央告感动了燕子，燕子在帮助王子救助穷人之后，也变得温暖了：

燕子回到快乐王子那里，把他做过的事讲给王子听。他又说："这倒是很奇怪的事，虽然天气这么冷，我却觉得很暖和。"

"那是因为你做了一件好事，"王子说。小燕子开始想起来，过后他睡着了。他有这样的一种习惯，只要一用思想，就会打瞌睡的。[②]

值得关注的是，这里有一个艺术化的价值颠覆，就是这位尊贵的王子并非像以往那样，或者耽于享乐，或者勇于冒险，或者长于爱情，而他的主导性格却是怜悯、奉献和牺牲。如果把他放入戏剧中，他就是《薇拉》中的亚历克斯王子；如果把他放到现实生活中，他就是激进的秘密党人。这里隐约可见王尔德的青春热诚（他时年 34 岁）和理想主义。

王尔德心里牵挂的除了陷入绝境的穷人和孩子，还有艺术家。因

---

① 奥斯卡·王尔德：《王尔德全集》第一卷，赵武平主编，荣如德、巴金等译，中国文学出版社，2000，第 339 页。

② 奥斯卡·王尔德：《王尔德全集》第一卷，赵武平主编，荣如德、巴金等译，中国文学出版社，2000，第 341 页。

为他从自身的体验得知，艺术家的绝境是美的绝境，是崇高的绝境。所以，他看到在绝境中坚持创作的大学生，就想起了智慧女神托斯，她是拉神的眼睛，于是他把自己的眼睛给了未来的戏剧家：

“唉！我现在没有红宝石了，”王子说，“我就只剩下一对眼睛。它们是用珍奇的蓝宝石做成的，这对蓝宝石还是一千年前在印度出产的，请你取出一颗来给他送去。他会把它卖给珠宝商，换钱来买食物、买木柴，好写完他的戏。”

“我亲爱的王子，我不能够这样做。”燕子说着哭起来了。[①]

王子的生命以美为根基，以美为价值。他因为施舍和救助失去了美，也失去了生命。正如中国古典寓言里说的，“精卫衔微木，将以填沧海。”所以，当王子把自己最后的装饰也献出后，他的死亡也就降临了。

与故事开篇处王子的“凛冽而飒飒作响的”美，那种华贵的美相比，尾声里的王子是寒伧而且破败的丑了。他怎样变成这样的？除了他自己和他的燕子，没有人知道。王尔德清楚，历史是无情的，历史的车轮就是碾过那些腐朽、邪恶、丑陋的事物，也碾过高尚、美好、新生的事物，滚滚向前。它只是在行进过后，才偶尔回头望一望碾过的道路，就像普希金笔下《青铜骑士》中的描写，洪水过后，一片狼藉，而且回望过后，其评价和毁誉也未见得公允。

前面说过，故事进展到王子的落魄，总构想至此就结束了。但是，王尔德为儿童的乐观性所制约，也为他自己的自信所鼓动，于是在结尾处又添上了一个光明的上帝光临的结局，而且在加上这个尾声之前还特意做了一番铺垫。因为没有不公和失准，上帝通常是不露面的：

① 奥斯卡·王尔德：《王尔德全集》第一卷，赵武平主编，荣如德、巴金等译，中国文学出版社，2000，第 342 页。

“把这个城里两件最珍贵的东西给我拿来，”上帝对他的一个天使说。天使便把铅心和死鸟带到上帝面前。

“你选得不错，”上帝说，“因为我可以让这只小鸟永远在我天堂的园子里歌唱，让快乐王子住在我的金城里赞美我。”[①]

虽然出于儿童接受的考虑，给作品加上了乐观的尾声，但在总效果和总风格上，仍然无法掩盖其悲剧色彩，童话的批判性仍然无可遏止。

这篇童话还有一个背景性的描写，对于刻画燕子的形象是不可或缺的，那就是远方的尼罗河，温暖的迁徙地。它对于燕子来说就是食物、快乐、希望。可是燕子为了王子而离弃了它。作者在这里没有止于简单的价值取舍，而是利用尼罗河的特色，描写了一个隐蔽的意象——太阳神。

太阳神是古埃及众神殿中的主神，在天统领众神，在地广施祸福。赫利奥波利斯，也就是文中所称的巴伯克，具有丰富的象征意义——古老埃及的生命所系，万民所望，可这太阳神的普照对于王子和燕子来说，却太古老，太过遥远。就像人间的太阳，还远远没有照临到每个穷人的寒舍：

“燕子，燕子，小燕子，”王子说，“你不肯陪我再过一夜么？”

“这是冬天了，”燕子答道，“寒冷的雪就快要到这儿来了，这时候在埃及，太阳照在浓绿的棕榈树上，很暖和，鳄鱼躺在泥沼里，懒洋洋地朝四面看。朋友们正在巴伯克的太阳神庙里筑巢，那些淡红的和雪白的鸽子在旁边望着，一面在讲情话。亲爱的王子，我一定要离开你了，不过我决不会忘记你，来年春天我要给你带回来两粒美丽的宝石，偿还你给了别人的那两颗。我带来的红宝石会比一朵红玫瑰更红，

① 奥斯卡·王尔德：《王尔德全集》第一卷，赵武平主编，荣如德、巴金等译，中国文学出版社，2000，第 346 页。

蓝宝石会比大海更蓝。”[①]

值得注意的是，在故事中，燕子陪伴王子，效力于王子，直到最后死在王子脚下，并不是可以轻易略过的。它和王子的雕像原本就存在一种张力关系。王子高高地矗立在城市的高处，他高大、显赫，像一座灯塔、一座指针；而燕子则紧贴着城市飞行，掠过鳞次栉比的房舍，他渺小、轻灵，像一个忙碌的仆人和使臣。但是王子的高大和燕子的渺小却配置得很完美，一个从高处俯视天下，一个把贫寒瞬间造访。所以，这个具有整体性的张力结构作为支撑整个故事的骨架，对于塑造美感和表达主题都有决定性的作用。

当然，王子献出了一切，可是王子不同于燕子，燕子本可以南飞，可以存活的。但他弃了生路。他在王子的不断恳求下，逐渐放弃了南飞，留在寒冷的北方（伦敦严冬夜间温度在摄氏零度左右），最后放弃了生机，把生命献给了救助穷人的事业。所以，这是一个有发展的形象，他的性格虽然没变，但是他的心意是变化的。从偶或地帮助一下王子，到产生对王子的情谊，最后主动地与王子同生死共命运，他在转变和抉择中完成了自己的形象，也显现了作品的主题。人物的意义常取决于人物的变化，人物的意义常参与主题的意义。燕子的抉择无非来自两方面，一个是他的热诚之心，一个是王子的恳求。这两方面都在现实生活中广泛地存在着，影响着无数人的人生。王尔德刻画这个形象的过程，想必怀着对自己奋斗中的同道相濡以沫的感激和温情。

当人们用渺小来形容燕子时，人们还应把他读成“落单儿的小燕儿”，可怜得很，他的牺牲是因为不忍离开王子，是因为生死与共的情愫，所以他的死是比王子更惨烈、更伟大的。正是因为有了他的奉献，王子得以倾其所有地救助穷人，尽管这救助显得杯水车薪，但毕

① 奥斯卡·王尔德：《王尔德全集》第一卷，赵武平主编，荣如德、巴金等译，中国文学出版社，2000，第 343–344 页。

竟给寒风中的穷人送去了慰藉和希望。

直到这时，人们才恍然大悟，王尔德为什么通篇都在用冷峻的词语和笔调进行描写，为什么尽力渲染“凛冽而飒飒作响的”美感，虽然是美的，美而且华贵的王子一层层献出自己的珍宝和衣装，美而且单弱的燕子一次次推迟自己的归期，但是这一切都在凛冽的寒风中减弱、消散，走向死亡。寒风和雨雪，要夺走他们的一切，直至生命。

所以，他的举动很像基督教《圣经》中的寡妇捐献：

耶稣面对银库坐着，看着大家怎样把钱投入库中。许多有钱的人投入很多的钱。后来，有一个穷寡妇来投入了两个小钱，就是一个铜钱。耶稣把门徒叫过来，对他们说：“我实在告诉你们，这穷寡妇投入库里的，比众人投得更多。因为他们都是把自己剩余的投入，这寡妇是自己不足，却把她一切所有的，就是全部养生的，都投进去了。”[①]

当然，耶稣的意思是，寡妇的施舍格外的昂贵，所以，她在天国会得到加倍的补偿。就像王子和燕子，他们最后终于得到天国的接纳。

王尔德的创作经常是在脑海里回旋着熟知的经卷和杰作的，有时它们是《圣经》，有时是歌德，有时是莎士比亚，等等。他在很多作品中都有提及，是无须赘言的。除了前面提到的寡妇认捐的典故，还有其他很多典故都能在他的作品中找到影子。例如，王子的最后一次施舍，是救助卖火柴的小女孩：

“就在这下面的广场上，站着一个卖火柴的女孩，”王子说，“她把她的火柴都扔在沟里了，它们全完了。要是她不带点钱回家，她的父亲会打她的，她现在正哭着。她没有鞋、没有袜，小小的头上没有一顶帽子。你把我另一只眼睛也取下来，拿去给她，那么她的父亲便不

① 见《新约圣经·马可福音》12: 41。

会打她了。”[①]

就这样，王尔德特意写到了卖火柴的小女孩，有意暗示读者，他的童话继承安徒生的童话传统，是不避社会冲突，不避人生险恶，不惜让孩子们早日领教人生艰辛的童话。他们事先在故事里触摸过成人的世界，就不会在真正面对这世界的时候手足无措。而且，他的童话像安徒生的童话一样，充满了博爱的精神、正义的号召、斗争的锋芒。在安徒生和他的笔下，儿童就是正在成人的儿童，成人仍是童稚的成人。王尔德和安徒生一样，认为童话既应献给儿童，也应受到成人的青睐。正如罗丝·吴尔在童话中教诲世人的，认识儿童，就是认识你自己，童话的创作像成人创作一样，体现着历史发展和一般社会进步带给人的自觉。

上引的一段描写，还有一个显然具有互文性的关联，就是耶稣的“登山宝训”中关于“爱仇敌如爱邻人”的讲道。“不要与恶人对抗，有人打你的右脸，把另一边也转过来让他打”，[②] 所以才有“把我另一只眼睛也取下来，拿去给她”的话。总的说来，王尔德在童话创作中真实地敞开了自己的心扉，让灵感和笔触从自己的内心深处流出，这才有了童话里感人的描写。这种牺牲精神在他的很多童话里都曾出现过，连成一片，就汇成了一种声音：

人子来，不是要受人服事，而是要服事人，并且要舍命，作许多人的赎价。[③]

如果从人类伦理的起源看，它的历史远比民族宗教、神学宗教早得多。人们从中石器时代出土的人类埋葬遗迹就已看到了确切的人类

① 奥斯卡·王尔德：《王尔德全集》第一卷，赵武平主编，荣如德、巴金等译，中国文学出版社，2000，第343–344页。

② 见《新约圣经·马太福音》5:39。

③ 见《新约圣经·马可福音》10:45。

伦理表现。其中包含的人类之爱远比这种灵魂关怀的伦理意识早得多。按照古生物学理论，人的亲子情感反应早在进化史的鸟类时代就已形成了。如此悠久的爱与伦理，进而和美联合起来，或者说，在美的意识的促进下发展起来，进入到文明时代，早已汇成了人类文化的洪潮。

所以，艺术和爱是天然联系的关系，而爱的本质决定了它的利己和利他性质的统一，是最基本的人类自由需求。为此，人的成长史将爱植入人性的深处，让它始终发于心。如若不然，它无法保全，也无生命和价值，人类便无以存在。艺术同理，很多好的题材，只因无艺术内涵，无艺术所要求的美和爱，便流于对他物的追求和满足——功利、政治、财富、权势、争胜等，于是出现了大量伪艺术，而那些浸透了大爱、挚爱的文化表征和艺术品则千古流传，永生不息。

艺术的爱又有别于宗教的爱，它与宗教分领两界，又密切相关。人们知道最早的审美艺术主要是从原始宗教中诞生的，但是这个母体所生者却在长成后独立而行，建立了自己的领地。所以，无论哪种宗教，它们都还保留着美的因素，而艺术也带有明显的信仰痕迹。

尽管如此，艺术和宗教的对立与冲突是显而易见的，一个向往此生，一个寄托死后；一个歌颂凡人，一个崇拜神灵；一个以美为宗，一个以神为圣；一个属意感性，一个杜绝诱惑；一个以人为大，一个以神为主；一个拥抱肉体，一个仰望祭坛……所以，爱与宗教既相互激发，又相互扞格。王尔德的童话所描绘的爱的图景，便属于和民间审美文化、民间育儿文化以及原始信仰相关联的叙事艺术。

论及这个议题，不能不触及各种意识形态的伦理立场。在以往的时代，人类经历过相对和谐的所谓黄金白银时代，也经历了漫长的青铜黑铁时代，至今未止。其中人类自相侵害的历史不可谓不惨烈，这样的现实总是遮盖住人类文明执意追求的方向和前景。例如，人们在陷入仇恨和争斗时，总要把丧钟为谁而鸣抛在脑后，把哲学上的人的本质和人的历史发展水平束之高阁。于是，把自己变成了动物。

事实上，从宗教信仰和精神依托的角度看，王尔德一生也没有中断过对于基督教各宗的抉择和犹疑，正如从传记学和心理学的角度看，王尔德一生也没有完全摆脱童稚天性的纠缠。他在童话里抒发自己对天国的期盼，正如他在童话里表明他乐于像儿童那样保持天真和单纯，乐于用天真和单纯传播自己的理想和信念。因为他相信，把童话写得很美，写得很虔诚，就会使孩子们以及他们的家长们受到美的教化，从而改变人性，改变社会。

这样说是不无根据的。步入成年的王尔德不仅在书信中一再和友人谈起自己在新教和天主教之间的彷徨，也始终在世俗生活中洋溢着童话情愫，从当时他人的记载中可以看出，他的童心情结已经达到沦肌浃髓的地步：

在说到布雷辛顿夫人不幸的爱情生活时，他变得真像抒情诗人一般令人沉醉，他奇妙的嗓音如歌唱一般动听，渐渐变得悲天悯人，听上去宛如中世纪小提琴空谷足音般明丽而沉郁。此时此刻，这个英国人已到达艺术怪异派门前。他是以纯真达到的，胜过了极受尊崇的人性颂歌的表达力量。[①]

所以，他的童话创作出自他的童心，也产生了唤起童心的效果。他在童话里描绘的美感、悲剧、民间立场、伦理态度以及批判锋芒，都是他人生斗争的武器，是他在美的启蒙中向儿童读者灌输审美的种子，向成人读者灌输反思，让他们在回味童年记忆中产生真正的自我塑造作用的结果。从这个意义讲，童话创作才是真正迎合王尔德本人的性情和理想，也更好地发挥了他的优势。

从艺术形式的角度看，这是一部形式感十分强烈的作品。童话中有一个张力的对比、一个渐进的节奏和一幅悲剧性的图式。童话的意味和题旨就从这节奏和图式中得到呈现，即王子塑像的静止与燕子的飞动（两重，一个是遥远的尼罗河两岸远景，那里有古文明，遥远的、

① 让·约瑟夫·雷诺：《旨趣集·序言》，载赫伯特·洛特曼《王尔德在巴黎》，谢迎芳译，作家出版社，2011，第 44 页。

来不及救难的远景；另一个是伦敦城上空，眼前的急难），燕子的南归之心逐渐消失，以及王子和燕子的牺牲和最后毁灭。

还有一个方面也很说明王尔德的童话创作成就，就是他在讲故事方面的特长。他喜欢讲故事，生前也常在社交场合发挥所长，他的叙事作品都有很强的故事性，这些现象都表明他不仅童心犹在，直至盛年未泯，而且乐于以此影响他人。

故事在亚里士多德的著作中是用“情节”来表示的，而且被当作戏剧的基本成分。直至今日，几乎所有的叙事作品研究者都十分重视故事要素。例如，福斯特在他的《小说面面观》里，专门讨论了小说中故事的问题（但巴赫金把故事看作话语之下的要素）。故事就这样成了一个说不完的故事。而童话中的故事，尤其举足轻重，因为儿童的天性就是好奇，好听故事，故事的悬念性、曲折性、新颖性最能满足儿童的心理需求。儿童如果不好奇，不好听故事，也许就不会成长了。

然而，故事的定义与情节不同，因为故事通常是比较朴素的，比较注重教训意义。它“关心的只是事件发展的过程和结果”（艾布拉姆斯《简明外国文学词典》1987，327）。作为叙事艺术的常备成分，人们可以把故事看作情节的骨架，或未经刻意加工的情节的原材料，尽管它并非作家取自生活的原材料。

从这样的理解来看，《快乐王子》的故事是极其单纯的，无非就是一个会思考有感情的雕像王子，要救助他看到的苦难人生，可是他做不到，只好请求燕子的帮助，最后燕子帮助王子实现了心愿，但他和王子一道失去了生命，如果没有上帝的眷顾，他们就都会被弃若敝屣。

经过了王尔德的雕琢和渲染，这个故事变得格外丰满起来。事件没有改变，但增添了开头和结局的对比性；时间的维度没有改变，但增添了时间流逝给王子和燕子造成的改变；主要人物没有改变，但他们的对话和动作的含义，特别是他们借此流露出的心理活动的含义，都使他们的形象丰满起来。从总体上看，经过刻意的情节构思和加工，完整生动的事件发展和行动过程中包含的曲折变化都极大地增添了作品的容量，且产生了美感悦人、悬念诱人、情感动人、节奏逼人、形象令人心生崇敬的审美效果。

如果说故事是小说、童话、寓言等叙事艺术的构成要素，那么构成故事的要素，即故事的构成要件，就决定了故事的存在与否。这些故事要件作为构成故事的基本条件和材料，至少包含时间、地点、人物、动因、行动、冲突、结局等。它们一旦进入故事，就会形成完整的事件和行动。这个或这些完整的事件和行动经过作家的雕琢、设计、安排调度等加工过程，就会改变原来的无个性特征，带上作家的叙事技巧和叙事观点，同时成为矛盾冲突的体现物，构成情节的主要形式，体现叙事者的意图并以此赋予叙事作品相对稳定、清晰的主题意义。

至于作家用怎样的形式手法和表现技巧来完成情节的加工过程，不仅涉及创作动机和审美理想，涉及故事、事件、行动以及活动于其中的人物，还涉及不同体裁样式的传统和作家想象中的读者对象的接受条件。于是，那些构思中的道具，如突转、发现、悬念、谶语、伏笔、暗示、视角、话语、声音、插曲等就纷纷登台表演了。结果就是作品的不同艺术风格的产生——传奇性、想象性、夸张度、虚构度、渲染度、表现力度、曲折性、意外性、巧合性、悬念性等效果，以及不同的处理方法——动物化、拟人化、叙事顺序、材料取舍等，便成了完成作品结构的组织手法。

在整个创作过程中，故事是否适用，要由作家来判断。王尔德选择王子的故事，而且从忧伤的王子写到快乐的王子，就表明他并没有因为故事的简单朴素而放弃构思，而是从朴素中见出了丰富，从简单中见出了复杂。正如他自己所主张的，一旦经验被形式吸收，形式就远离了经验材料，甚至变得与材料无关。于是，这篇童话所包含的张力、图式、总构想，以及由此网络而来的各种细节，就共同形成了感人的画面，透露着高尚的主题。这些效果的确与王子还是贫儿、燕子还是鸽子，都没有什么必然联系了。

这些创作方面的问题，都有艺术的法则和规律作为依据，很可能符合王尔德童话创作的实际过程。所以，只要人们把王尔德的童话与他的个人倾向、艺术理想、创作动机、个人能力，以及他所面临的现实要求、世界形势结合到一处，做出综合的判断和客观的梳理和总结，自会增进对其作品的理解。

二、空虚的爱与实在的爱

《夜莺与蔷薇》(1888)讲述的是一只夜莺为了爱情献出生命却没有得到任何回报的自我牺牲的故事。和《快乐王子》一样，表面上看是不同物种之间的爱，实际上表达了人与人之间对爱的不同信仰。

在这篇简短的童话故事中，王尔德用了较大的篇幅来描写夜莺为爱情献祭使蔷薇花绽放的这一过程。第一个阶段“她起初唱着一对小儿女的爱情……”；第二个阶段“她正唱着一对成年男女心灵中的热情……”；第三个阶段“她唱到了由死来完成的爱，在坟墓里永远不朽的爱”。

王尔德用“雾”“晨光”“黎明”“镜中影”“新郎吻新娘时脸上的红晕”“由死来完成的爱”“不朽”这些词语来形容由夜莺的血液和爱情之歌滋养而生的蔷薇，用“响亮”“激昂”“回声”来描述夜莺歌声的变化，王尔德用逐级递进的叙述形式细腻地刻画了夜莺歌唱人们情窦初开的朦胧、情投意合的怦然心动以及情到深处的至死不渝。蔷薇的颜色由浅变深象征着爱情由青涩变得成熟，夜莺越感到心痛它的歌声却越发嘹亮，这些变化和反差从视觉、听觉和意象多个角度刺激读者的感官。“通感”修辞手法的巧妙运用能够促使读者在脑海中勾勒出一幅令人动容的唯美画面：在清冷的月光下，一只漂亮的小夜莺在奋力地将蔷薇刺抵进自己的胸膛，一边忍痛给冻枯的蔷薇树枝注入鲜血，一边放声歌唱自己的爱情信仰，荡气回肠的歌声响彻夜空，从芦苇丛传到大海，仿佛要让全世界听到一样，就连明月都被震撼到忘记落下……

在夜莺的心目中，“爱情真是一件了不起的东西。它比绿宝石更宝贵，比猫眼石更值钱。用珠宝也买不到它。它不是陈列在市场上的，它不是可以从商人那儿买到的，也不能称轻重拿来换钱。”[1] 象征爱情的红蔷薇是值得用生命和鲜血去浇灌的，世俗中的一切价值连城的东西在爱情面前都黯然失色。而青年学生根本无法感知夜莺对他的爱，甚至不好奇冬日里那朵红蔷薇的由来。讽刺的是，当学生兴冲冲地将手中的红蔷薇递给女孩，邀约她跳舞时，女孩却皱着眉不留情面地说：“我怕它跟我的衣服配不上，而且御前大臣的侄儿送了我一些上等珠宝，谁都知道珠宝比花更值钱。”[2]

当女孩为了珠宝放弃了红蔷薇，为了更有财富和地位的官宦子弟拒绝与青年学生跳舞时，学生咒骂女孩“忘恩负义”，然后，随手把花丢弃，红蔷薇刚巧落入路沟，一个车轮在它身上碾了过去。夜莺用生命和鲜血换来的红蔷薇就这样被轻易地糟蹋了。学生对女孩何来的“恩义”呢？他以爱情的名义轻易地摘得了红蔷薇，却从未真正珍惜过夜莺用宝贵生命换来的爱之花。无论是学生还是女孩都从未思索过为何红蔷薇能在寒冷的冬日绽放，即便红蔷薇近在咫尺，甚至被握在手心里，他们依然对“真爱”视而不见，只顾把目光投向了自己的欲望。

掌握一切学问秘密的青年学生的爱情是脆弱的，他会因为找不到一朵红蔷薇而无法邀请自己爱慕的女孩跳舞就感到生活不幸，他没有努力设法用其他美的事物去打动心爱之人。而夜莺不顾蜥蜴、蝴蝶和雏菊对陷入爱情烦恼的学生的讥笑，为了她爱的人四处奔波，不辞辛劳地问遍了白蔷薇树、黄蔷薇树，最终找到了红蔷薇树。当蔷薇树告诉她：“要是你想要一朵红蔷薇，你一定要在月光底下用音乐造成它，并且用你的心血染红它。你一定要拿你的胸脯抵住我的一根刺来给我唱歌。你一定要给我唱一个整夜，那根刺一定要刺穿你的心。你的鲜血也一定要流进我的血管里来变成我的血。”虽然夜莺深知“拿命来换

---

① 奥斯卡·王尔德：《王尔德全集》第一卷，赵武平主编，荣如德、巴金等译，中国文学出版社，2000，第 348 页。

② 奥斯卡·王尔德：《王尔德全集》第一卷，赵武平主编，荣如德、巴金等译，中国文学出版社，2000，第 353 页。

一朵红蔷薇，代价太大了”[①]，虽然夜莺留恋阳光、月夜，舍不得山楂、桔梗和石南花的香，但是一想到人类圣洁、忠实的爱情，夜莺便觉得自己的生命微不足惜了。

夜莺虽然弱小，但是她的爱是神圣而坚定有力的，因为在她的眼中，无论是哲学还是权利，在爱情面前都黯然失色。她的爱是无私的、不图回报的付出，她唯一的要求就是希望青年“做一个忠实的情人”，她可以为了爱情忍受钻心之痛。而青年却在被女孩拒绝后立刻觉得爱情是无聊且无用的。青年男女都崇敬爱情，但是在现实面前，世俗的爱情往往是不堪一击的。

朱亚兰在《真善美的陨落——〈夜莺与玫瑰〉的意象解析》中，说到青年形象的引申意义时谈道：

> 正如童话中的年轻学生一样，维多利亚时代晚期那些所谓的文人和艺术家们也怀揣梦想，追寻文学艺术的至美境界，但当面对困难和挑战时，他们只会逃避，消极地接受世俗与命运，而不做任何尝试和努力。[②]

在维多利亚时代后期，很多文艺家、哲学家没有直面困难的精神，童话中的青年形象不仅讽刺了这些人的孱弱，也代表了现实中不敢追求爱情、无法坚贞不屈地肯定爱情意义的墙头草。

与描绘夜莺为爱情牺牲自己的篇幅相比，描写青年学生因被女孩拒绝便丢掉红蔷薇、放弃爱情的篇幅要短得多，这种叙述比例的落差更显得夜莺用生命讴歌的爱情之花在青年学生和女孩心中是那样的一文不值。神圣的爱是付出、是奉献，不是权衡利弊后的选择，而青年学生和女孩的世俗之爱从本质上讲是一种价值交换和利己的索取。

---

① 奥斯卡·王尔德：《王尔德全集》第一卷，赵武平主编，荣如德、巴金等译，中国文学出版社，2000，第 349 页。

② 朱亚兰：《真善美的陨落——〈夜莺与玫瑰〉的意象解析》，《海外英语》2013 年第 22 期。

人类的爱情总是附加很多条件，而夜莺却爱得更加勇敢、纯粹、无我，它能够用生命献祭给她所信仰的爱情。在青年学生眼中，夜莺只是一只“没有情感、只关心音乐，没有一点实际好处”的鸟，他仅仅能看到夜莺的外表却无法感知她的内在。[①]实际上，夜莺即便知道即将为爱而丧失性命也心甘情愿、义无反顾地为成全它所爱青年的爱情而奉献自己最宝贵的生命。在她看来，生命固然宝贵，但是忠贞的爱情胜过生命。夜莺信仰的爱情远非青年学生和女孩心中的庸俗爱情所能比拟。

夜莺对爱情的理解和执着不禁让人联想到王尔德对道格拉斯的爱。二人的感情是不被维多利亚时代的人们所理解、接受的，甚至道格拉斯本人也未曾真正理解王尔德生前对他的爱。王尔德忍受着道格拉斯的自私、反复无常的性格，任由他占用自己的时间和精力、挥霍自己的金钱和名誉。当道格拉斯怂恿王尔德以“诽谤罪”控诉他的父亲时，王尔德甘愿为道格拉斯这个“浪子”“逆子”血洗耻辱，正名于天下。他就像一个希腊悲剧中的英雄，以自我牺牲的精神悲壮前行，最终不得不接受身败名裂的命运。

王尔德与道格拉斯的离经叛道使和他们同等阶级的人感到恐慌，王尔德做了一些人想做而不敢公开做的事情，从而引起这些人对王尔德的仇恨。然而，王尔德在得知自己即将败诉、面临牢狱之灾的时候没有选择逃跑，他像夜莺一样，虽然因无助而痛苦和绝望，但还是毫不犹豫地选择留下来独自承担一切后果，他的勇敢和执着反而赢得了一些敌人的尊重。随着时间的流逝，越来越多的人开始改变对王尔德的态度，从厌恶、对立转为同情，甚至呼吁政府为王尔德减刑。

心理学家弗罗姆曾经说过，所有瘾品的本质，都是让人忘记与这个世界的联系，从而忘记这个世界对他的抛弃。夜莺的生活与世无争，唯独对爱情有着至死不渝的坚定和执着。王尔德在出狱后，依然抑制

---

① 奥斯卡·王尔德：《王尔德全集》第一卷，赵武平主编，荣如德、巴金等译，中国文学出版社，2000，第351页。

不住自己的感情，不顾友人的劝阻重新和道格拉斯走到了一起，此时，身败名裂的他深知自己已经陷入众叛亲离的境地，但他依然不舍心中的这份爱，继续选择以这样被世人所不齿的姿态苟延残喘地度过生命中的最后一段时日。

《夜莺与蔷薇》和中国古代的神话故事《望帝化鹃》在叙事形式上有异曲同工之处。望帝杜宇是远古时代蜀国的人人爱戴的好国王，他关心百姓，教导蜀人种庄稼，时常叮嘱人们抓紧天时季节农耕作业。有一年长江发大水，一个被打捞上来的尸首死而复活，名叫鳖灵，因此人聪颖且懂得水性，望帝便封他为宰相。当又一场洪水暴发时，鳖灵用大禹治水的方法解除了水患而立功，望帝禅位于他。望帝死后，化作了杜鹃鸟（又名杜宇）。鳖灵的王位传到十二世就被秦国吞并了，眼看故国破灭却又无计可施，杜鹃鸟只能将怨恨化作声声悲鸣。

在每年桃花盛开的二三月对着清风明月叫道："不如归去，不如归去。"蜀地百姓一听见杜鹃叫，就会说是望帝又在怀念故国了。后来，民间也有把杜鹃的叫声听成"快快布谷，快快布谷"，意为望帝提醒人们及时在春季耕种的说法。杜鹃不停地叫，嘴巴啼得流血，鲜血洒在大地上，染红了漫山的杜鹃花，以此也有人把这个神话命名为《杜鹃啼血》。[①]

无论是王尔德的《夜莺与蔷薇》，还是中国的古代神话《杜鹃啼血》，其故事的叙事形式都是借助大自然中动植物的美来反衬人类社会的丑，运用大量的拟人手法将夜莺对青年学生舍己为人的爱和杜鹃对故国黎民百姓的博爱展现得淋漓尽致，而这恰恰与它们的弱小的身躯形成了强烈的反差和对比，这两种爱在鲜红的蔷薇花和杜鹃花的映衬下更加唯美。

① 金麦田：《中国古代神话故事全集》，京华出版社，2003，第 175–176 页。

三、天地之间的向善之行

《自私的巨人》（1888）是王尔德的童话名著，深得读者喜爱，也为学界所盛赞。

春和冬会因孩子们的到来和离开在花园中神奇地交替，王尔德用不同的颜色勾勒出园中花草树木在不同季节中形色各异的变化，仿佛这仅有的两个季节也有生命和使命。在描绘每一处花草树木的生长，雪、霜和雹的样态，巨人的行为和神情，以及来花园玩耍的小孩时，王尔德将大量的形容词和动词同拟人的修辞手法相融合，进行了细致入微、充满想象的刻画——如果把以往的很多童话故事比作静态的绘本，那么王尔德笔下的《自私的巨人》则是帧帧相扣的动画，随着文字叙述的展开，动态的画面立刻浮现在眼前，这种叙述形式很容易使读者产生身临其境的感觉，其鲜活、细腻、逼真的艺术效果和拉斐尔前派的绘画风格有异曲同工之妙。

每个民族、每种古老的文化都在其艺术作品中展现了对颜色的理解，在基督宗教中，颜色也具有至关重要的作用。

颜色以及颜色构成的画作凭借其直观的品性，也就是能够被直接捕捉、直接感知的特点，更有一种直接的感动力、推动力，这不仅对于文盲的，或者文字素养（阅读素养）较低的信众而言尤为重要，而且对于早期基督宗教在传教时期，在新进入的地区传布其思想和信仰时也至关重要……在这个意义上，色感极强的画像也被视为一种重要的认知工具。画像的颜色（色彩）结构不仅能够直接激发宗教的情感、宗教的虔敬（对神明的敬畏等）、社区人的心灵和意识，甚或直取人心，色彩不仅能够牧养人的眼睛、滋润人的身心，而且能够将人领入冥想的国度，能够在不经意中、在不知不觉中将赞美上帝的窃窃私语颂入人的心灵，而且还能够直接运作出，并且深化对于神学、哲学思想的思考与汲纳。[①]

如果说颜色对成人或下层信众的感召力是格外强大的，那么它对儿童所产生的影响往往就更加深刻而难以磨灭了。所以，人们从儿童的形象思维和文字思维的关系，说过如下的话：

儿童的思维发展是从具体到抽象的。儿童在发展初期，形象思维多于概念思维……[②]

一个儿童如果盲目地去阅读《圣经》，那么他们只知道那是上帝的话，并不理解里面讲的意思，脑海里不会形成宗教观念。[③]

处于蒙昧状态下的儿童无法进行理性思考，他们往往是通过不断地问“为什么”来找寻各种外界刺激的含义，从而逐渐提高认知水平。成人通过阅读《圣经》来学习基督教的观念，但是其中大部分的文字内容已超越了儿童的知识范围和理解能力范畴。

童话的内容和形式是切近儿童心理特质的，《自私的巨人》中丰富的色彩、夸张而又生动的形象、充满神秘的情节以及动静结合的视觉效果所构成的唯美画面是另一种形式的文本，它会直击儿童的心灵，不仅易于激发他们的想象力、满足他们的好奇心，而且能够给予他们对画面中宗教意象的启迪和朦胧的审美体验。

在《自私的巨人》中，王尔德写的第一句话就明确地把“花园”设定为整篇童话的叙事情景，将读者的感知与联想牢牢地框定在这个范围内。紧接着，在第二段细致地描绘了花园中的景象——柔嫩的青草、星星似的花朵、在春天能开出淡红色和珍珠色鲜花的桃树，还有唱出悦耳歌声的鸟儿和互相欢叫、玩耍的孩子们。

---

① 赵敦华：《外国哲学第 25 辑》，商务印书馆，2013，第 58–65 页。

② 陈鹤琴：《陈鹤琴家庭教育家长使用手册》，南京师范大学，2019，第 259 页。

③ 田学超：《家庭是孩子最好的学校：约翰·洛克的家庭教育》，中国社会出版社，2017，第 172 页。

在希腊人的眼中，花园既是地上的神所，又是生命力勃发的圣地。

希伯来语中的“伊甸”一词，本义是“丰盛、欢乐、愉悦”，因此我们也可以将伊甸园阐释成“欢乐之园”。之后出现的那些为神所中意的神圣园地，也无疑不是充满乐趣的奇妙之所。[①]

王尔德笔下巨人的花园无处不展现着生命力和神圣的意象，除了有富含宗教象征意义的色彩之外，还有园中那十二棵桃树。在《格林童话全集》中也有与“十二”这个数字相关的故事——《十二使徒》，讲的是一位妇人在基督诞生的三百年前生下了十二个儿子。在一个天使般的小男孩的引领下，这十二个人在山洞里沉睡了三百年，直到救世主耶稣降生才醒来，他们成为耶稣的十二使徒。

与《十二使徒》相比，王尔德的叙事更加婉转、唯美。在巨人的花园中，每一棵树都渴望孩子的到来，每当有孩子坐在自己的身上，树就会开心地开出花朵，当一个小孩因为矮小不能爬上树时，他身旁的那棵树就无法摆脱霜、雪的缠绕，仿佛只有树和孩子合为一体才能产生一种使得冬去春来、万物复苏的神奇力量，就如同圣父、圣子同在所形成的生命力一样强大。

在这种神奇力量的感召下，巨人会为那个最矮小、因爬不上树而哭泣的孩子而感到内疚。当他将孩子举上树、从原来的拒绝他人进入花园转变为欣然地给孩子们打开大门，他的心扉也随之敞开，他自私的灵魂得到了净化。

在这篇童话的结尾处，巨人所爱的那个最矮小的孩子在一个冬季的早晨再次出现在花园里，他的两只手掌心和两只小脚背上各有一个钉痕，这自然会让读者不禁联想到基督受难时被钉在十字架上的画面。这一次，小男孩没有哭，反而安抚因心疼而愤怒的巨人，告诉他那是

---

① 埃丝特勒·普莱桑·索莱尔：《缪斯的花园》，杨松石译，华中科技大学出版社，2020，第 13 页。

“爱的伤痕”。

“那么你是谁？”巨人说，他突然起了一种奇怪的敬畏的感觉，便在小孩面前跪下来。

小孩向着巨人微笑了，对他说：“你有一回让我在你的园子里玩过，今天我要带你到我的园子里去，那就是天堂啊。”

那天下午小孩们跑进园子来的时候，他们看见巨人躺在一棵树下，他已经死了，满身盖着白花。①

结尾几段的叙述，让读者确认了之前关于基督意象的种种猜测和联想——孩子虽然矮小，但他就是耶稣的化身，即便是高大的巨人也甘愿臣服于神圣的救赎力量。小孩、花园的再次出现与前文的叙述构成了形式上的前后照应；同时，与基督和天堂之间也产生了强烈的互文性。

在王尔德的童话中经常会出现死亡和生命陨落这样的画面，即便如此，他依然要以美的形式呈现——巨人死后，身上盖满了白花。前文已经分析过，白色象征着纯洁，象征着巨人的灵魂得到净化，巨人被白色花瓣覆盖全身，犹如穿着一件圣洁的外衣。他死时正值冬季，而小孩们在他死的那天下午又跑进了花园，他们的出现预示着冬去春来，读者可以在脑海中延展出巨人被周围万物复苏的景象所环绕的画面，这种唯美的死亡意境不会令人感到丝毫的恐惧。

在《王尔德的儿子》一书中，维维安写道：

那时候的大多数父母对他们的孩子都太过严肃和自负，坚持要求得到大量通常不应得的尊重。我的父亲则完全不同。他天生就是个孩子，喜欢玩我们的游戏。他会四肢着地，轮流躺在育儿室的地板上，变成一头狮子、一头狼、一匹马，对他平常的生活毫无兴趣。

① 奥斯卡·王尔德：《王尔德全集》第一卷，赵武平主编，荣如德、巴金等译，中国文学出版社，2000，第358页。

西里尔有一次问他为什么当他给我们讲述《自私的巨人》时他的眼里会噙满泪水，他回答说："真正美的事物总能令他流泪。"

我父亲生活在他自己的世界里；也许这是一个人造的世界，但在这个世界里，真正重要的东西只有艺术和各种各样的美。这给了他对传统的恐惧，而这种恐惧最终摧毁了他。[①]

王尔德是一位身形高大却又童心未泯的作家，在他自己营造的花园般的世界中，他仿佛是一个与世隔绝的巨人，无论是在穿衣打扮方面，还是在家居装饰方面，他都试图追求美的表达。他在有生之年所倡导的唯美主义没有完全被世人所接受和理解，但是如今人们已经为王尔德正名，其作品中的美学价值得到了越来越多的人的认可。花园中的巨人在去天堂之前臣服于基督耶稣，而王尔德在他临死前皈依了天主教，虽然在现实中王尔德死得并不体面，但是他对死亡唯美意境的追求在其创造的童话世界中得到了实现。不得不说，这种作家与其作品中主人公命运的暗合也十分耐人寻味。

---

① Vyvyan Holland, *Son Of Oscar Wilde* (Carroll & Graf Publishers, 1954),pp. 52–54.

第五章 王尔德喜剧的精致结构与伦理叙事

第一节　王尔德喜剧中的叙事因素特征

王尔德一生共创作了四部喜剧、三部完整的悲剧，以及两部不完整的悲剧片段。文学史上之所以将王尔德称为戏剧家，主要因为他创作过优秀的喜剧作品，它们是《一个无足轻重的女人》(1892)、《温德米尔夫人的扇子》(1892)、《认真的重要性》(1895）和《一个理想的丈夫》(1895)。

首先人们需要在文体上确定它们的体裁特征。喜剧通常按风格与格调分为高雅喜剧、轻喜剧两种，或高级喜剧、低级喜剧两种。还有一种就是按照喜剧的题材或主题做出的划分，即爱情喜剧、讽刺喜剧、风俗喜剧、闹剧。不过，在喜剧大家族中，还有很多更细致的分类，如按场幕多少所做的划分、按类型混合所做的划分等。

从这些分类中可以看出，喜剧的体裁可以很丰富，而风格与格调也可以千奇百怪。王尔德的喜剧出自古典美学理想和唯美主义艺术追求的兼收并蓄，加之他本人拥有各种丰富的艺术交流机会和剧场经验，自然就会拥有较大的自由创作空间。

即便如此，按照通常的理解，王尔德这四部喜剧在艺术风格上更符合高级的、风俗喜剧的类型，所以，本书就把它们当作风俗喜剧看待。由于它们表现出罕见的一致性，所以在分类上也就不存在异常纷杂的情况了。

文学理论家艾布拉姆斯的意见也是如此，他在解释风俗喜剧的沿革时，将王尔德喜剧列为风俗喜剧，而且具有承前启后的重要作用。从古希腊的新喜剧，到莫里哀的讽刺风俗喜剧，到王政复辟时代喜剧，到哥尔斯密、谢立丹的启蒙性喜剧，直到王尔德的伦理论辩性的风俗喜剧，以及其后萧伯纳等人的社会讽刺意味的风俗喜剧。[①]

值得赞佩的是，王尔德本人对于戏剧艺术的本体论意义是有清醒的认识的。他用自己掌握的美学理论和批评经验分析戏剧艺术的构造和原理，不仅对戏剧，而且对各种艺术样式之间的存在依据和运动机制达到了当时较高的认识水准。从王尔德的四部喜剧的结构可以看出，在行动方式，也就是冲突或情节类型上，它们都是由上层社会的人家发生的爱情与道德相交织的矛盾冲突构成的，以他们因遭遇坎坷或意外而被误解、被打击、被侮辱为喜剧困境，最后又以他们的解脱、改变、觉醒、悔悟、获救并由此摆脱困境，从而得到幸福为结局的。

在行动的背景，也就是情节展开的空间方面，大多都以贵族或有产者的客厅、花园为情节展开的环境，空间相对封闭，有利于集中人

① M.H. 艾布拉姆斯：《文学术语词典（第 7 版）》，吴松江等编译，北京大学出版社，2009，第 79 页。

物活动、呈现对话关系、限定冲突的范围。当然，这也就决定了人物的身份与关系，他们很少存在致命的冲突，但也不会像很多娱乐性加上劝善性的的风俗喜剧那样，限定在无关痛痒的日常矛盾纠葛上。

最主要的是，由于戏剧冲突全都限定在相对稳定、一致的舞台背景和戏剧空间中，而情节展开的时间又相对紧凑，通常不超过一天，所以整个戏剧的物理结构便显示了时间上的压缩和空间上的有限延展等特点。这种情形带给矛盾冲突和人际关系的影响，便是不受干扰地充分发展，直至顶点，然后在一个相对开放的尾声中结局。

众所周知，戏剧艺术是综合表演艺术，它的摹仿方式固然如亚里士多德说的那样，要借助各种媒介作为表现手段，在相互配合中表演一个完整的行动。但是他没有强调诸多戏剧成分之间如何协调的问题。事实上，戏剧的即时性和现场性决定了它在很大程度上要像一支战场上的军队一样，配合默契、相互激励，才能打出水平，取得胜利。整个剧场、舞台之内，包括观众，唯有演员才是真正的核心，他们之间的相互动作就是戏剧的精髓所在、力量所在。

既然在王尔德喜剧中，对话艺术占据重要地位，那么，作为调度、调节这种有限时空和强突情节发展之间矛盾的工具，人物对话便承担了大部分喜剧表现的重任。这些个性突出，甚至突出到偏执程度，又各呈其妙，这种人物对话既是情节性的因素，又是主题性的因素。也就是说，对话是行动，它们在整个戏剧进程中起着润滑油和推动力的双重作用。同时，还有一个极为重要的方面需要仰赖人物对话，那就是人物刻画。人物的特征取决于行动，行动的起因、动机、目标、过程等都需要对话或主要依靠对话来完成，所以，人物对话对刻画人物形象起到举足轻重的作用。而人物形象的特征及其行动的意义，则构成了人物乃至整个戏剧引发观众审美心理反应的主要理由。

当然，这些人物形象具有怎样的个性、原有状态怎样，有无转变或转变的机制何在，都反映了作家审美意识支配下的认知方式和观念变化，它们在作家的不同关注、不同生活境遇、不同需求影响下也呈现出不同的样貌。这些贯穿整个戏剧的内在机制，正是由王尔德本人的生活方式和创作方式所决定的。他曾表示过，除了社交场合，如沙龙或画室、书房之外，他基本上很少有机会接触社会，也很少从中获得创作素材。

上述戏剧结构的特性，就决定了行动的方式主要以对话为主，很少出现激烈的对抗性的外部行动，也就是说，在喜剧形式和喜剧氛围的掩盖下，到处都透露出某种程度的悲剧色彩。但是这一切都被包围在观念冲突中，对话所表达的观念代表着人格和社会力量，观念即人，具有建构功能，这种观念本身就带有明显的贵族化或精英化色彩，与王尔德的思维习惯和价值尺度相一致。

尽管上述特性看上去与传统喜剧，特别是17世纪王政复辟时代的矫情喜剧和18世纪启蒙时代的高雅喜剧多有相似之处，尤其在情节冲突的展开方面极尽技巧构思之能事，但王尔德喜剧并未落入传统窠臼，没有满足于轻松调笑的矛盾性质和喜剧效果，反而这些喜剧大多具有极为现实的矛盾性质，以及强烈的主观立场冲突，时刻都会在轻松风趣的喜剧氛围下激起观众对于紧张冲突的预感，甚至迫使观众在这种感受中情不自禁地将自己摆进喜剧冲突中去，接受审美的、道德的拷问。在这方面，只有《认真的重要性》建立在情节的巧妙编织和爱情的风趣戏谑基础上，没有触及真正严肃的主题。

关于王尔德如何在喜剧中利用自己的对话才得以创造氛围、传达情趣、表现个性、颠覆善恶，直至暗示主旨，理查德·艾尔曼有过集中的表述。他说：

王尔德灵巧地利用文字的重新评价，使善恶易位。甚至社会罪恶比殉难之举更为有用，他说，因为社会罪恶是自我表现而不是自我压制。人的目标就是解放个性，真正文化到来之日，罪恶就会成为不可能，因为到那时灵魂将能够变形成为更丰富的经验的因素，或更美的敏感性，或更新的思想的、行为的、感情的样式，这对于平民百姓会是普通的，或对于无教养的人会是低级的，或对于可耻的人会是恶劣的。这危险吗？是的，危险——正如我曾经告诉过你们的，一切意见都是危险的。

……

如果我们大家都不诚实，都戴假面具，都撒谎，那么艺术家就是典型而不是例外了。如果群羊都是黑的，那么艺术家不是白的，就不能受责怪了。这种开脱无罪的说法，暗示于王尔德《莎乐美》以后的三个剧本之中——《温德米尔夫人的扇子》《一个无足轻重的女人》《一个理想的丈夫》。王尔德允许他的人物犯罪，但并不比别的人物更犯罪，而是在他们的错事中更为勇敢。①

由此可见，对话的功能不仅在于戏剧形式，更牵涉到戏剧内涵，尤其是那些语惊四座的对话，时常以惊人的批判力量将世俗见解和正统规训打翻在地。这些崭新的戏剧因素既是王尔德的戏剧令人耳目一新之处，又是他宣传自己道德主张、艺术理想的有力工具。

在喜剧效果上，既然在每一部喜剧中都活跃着一个或更多伶牙俐齿的谈话家，那就毫无疑问地表明，王尔德是刻意要借人物之口引起争论、展开思想交锋，将观念、信仰、主张、情感甚至想象，统统聚拢过来，铺展成一个时代生活新战场。所谓笑的毁灭性力量，大抵来自于此。

王尔德喜剧中的道德与艺术主张，和当时的社会现实既有相互需要，又有相互抵牾之处。这里首先存在一个艺术与生活的关系问题。即便王尔德的个性中包含着丰富的爱尔兰人的感性气质和想象力，适合于戏剧表演的各种要求，但是若没有维多利亚时代后期的社会环境和文化氛围，没有热爱戏剧艺术的观众，他也一事无成。

那么，哪些时代生活方式的因素给予他以喜剧创作的条件？本书理解，首先是当时急剧变化的物质生活方式和思想文化心态。在这种剧烈的现实变革带来的压力下，几乎每个人——当然，首先是文化人和上层知识分子，以及青年一代，都像空间中的分子一样，在巨大能量的冲击下，发生程度不同的自我人格动摇和分化，从而给各种人性深处的面目以展示的机会，给固有的个性造成倾斜乃至崩塌的危机。

① 理查德·艾尔曼引言：王尔德《作为艺术家的批评家》。

这就为喜剧艺术创造了前提性的条件，既是素材的，也是观众的条件，剩余的就是喜剧作家的创作冲动和创作能力的“东风”了。

其次，这里还存在一个喜剧的历史发展水平的问题。这里不是指艺术水平，而是人的本质属性——作家和观众所应达到的历史发展水平。没有这种水平的保障，即便再难得的社会环境和创作机遇，也不会引起强烈的艺术反应，不会绽放出动人的戏剧之花。而王尔德在这方面，可以说集聚了客观的先天和后天的优越之处，早已做好了各种准备，特别是他对历史和现实生活实质的感性直觉和理性认识，包括他早已练就的剧本创作、戏剧表演、演出制作以及对话艺术方面的能力，使他得以乘风而上，直达自己的创造巅峰。

最后，还有一个叙事的问题。据考察，王尔德的喜剧叙事方式主要有如下几方面表现：其一，他的爱尔兰民间故事积累所形成的故事叙述能力，主要体现在神秘性、悬念性、程式化、狂欢化的叙事描写方面；其二，他对维多利亚时代社会生活中的喜剧因素，或具有喜剧性的现象——无论是物质实践的方面，还是思想文化的方面，都有敏锐的观察和深刻的见地，因而能够从中提炼出喜剧的材料；其三，他的深厚学养所促成的对古典规则、传奇性、高雅风趣的追求和表现能力，由于具有比较深厚的美学修养和观剧写剧经验，加之他对欧洲戏剧历史的熟谙和钦敬，所以他对戏剧，或者说喜剧，不仅情有独钟，而且格外擅长。他在《英国的文艺复兴》演讲中向美国听众宣传道：

戏剧是艺术与生活交汇之处，就像马志尼所说的，它处理的不是单个的人，而是社会的人，是与神和人类相关联的人，是民族能量大聚合时的产物。没有高尚的大众，是不可能有戏剧的。它属于伦敦的伊丽莎白时代，属于雅典的伯里克利时代。它是希腊人击败波斯舰队、英国人击溃西班牙无敌舰队后民族的高昂士气和激情的一部分。[①]

---

① 奥斯卡·王尔德：《王尔德全集》第二卷，赵武平主编，荣如德、巴金等译，中国文学出版社，2000，第21–22页。

这段话对于理解王尔德的戏剧创作动机和戏剧艺术理想都具有重要意义。确实，无论什么时代，戏剧都要反映大众精神和民族能量，须有高尚的大众为基础。王尔德的历史感、艺术责任感也都集中体现在这里。只是，他讲过的和更多没有讲过的，人们都要到他的作品里去发现，去阐发才好。

王尔德这四部喜剧的地位和影响远超他的几部悲剧，因此笔者选择他的喜剧作品作为讨论对象；又因为四部喜剧中《认真的重要性》类似于纯娱乐性、情节性喜剧，缺少任何严肃意义的冲突，所以排除不论。剩下的三部中，《温德米尔夫人的扇子》与《一个无足轻重的女人》在叙事方式、情节冲突的性质、人物类型的相似方面比较一致，所以将其看作同类作品，只取前者加以分析，而《一个理想的丈夫》由于强烈的严肃性和道德感，以及叙事方面独特的代际、两性、夫妻之间的伦理冲突的广阔性，将对其单独进行论述。

第二节　王尔德喜剧叙事艺术的蕴藉

一、《温德米尔夫人的扇子》中的成见与名誉

戏剧的人物行动并不复杂，一对新婚不久的美满夫妻过着富裕顺遂的生活，可是平地起波澜，妻子温德米尔在生日晚会前偶获自己丈夫与名声可疑的厄林太太暗通款曲的消息。她私下查看丈夫的存折，果然发现了大笔支出，如他人所言付给了厄林太太。她一时气急，顿生报复之心，决意跟随刚刚追求自己的一位勋爵才俊私奔。但温德米尔夫人却不知道厄林太太是她的母亲。此时温德米尔的丈夫归来，面对指责，他却恳请妻子邀请厄林太太来赴晚会。结果，温德米尔夫人当夜出奔勋爵宅邸，厄林太太也前往劝解，就这样，两个女人在勋爵家中发生争执。没多久，勋爵和客人返回家中，二人只得躲进暗处。男人们在室内发现了温德米尔夫人遗下的扇子，情急之下，厄林太太

出面把扇子认下，放走了温德米尔夫人，保全了自己女儿的名声。事后，厄林太太永远离开了英格兰。

戏剧的情节发展显然具有复杂曲折的性质，由于有了扇子的配合，充分发挥了道具的作用，即借它组织情节，提示人物行动轨迹，标志命运节点。于是，观众也就有了追踪情节线索的把握。在这里，王尔德再次像《画像》中那样，狠狠地利用了道具一次。只不过，这扇子链接血统关系、亲情关系、命运关系、是非关系的意义只是隐约地出现在剧情当中而已。

戏剧的叙事遵循了典型的喜剧范式，一个人陌生人的到来，引发了家庭冲突，当冲突即将不可收拾之际，被误解的陌生人显露出真实身份的价值，克服了危机，挽救了财产或名誉，从而保全了所有人的福祉。这样的情节，无非是要警示世人，不要以貌取人、门缝里看人，特别不要按社会地位评价人。真正的是非善恶不是凡人所能衡量的，那是神的权能。

说到教训，这部剧倒是包含多重意义，如人物的年轻冲动和轻信人言，一个女人的贞洁随时可能因为意外变故而被抛弃，贞洁的女人与放荡的女人并无天然分界，一个人并不应该为曾经的失足而承受一生恶名，母亲的本能永远无法磨灭，等等。综合起来，都是逆着维多利亚正统观念而行的。只不过剧中的一切误解、危机、风险、仇怨，都是因为成见造成名誉上的歧视，而名誉的危险就是人生的危险。可见社会的力量非常可怕。

接下来的问题是，作家是为了这些道德教训而组织情节呢，还是为了这些戏剧情节而渲染了这些教训？本书的答案只能是它们之间的相互作用。而且可以推断的是，既然依靠扇子拨动情节和命运，情节剧的性质就很明显了。所以，王尔德正是为了表现这些观念上的叛逆倾向，才寻求运用传统喜剧手法，编织出曲折跌宕的戏剧冲突，这种可能更大些。

多重对话关系构成主要人物之间冲突的背景和必要基础，这种将戏剧的对话艺术推向极端的做法十分罕见。但是，正如王尔德在《社会主义制度下人的灵魂》中说的，尽管他充分估计到了自己的戏码将要遭遇的阻力和压力，他也在所不惜，要突出重围，闯出新路。

值得重视的是，王尔德借着情节剧、传奇剧的结构方法，表现了如此之多的教训主题不算，他还在冲突展开之前和展开的过程中聚拢了很多晚会的客人，让他们在对话间纵论时事，以表达对现实的讥讽和嘲弄。例如那位极力诱惑温德米尔夫人的达林顿勋爵，为了自己的私欲毫不顾惜他人的名声与幸福；那位认为其他女人都可疑，而天下的男人都吃腥的柏维克公爵夫人，为了留住自己的丈夫不惜装病喝药汤；那位普里姆代尔夫人因为要摆脱丈夫以便和情人交往，竟然让情人把自己的丈夫送到那个据说最淫荡狠毒的女人怀抱里去……整个晚会充斥着钩心斗角的低语和旁白，每个人都可能转过头去就骂人。而那个所谓最淫荡狠毒的女人厄林太太却显得既无畏又坦然，远胜过比她地位高、名声好的贵妇们。这一点只要听听她的谈吐就很清楚了：

厄林太太：遇到您非常高兴，杰德伯格夫人。（在她旁边的沙发上坐下）令侄和我是至交。我对他在政界的活动感到莫大的兴趣。我相信他一定能取得惊人的成就。他的思想像保守党，议论却像激进党，这在目前是极其重要的。他还是一位出色的健谈家。不过，我们都知道这项本领是谁传给他的？阿伦代尔勋爵昨天在海德公园才对我说，格雷厄姆几乎和他的姑妈一样健谈。

杰德伯格夫人：（在台右）您对我说这些动听的话真是太好了！

（厄林太太面带笑容继续与之交谈）

邓比：（向塞斯尔·格雷厄姆）您把厄林太太给杰德伯格夫人介绍了？

塞斯尔·格雷厄姆：没法子，老兄。我不得不介绍！那个女人能叫人按她需要的做任何事情。她用的是什么手段，我不知道。[①]

---

① 奥斯卡·王尔德：《王尔德全集》第二卷，赵武平主编，荣如德、巴金等译，中国文学出版社，2000，第 109 页。

依靠这样一个社交场合，王尔德既让大家发言，展示了社会背景和道德风尚，又把支配冲突转圜的人物厄林太太摆在矛盾焦点上，通过她的表现暗示了整个戏剧核心冲突的分量和关键人物。当然，这样的戏剧场面不仅在言谈中给了虚伪的社会风尚重重的一击，也在戏剧表演的常规方面形成了一种突破。

但是王尔德就是要发挥自己的长处，打破主流的陈旧的戏剧常规，为自己成竹在胸的巧妙情节构思做出充分的氛围准备，提供高度紧张的戏剧悬念，以促成最佳的叙事效果。他说过：

> 论及戏剧的较高形式时，大众控制的结果就可看出来了，大众不喜欢的一样东西就是新颖。对任何拓宽艺术题材的尝试，大众都非常讨厌；而艺术的活力与发展在很大程度上依赖题材的不断扩展，大众不喜欢新颖是因为他们害怕它。新颖对他们意味着一种个人主义模式，一种只有艺术家一方坚持自己选择主题与处理方式的主张。大众的这种态度十分正确。艺术是个人主义，而个人主义是一种扰乱性和分裂性的力量。它的巨大价值就在这里。因为它要扰乱的是类型的单一、习俗的奴役、习惯的专制和由人到机器的降级。关于艺术，大众接受一直存在的东西，不是因为他们欣赏那些东西，而是因为他们无法改变那些东西。①

从王尔德的这番表述，人们就知道，他是一边创作，一边开展艺术批判和大众批判的，他就是要改变庸众，打击社会，颠覆腐朽，使艺术达到新的高度。从这个意义上看，王尔德的风俗喜剧其实充满了严肃的内容，说它们是具有讽刺甚至批判意味的风俗喜剧就更恰当了。

王尔德在戏剧中，勇于将自己的想象和观点呈现于世人面前，不畏偏见和攻击，而且剧中这些充满个人独立意志和独到见解而又能言

---

① 奥斯卡·王尔德《王尔德全集》第四卷，赵武平主编，荣如德、巴金等译，中国文学出版社，2000，第304页。

善辩的人物都是男性，而充满成见与偏见又破坏他人权益的人物都是女性，这种性别偏差不容置辩地宣示了王尔德的带有贵族性质的两性观和社会观。

而且，在维多利亚时代女性独立意识和权利意识崛起的形势下（女王统治下），王尔德的做法显然又是与时代趋势背道而驰了。

涉及喜剧中相沿不辍的男女性爱题材时，王尔德的描写总会呈现出两个层面的倾向，一个是他的性爱观以及与此形成对比的他在现实生活中的具体性倾向，另一个是他的描写后面隐伏的人类性爱文化的深邃复杂问题。

在这部喜剧里，厄林太太为自己当初抛弃的女儿奋不顾身地承担风险，除了上述第一个层面的内涵，即作为母亲的本能和为年轻时的放荡不羁做出补偿的含义外，还包含着厄林太太在一定程度上感觉到的人的尊严与责任意识，尤其是作为母亲和女儿之间关系的主动维护者，所表现出的面对后代复制自己命运时所领悟到的一种意义，这里既有本能，有人生教训，又有社会压力，是一种复杂的心理情结。这种情结发生在母女或父子之间，显然与弗洛伊德的恋父恋母情结不同，具有另外一种伦理的、本能的性质和意义。

这种性质和意义如果归结为一种情结，便会显示出与恋母情结或恋父情结截然不同的特征。它不会像后者那样更多与性本能相联系，而是更多与亲子本能以及社会利害相联系，这种亲子关系和社会利害关系又是联结为一体的。在这里，很显然，存在一种镜像关系，子辈与父辈互为镜像，其间映照出社会利害和人生祸福，而镜像之下，父辈往往因为更加成熟，或因为曾经有过类似的经历，故而能对子辈提供帮助，直至拯救子辈脱离厄运的打击。

当然，这种亲子间的情结往往充满代际矛盾，特别是亲情与爱情的冲突，父辈的阻碍往往造成子辈的反抗，这些都是喜剧中常见的主题，而亲子间与亲和力相关的血缘亲和与伦理亲和，又往往与社会传统伦理存在复杂的关系。在王尔德笔下，人们便看到了父辈与子辈之间既相矛盾又相依恋的关系，特别是在戏剧的尾声，厄林太太忍受痛苦保全女儿的举动，尤为令人感慨。

最后，在这部喜剧的叙事情由中，笔者还隐约地感受到一种作家对自身命运的反省意味。他和自己母亲的关系不同寻常，而且颇有类似母女之处，他的体会应该会影响到这部既涉及性爱伦理的是非、又触及母女情结的戏剧作品的创作。

二、《一个理想的丈夫》中的性格与行动

“有冲突始成戏剧”，是戏剧研究的老生常谈。王尔德的喜剧《一个理想的丈夫》就是典型的有着紧张冲突的喜剧。

该剧的剧情并不复杂。剧中的男主人公奇尔顿爵士年轻有为，身居副外交大臣高位，人人歆羡，是女人心目中的理想丈夫。他的妻子美丽贤淑，与他感情甚笃。然而奇尔顿的发达却是他年轻时利用职务之便，违法出售苏伊士运河股票信息给外国银行，得到大笔酬金换来的。由于他当初秘密交易的信件落到女骗子谢弗利太太手里，因而事后遭到要挟，逼他在议会里强行通过违背国家利益的一项诈骗工程计划。奇尔顿在身败名裂的威胁下进退两难，只得按照谢弗利的要求办理，可是他的妻子知道实情后，坚决不让他屈服。就在奇尔顿为挽留妻子而准备拒绝要挟、承担罪责时，他的好友戈林子爵伸出援手，利用自己掌握的谢弗利太太的罪证换回了奇尔顿爵士的罪证，挽救了这位“理想丈夫”。

这个因过受挟、难中得救的情节模式似乎并无什么新意，但是由于牵涉到国家高官、国际诈骗等当代资本主义现实状况，其中包含的教训便十分丰富了。例如，模范绅士、理想丈夫，光鲜的外表掩饰不了丑恶的人生污点；世俗的功名利诱有如无敌的巨人，足以打倒号称自律甚严的有为青年；爱情的坚贞和道德的坚守并非财富地位所能攻陷；在资产阶级社会里金钱和地位被赋予了空前强大的威力；真正的贵族绝不会对邪恶袖手旁观；如果说理想的丈夫名不副实的话，理想的妻子倒是就守护在他身边……

为什么简单的情节冲突会得出丰富的教训？有一个原因能够在一

定程度上做出解释。作家在剧本的演出说明中明确规定：行动过程限定在 24 小时之内。原来，这是一部按照三一律写成的戏剧，难怪结构如此紧凑，冲突如此经典，教训如此丰富。

当然，从叙事的基础来看，除了作家的主体因素外，还有一个社会生活的基础。事实上，每个时代危机时刻产生的喜剧艺术都会以笑声动摇社会统治阶级的基础，打击其时尚风气及其根底。这部剧表演的是英国高官显宦的内幕，暗示的却是一部上层风俗史，堪称大英帝国的讽刺画面。

不过，这些因素或者是喜剧程式性质的，或者是宏观外在条件的，都不是这部喜剧丰富教训的直接来源。应该说，直接的来源应该从作品本身更实质的因素中寻找。于是人们发现，一个是奇尔顿爵士的命运起伏，成为喜剧冲突的结构骨骼；另一个是围绕他的命运起伏而先后出场的主要人物，他们的行动都以奇尔顿为轴心展开，从而组成了一个完整的社会网络。其中奇尔顿爵士、奇尔顿夫人、戈林子爵、谢弗利太太是核心人物。

首先是这些人物的相互冲突关系的紧张程度，超过了通常喜剧所限定的紧张性，奇尔顿的亲笔信将利用来毁灭他本人的前程和整个婚姻生活，毁掉他的一切，除非他用更大的罪行来挽救先前的罪行；奇尔顿夫人的刚毅坚定，宁可舍弃一切，绝不容忍丈夫的妥协和苟安；谢弗利太太最为简单，只有贪婪；最有喜剧意味的人物是戈林子爵。

戈林子爵代表的是一种经常出现在喜剧中的人物类型，就是说，他是一个面具人物。表面玩世不恭乃至不务正业的人格掩盖着真正严肃的内心世界，不到时机成熟或形势紧迫，他不会露出内心人格。在本剧中，他的日常表现是对父亲油嘴滑舌、毫无敬意；对熟人则满口胡言，毫无正经之态。最常见的，是他以悖论言语衬托悖论性格。

因言知人是王尔德的喜剧手法，也是他在创作内外都乐此不疲的手法。但是，只要认真琢磨一番就会发现，这些悖论通常都是既机巧又格外有理的，至少从某个方面或在某个视角下是格外有理的。例如：

戈林子爵（两手插在口袋里往后仰着身体）：哦，英国人受不了一个总说自己是正确的人，但是他们非常喜欢承认自己是犯过错误的人。这是英国人的最好东西。但是，照你的情况看，罗伯特，忏悔是要不得的。那笔钱，如果你允许我这样说的话，是……很要命的。还有，你如果把这件事如数抖落，那你可就永远不能再谈道德了。在英国，一个人要以一本正经的政治家身份，在众多的平庸而不道德的观众面前一星期谈两次道德，这完全办不到了。除了专门讲讲植物学或者教堂问题，他讲道德只会一无所获。忏悔是毫无用处的。那只会把你毁了。

罗伯特·奇尔顿爵士：那会把我毁了。亚瑟，我现在唯一能做的事情就是斗争到底。

戈林子爵（从椅子上站起来）：我等的就是你这句话，罗伯特。这是现在唯一可干的事情。你必须准备把全部事情都告诉你的妻子。[①]

王尔德式的喜剧是需要运用智力才能看懂并体会到好处的喜剧，这在复辟时期也许还是时髦风格，在维多利亚时代后期尽管还有一定的接受群体，如知识阶层、上层市民、贵族成员等，但毕竟拥有不了下层大众。而莎士比亚的喜剧却能够拥有大众，他的喜剧虽然也在采用常用的误会、双关、戏谑、突转、发现、悬念甚至诡辩和怪异人物，但毕竟充满狂欢色彩和民间粗鲁，是大众所喜闻乐见的。

在喜剧中，戈林作为奇尔顿的密友，得知消息后便力劝奇尔顿对妻子坦白迫在眉睫的威胁，以求她的谅解。当奇尔顿真正绝望时，他才施展手段，利用谢弗利的早年劣迹，将奇尔顿受到的威胁一举粉碎。

从这个人物能联想到很多赫赫有名的类似形象，如莎士比亚戏剧里的亨利五世、莫里哀戏剧里的答尔丢夫、萧伯纳戏剧里的华伦夫人等，他们的双重人格不仅增添了人物个性的张力，而且为喜剧的突转

① 奥斯卡·王尔德：《王尔德全集》第二卷，赵武平主编，荣如德、巴金等译，中国文学出版社，2000，第275页。

发挥决定性的作用。在本剧中，正是由于戈林子爵的力量，才使奇尔顿一家化险为夷，避免了一场灭顶之灾。具有重要意义的是，戈林子爵的性格暗示了一种颇为复杂的社会意义。作为一代贵族后裔，他的举止言谈中流露出一种被时代的挤压所逼迫出来的无奈。就是说，他知道自己所面临的时代已全然区别于父辈，所以尽管他时刻受到父亲的逼迫和嘲讽，但是他自有主张，消极抵抗父命。而且，他在社会上以一种消极怠惰、玩世不恭的态度示人，这就既掩藏了自己的清醒、无奈和锋芒，又阻断了世人对自己的嫉妒和敌意，这是一种抵抗社会击打的高明策略。当然，他的性格最荣耀的一面，是隐藏在内部的见义勇为和疾恶如仇。这是王尔德所赞佩的贵族品格，也是他在该剧中刻画的一个时代所造就的平凡而有个性内涵的义人。

但是，戈林爵士的光彩并没有遮盖奇尔顿夫人的英姿。全剧的道德冲突的严峻性主要就是通过奇尔顿夫人的形象得到呈现的。

当她从丈夫口中得知真相时，悲痛与绝望令她痛不欲生。待她镇定下来后，她的决心是令人敬畏的：

奇尔顿夫人：罗伯特，这话让别人说很合适，让那些只把生活当作不折不扣的投机生意来做的人说这种话吧；但是你不能说，罗伯特，你不能说这样的话。你和那样的人不一样，你一辈子都应该和别人保持距离，你永远都不能让这个世界把你弄脏了。对这个世界，对你本人，你就总是一种理想。噢！当好这样的理想吧。伟大的遗产是丢不得的——象牙之塔不能摧毁。罗伯特，男人可以爱他可怜的东西——不值钱的、肮脏的、不光彩的东西。我们女人崇拜我们爱的东西；我们没有了崇拜，我们就失去了一切。哦！别扼杀了我对你的爱，别扼杀啊！①

这些例证表明，泾渭分明、立场鲜明的道德主题是这部喜剧的另

① 奥斯卡·王尔德：《王尔德全集》第二卷，赵武平主编，荣如德、巴金等译，中国文学出版社，2000，第266页。

一突出叙事特征。

两相对比，人们发现，这里没有理想的丈夫，但有理想的妻子，以古为范，深明大义。从她的铮铮话语，人们能够体会到，这是王尔德的呕心沥血之作，饱含他的文明救赎之意。贵族主义和古典主义的名誉观，真实的社会道德感，艺术家的责任感，都汇聚在这部结构紧凑、意蕴丰富的戏剧中了。

当然，奇尔顿夫妇在喜剧中经历了一波三折的冲突，才终于冰释前嫌，重归于好。重要的是，他们之间的冲突充满了比之谢弗利太太的冲突更严肃的意义，因为这里面有一种胜过生命之爱的因素，有了它，才有两人之间的生死相契的爱；没有它，爱也就归于死灭。王尔德用奇尔顿夫人的绝情之状诠释了这种高于一切的因素，那是她得知丈夫的确犯过罪时的表现：

奇尔顿夫人：别走近我，别动我，我觉得好像你早把我弄脏了。噢！这么多年来，你一直戴着什么样的脸谱啊！一张可怕的化妆的脸谱啊！你把自己卖成了钱。噢！连一个惯偷都不如啊。你把自己标上最高价出卖了！你把自己卖进了市场了。你向全世界撒谎，可是你用不着向我撒谎了。[①]

至此，王尔德在这部喜剧中刻画出了他的全部作品中最为光彩照人的女性形象，同时，也把舞台上的冲突提升到了人的本质高度概括的高度。

在这样一种从家庭生活、个人生活的矛盾冲突上升到重大的国家生活、人类命运的历史层面时，喜剧的表现空间随之得到了有力的扩展，其思想内涵的方面，包括现实讽刺的意味，都得到了深化和加强。例如，在通常情况下风俗喜剧很少触及的人物心理叙事方面，该剧便

---

① 奥斯卡·王尔德：《王尔德全集》第二卷，赵武平主编，荣如德、巴金等译，中国文学出版社，2000，第296页。

创造性地把它推到了观众眼前。例如，奇尔顿勋爵在遭到以往罪过造成的悔恨和妻子鄙弃造成的绝望的双重打击下，他的内心产生了极度痛苦和悲诉：

所有女人都会犯的错误。为什么你们女人爱我们不把过错都算上？为什么你们把我们摆在了可怕的受人尊敬的地位？我们都有一双泥脚，男人女人都一样；可是我们男人爱上女人时，明明知道她们的弱点、她们的愚蠢、她们的缺陷，我们也照爱不误，而且正因如此才更爱她们。[①]

这番心理剖白包含着极大的信息量和情感冲击力，尤其对于维多利亚时代的观众而言。这里有爱的愧疚，但更有男性之爱对女性之爱的恳求，恳求女性无论在何种情况下，都永葆那种宽宏的、温柔的、永不枯竭的爱，对男性的爱！因为男性更放任、更贪婪、更冲动，也更容易犯错。王尔德的理想主义不光是对未来充满希望，还有一种对不现实的事物，对不可能消除的对立面的期待和幻想。仅仅这一段倾诉，可能包含或者需要付出王尔德几十年的体验、感悟、摸索、挣扎、发现、收获，否则的话，人们不可能从这里再次读出王尔德在小说《画像》里描写过的心理冲突，即格雷在面对贝泽尔时感受到的绝望和嫉恨，以至于下狠手杀人泄愤。

当然，在这里王尔德不仅是写自己，也在写人世间常见的感情冲突，这里有道德的教训与宗教的信仰，有过失与罪行的分别及其与人的纠葛，也有人的伦理本质的辩证法和认识你自己的推进轨迹，甚至，人们能够像把手伸进作家的肌体中的神经网络那样，看到他的情感发生演变的脉络和其中包含的人类普遍遭到过的挫折探究。

就这样，在这个舞台上，英雄走下了神坛，政治露出了本相，人的普遍存在的悖论得到揭示，它是人类心灵的悲剧，但也是人类精神

---

① 奥斯卡·王尔德：《王尔德全集》第二卷，赵武平主编，荣如德、巴金等译，中国文学出版社，2000，第295–296页。

的胜利；是道德的人性论，也是道德的凯歌。一切浪漫主义的关于人和人的情感生活的神话也由此得到了净化。因为作家明确地宣示了自己反对道德制高点的做法。这是一种特殊的个人主义，也是一种特殊的集体主义。

最后，有必要看看戈林子爵住宅提示的意义。

场景：伦敦村曾街戈林子爵的住宅。一间亚当式的屋子，左边是通向大厅的门，右边是通向吸烟室的门，后面两个折叠门通向会客室。炉火正旺，管家菲普斯在写字台上整理着一些报纸。菲普斯的明显特征就是唯命是听，热心人称他为“理想管家”。这个斯芬克斯并不难沟通，他是个有一种式样的脸谱，无人知道他的智力水平和感情生活，他是形式的代表。①

这是戏剧史上很少出现过的富于象征性、暗示性的背景，18 世纪的屋子里面装着 19 世纪的人，一侧是社会，一侧是个人，生命冲突的炉火正旺，无形的操纵者谜一样地出没其间，把从古到今的足迹边走边埋……无论是温血的人，还是冷血的兽，无论是哲学，还是野蛮。

这就是奇尔顿夫人和谢弗利夫人都要往顾的空间，也是一个双面人的居所，一个喜剧应该上演的舞台。

从这样一个细节，人们会产生如此丰富的想象和领悟，可见艺术的等级丝毫不亚于社会体制的等级，在每个细节，每个意象化的叙事之中，都包含高低优劣的差异，都占据着广阔的思想领域中不同的国度——个人、爱情、民族国家、人类、宇宙，这里牵涉的不仅是大地上的运河工程，还有人的灵魂的运河工程，而喜剧的自我提升的净化力量和扬弃文化、批判社会的力量，特别是它汇聚起历史智慧与人类喜感的力量，都足以与悲剧争胜。

① 奥斯卡·王尔德：《王尔德全集》第二卷，赵武平主编，荣如德、巴金等译，中国文学出版社，2000，第 297 页。

第六章
王尔德叙事艺术的美学追求

本章的目的是在格外重视叙事艺术的形式技巧的价值与意义的基础上，对王尔德叙事作品所反映的美学追求进行扫描式的归纳总结，以呈现王尔德叙事作品所完成的艺术画面和所产生的艺术效果是遵循怎样的美学追求才得以实现出来的。这对于人们理解王尔德叙事作品在艺术思维范式和美学理想方面具有怎样的自觉意识是极有帮助的。

第一节　对风格的自觉追寻

一、对世界和自我的新知

19 世纪西方社会的巨大发展，并非仅限于物质方面。在精神领域，可以说出现了知识大爆炸的局面。工业社会的出现，使英国日益扩大其殖民化势力范围，占有世界陆地近四分之一的领土，所谓日不落帝国犹如一个大蜘蛛，坐镇在覆盖世界的商业网的中心，造就了英国社会的高度发达。但是，势力的强大并未解决阶级分化、贫富分化的尖锐化，只是不可避免地带来了自然科学和社会科学，以及各种社会思潮的汹涌之势。

在英国，20 世纪 70 年代出现的一部历史著作《1830—1914 年的工业化与文化》曾对维多利亚时代的工业化给英国社会造成的影响做过系统的调查报告。这是一部为英国开放大学（Open University）基础课配套的参考书。里面开宗明义对维多利亚时代的英国社会性质做了简明的概括：

工业化打断了社会生活的传统模式，从一些方面看，它造成了个人经验的新的丰富性，但是，从另一些方面看，它又带来了新的制约性，其中有些制约是比以往任何时代都更为蛮横的。

从物的方面看，工业化克服了距离的障碍，降低了日用品的价格，扩展了社会实践的领域，从而解放了人；从政治的方面看，它帮助人类摆脱了各种社会规定的等级特权和历来不平等；从哲学的方面看，它伴随着人类认识自己的方式的改变，伴随着人是上帝之子到人是自然之子的观念的改变，这是一个科学调查研究的课题，其重要性丝毫不亚于对其他自然现象的研究课题。

然而，它还在最初的牺牲品中间，也就是劳苦的穷人，或者正如人们所看到的，劳动阶级中间造成了更广泛的苦难和经济受剥削。当代思想家们坚信，工业化催生了毁灭人际和社会关系的健康状态，激起了自私自利的竞争心，商品意识，贬低了情感生活的价值和艺术的价值，严重地打破了人和自然之间的平衡关系。①

---

① Christopher Harvie, *Industrialization & Culture, 1830-1914* (London:Macmillan and Co Ltd, 1970), pp.11–12.

很显然，由英国社会率先发起的工业革命，经历了18世纪和19世纪初的大踏步前进。19世纪下半叶的英国以及紧随其后的西方各国又很快开始了第二次工业革命。随着电气化的不断普及和能量释放，全球性世界市场的建立和遍及全球的殖民化，整个世界的格局和各种关系都发生了天翻地覆的变化。

这样的历史剧变必定带来思想文化的改造。除了在自然科学领域和一般社会科学领域，文学艺术领域的各种思潮和学说、创作和主张也纷至沓来。在这样的思想文化潮流中，哲学再次登上了统领时代认知的地位。

英国19世纪著名思想家托马斯·卡莱尔对德国哲学家约翰·戈特利布·费希特颇为推崇，他在《英雄与英雄崇拜》一书中引述费希特的话说：

他首先说道：我们在这个世界上所看见或接触到的一切事物，尤其是我们自身和所有的人，都像是一种外套或感官的现象：在那一切的下面隐藏有他称之为“世界之神的理念”的东西，这才是它们的本质，这才是“隐藏于一切现象底下的”实在。费希特还说，人民群众不能看出这个世界的神的理念；他们只是生存于世界的表面、实物和外观当中；根本想不到它们之下还有什么神的东西。于是文学家降生到这里，主要是因为他自己可以识别出这种神的理念，而且可以将它向我们展现出来；在每一代新人中，这个神的理念都要用新的语言来显示自己；他就是要达到这一目标。①

当然，卡莱尔的观点本身还带有明显的片面性，这是不言而喻的。他只看到这个世界的表面的结构，似乎头脑都长在贵族和英雄们的肩膀上，他没有看到，在无尽漫长的历史过程中，构成真正社会运动基

① 托马斯·卡莱尔：《论英雄和英雄崇拜》，张志民、段忠桥译，中国国际广播出版社，1988，第154–155页。

础的，还是最广泛的生活内容、最基本的推动力量，还是来自大众的集体智慧。只不过这种智慧往往是不自觉的，是无意识地听从历史要求的召唤的。

本书这样表述，并没有刻意贬低英雄的作用的意思。英雄永远是领头羊，只不过往往不如领头羊那样正确。那么，和他所推崇、赞赏的英雄相比，什么是他所否定和鄙视的？卡莱尔接着便谈到了杰里米·边沁：

在我看来，边沁本人乃至边沁的信条都相当值得赞许。这是一个确定的存在，全世界正怯生生地向它靠拢。让我们把握住这个站着点吧，我们要不就死去，要不就痊愈。我把这种粗俗的、蒸汽机的功利主义称为通往新信仰的途径。功利主义不需要无意义的时髦话，它自语道："好吧，这世界是台无生命的钢铁机器，地心吸力和自私的欲望就是它的神，让我们看看，把齿轮的控制、平衡调整好，有什么东西它做不出来！"边沁主义无畏地投入到自以为正确的事业里，颇有一种勇敢完美的性质，你们甚至可以称之为英雄性，虽然这是一种挖掉了眼睛的英雄主义。[①]

虽然卡莱尔的论述中有目的论和神意论的倾向，但是作为英国的思想领袖，他的态度立场是简洁明确的，他所宣扬的费希特的观念在当时也是影响非常广泛的。[②]表面上看，费希特在说现象后面的理念，卡莱尔在说艺术的理念，实质上这些认知活动的深化反映了人的认知水平的升华。

---

① 托马斯·卡莱尔：《论英雄和英雄崇拜》，张志民、段忠桥译，中国国际广播出版社，1988，第 168 页。

② 费希特的这一观点略带泛神论色彩。在现代社会，即便是极为保守的宗教体系也都不再坚持明显的有神论，而是将神或上帝抽象化为人类生活中隐而不见的神意。例如，《犹太教小百科》中对耶和华的词条，便将神称为隐藏在人类生活下面的意志力量。

对于王尔德来说，这里说的对世界和自我的新知，不是指科学知识，而是指审美收获，也就是隐藏在表象后面的审美理念。它既是美，也是真和善。

当然，他的审美理念自有其深邃的来源。古希腊自米利都学派的本体论哲学、苏格拉底的主体论哲学、天主教所启示的神圣之美、爱尔兰的大自然和丰厚民间文化遗产，所有这一切都为他接受唯美主义、创造自己独特风格的艺术之路提供了动力和资源。

他的思想沉浸在历代美学家，特别是伊曼努尔·康德以降的美学家的教诲之中，他们大多都强调艺术的无功利快感。这使他知道，艺术只要涉及功利，就会越界而去，成为不再纯粹的美，甚至成为与实用艺术无法区分的东西。艺术的独立的审美基础和审美价值就会被其他事物取代。也就是说，艺术的生命在于审美，而审美与实用分属两个范畴，若以专业来说，分则互益，合则两害。谁都知道，靠审美想象和审美情感炒股票是很可怕的，为得稿酬或官职而附庸风雅也绝难成为真正的艺术家。

问题的关键在于，尽管在具体的社会矛盾运动中，艺术往往无法与社会利益相分离，但是，如果人们不具备艺术独立的意识，反而把感性的、形象的甚至审美的外衣披在政治、道德、伦理、哲学、法律等的身上，或者披在实用话语、实用象征、指示符号、抽象概念等的身上都是取代艺术地位的做法。实际上，就好比把孔雀的羽毛粘到野鸡的身上，并不能改变两种动物的根本属性。

这时，矛盾的发生便不可避免了。既要独立，又要联合，这就是艺术的难处，也是艺术家必须在深刻思考基础上正确加以解决的问题。美的创造冲动固然敏感地对应时代思潮，但它只能是以审美而非功利的方式投身于对时代生活的响应。王尔德在这方面做出了常人难以想象的努力，而且取得了卓越的成果，因为他强烈地推行艺术独立和艺术非功利，但在艺术效果上达到了强烈而突出的审美效果，即在给人审美愉悦中实现对人的审美教育作用。

人们常说，文学的要点在于写什么和怎样写，其实归根结底，这两个问题产生之前必须有生活的基础，有生活为文学艺术所提供的土壤。风格也是一样，只不过是经过艺术主体的创造环节而已。文学艺术始终都是时代生活与个人经验的产儿。时代生活的经验经过作家、艺术家的升华才变为审美形式，变为风格。

可贵的是，王尔德对于历史以及艺术史的认知，是独特而具有辩证观点的。他在美国的演讲中，把自己的历史哲学观念带给了美国人。他说：

对于历史连续性的现代感觉告诉我们，在政治和自然中没有革命，只有进化。1789 年席卷了整个法国，使欧洲的每个君主都为自己的王位而发抖的暴风雨的前奏，早在巴士底狱陷落和皇宫被攻占以前，就回响于文学之中了。为塞纳河与罗亚尔河旁的红色场面铺平道路的是德国和英国的批评精神，它使人们习惯于以理性和功利或是二者的结合来检验一切。巴黎街上人们的不满是追随爱弥儿和维特的生活的回声，卢梭在宁静的湖山之旁召唤人类回到黄金时代，以充满激情的雄辩，教诲人类返回自然，其韵律仍然回响于我们此方严酷的空气中。歌德与司各特使禁锢了几个世纪的传奇获得了再生——传奇不就是人性吗？[①]

这就是王尔德的思想逻辑，他往往只揭示问题的一个事实或一个道理，而不顾或干脆否定掉其他的事实或道理，但他这种看似无理的做法却犹如把一片叶子翻过来，让人们看到了不常见的一面，给人讶异和警醒，同时为人们开启思维的另一通路。他在这里强调了历史的连续性和有机性，显示出了独特的历史眼光，对于传统的历史认知方式和历史意识不啻一种变革。在那样一个机械的因而也是物理的观念如此强大的时代里，能够从有机的、辩证的、有形和无形、在场和不

---

① 奥斯卡·王尔德：《王尔德全集》第四卷，赵武平主编，荣如德、巴金等译，中国文学出版社，2000，第 8 页。

在场的角度和方法理解历史，应该说，是他注重历史的统一运动，并得益于艺术的敏感性的结果。

二、对艺术风格的追求

本书认为，思想变为形式，经验化为风格，这里面贯穿着时代生活、人生体验，以及二者在艺术创作中达到的统一。作为人的认识活动的一般特点，从感觉到思想再到一般世界观，是一个上升的过程，通常人们并不注意从观念到生活实践的下降过程。因为人的活动总是受到当时当地当事的推动，而较少出自内部观念的指导。特别是当内在观念没有达到系统、巩固、坚定的情况下。这就是某种信仰、道德观、阶级意识等精神实体在人的自觉行为中具有明显的制约性的原因。

自从在伦敦接触到罗斯金、戈蒂野、罗塞蒂、波德莱尔、斯温伯恩等众多艺术家、思想家后，王尔德在艺术观方面迅速地成熟起来，他急于在学业结束、生活转变、经济拮据的情况下，立即在自己择定的文学领域施展身手，打出一片天地。

王尔德的身上汇聚起了这个时代年轻人身上，特别是中产阶级青年身上，典型的压力和动力：生活的强烈感受，对家庭和亲属们的期待，良好的教育和知识才学，勃发的热情和新见解，以及展现在眼前的全部社会实践领域在他身上召唤出的自信——自信在这领域中取得巨大成功的诱惑力，都使他忙碌起来。

被新浪漫主义思潮激励和引导的方向既已确定，王尔德的创作宗旨便很自然地奠定在最合他心意的唯美主义上了。诗歌，作为形制最短小、运用最灵活、抒情最自由的文体，是他的短兵器；戏剧，作为最直接产生社会效应的艺术样式，最有可能把他的影响一夜之间放到最大。于是，这两种创作活动便成了他的追求目标。

接下来，艺术风格及其形式技巧便是接下来要解决的问题。首先，对于艺术风格的认识，既是王尔德需要解决的，也是本书所要解决的问题。

他想讲怎样的故事？他怎样讲他的故事？前者涉及题材和主题，

后者涉及形式和风格。

作为文学理论术语，风格一词（style）源于西方。其最初的意思是指一种固定的直线体，后来引申为一种比喻义，用来指固定的文字组合方式，在文学中，就是指以文字修饰思想的特定方式。所以西方文学理论常用风格来表示富于特色的语言文字的表达方式。在这个意义上，17世纪英国著名的散文家乔纳森·斯威夫特给风格下的定义影响最大，他说："把恰当的词放在恰当的位置，这就是风格的真正意义。"直到今天，文学风格的含义虽然丰富和复杂多了，但是依然保留着这个义项，即体现了某种特色的语言文字的表达方式。

在中国，风格一词最初的含义是指人的精神气质及其外在的显现，《世说新语》中就有许多这类记载。大约从《颜氏家训》开始，风格被用于指文学作品和作家个人的精神特点。

比较之下即可发现，中国文论主要用风格指表现在文学活动中的内在精神特征，所以常常将风格与"风骨""品"等混用，而西方文论中的风格指体现在语言文字上的个性特征。在现代文学理论中，风格的含义把上面所说的内容都包含了，既指体现在文学作品以及作家个人身上的那种与人格精神相关联的个性特征，又指这种精神个性在语言文字上的体现。

在历史上，前人论述艺术风格在艺术中的地位和作用的文字不计其数。高尔基的意见虽然很朴素，却能代表很多人的意见。他说：

> 但是谈到像巴尔扎克、屠格涅夫、托尔斯泰、果戈理、列斯科夫、契诃夫这些古典作家时，我们就很难完全正确地说出，他们到底是浪漫主义者还是现实主义者。在伟大的艺术家们身上，现实主义和浪漫主义好像永远是结合在一起的。巴尔扎克是个现实主义者，但是他也写过远非现实主义的《驴皮记》这样一些长篇小说。屠格涅夫也写过有浪漫主义精神的作品，所有其他我国最伟大的作家，从果戈理到契诃夫和蒲宁，也是这样。这种浪漫主义和现实主义合流的情形是我国优秀的文学的突出的特征；它使得我们的文学具有那种日益明显而深

刻地影响着全世界文学的独创性和力量。[①]

高尔基在脑子里显然把巴尔扎克摆在现实主义作家之首的位置，但学界又常常不把巴尔扎克看作典型的现实主义作家。高尔基把《驴皮记》看作非现实主义作品，可见他也对这部思考人的欲望和命运天平的作品评价很高，而且，他把《驴皮记》视为非现实主义作品，所以王尔德也正是从非现实主义的角度接受它的。

从高尔基的经验来看，伟大的艺术家从来都是多种艺术风格兼备的，也就是综合风格的。这里恐怕有几个原因：其一，从客观性和主观性的大体倾向看，固然可以归为现实主义和浪漫主义两大类别，但是这两大类别又从来都是没有明确界限的，所以常给人混用的印象；其二，这种混用的情况又是为人类同世界的关系所决定的，没有世界就没有客观性，没有人就没有主观性，缺少任何一个方面就会丧失全部意义；其三，作家在创作中只能最大限度地保证主观性或客观性，但任何主观性都必须基于客观性，任何客观性也都要依赖主观性，所以二者在根本上就是"天生的一对"，互相对立统一，并且视需要而取舍。

这种综合风格的观点，虽然在王尔德的时代尚未形成广泛共识，但毕竟在很多美学家和批评家的著作中都已得到详细的论述。[②]事实上，王尔德不仅对风格极为敏感，而且在创作和批评两个方面都有鲜明的表现。他创作与批评并举的特点不仅表明了他的艺术观的成熟与完善，而且也预示了，或者说加强了后世理论界提出的批评与创作的同一性，这是耶鲁学派批评理论的核心观点之一。

王尔德的风格观在他的批评文章中屡见不鲜。《威廉·莫里斯的〈奥德赛〉》一文便显示出，王尔德不仅拥有丰厚的古典学修养，而且正如一位艺术批评家的标准所要求的，他的艺术敏感性和审美鉴赏力

① 高尔基:《谈谈我怎样学习写作》，戈宝权译，三联书店出版社，1984，第50页。
② 参见美国文艺学家亨利·哈特曼的《美学》等著作。

也是极为突出的。人们无须对照王尔德评论的这几部译本，仅从他公开发表的意见所涉及的语言、修辞、格律、韵致、文体、文采、神髓，以及比较研究的认真态度等方面，就足以看出王尔德游刃有余的批评才能，特别是他对艺术风格的洞察力和追求之志。

应该承认，王尔德的艺术主张对于维多利亚时代后期正统观念主导下的批评界虚娇、伪饰、傲慢、功利的风气具有尖锐的批判性和挑战性，他的文艺思想急于冲破当时严酷的思想禁锢和沉闷的现实之雾，他的创造才能急于以艺术实践形式印证和宣示自己的文艺思想，两相映衬，相得益彰。

王尔德虽然没有在批评中直接使用“主体”或“主体性”的概念，但是他对艺术创作格外依赖于作家、艺术的价值植根于作家个性的理论，不啻对于艺术主体性的极度强调。

虽然在王尔德的时代，心理学还不是很系统完善，精神分析还没有产生，但王尔德的心理意识是极为鲜明而强烈的。他在那个并不十分强调思想方法的时代，就率先提出了传记批评和心理批评相结合的方法，见于他对威恩莱特的批评。

最后，也是最重要的，是王尔德对先前创作、批评传统的大胆突破，表明他具有非常清醒的创新意识、艺术独创性意识、文化价值意识。这三个概念是密切相关的。创新是生命力的体现，新生要求的体现，而艺术如果没有突出的独创性，便不会有价值，事实上一切文化的价值都建立在创新的基础上，而创新需要作家有足够的动力和能力。

很多证据表明，王尔德本人的风格意识是比较清醒和强烈的。他在《英国的文艺复兴》一文中强调了三点：艺术家只以审美的境界为旨归；审美距离必不可少；艺术的形而上或高度象征比形而下或机械摹仿更能揭示真理。他所关注的境界显然是唯美的形式创造性，它和题材、主题都关系不大，写什么不重要，重要的是怎样写。关于审美距离，他重视那些远离故土的作家，古有奥维德、但丁等，今有索尔仁尼琴等一大批苏联作家，就连主动离国的屠格涅夫、蒲宁等，也都以自己的创作实绩促成了王尔德的看法。看来，作家离自己描绘的对象性生活太近并非有利，当然，太远也使作家无从想象，不同的审美对象所要求的审美距离也应该不同。至于为什么要有适合的距离，除了人类的认识方式所决定的规律，还有一个态度和立场的问题。王尔德自己就深切地体会到，他作为旅居英格兰的爱尔兰人心里产生出格外丰富的东西要表达，可见只有远离现实，才能不为距离过远或过近所干扰。最后，这段话还充分显示了王尔德对形而上的艺术精神的重视，对形而下的生活的漠视。这种倾向对于理解王尔德的艺术观乃至社会观、历史观是重要的线索。既然他所接受的教育是新教的、中产阶级子弟的典型正规教育，他就必然会在各种新社会观念和经典文化的联结中形成自己的知识结构。而经典文化和新社会观念都围绕精英意识和英雄史观而建立体系，所以王尔德也只能在这样的立场和观点上形成自己的观念。所以，他从来没有把大众看作历史运动的重要力量或者动力性因素，他们充其量只是社会大机器的底层材料，是值得同情的一群人，包括在知识和道德方面都是如此。

所以，他对形而上的艺术形式——风格，就必然是带有精英色彩甚至贵族色彩的。在从日常生活到最高也是最典型的艺术形式之间，他高度评价后者，将其作为自己艺术追求的理想，却忘记了日常生活的基础地位，忘记了不应将伟大的艺术与它的土壤割裂开来的原则。而这些特点也决定了他的主张和他所从属的流派不仅存在片面性，而且必然是缺乏大众基础的。

总之，真正的艺术往往是孤独的。按照通常的理解，风格是体现在一系列创作活动及作品中的、具有独创性的、相对稳定的审美个性。风格的基本含义是表现在文学活动中的独创性。所以，建立在风格基础上的艺术价值也并不从属于某个特定的时代或民族，它是超越这些历史和空间限制的。

王尔德觉得他高于古典主义的和浪漫主义的风格，因为他能控制它们二者：他在论英国文艺复兴的论文中说，这种多变性就是他所属的文化的新兴运动的力量。[①]

按照正常的叙述，应该是贝泽尔的画不变，道连却变老变丑，道连为此迁怒于贝泽尔的艺术，因为它否定了自己，于是，他毁掉了画，贝泽尔也就死心了。这种构思否定了现状的一切风格。

王尔德对于艺术风格的重视是否合理呢？人们只要回顾一番诺贝尔文学奖的授奖词就会发现，风格是文学价值的根本。在此仅举1954—1958年诺贝尔奖的颁奖词为例，即可见出风格在文学艺术中所占的地位：

1954年，厄内斯特·海明威：精通于叙事艺术，突出地表现在他的近著《老人与海》中，同时也因为他对当代文体风格中所发挥的影响。

1955年，赫尔多尔·拉克斯内斯：在作品中所流露的生动的、史诗般的力量，使冰岛原已十分优秀的叙述文学技巧更加瑰丽多姿。

1956年，胡安·希梅内斯：他的西班牙抒情诗，成了高度精神和纯粹艺术的最佳典范。

1957年，阿尔贝·加缪：以明察而热切的眼光，阐明了我们这时代人类良心的种种问题。

1958年，鲍里斯·帕斯捷尔纳克：他在现代抒情诗和俄罗斯伟大叙事诗传统方面所取得的重大成果。[②]

这些评价既然是建立在悠久的文学经验和卓越的审美水准的基础上，就必然能够说明很多问题，其中包括以下诸点：

首先，这些褒奖的精义在于艺术风格和形式技巧，对这些方面的强调远过于作品的题旨或说教，说明评委们对于艺术的本体论属性和价值的坚守，他们没有被个人或群体的容易受到时代形势影响的、狭隘的意识形态或功利意识所支配，而是站在美学和艺术传统积累而成

---

① 奥斯卡·王尔德：《王尔德全集》第四卷，赵武平主编，荣如德、巴金等译，中国文学出版社，2000，第9–10页。

② 王国荣主编：《诺贝尔文学奖获奖作品精华集成（增订本）》下卷，文汇出版社，1997，第1、23、51、81、106页。

的审美价值观的立场上，公允而富于前瞻性地对艺术本身做出评价。

其次，这些针对风格和技巧的评价皆属形式范畴，或者主要以形式为所指，而这些形式因素均显示出鲜明而独特的民族性、地区性、时代性。这是从评语的字里行间一再流露出来的含义，表明了艺术的生命无不扎根在现实的深层土壤中。

最后，这些评语在总体上并没有忽略艺术的教诲作用，而是给予了应有的重视，这种重视往往放在颁奖词中并不显著的位置。试想，如果王尔德站在诺奖颁奖台上，他会获得怎样的评价？至少，他在文学领域的艺术开拓性方面，在创作的精湛技艺方面，以及在批评意识的思想锋芒方面，以及所有这些加在一起造成的广泛影响方面，都是极具先锋色彩的，也是有望引领世界文坛风气的。

按照个人与其所处的社会历史范畴的关系来看，有些人生得早了，成为早熟的儿童；有些人生得晚了，成为晚熟的儿童；有些人生得正当其时，成为正常的儿童，而且如鱼得水，大有作为。但作家往往没有资格入选生当其时的一类，因为他们太不适合时代生活了。王尔德显然属于第一种，放在比维多利亚时代更晚近的时代，可以肯定他是不会轻易坐牢和早亡的，其成就也就未可限量。

为了说明风格所包含的若干要素及其决定艺术价值的重要性，不妨以风格独特著称的以色列作家撒母尔·阿格农为例再加说明。1966年，撒母尔·阿格农因为“叙述技巧深刻而独特，并从犹太民族的生命汲取主题”而获诺贝尔文学奖。颁奖词对他的代表作《婚礼的华盖》和《宿客》评价如下：

阿格农是个现实主义作家，但在他的作品中，常融合了一种神秘的色彩，使得最灰暗、最平常的情景都笼罩着金黄色如童话诗一般的神妙氛围，常令人想起夏格尔所绘的旧约圣经故事的插图。阿格农是个具有高度创造性的杰出作家，上帝赋予他非凡的幽默才能与智慧，敏锐和质朴的洞察力。总之，他是犹太民族尽善尽美的表现。[①]

1966年，瑞典学院赞誉他是“现代希伯来文学的首要作家”。他的作品很难以传统的分类来划分，因为这些作品糅合了讽刺、传道故事、经验论和超现实主义等诸多因素，用以表现东欧犹太人的个人和集体的生活经验。他利用传统的宗教源泉和民间文化，混合神圣和世俗的观念，其语言也融合有古典、古希伯来和意第绪口语的因素。有人评论说阿格农的小说与卡夫卡的小说有近似之处，这恐怕与他们同样处于奥匈帝国压抑的文化环境又感受着时代变迁的推动不无关系。

无论何种体裁样式，王尔德都始终贯穿他自己独特的风格。不是戈蒂野那种繁复的细节描写和内心独白，而是精心提炼出的光彩闪烁的比喻和形容词所描绘的画面，它们既有米莱的绚丽光彩和诗意热情，又有罗塞蒂的神秘、典雅、人物的高光容貌和清晰轮廓，这些拉斐尔前派的典型画家的艺术给王尔德的影响不可谓不深刻，在王尔德的叙事艺术中留下了鲜明的痕迹。

由上可知，艺术风格一向是作家所追求的目标。重要的是，风格出自形式（尽管不全在形式），而形式在一定的条件下，会成为比内容更高级的内容。这是从阿格农的这部作品中得出的结论。

第二节　唯美的形式创造

一、王尔德艺术论的矛盾性和颠覆性

王尔德的艺术理想的形成和艺术风格的追寻，在很大程度上受维多利亚时代各种新艺术思潮的影响，特别是其中具有先锋色彩的拉斐

① 王国荣主编《诺贝尔文学奖获奖作品精华集成（增订本）》下卷，文汇出版社，1997，第303–304页。

尔前派的诗人、画家们的影响。笔者无法将19世纪风靡欧美的唯美主义来龙去脉梳理清楚、阐发透彻，但是对于王尔德个人的唯美主义观念及其理论表现——他的批评文论，却极为重视，并准备进行尽量深入的剖析，因为它是直接制约甚至支配他的文学创作的思想基础。

鉴于王尔德的艺术观以若干基本的艺术问题为基础，例如“形式”“风格”等，因此，有必要对它们做出集中的剖析。《英国的文艺复兴》一文是他理论著述的纲领。他在文中论道：

艺术不因自己远离当代的社会问题而受到损害。这一来，它更为完整地实现了我们的愿望，对我们绝大多数人来说，真正的生活是我们所没有品尝过的生活，这种生活更忠实于自身的完美，更珍惜那不可多得的美，它难以在感受中丢掉形式，把创造的激情当作作品的美接受下来。[①]

从表面上看，王尔德是强调艺术的超越性而否定现实生活的，是主观唯心论的鼓吹手，但仔细分析却非如此。关键是“真正的生活”一词，既然没有品尝过，就和理想的生活没分别。尤其是，它是美的生活。如此说来，王尔德并非否定全部的生活，而是超越现实的生活，理想的生活。虽然这是“应该如此的生活”，而非“原本如此的生活”，但这里只有理想主义和现实主义的分别，而不是艺术和非艺术的分别。这样说的根据是，在《社会主义制度下人的灵魂》一文中，他还说过与此相印证的话：

生活是世上最珍贵的事。而芸芸众生只是生存，再没别的了。[②]

① 奥斯卡·王尔德：《王尔德全集》第四卷，赵武平主编，荣如德、巴金等译，中国文学出版社，2000，第14–15页。

② 奥斯卡·王尔德：《王尔德全集》第四卷，赵武平主编，荣如德、巴金等译，中国文学出版社，2000，第294页。

这句话表明，王尔德至少比一般人更热爱生活、珍视生活。但这生活并不见于现实中，只见于理想中。现实中只有生存，但如果满足于这生存，或以这生存为轴心而论是非，则显然有损于人的尊严。这就是他说过的身在阴沟、眼望星空的意思吧。毕竟，有他对生活的真切呼唤。本书排除了王尔德否定艺术的生活基础的观点。

艺术家的确是其时代的骄子，但是对他来说，现在一点也不比过去真实；因为就跟柏拉图想象的哲学家一样，诗人是一切时代和一切事物的观察者。对他来说，没有作废的形式，也没有过时的题材。这个世界全部的生活和感情，无论是犹地阿沙漠，还是阿卡狄亚峡谷，是特洛伊河流旁还是大马士革河的岸边，是拥挤的现代都市大街还是卡默洛特[①]那些令人愉快的道路，这一切都像展开的画卷一样呈现在他眼前，一切都使人感受到美的生活。他将只吸取有益于其精神的东西，以艺术家那种深得美之奥秘的宁静态度来取舍事实材料。[②]

这段话强调的是艺术家如同魔术师般的作用。所谓艺术，就是化腐朽为神奇，因为美的形式也好，意义也罢，都是从艺术形式，也就是经过艺术手法技巧处理结果呈现的，与手法技巧所处理的材料和对象并没有实质性的关系。因为艺术的摹仿只是拟象和拟意，所摹仿的象和意都只以艺术思维的形式存在于艺术家的脑海之中。艺术家完全可以把海市蜃楼看作真实的陆地，而把真实的陆地想象成海市蜃楼。

由此可见，如果沿用艺术理论中的镜子说，那么，艺术既反映制镜者，即作家的心象，也反映照镜者，也即读者的反应。所以，艺术是间接而非直接地反映生活的。

---

① 指卡默洛特公园，位于英国兰开斯特地区。该公园以亚瑟王宫殿命名，并据亚瑟王和圆桌骑士的传奇故事布置而成，开放日有奇幻魔术表演、骑士表演及音乐会活动。

② 奥斯卡·王尔德：《王尔德全集》第四卷，赵武平主编，荣如德、巴金等译，中国文学出版社，2000，第15页。

由上可知，形式和手法永远比题材和本事重要。但是，王尔德对于后者不是没有考虑。就是说，他对选材、题材和题旨方面并非视若无睹。因为他接着就论述了它们的重要，主观意向、题材合意的重要性：

确实有一种诗人态度可以采用来对待任何事情，但不是任何事情都适合作诗的题材。真正的艺术家是不会允许任何粗糙或恼人的东西，任何引起痛苦、引起争论及被人争论的东西进入可靠而神圣的美的殿堂的。[①]

事实上，材料、题材本身的重要性是很明显的，它们是形式和手法借以落实的载体，因此其类型、品格、与题旨的暗合关系等，都制约着形式技巧乃至整个文体的艺术效果。

总之，王尔德在艺术形式创造的方面，倾注了大量的思考和宣传功夫。在他的文艺观中，发现、美感、唯美、形式、手段、创造（发明），几乎构成了逻辑的系列。在此逻辑中，他尽量不给理性或目的留下位置。至少，他在宣扬自己的主张时是这样说的。

但是，他的主张——艺术完全和道德无关，也绝不和内容发生关联——是否合乎实际？在这个问题上，尽管王尔德言之凿凿，尽管在他之前和之后都不乏艺术家、理论家大力宣扬艺术直觉和非理性主义，但与这些本能主义者和直觉主义者们相比，反对的声音却更加雄辩而且合乎实际。

美国学者乔治·桑塔耶纳在所著《美感》中指出：

世间决没有只在客观方面感动人的事物：事物之所以会感人，那是因为它们能触及观察者的敏感感受力，并继续与他的大脑和心灵相

① 奥斯卡·王尔德：《王尔德全集》第四卷，赵武平主编，荣如德、巴金等译，中国文学出版社，2000，第 15 页。

沟通。说宇宙是由一群像灰尘一样在黑暗无边的空虚中旋转的小星球组成的，这种观念也会使人淡然置之，漠不关心，除非我们以繁星的肉眼可见的光辉，刻骨刺心的强度、使人困惑的数目，来印证这种臆说的宇宙体系，对象就绝不会授予印象以价值，而倒是印象授予对象以价值……一切价值终归要引导我们回到实际的感觉，否则就化为乌有——化为一句空话或一种迷信。[①]

印象授予对象以价值，观念要回到实际感觉，这是桑塔耶纳思想的要点，也是人的感受活动所遵循的法则，即人通过实践从事物获得感受，继而使人从感受中产生对事物的印象和评价。一切动力来自人的主体性，回归新的动力和新的主体。尽管在审美直觉中，创作者和接受者看似都并未感受到理性的参与，但事实上艺术总是以整体感性形式进入主体。

当然，这个艺术主体也从无脱离现实制约的可能。既然思维是人整个机体的活动，何以艺术仅能激起人的情感与想象的反应呢？理性的因素——无论是逻辑的判断，还是道德的好恶，抑或其他与知识体系相关的全部思维——都处在悄然运动中，并发挥微妙作用的状态。可见王尔德一直在强调的，也只是提醒作家千万不可为了道德和实用的目的而牺牲艺术审美的理想。

不仅是通常意义上的感受与直觉现象，桑塔耶纳还从美感和象征的角度，举例说明了审美活动的感性与理性联动的特征：

凡是有丰富多彩的内容的事物，就具有形式和意义的潜能。一旦我们的注意习惯了辨别和认识它的变化，我们就会欣赏它的形式，当这些形式的各种感情价值使这新事物同其他能引起同样感情的经验结合起来，从而为它在我们心中创造了共鸣的环境，那时它就取得意义了。落日的颜色有一种引人注意的光辉，一种爽心悦目的温和或魅力，

① 乔治·桑塔耶纳:《美感》，缪灵珠译，中国社会科学出版社，1982，第69–70页。

那时暮色和天空所带来的许多联想就集中在这种魅力上，而且使之加深。所以最锐感的美可能富有感情的暗示。①

唯美形式的创造还涉及一系列相关的领域和要素。例如，在自然·人·艺术的序列中，人总是要把自己的品格附加或融入艺术，也就是美的风格中，仿佛唯有这种方式，才能使之变为永恒。艺术的永恒则来自自然的永恒，尤其是自然所孕育出的伟大生命之流的永恒，这永恒就凝结在一切艺术杰作的表现形式与存在形态中。一座小教堂，一个小雕像，甚至一座与时间的流逝、人类的健忘相对抗的墓碑，都真切而直观地显示着这种永恒。

二、王尔德美学革命的人道主义性质

从哲学和社会学的意义上看，感性形式的重要性还取决于对人的全面发展的重大意义，在这方面，马克思和恩格斯在他们的著作中早就做出过表述。②很显然，马克思之所以重视人的感性解放，与感性对于人生和人类的全面发展所起的重要作用分不开。而感性作用的增进，又离不开人的审美和艺术活动。

实践证明，艺术的根本功能在于激活人的感性意识，从而使人感受美、接受美，追求美的事物、美的人格，追求社会正义与改进社会环境，同时促进物种自身的健康生存与发展。为此，人们常说，没有诗的生活是不美且荒芜的生活，古代世界的诗风与人心之古朴、民风之醇厚比之现代社会是更为一致的；在伦理学的传统中，历来都在强调审美观照与道德风习的相关性及其重要性。

在现代的伦理道德学说中，马克思主义的性爱论反映了伦理哲学的较高水准。其中的论述对于人们理解艺术的本质也不无启示：

---

① 乔治·桑塔耶纳:《美感》,缪灵珠译,中国社会科学出版社,1982,第50-51页。

② 出自马克思、恩格斯的著作《神圣家族》，参见其中对法国作家欧仁·苏的小说《巴黎的秘密》的批评意见。

人和人之间的直接的、自然的、必然的关系是男女之间的关系。在这种自然的、类的关系中，人同自然的关系直接就是人和人之间的关系，而人和人之间的关系直接就是人同自然的关系，就是他自己的关于自然的规定。因此，这种关系通过感性的形式，作为一种显而易见的事实，表现出人的本质在何种程度上对人来说成了自然，或者自然在何种程度上成了人具有的人的本质。因而，从这种关系就可以判断人的整个发展程度。①

这段话说明了，人同自然的关系同时就是人与人的关系，因而善恶爱恨之类的道德伦理内容与人的自然倾向性的形式美感之间，不仅相互关联，而且互相依赖、互相转化。因为人的类本质，或人的社会属性的状况，与人的自然属性，包括人的愉悦本能和原始冲动的状况，都存在依存关系和转化关系。不但如此，人的自然属性和社会属性的对立对比关系及其发展，还是衡量人的历史发展水平的根本性标准。所以，从哲学的角度看，王尔德的形式美感主张不仅显示了他对美感问题丰富而深刻的直觉认识，也反映了 19 世纪后期西方社会审美自觉和人的类本质的发展水平。

从表面上看，包括德国作家席勒在内的审美捍卫者们，都在强调艺术的独立性，提倡主体和材料等内容因素消融在形式中。但事实上就连他们自己也没有意识到，强调艺术的独立性和创造力，恰恰是在提升对于人的本质的认识，提升人同自然、同他人、同自身的关系的历史水平。当然，这种审美理想的超越现实性如果被赋予了过高的价值，就难免产生借助艺术的独立性而包打天下的嫌疑。

同时，从济慈的“美即是真，真即是美”，到美超过现实的真，取消现实的真，使艺术的真失去了形而下的基础和底土，便必然会使艺术的真本身遭到动摇。没有了表象乃至假象，真相又何以托身？所

① 卡尔·马克思：《一八四四年经济学哲学手稿》，刘丕坤译，人民出版社，1978，第 75 页。

以，艺术和现实的真，高级的真和基础的真，是相互拱卫而非相互取代或相互消灭的关系。

通过上述探讨可以发现，美的问题关乎人的本质，关乎人在自然和社会的运动规律支配下的生存，还关乎美的创造的有意识性与无意识性，关乎不以人的意志为转移的审美活动法则。

具体说来，审美以及形式创造的活动，是与人的生存环境直接相关的。现实的美固然是各种各样的，但不同的关系和参照系却在美丑判断中具有支配作用。在古希腊时代，梭伦曾和小亚细亚的君主克洛伊索斯有过一番对答，其中展示了梭伦的价值观，同时表明了不同的关系和参照系对于特定的判断具有怎样的决定作用。

鲁迅在美的判断方面提出的说法更为精练："并非人为美而存在，乃是美为人而存在"①。由此可见，美引起人的快感，丑引起人的痛感，但在这简单的直觉之上，还存在着更重要、更复杂的审美形式的刺激，存在着人的本质的一切复杂性，存在着人的自由、美、人化的自然之间受到美的统摄的本质关系。美与非美，除了对象的确定性之外，一切变数都取决于人的主观。

从伦理的角度看，艺术的形式美感和人的爱恨感觉同样处于复杂的关联中。通常看来，爱是自由的，是发于心的，但爱有时又是盲目的，或具有变动不居的特性。所以，人的爱恨情感活动乃至整个道德伦理活动都受审美的牵制。人生需要审美，否则便无生命的价值，便不成其为爱；艺术同理，很多社会事物，只因无审美价值和艺术内涵，无美和爱，便流于对他物的追求和满足，尤其是和功利直接或间接相关的政治、权力、财富等，它们充其量只是实现爱与美（当然，更有可能实现恨与丑）的间接手段和形式，如果将它们强加于艺术，便只能造成伪艺术。

归结来说，美总是比实用更关乎人的永恒之念。当人们收藏诗歌时，总是挑选那些艺术形式上乘、极富于美感的作品，而放弃那些思

---

① 鲁迅先生纪念委员会编纂《鲁迅全集》第十七卷，人民文学出版社，1973，第19页。

想激进、形式粗糙的作品。正是由于自幼形成的单纯个性发育而形成这永恒之念（在知识和诗歌的氛围里），才使王尔德将唯美形式的创造变成了创作活动中主宰一切的动机。

第三节　形式与内容的矛盾运动

一、自主的形式与形式的自主

为了理解王尔德对形式美的高度重视，有必要梳理他的艺术观中的形式意识来源，如固有的传统形式，生活形式启示的形式，当代人的艺术主张和创作实践所提供的启迪和榜样，个人审美趣味倾向的选择和酝酿，包括潜意识、梦境等当时已经受到人们关注的现象，所有这些因素都参与形式的创造，而主导的特征则是把思想重新创造为感觉（托马斯·斯特尔那斯·艾略特语）。

艾略特在他的文论中曾经提出，玄言诗的创作特色在于将思想重新创造为感情，实际上说的就是感觉与思想的转化：

> 他们的情感方式直接地、新鲜地受到他们的阅读和思考的改变。特别是在查普曼诗中，有一种对于思想通过感官直接的理解，或者说，把思想重新创造为感情的本领，这正是我们在多恩诗中所发现的特点。[①]

由于人运用思维吸纳或抒发各种意识产物，产生意识活动，因此他的思维方式会随着意识产物的性质和特点做出调整和选择。对一位工程师谈论某个建筑，就应该以建筑学知识为主；对一位美学家谈论

---

① 托马斯·斯特尔那斯·艾略特：《艾略特文学论文集》，李赋宁译注，百花洲文艺出版社，1994，第20页。

这建筑，就应该以艺术为主。王尔德要把自己的美学思想和艺术趣味推给读者，他要做的就是让思想回到感情甚至感觉，通过一条能够走通的审美途径回到审美形式和审美感觉去。

为什么王尔德格外重视形式美的问题？笔者的看法是，因为形式美是一个急于将自己的观念创造为感觉时的必经之路。为此，人们看到，艺术史上大量的作家作品都真实地印证着思想的感觉化，或观念的形象化。当然，思想和观念不会因为实现了感觉化和形象化就变为了艺术，艾略特的意见里还有一个“创造”的概念，而这创造就足以涵盖所有作家、艺术家艺术地营造自己的审美世界的全过程。

所以，无论古今中外，作家、艺术家将心理或精神冲突予以艺术的拟人化的情形比比皆是，而且，在东方国家文学传统中尤为多见，如川端康成的《雪国》、泰戈尔的《戈拉》、芥川龙之介的《地狱图》等对作家头脑中纠结的观念冲突的外化，西方国家的启蒙作家的作品，以及浪漫主义作家的诸多作品，如《老实人》对伏尔泰世界观的外化、《宿命论者雅克和他的主人》对狄德罗的社会哲学的外化、《巴黎圣母院》对雨果神秘意识的外化、《阿塔拉》对夏多勃里昂宗教信仰的外化等，都是从思想到感性的表现。

但是，无论作家如何有意识地将自己的观念外化到作品中去，总还有艺术法则本身的抵抗存在。这种发自艺术传统和艺术潮流的客观形势和艺术文化内部运动规律的法则，经常会表现出不以作家的意志为转移的决定性力量。它会使作家在创作中能超越自己有限的眼界和能力，实现更合乎时代生活和艺术规律的目标，产生出令作家本人都无法抗拒的力量，达到他们无法预料的效果。

诗人但丁曾把艺术和灵魂做过对比，他认为，现存的艺术形式往往不符合诗人的意向，来自生活的材料也并不得心应手，它们就像某些造物，脱离了造物主的旨意而越轨运行。按照但丁的理解，如果说造物就是作品，这里就揭示了创作过程的一个重要规律，即艺术内容克服艺术形式的原理，说明但丁所意识到的，从性质上来说，是新的艺术内容（基于新的社会历史内容）要努力寻找到相适应的艺术形式，这是艺术规律和历史要求的体现，一切具有改革精神的艺术家都将必然地向艺术做出如此挑战。

但丁在诗篇中留下的这些艺术创作的经验之谈，几百年后得到了意大利批评家德·桑科梯斯的回应。后者在《论但丁》《论亚历桑德罗》等文章中，对作家创作中时常遇到的艺术规律与作家意图不相契合、反相抵牾的问题，进行了具体的阐述，可见他是认同但丁的意见，并从大量文学实践中寻绎其中的奥秘，深化这方面思考的。他说：

> 在《神曲》里，正像在一切艺术品里，作者意图中的世界和作品实现出来的世界，或者说作者的愿望和作者的实践，是有区分的。一个人做事，不会顺着自己的心愿，只可以按照自己的能力。诗人的写作总不能脱离他那时代的文艺理论、形式、思想以及大家注意的问题……一位真正的艺术家写起诗来，矛盾就会爆发，所出现的不是他的意图的世界而是艺术的世界。①

关于作家创作的背后推手，实际上关系到作家创作的深层历史背景，特别是一个时代普遍的社会思潮、普遍的思维方式、普遍的心理尺度等内涵和形式方面的精神背景。而这些深层的思想文化和精神生活的背景，往往只是作家无形中受到影响或制约的因素，并非他们刻意关注的问题。例如，巴尔扎克在一生的创作中，不断受到这种源自法国乃至欧洲社会现实中的阶级冲突形势的影响，所以，他虽然在情感上始终对贵族阶级持有深厚的同情甚至敬佩，但是在理性和社会认知方面，却深刻意识到资产阶级势必取代贵族阶级而成为世界霸主的历史前景。而且，他在现实主义思潮的影响下，不得不遵循自己内心的警告，背离自己的情感去倾向，客观而无情地揭示历史的转折和阶级的消长。

作家的不由自主之处屡见不鲜，普希金在1830年秋于波尔金诺完

---

① 伍蠡甫主编《西方文论选》下卷，上海译文出版社，1979，第464–465页。

成自己一生最重要的作品，可谓硕果累累，以至于他自己也为这创作奇迹感到诧异。他曾在一个意兴酣畅之际，推窗遥望东天的熹微，捶击着自己的额头叫道："普希金，你真是个魔鬼！"

不仅是文学艺术领域，在心理学领域，灵感和理论、自觉和不自觉、意识和无意识、艺术规律和主观愿望之间的对立和矛盾，也引起了心理学家的关注，并通过科学的方式予以论证。瑞士心理学家荣格的名言"不是歌德创造了《浮士德》，而是《浮士德》创造了歌德"就是对这一问题的集中表述。荣格在这个问题上还具体地阐发了其中的心理学原理。他说：

> 一切自觉意识到的心理功能都事先存在于无意识的心理活动中，无意识也像意识一样知觉、感受和思维，也像意识一样具有目的和直觉。这一点，我们从心理病理学领域，从对梦的过程的研究中，找到了充分的证据。意识和无意识的心理机制，只是在某一方面才有着本质的不同。尽管意识更精确集中，但同时它也短暂易逝，并且仅仅指向直接存在和直接注意的领域；何况它所容纳的仅是个体在几十年经验中接触到的那些材料。"记忆"的广大区域是一种人为的接受，主要由书本知识构成。无意识的情况却完全不同，它并不清晰集中，而显得模糊暧昧，它的内容十分广泛，能够以最相互矛盾的方式，同时容纳最杂乱的因素。不仅如此，它除了容纳着不可胜数的阈下知觉外，还容纳着从我们祖先——他们以他们的存在为物种的演化做出了贡献——的生活中积累起来的丰富财富。①

如果人们把事物内部的矛盾运动，理解为事物的本质所在，理解为事物运动变化的根本原因，那么，这种矛盾运动得到文学现象研究者的重视，并将其作为文学作品分析阐释的重要甚至根本性的途径，就不仅是顺理成章的，而且是极为必要的了。

① 卡尔·荣格：《心理学与文学》，冯川、苏克译，三联书店出版社，1987，第42–43页。

正是基于这样的思考，本书把王尔德叙事作品的内在矛盾运动的分析阐释当作根本研究任务，当作实现对其作品的实质性掌握的有效途径。从这条道路走去，本书利用形式与内容相互克服的理论，直接捕捉到作家创作中发生的矛盾冲突及其解决方式，捕捉到其形式和内容各自发挥的克服作用，捕捉到哪里是作家的主观起到了决定性的作用，哪里又是隐藏在作品内部的艺术法则起到了决定性的作用，这就掌握了作品的孕育过程和孕育中的生长状况，并且从这种“胚胎学”的图景中，得出关于作家和作品的真知灼见。

荣格也像他的前辈弗洛伊德一样，在心理学研究中广泛地涉及文学问题，除了这里涉及的意识与无意识在文学创作中发生的现象之外，他在神话与童话等问题上也做出了重要的研究和论述。本书在其他章节中还会利用他的研究成果来论证王尔德的创作问题。

上述艺术自为性理论的一个重要意义，就是展示了文学艺术本身在现代社会高速发展和精神生活极端活跃的基础上所产生的飞跃和所实现的自觉与自主。这种进步在王尔德这里得到了空前的扩张。本书之所以引入上文的大量范例，就是为了说明，王尔德的创作及其思想基础在很大程度上都是时代生活的产物，是浪漫主义文学艺术传统孕育的结果。

王尔德这种创作方法，即面对作品时，作家主体既在其内又在其外的做法，已被证明是屡见不鲜的。问题的关键是，这种做法是否正确，是否必要或必然。有人说，这是作家不负责任，或鼓吹作家放弃主观能动作用。这种指责显然是靠不住的。原因在于，艺术创作活动是主客观多方参与的过程，除了作家主体之外，客体方面还包括创作活动的对象、对象性基础，以及创作活动等其他相关环境因素。仅以对象性基础而论，就对创作对象具有极大的制约作用。伦敦西区的上流社会是怎样的生活状况，特别是它的文艺沙龙的生动场面，王尔德的戏剧创作不可能不受到它的影响。于是，戏剧情节的发展，人物的对话和动作，舞台设置和装饰，都有自身的要求。所以，作品自身的发展要求，或者作品的自律性，就难免要对作家的主观活动产生影响。

在小说《画像》这篇相当于小说化的唯美主义宣言里，贝泽尔几乎成了王尔德的代言人，他把作家、作品、大众、世界之间的关系做过概括性发言：

艺术家应当创造美的作品，但不应当把个人生活中的任何东西放进去。在我们这个时代，人们看待艺术就仿佛它应该是自传的一种形式。我们丧失了抽象的美感。有朝一日我要让世人知道什么是抽象的美感；为了这个缘故，世人将永远看不到我给道连·格雷画的像。①

从这段话可以看出，王尔德既反对作家进入作品，又主张深思熟虑地创作，这就是上文说的，作家既在文内又在文外。但是，即便作家进出作品完全是自觉的，那么就不存在他的自觉之外的客观力量的暗中影响吗？答案只能是一个，即不可避免的无形力量的制约是所有作家、艺术家创作过程中无法逃避的命运。

从这个意义上说，文学创作事实上是作家和生活共同参与的结果，生活总是利用作家之手，实现自己的客观要求。所以，当人们责备司汤达对法国社会指责过多时，司汤达才回答道：

一部小说就是道路上流动的一面镜子。反映到您眼里的，有时是蔚蓝的天空，有时则是路上的泥泞。而背篓里带着镜子的人，却被您指责为不道德！他们用镜子照出了泥污，而您却因此指责镜子！您应该指责泥泞满路的大路，您更应该指责道路管理员，正是他们的懈怠才使路面污秽不堪。②

王尔德在他的演讲词《英国文艺复兴》中，曾引用他的相关论述，来阐明自己对艺术独立性、自为性、自律性的认识，显示出他对这一

① 奥斯卡·王尔德：《王尔德全集》第一卷，赵武平主编，荣如德、巴金等译，中国文学出版社，2000，第15页。

② 司汤达：《红与黑》，罗玉君译，上海译文出版社，1981，第190页。

问题的自觉水平和理论建树。

除此之外，王尔德的叙事艺术的最重要特点，是把（来自感觉等生活体验的）思想重新创造为感觉。出自艾略特的这句话很适合王尔德的创作情形。在《画像》中，那些观念化的、精神品格化的人物，时刻都给人以作家本人的精神向外折射的印象，因为他们说的话、做的事，仿佛都有王尔德自己的影子。

例如，研究者普遍认为，小说《画像》的人物关系隐含着王尔德的同性恋倾向。毋庸讳言，小说中的画家贝泽尔对道连的感情——无论出于个人崇拜之情，将对方当作绝对美感的标志，还是出于道连对自己的艺术创作所发生的启示作用，都体现了画家对同性的爱恋。而且，小说中的人物之间固然存在冲突，仿佛是作家刻意设计的取自现实生活中的抽象人格之间的对立和对抗，但这种真实地反映出作家本人心理或精神冲突的拟人化描写，在文学史上并不少见。法国作家夏多勃里昂的《安塔拉》、印度诗人泰戈尔的《戈拉》、德国作家黑塞的《纳尔齐斯与歌尔德蒙》、日本作家川端康成的《雪国》等作品，都带有浓重的作家主观人格折射的特点。

毫无疑问，这种类型的创作由于出自作家的主观人格以及心理因素的内在冲突，或者说，即便也有源自现实的某些人格因素的参与，但经过作家主观过滤后，便仿佛用一个分光镜从一束光柱分出许多单色光一样，变成了以人格化的方式复现作家内心多重因素之间的冲突，于是，就不可避免地要带上作家固有的抽象精神的特征，甚至会在显示其特殊风格的同时，在一定程度上表现出概念化、脸谱化的特征。

值得关注的是，情感与形式或形式与情感之间，具有一个重要的中介，就是审美感动，即审美情感的作用。人们在爱伦·坡的文章中可以看到一个唯美主义者对艺术活动的主体作用的极度关注：

借助于诗——或借助于诗的境界中最迷人的音乐——我们发现自己被化成泪水了。这倒不是……由于过分快乐，而是由于某种容易触发的、难以忍受的忧愁：我们还不能在这世界上，全部地、一劳永逸地把握着神圣的和令人发狂的种种喜悦，而只是通过诗歌、通过音乐，简单地、隐约地瞥见了这种种的喜悦。[①]

这种对美的追求近似于宗教般的狂热和赤诚，令人想起尼采对美的迷狂状态。王尔德在自己的文论中也曾有过心醉神迷的感受。于是人们看到，在王尔德这里存在着一个复杂的主体状态。作家既要让自己在创作中消失，又要沉浸在创造震撼的迷醉中。而居于主导地位的，则是他从老庄哲学中得到的启示——无为而为。在王尔德看来，这个“无为”，就是远离功利和实用，远离道德说教，只求美的艺术，而这个“而为”，则是欲擒故纵后的全盘收获，是对美感愉悦和审美教谕的感受和沉醉。说到底，除了主观上拒绝任何教条对艺术的干涉之外，他是比道德论者更加注重道德教谕意义的唯美主义者。因为他从儿时记忆以及成年人谈话的经验中深知，艺术的美天然地具有道德教化的作用和伟力。

至于作家（也包括读者）究竟以何种方式发生感动，埃德加·爱伦·坡的体会很能说明问题：

我认为，那个最纯洁、最升华而又最强烈的快乐，导源于对美的静观、冥想。在对美的观照中，我们各自发现，有可能去达到予人快乐的升华或灵魂的激动；我们把这种升华或激动看作诗的感情，并且很容易把它区别于真理，因为真理是理智的满足；或者区别于热情，因为热情是心的激动。所以，我用美这个字来概括崇高——我把美作为诗的领域，不过是因为艺术的一条明显规律就在于，种种效果应该尽可能地直接产生于它们的种种原因：——还没有人会如此愚钝，以致否认上面所讨论的特殊升华至少在诗中是最容易达到的。但是也决不能得出这样的结论：热情的一些鼓舞、或道义的一些格言、甚或真

① 埃德加·爱伦·坡：《诗的原理》，转引自伍蠡甫编《西方文论选》下卷，上海译文出版社，1979，第500页。

理的一些教训，都不可以被介绍到诗里，而产生益处；因为它们也可以偶尔用些不同方法，服务于作品的一般目的：——但是，真正的艺术家要经常设法冲淡它们，使它们适当地服从于诗的气氛和诗的真正要素——美。①

除了以温克尔曼的“高贵的单纯，静穆的伟大”理解古典美之外，这里有一个极为重要的提示，就是美的感动区别于真理和热情。艺术既然不是真理，不是热情，只是美，那么就确立了艺术的本体论地位。可以看到，王尔德极为推崇坡的创作和理论，并没有因为自己强调艺术的功用而贬低坡的伟大，同时证明了王尔德的艺术功用观。为此，人们只要撩开反对功利、反对教益的面纱，就再也不会把王尔德看作一个反对艺术的社会功用、反对艺术的道德教化作用的作家了。

总结以上回顾就能明确从但丁的艺术法则自决论，到王尔德的作家消失论，再到艾略特的消灭诗人个性论的连续演变的关系了。

至于王尔德为什么一再反对作家的主观介入，显而易见，他所反对的是一向破坏艺术的传教士做派。当然，对于维多利亚时代正统道德伦理的深恶痛绝，也是王尔德强烈反对主观介入的重要原因。

王尔德放弃自幼接受的基督教信仰，皈依天主教信仰的努力，持续了相当久的日子，最后在告别人世之际终于得偿心愿，一个重要的原因就是天主教的教规教义、原教旨色彩和精神品格给了他强烈的美感和神秘感的刺激。

上文讨论的是形式的自主，当然，在实际的艺术创作中，更突出的表现还是自主的形式。所谓自主的形式，是指作家以自觉和自足的身份创造形式因素，以表达对内容的诉求；而形式的自主，则是指形式自有其运动的法则和要求，在自律性的支配作用下，艺术创作过程会受到这些法则和要求的制约，显示不受作家主观努力支配的运动趋

---

① 埃德加·爱伦·坡：《诗的原理》，转引自伍蠡甫编《西方文论选》下卷，上海译文出版社，1979，第 501–502 页。

势，直至将其变为直接现实。

众所周知，进入 20 世纪以来，以俄国形式主义思潮和法国结构主义思潮为代表的哲学、文艺学的迅猛发展，显示了人类对于艺术形式的关注和探索与日俱增。但是，这股潮流除了受到现代主义创作成果的激励和推动之外，在批评和艺术理论方面从 19 世纪接受的遗产也是不可低估的因素。在这方面，就包括了王尔德的文论思想和美学主张，以及由他的观点直接启发鼓舞的唯美主义者的全部贡献。

王尔德对现代主义者的启示之处也多与形式方面破除窠臼、大胆构思有关。在现代主义乃至后现代主义的艺术形式美的追求方面可以看到：变化的大胆与象征的广度同步而行，如《百年孤独》中的人与蝴蝶，《证之于爱》中的人变鲑鱼等，都推进了 19 世纪以来的浪漫主义形式观。只不过，王尔德不同于现代主义之处在于，他保持了传统艺术的美感。而后现代主义经常放弃责任，不顾艺术活动的感性要求和自由规则，强行推行极端的形式主义，将艺术形式导入了畸形的轨道，结果是害死了艺术。后现代主义作为后期潮流的这种不肖表现，令人想起自然主义之于现实主义的关系。

总之，艺术形式的问题，一向与哲学的思辨存在密切关联。艺术构思往往以形式为精华所在，但艺术构思再精妙，也未必比生活中的奇异事件更机巧。这就是艺术需要生活以扩张自己的领地的理由，也是生活出于美的追求而不断摹仿艺术的理由。正是生活中的审美自身所包含的意义及其价值，才是唯美主义赖以存在的基础，也是其最终旨归所在。

由于这一切复杂的联系，所以，如何认识美和艺术形式，就成了从批评到美学的重要课题。如果说，美即形式，形式即本质，那么美与思想情感的关系怎样理解？本书的观点是，美总是一种价值实体，是和各种非审美领域的事物迥然不同的价值实体，它的价值主要体现在对人的影响——精神以及通过精神而至肉体的改变和受益，从而帮助人更好地享受和建设生活。

透过现象来看，维多利亚时代正统艺术的症结就是形式死守着的道德伦理等观念意识内容，所以要动摇和变革，就要首先打击和粉碎固有的形式，然后以新的形式取而代之，才能解放内容。

王尔德的行动是复兴古典的，类似于再次的文艺复兴。或者王尔德自己以文艺复兴巨擘激励自己也未可知。

现代主义作家的许多环境描写、人物交代介绍、插话等，已不再具有 19 世纪现实主义那种包含对生活的理解的寓意，而是成了单纯风格化或内心感受的标志，极大地减少了作品的美感和意义，破坏了人和自然、环境和人物的朴素感受和观念。看似高度个性化、风格化、朦胧化，实际却缺少了世界性、自然性、审美性。现代主义各种实验性的手法独创是对创作和接受主体承受力的挑战，其实质是追求其表现与现实中的本质联系相近似或相一致，如《逝水年华》《变形记》，但其代价是牺牲美感，因为美是单纯的、自然的，此代价是现代社会使然，因而是现代文明之代价。

二、形式内容的辩证运动

形式内容的矛盾运动是系统内部交错、相互的对立面矛盾运动。形式和内容是各种相对的存在物，而且可以显示各种平衡和非平衡状态。例如，所有具有内涵的存在都可以视为形式，而所有作为形式的内涵的存在都可以视为内容。一旦处在失衡的状态，即一个结构产生各种非平衡的状态时，便会出现一个方面克服另一个方面，将其变为服从者和服务者，直至达到艺术理想。例如，内容因素一旦成为既定的创作宗旨，那么它就会能动地寻求形式的配合，当这种配合不能满足要求时，即形式因素表现为创作的障碍或需要解决的困难时，创作进程便会依据内容的需要对形式进行筛选基础上的改造和调整，使之达到内容的要求；反之，如果形式因素一旦成为既定的手段和方法所追求的目标，而内容或材料的因素不能达到该形式和方法技巧的要求，那么创作进程便会用形式和方法改造该内容，使之与自己相匹配。

经过学界长期讨论的形式内容矛盾运动的问题，在苏联心理学家维戈茨基的理论著作中曾得到过集中的表述。按照维戈茨基的观点，形式克服内容是形式改造了内容，将旧内容转变成了形式支配下的新内容，产生了审美价值和审美倾向；内容克服形式则是内容改造了形式，将原有形式转变成了内容支配下的新形式，从而产生异于以往的审美价值和倾向。

正如黑格尔哲学所揭示的，所有的矛盾运动都是从对立面的冲突走向和解，并再次产生冲突的过程。内容形式的矛盾冲突也有一个和谐统一的问题。作家在创作过程中受到矛盾运动的推动，总是要最大限度地运用有利的内容和材料的适应性，选择与之配合的形式和方法，以有效地表达该内容，将固有材料变为富于表现力的题材。在另一个方向上，作家也总是要最大限度地调动形式技巧以克服看似极难或极不可能的材料对象，以显示艺术的高超和奇崛，显示深刻的必然性，以及发现之难。维戈茨基在阐发他的矛盾运动学说时所举的例证，即蒲宁创作的短篇小说《轻轻的呼吸》，就有力地证明了形式克服内容的法则。绕到蒲宁的身后，就会发现，蒲宁正是因为找到了一个女中学生看似偶然的横死后面的必然性，才选择了适当的文体和各种表现手法来处理材料和内容的。这些形式技巧和艺术手法包括象征、悬念、错觉、倒插叙等各种手段。所以，内容和形式的矛盾运动的确是相互交错，无法截然分开的有机过程。

王尔德的创作正是沿着这样的矛盾运动轨迹，才产生了他的一系列成功作品。

在《画像》中可以看到，王尔德事先经历过一个长期的观念积累过程，这就是自幼形成的艺术情结和后来急剧壮大的唯美主义理念。当这个积累而成的情结遇到一个契机时，也就是遇到了一个绝妙的“形式”时，王尔德便如获至宝，立刻投入小说创作。这个契机就是他在画室中听到的画师假说。[①]

再如，王尔德的短篇小说《坎特维尔的幽灵》，同样有他的积累过程。在他所著《文学札记》一文中，在他对叶芝的爱尔兰故事集发表

① 参见本书第二章中有关《道连·格雷的画像》的直接起因部分。

的评论中，他谈到了自己母亲的作品，并且对鬼魂的故事深表同情。[①]

艺术的核心性、本体性问题，是形式的意义。在王尔德看来，维多利亚时代正统艺术的症结就是形式死守着的道德伦理等观念意识内容，所以要动摇和变革，就要首先打击和粉碎固有的形式，然后以新的形式取而代之，再然后才能解放内容。

法国唯美主义诗人戈蒂耶在《珐琅和玉雕》一诗中写道：

是的，最美的作品出自
最坚硬最难对付的
形式——
玛瑙、珐琅、大理石和诗。
虚假的束缚不能容忍！
但缪斯啊，为了前进，
你不嫌
古希腊舞台的鞋太紧。
容易的韵应受到轻蔑，
犹如尺码太大的鞋，
谁的脚
都可穿，也可随意抛却！
雕塑家，别再迷恋于
拇指捏得软糊糊的
黏土，
心灵啊，正在别处飞舞；
要与最硬最名贵的
大理石搏斗一番。[②]

---

① 参见本书第三章中有关《坎特维尔的幽灵》的相关文字。
② 飞白《世界名诗鉴赏辞典》，漓江出版社，1989，第 298–302 页。

在这唯美主义宣言里，戈蒂耶不仅强调了艺术之美的永恒性，艺术与现实不相干的独立性，而且捕捉到了艺术形式和内容或材料相互作用的原理。他为了说明艺术家对看似不适合主题的材料做出的挑战，刻意引用珐琅和玉雕的制造过程作为说明。他的观点开启了后世维戈茨基关于形式克服内容的艺术论的先河，而且透露了他对艺术形式的妙用功能已经达到了比较深入的把握。

本书在此无意罗列唯美主义诗人、艺术家、批评家的各具风采的唯美创作和唯美论述，他们凭借唯美观点创作而成的杰出作品，如爱伦·坡的《乌鸦》、济慈的《希腊古瓮颂》、戈蒂耶的《珐琅和玉雕》、苏利·普吕多姆的《天鹅》、史文朋的《在夕阳和大海之间》、王尔德的《莎乐美》，甚至歌德的《游子夜歌》等，都是深入人心的美的使者，而那些宣示唯美主张的理论著述如戈蒂耶的《〈莫班小姐〉序》、王尔德的《英国文艺复兴》等，同样充满了热情和雄辩的理论。这般看来，唯美主义或纯艺术的创作和理论都得到了呈现。而且，诸多唯美倾向的作家和理论家之间的传承关系也表明，他们之间存在共同的思维逻辑和倾向，即在艺术本体论的根本观念上对传统做出强有力的反拨。

这种艺术本体论的变革，去除它的极端化方面，其中包含的合理性和进步性是显而易见的，从总体上评价，它对美的极致的推崇，对美的彼岸的追求，对人类文明的推进意图，都是值得充分肯定的。

为了凸显自己的地位，这种艺术形式与美的主张一概排斥艺术的道德内容，这一点在爱伦·坡的《写作哲学》（1846）和《诗歌原理》（1848）得到了断然的宣示。这种反道德主义是否可取？很显然，唯美主义放大了美与善的区别，甚至以牺牲人类道德遗产的代价换取纯艺术的“纯净”，颇有唯我独尊之嫌。事实上，艺术创作中是否应该夹杂道德内容的考虑，与是否主观上刻意排除道德内容的参与，毕竟是两回事。由于形式和内容的不可分割性，任何艺术创作都不可能全然摆脱内容的牵制。这个道理，正如主张非理性作家的创作，不可能全然摆脱理性的参与一样。所谓非理性，只不过是以非理想形式存在的理性，或者，非内容形式的内容。

在王尔德的笔下，形式与内容的关系已经又向前发展了一步，变成了内容并不重要甚至可以全然抛开，唯有形式和技巧才是作家应该全力关注、聚精会神进行创造的事物。而且作品的审美价值也完全取决于形式创造的结果，即审美形式的优劣高下。其实，笔者在对待王尔德的理论与创作的矛盾性，甚至理论本身此一时彼一时的自相矛盾性时，是把他的主观意愿和极力排斥主流意识形态与正统艺术观念的动机结合起来考虑的，因此只是从他的创作理论的极端性、片面性、孤立性中解释出他的动机和某些合理因素，并不全盘否定或全盘肯定。

根据动态研究对静态研究的优势，可以说，形式与内容相互克服，即形式与内容间的关联与矛盾运动，是对艺术创作过程的最为实质性的描述和揭示，也完全符合艺术创作往往需要刻意寻求最有利的艺术形式的运思过程。笔者发现，在这种方法的运用中，凡是主观性占据主导地位，或裹挟强烈的激情创作而成的作品，例如抒情诗或浪漫小说等，总是表现为内容克服形式为主；相反，凡是遵循客观逻辑和理性判断，特别是刻意消灭自己主观意愿的创作过程，便总是表现为以形式克服内容为主的运动。

苏联学者维戈茨基在总结前人经验和论述的基础上，不仅创立了形式克服内容的学说，他还发现，题材与主题的悖反有助于艺术达到更高超的境界。高尔基把司汤达创作《红与黑》说成是“把一桩普通的刑事案件上升到对 19 世纪上半叶法国社会现实的哲学概括”，便是对这部作品以形式克服内容、化腐朽为神奇的最好概括。事实上，艺术的点石成金，或者如上所说，把水变成酒，就体现在这里。

在艺术形式和艺术手法的决定作用方面，王尔德还特别强调形式重于材料，即艺术的成败取决于怎样写，重于写什么。他甚至在转向极端时，会根本否定题材的重要性。他的这一观点的确有助于艺术规律的揭示，也推进了批评界对于艺术形式和艺术手法的重视，从而在艺术创作的过程中——不单单从孤立的完成形式的作品中——探究艺术创作的心理活动，从而建立活的、动态的审美创造心理学，为美学提供生命的维度。

总之，王尔德对于艺术形式和艺术手法的高度评价在事实上推进了这样的认识，即作品与作家乃至整个社会矛盾运动是一个在相互联系、相互作用中发展运动的统一整体，而艺术作品的形式结构与内容结构的积极配合与和谐统一，是评断艺术作品审美价值高低的一个重要标准。维戈茨基在用蒲宁（或译布宁）的短篇小说《轻轻的呼吸》解说其中贯穿的形式克服内容的情况时，说了下面这段集中表达他的观点的话：

我们可以看出，事件通过这样的结合和贯穿，不再像实际生活那样混沌不堪；它们像旋律似的贯穿在一起，通过自己的起伏和转折，宛若挣脱了束缚它们的线索，它们摆脱了我们在生活和生活印象中所看到的那种一般联系；它们从现实中脱离出来，如词结合为诗句那样互相重新结合在一起。我们已经完全可以从这种揣测中得出一个明确的表述，作者所以在他的小说中制造一条复杂的曲线，就是为了消除“生活的混沌”，把它变成透明，把它从现实中剥离出来，就是为了把水变成酒，如艺术作品一向所作的那样。小说或诗句的词承担着它的普通涵义，即它的水，而结构则在这些词之上，即超越这些词来创造出新的涵义，另辟蹊径安排所有这一切，把这变成酒。一个放荡的女中学生的生活故事，在这里便这样变成了布宁小说的轻轻的呼吸。①

利用固有形式手法改造原有材料，使其服从与原有结构不同的艺术化的布局，也就是纳入艺术形式，就会改变该材料的性质，释放出该材料不易被觉察或以往未被发现的审美价值，从而为艺术形式的创造和艺术内容的表达提供基础。由此可见，布局决定了功能和效果，布局包含着活的创作过程和创作意图，而布局就是结构，就是主导的艺术形式。

① 列夫·谢苗诺维奇·维戈茨基：《艺术心理学》，周新译，百花文艺出版社，2010，第205页。

又由于形式往往决定作品的风格，所以笔者认为，在很大程度上，风格即出自形式，从这里出发则可以认为，只要形式发挥了决定性的作用，便可以将形式视为高级的内容，比内容更重要的内容。

至于内容对形式的克服，或者说，作为业已形成的艺术内容来说，它对艺术形式所提出的要求，以及所做出的选择和改造，则具有另一方向的意义。在王尔德看来，维多利亚时代正统艺术的症结就是形式死守着的道德伦理等观念意识内容，所以要动摇和变革正统艺术的根基，就要首先打击和粉碎固有的形式，然后以新的形式取而代之，才能解放内容。但是，依靠什么，或者说出于怎样的目的和理由以及方法，才能打击和粉碎固有的形式？此时就要寻求材料或者既定的、成熟的内容了。由于内容和形式是相互作用、相互克服的对立统一体，因此内容对形式同样具有根本性的改造和重塑作用。

维戈茨基的理论侧重于形式克服内容，即本事或材料在被克服或被吸纳入艺术形式后，产生出合乎创作意图的审美形式，而且这样创造出来的艺术形式已经不再服侍先前的本事或材料，而是效力于新的主人了。但是在王尔德这里，除了这个方向的创造活动之外，还有一个更加明显、更加表现为自觉的艺术创造过程，那就是以主观立意和创作意图，特别是业已成竹在胸的观念体系，来选择和改造已有的形式因素，使各种处在读者大众接受惯例范围内的形式和手法因素为自己的意图服务，以求达到特定主题的显现或流露。

这种情形在主观性突出的文学现象中是常见的。它通常出现在已有特定创作意图和主题意向，也高度认同已有的素材或本事，剩下的任务主要是对已有的形式和手法予以加工改造，使其变为新形式，其中包含着新手法。在这个所谓内容克服形式的过程中，对本事所倾注的特定艺术理想决定了形式的创造和选择，所以艺术形式因素的选择和改造成了完成艺术整体的前提和保障。

可见，在一定意义上，文学创作过程可以理解为作家权衡素材和形式手法孰重孰轻，并最后做出取舍、剪裁的过程。当王尔德的主观意识处于自己的创作对象（合目的的材料和本事）和读者对象诸要素组成的系统中时，他从现实生活和创作活动中积累和凝聚成的个人创作理念和艺术理想经常成为压倒形式主导性的要素，并凭借这些要素使艺术形式和艺术手法受到驱遣，变为服务于主观观念的工具和手段，以实现自己秉持的艺术理想。

综上所述，形式克服内容是形式改造了内容，将旧内容转变成了形式支配下的新内容，使其焕发出全新的审美价值；内容克服形式则是内容改造了形式，将原有的形式转变成了内容支配下的新形式，从而产生出迥异于旧形式所传达的审美价值和主观意向。

在投身于唯美主义运动后，文学内容先行、主题先行、观念先行，导致王尔德叙事作品的主观折射和观念象征等形式特征，在前面分析的《画像》中，人物有时成了作者的代言人和传声筒，有时成为作者心理对立因素的人格化，结果导致作品整体的伦理内涵限制在了作家主观世界范围内，在一定程度上缩小了人性再现的领域；在分析他的童话作品时，王尔德给若干作品加上的神学目的论的结尾，把人道主义色彩浓厚的作品主调扭向了宗教文学的边缘，也在很大程度上损害了童话应有的艺术效果。

事实上，关于艺术内容和艺术形式手法的关系问题，历来备受重视，英国艺术理论家罗斯金在其艺术论中多有深入细致的分析，值得借鉴参考。

对于艺术家来说，王尔德比较服膺戈蒂耶在《珐琅与玉雕》中提出的观点，即内容形式和谐统一的要义在于：最大限度地调动形式技巧以克服看似极难或极不可能的材料对象，以显出艺术的高超和奇崛，显出深刻的必然性，以及发现与发明之难。

从总体上看，形式与内容的相互作用、相互克服、相互统一的矛盾运动，在具体的艺术创作过程中往往决定创作的基本风格特征，决定其从属于现实主义还是浪漫主义；在宏观的艺术格局中，则往往体现钟摆式对称性运动的法则，即艺术的客观性或是主观性倾向的判断。因此，这种艺术分析和研究同时具有形而上和形而下的意义。在哲学上也拥有合理的依据，即存在的内在对立性（在这里是材料和形式的对立统一）及其克服、扬弃和肯定。

第四节　浪漫主义的图景与精神

一、名物景物的拟象与拟意

在现实主义的创作中，名物和景物的界限很明显，名物只能在景物中，景物不能在名物中。但是，由于浪漫主义强烈的想象性和浓重的意象化，景物和名物却可以成为相互贯通之物。景物成了放大的名物，名物成为缩小的景物。这样的例子在《画像》及童话作品中俯拾即是。

在王尔德的叙事作品中，名物与景物在总体画面中的地位极为重要。

心随物游、景随心变是其小说与童话的典型描写手法。在人物行动的描写中，由于人物不同心境的渗透，即作家创作时想象与情感投入，人物所见的景物便随之被赋予不同的感情色彩，如烟囱远看如群鸦、玻璃幕墙发着惨淡的光等。

按照人们通常的理解，作为人类高级精神活动的象征乃是抽象与具象的统一，这是从一般与个别的意义上说的。从主体与对象的关系看，它统一了事物的物理联系与心理联系；如果越出个别和局部的视野而进入宏观的时空，那么象征又是历史的、逻辑的与审美的统一。

正是这些关系构成了象征的结构特性，也决定了象征的接受原理——创造审美意义的艺术张力以及受其支撑的艺术形象，并在这形象中注入特殊的、超越形象一般理解的意义，从而将其转化为意象。所以，所谓意象，实为意与象之结合，心与物之产儿。

在修辞学中，拟人与拟物是两种常见的修辞格。不过，本书只能把它们看作粗略的描述。因为所谓“拟”既然是摹拟或摹画，便必须有被摹拟或摹画的对象。而作家的摹拟摹画对象只能是自己脑海中的表象或意象。所以，用拟象和拟意两个概念，能够更好地说明艺术创作的特殊过程和创作思维的内在运动。

意象可以一般地理解为“被赋予了特定象征意义的艺术形象”，因此，该形象所表达的意义被极大地丰富起来，使自身超出了通常理解的形象标准。

象征解释的多重性既令人困惑，又令人着迷，特别是在那些意义域特别广阔、意义方向特别丰富的情况下，象征作为人类的表意模式之一，其时代特征和时代意义的区别性是十分明显的。人们在但丁、莎士比亚、马克·吐温等许多善用象征的作家笔下，看到的是各个时代形式和内容皆不相同的象征与被象征者。波兰美学家奥索夫斯基在《美学基础》中指出：

> 艺术中的象征内容必须是重要的，必须是某种比作为象征的事物更有意义的东西，因此，象征往往暗示作品的基本主题，而作为象征的事物在这里就只起辅助的作用。象征艺术总是“理想主义”的艺术或神秘的艺术。[①]

这段经验总结性的话提示人们，象征往往指向比象征物更重要的东西，而且直指主题。人们在王尔德的作品里，发现了大量这样的象征。因而可以证明，王尔德的叙事作品并非处处像《莎乐美》那样近于象征主义，但是他的象征艺术恰恰属于“理想主义”或“神秘”的类型，赋予了作品以浪漫主义的基调。

讨论王尔德的叙事作品而抛开象征是做不到的。问题是，如何评价王尔德的拟象与拟意，以及象征化描写的特点，阐发其中的丰富内涵。

通常情况下，人们是从如下几个方面衡量象征功能并评价其价值的：

---

① 斯蒂芬·奥索夫斯基：《美学基础》，于传勤译，中国文联出版公司，1986，第232页。

1. 象征的独创性

是否具有前人未曾观察到的象征物与象征内容之间的联系，是否给人们对这些事物的感受带来某种新鲜的东西，在王尔德作品中，如花朵、珍宝、美颜、书房、镜子、画像等皆属此类。

2. 象征的激发性

是否具有隐晦和多种解释的可能性，足以激发读者的创造性想象和情感的兴奋状态，它们是审美快感的源泉。王尔德采用的象征，例如《画像》中各种神异的宝石、各种古怪的乐器等似乎带着原始人的灵力扑面而来，就属于这种多义性的象征。

3. 象征的启迪性

是否使读者产生对作品重大意义的敏感，领悟到由象征暗示的深刻含义或真理，从而产生浓厚的兴趣和审美经验。人们在王尔德的作品中看到的花朵不再是花朵本身，而是寓含着文明之花、文心之蕊的花朵，是开在人类文明原野上的圣灵的花朵，便是这种启迪的结果。

4. 象征的暗示性

是否将象征的形式隐藏在普通的形象描绘中，从而使寓含的象征意义润物细无声地流露出来，抑或直白地、明显地用象征常用的典型语言将象征结构明示出来。它们的效果是截然不同的。《白鲸》中的莫比·迪克出没在整个叙事过程中，但是它的丰富而含蓄的象征意义却只有在足够长的沉思后才会涌上读者的思考，使其体会到它特殊的含义；而《儿子与情人》中莫莱尔夫人在月下触摸芍药花蕊的描写便是后者。王尔德的象征虽然不无直白之迹——这往往是由人物对话所表达的主题含义从旁烘托的结果，但他并不在象征中造成明白无误的指点或强人所难的傲慢的印象。

在王尔德的作品中，更常见的是对名物景物人物的拟象与拟意描写，使许多物与人呈现意象化特征，从而流露出象征性的意蕴。

意象为心与物之联合，不仅具有独立的审美意义，而且具有深层的心物哲学的意义和统一东西方审美文化的意义。而形象则不然。

综上所述，艺术的象征和意象化固然是一切艺术都在不同程度地依赖的元素，但也是浪漫主义艺术情有独钟之物。在这类作品中，往往意象不分，意中有象，象中有意。本书讨论过的《画像》及王尔德的诸多童话，都因这些特点而具有鲜明的浪漫主义特征。

由于对摹仿问题的理解直接关系王尔德的创作和理论的认识和评价，所以，在这里有必要对摹仿的概念做出若干说明。

亚里士多德在《诗学》开篇即讨论摹仿问题。他说：

史诗和悲剧、喜剧和酒神颂以及大部分双管箫乐和竖琴乐——这一切实际上是摹仿只是有三点差别，即摹仿所用的媒介不同，所取的对象不同，所采的方式不同。

有一些人（或凭艺术，或靠经验）用颜色和姿态来制造形象，摹仿许多事物，而另一些人则用声音来摹仿；同样，像前面所说的几种艺术，就都用节奏、语言、音调来摹仿，对于后二种，或单用其中一种，或兼用两种。[①]

显然，亚里士多德的定义关注摹仿的媒介或手段的物质方面，是用什么材料、方式对对象进行摹仿的问题。而且，摹仿的对象“是在行动中的人”或“行动”，摹仿的目的是使“情感得到陶冶”，就像人们熟知的对悲剧的解释那样。这种摹仿观在当时的艺术发展水平的限制下，已经达到了高度的概括和精准表述的程度，但是与后来时代的艺术发展的水平或状况相比，就显得极为朴素和简单了。

原因在于，亚里士多德只把摹仿的对象理解为现实中的人或人的行动，没有理解为诗人们头脑中的形象，或头脑中包含某种程度情感因素的表象、意象意识。

人们只要仔细思量就会发现，作家在创作之前，首先是在头脑中形成想表现的形象，它们是有形的、活的、不断变化的，无论是二维的画面还是三维的雕像，抑或是依托语言修辞的人和物。继而，才能

① 伍蠡甫主编《西方古今文论选》，复旦大学出版社，1984，第16页。

运用先验和后天习得的能力和手段，借助业已掌握的材料工具，对这头脑中的形象予以描摹和表现。这就是人们常说的从眼中竹到胸中竹再到手中竹的过程。

问题的关键在于，这不是一个外在世界、客体对象、主观世界的简单结合，而是一个包含一系列差别、矛盾、和解、对抗的过程，外部世界的各种存在所施加的信息、主体自身的复杂反应，以及两者相互作用产生的各种效应，都是极其复杂多变的。主体在此过程中产生的审美意识强度和品质千差万别，由普通的美感经验到投入创作活动，要经历各种质的飞跃。其中最为重要的是主体对头脑中感性形象的审美价值的领悟与判断，以及是否具备将该感性形象加工为合乎审美理想的艺术品的能力和条件。

这样一来，作家就面对两个核心问题：一个是作家头脑中的感性形象，它必须是深得他们喜爱的，至少是被认定为具有艺术价值的，否则就没有投入创作的理由和必要；另一个是要克服自我的局限，把自我及其头脑中逐渐清晰和成熟起来的感性形象、艺术理想、构思意图、表现方式等郑重地置于对象的地位上，让作家的品格独立出来，从对立面对这个对象化的自我做出合于艺术法则的审视和判断，并且自主地、强有力地对其做出批判和改造，直至在自我之外的艺术主体的角度达到满意为止。

正是由于存在这种复杂纠结的矛盾运动过程，所以，作家的创作最繁难、艰巨的任务都集中在如何克服自我的环节上，而这个环节就是作家头脑中展开的艺术主体对艺术对象——审美之象与审美之意的结合体——所用的功。所以，从这个意义上看，艺术创造不是对现实的摹仿，而是对艺术主体头脑中的象与意的结合体的摹仿，只不过这个结合体或者是以象为主，或者是以意为主。它们全然不是现实中的原物或真人，也不是简单的捏合或联想之物，而是经由瓜熟蒂落的灵感的刺激和启示，经过复杂的孕育和加工乃至批判淘洗，最终在工于技巧的双手、专擅美感的机体的操作中化出为艺术品。

正是从这个意义出发，本书才把写实和写意理解为拟象和拟意，以说明作家对自我头脑中的象与意的摹仿。简单地说就是，艺术创造就是对艺术家头脑中各种半成品所做的加工和利用它们所实现的创造。在这个过程中，现实界和艺术主体之外的世俗主体，都只能在构成基础、参照的同时，更多地构成创作的障碍和干扰。从原始的顺势巫术与同形同构意识，古代社会与艺术发生同步的摹仿论的提出，到古代以来摹仿说与表现说的交替发展，再到现代艺术中的表现说的盛行。这一切过程中的摹仿都没有离开生活与艺术的关系，但是也没有强调作家主体这个中介环节同时也是对象因素的问题。从关联性上看，只有确立艺术创作的拟象与拟意的直接对象都是作家的表象和意象，才能真正把生活与艺术的联系奠定在科学的基础上。而且，只有把拟象、拟意的方法理解为艺术创作的对立统一体，才能合理地将这一对儿概念列入修辞格的种类，以作为对拟物和拟人的补充类别。因为它们都属于为造成语言表达的效果而加工语言的活动，既区别于写实和写意，也区别于拟物和拟人。

二、伦理的逆反与逻辑的悖逆

伦理冲突是现实冲突的重要表现，而且，文学史上的大量实例业已证明，它也是浪漫主义文学艺术乐于采用和处理的主题之一。王尔德的叙事作品的现实性主要体现在他的长篇小说《道林·格雷的画像》中，所以，下文主要以《画像》中的伦理内容为讨论对象。

在任何一个时代的世俗冲突后面，最后都是几种处于冲突中的精神、价值之间的生死搏斗、人类前途命运的搏斗。正是这些根本权益和根本价值之间的角逐，造成了不同文化、不同社会立场、不同思维方式等具体的矛盾状况。在《画像》中，亨利把自己的感受做了精辟的概括：

“道连，我活得愈久，就愈是强烈地感到：我们的父辈满意的东西已不能使我们满意。在文艺方面，和在政治方面一样，老祖宗总是不对的。”[1]

实际上，不同的人群、阶层之所以持不同的文化立场和价值尺度，与时代的变迁、个人所经历的时代生活内容都有直接的关系，这些因素在决定人的文化乃至道德伦理面貌方面的确起着巨大作用，例如雨果的《欧那妮》首演时出现的场面。但是，在更深的层面，应该说，人与人之间在不同的社会历史范畴方面的差异才是更为根本性的分野。生活在同一时代同一空间的人，甚至生长在同一个家庭中的成员，之所以会持有不同的社会立场和文化观念，显然是受到后天经验影响的结果。这后天经验就很可能以某个社会历史范畴的文化种子的身份埋进个人或群体的头脑中，使其形成不同的社会观和文化观。在王尔德后来受审的法庭上，卡森律师作为他的老同学，同他针锋相对，势不两立，所代表的不同社会历史范畴是极为明显的。这种社会历史范畴并不是一个时间的或时代的概念，而是社会体系和形态、一种社会立场和价值的概念，总之是体现占主导地位的社会整体特征的概念。王尔德的社会行为和艺术创作固然发生在维多利亚后期的英国社会，但是在社会历史范畴方面，却向后更多地代表着古希腊罗马的文明典范，向前更多地代表着不久的将来就会蔚成风气的现代主义的文化和社会理想。所以，他和卡森所代表的维多利亚正统文化体系的立场发生冲突，只是一种历史的必然。

20世纪中期，苏联学术界就文学即人学、风格即人格的传统命题进行过广泛的讨论和论证，其间不乏论战的色彩，最后的结果是从总体上否定了这些说法的严格性和科学性。这场论争也引发了我国学界就此论题展开的讨论和争论，至今其观点的胜负、理论的取舍仍未见分明。

这方面的形势和思潮，对于研究王尔德这样的作家，有着直接的

---

① 奥斯卡·王尔德：《王尔德全集》第一卷，赵武平主编，荣如德、巴金等译，中国文学出版社，2000，第56页。

影响。具体表现为，对人的复杂性和丰富性能否做到充分估量，对人的主体地位、生命价值和具体社会权益能否做到正确的理解和合乎历史条件的评价。

上文提到，一个力往往是另一个力的反应形式。而一个力的方向与强度则往往决定了它所引起的另一个力的方向与强度。正因为英国社会历史传统中包含的强大的意识形态体系和思想文化痼疾，特别是其保守主义的政治和思想文化、道德习俗的强大压制态势，都超过其他欧洲国家。所以，在英国引起的反抗，以唯美主义为代表的思想叛逆潮流，也最为突出而强烈，最有创作的激情和理论的建树。

作为反抗现实道德伦理的力作，《画像》中的亨利在很多方面都代表着王尔德的道德伦理立场和主张。他对世界的看法自不必说，在对待他人和对待自我的立场上，他也毫不犹豫地反抗现实中占主导地位的正统法范。例如，他在和贝泽尔、道连谈到人对他人之发生影响的问题时，从绝对个人主义的立场出发，一方面否认任何影响的积极性，另一方面又提出了人生目的或生存价值的学说：

“影响他人就是把自己的灵魂强加于他人。对方就不再用自己天赋的头脑来思想，不再受天赋的欲念所支配。他的美德并不真正是他自己的。他的罪恶也是剽窃来的——如果有罪恶的话。他变成了别人的乐曲的回声，像一个演员扮演并非为他写的角色。人生的目的是自我发展。充分表现一个人的本性，这就是我们每一个人活在世上的目的。如今的人们害怕自己，他们忘了高于一切的一种义务是对自己承担的义务。当然，他们都有好心肠，他们给饥者施食，给乞丐施衣，可是他们的灵魂却在挨饿，而且赤裸裸毫无遮蔽。勇气已经离开了人类，也许我们从未真正有过勇气。对社会的畏惧，对上帝的畏惧，就是这二者统治着我们。前者是道德的基础，后者是宗教的秘密。”[①]

---

① 奥斯卡·王尔德：《王尔德全集》第一卷，赵武平主编，荣如德、巴金等译，中国文学出版社，2000，第 21 页。

王尔德在这里借人物之口发表的慷慨演讲，除了公然鼓动放纵自我意志的极端之处外，还带有揭发虚伪、概括症结的性质。关于虚伪，他告诉人们，并不是说做善事的人全都心怀恶念，而是他们出于好心，却除了慈善，全不知还有什么更有意义的善举。既畏惧现实，又畏惧上帝，于是人类把自己束缚在精心打造的禁锢里。

值得注意的是，亨利所宣扬的人生观，既然是极端个人主义的，便必然是与他者和社会相对立的，绝对的对立，很显然，它是没有出路，没有道德伦理标准可言的。人不可能脱离这个世界，脱离任何群体。

按照亨利的主张和人生哲学，从绝对的个人主义，到绝对的自由，再到破除有史以来的一切文明成果，直到纵情作恶，毫无节制地作恶，才是人生的目标。在小说中，尽管道林处在年轻幼稚、易受摆布的状态，但是他也不是没有丝毫抵抗能力的，只不过以他的稚嫩的道德观念外表，根本就抵挡不住亨利的辩解：

“亨利，你这个人本性难移，但我并不介意。反正没法生你的气。你见了西碧儿·韦恩就知道，如果有谁忍心欺负她，那必定是畜生，没有心肝的畜生。……当我在她身边的时候，我对你教给我的一切感到羞愧，我变成另一个人，跟你所知道的我不一样。只要西碧儿·韦恩的手一碰，我就会把你和你的那些诱人而荒谬的、动听而有毒的理论丢在脑后。”

“哪些理论？”亨利勋爵问道，同时自己取了一点色拉。

“就是关于人生、恋爱、享乐的理论。反正包括你的全部哲学，亨利。”

“享乐是值得建立一套理论的唯一主题，”勋爵用他悠扬而舒缓的音调回答说。“不过，恐怕这不能算我自己创造的理论。它的创造者是天性，不是我。享乐是天性测验我们的试金石，是天性认可的表征。

我们快乐的时候总是好的。但我们好的时候并不总是快乐的。”①

至此，亨利的哲学已经昭然若揭，无非是率性而为，无所顾忌，典型的无政府主义。诚然，王尔德并不是亨利，但亨利不仅带着王尔德的影子，而且时常宣扬王尔德的伦理学。即使王尔德（不是亨利）一直把横扫维多利亚社会各种弊端当作已任，即使这段自绝于大众的哲学是针对英国社会上层的道德伦理准则而发，也完全没有现实依据，只能是空中楼阁。所以，人们从这样的宣言中，既看到了王尔德在人物身上寄寓的批判态度，看到他把小说人物当作一种精神显现来予以批判，同时也看到他在社会上表现出的离经叛道的某些痕迹。原因在于，王尔德的某些行为和主张，如同性恋和惊世骇俗之举，裹着岩浆般的反抗之火，难免不流露在他的小说里。

当然，人们在充分估量王尔德叙事作品中的主体性因素时，绝不可以简单地把其作品中人物当作作者的直接外显或折射，因为尽管作者本身是主观形态的，但对于创作主体（即进入创作状态的主体）来说，这个“我”或是“我”的主观世界仍然是外在于创作主体的客观存在。因此，无论书中人物在多大程度上与作者形似或神似，人们在另一个方面还应充分估量作家从自身之外寻求素材和人生模特的可能。亨利在小说中关于人的思考，便是为了说明这个问题：

亨利勋爵一向醉心于自然科学的方法，但是自然科学的一般研究对象在他看来却是乏味的，不足道的。于是他始而解剖自己，继而解剖别人。在他心目中唯一值得加以研究的就是人生。与此相比，任何别的东西都毫无价值。确实，你要观察人生在痛苦与欢乐的奇特熔炉中的冶炼的过程，不能戴上玻璃面罩，也免不了被硫磺味熏昏头脑，弄得想象中尽是牛鬼蛇神、噩梦凶兆。有些毒物是很难捉摸的，你要

① 奥斯卡·王尔德：《王尔德全集》第一卷，赵武平主编，荣如德、巴金等译，中国文学出版社，2000，第 84 页。

了解它们的特性，非得先中毒不可。[①]

应该承认，王尔德在这部很大程度上以艺术为主题的作品中，对人的探索已经达到了相当的深度和辩证的水准。在他看来，艺术和生活的界线应既格外分明，又有相通之处。可贵的是，他在小说人物身上探索自己的内心，又在自己身上体会小说人物的行动逻辑，把自己置于他人的视野之内，又把他人纳入自己的视野，真正做到了观念和现实的生动的交流。

他在亨利身上，通过这个人物的心理活动，写到了这种想法，也写出了这种艺术境界：

他看得很清楚，只有通过实验才能对欲念作出科学分析，而道连·格雷无疑是他手头现成的对象，并且看来会结出丰硕的成果。他对西碧儿·韦恩一下子就如火如荼的狂恋是一种不可小看的心理现象。可以肯定，起了相当作用的是好奇心和对新奇感受的渴望。然而这不是一种简单的情欲，它要复杂得多。内中纯系青少年时期感官本能的产物，在想象的作用下已变成道连心目中远远超出官能的东西，正因为如此就更危险，被我们误解了本原的那些欲念，恰恰最牢固地控制着我们。而我们能意识到其本质的，却是最脆弱的感情。我们以为是在别人身上做实验的时候，其实往往是在自己身上做实验。[②]

如果说，以王尔德为代表的英国唯美主义具有强烈反主流、反理性、反传统的倾向和力量，那么这一运动的确还在艺术领域掀起了一场影响深远的变革。它留下的思想遗产虽然带着若干幼稚、激进、极端、片面的痕迹，但毕竟极大地削弱了陈腐的正统思想理论体系，提

① 奥斯卡·王尔德：《王尔德全集》第一卷，赵武平主编，荣如德、巴金等译，中国文学出版社，2000，第63页。

② 奥斯卡·王尔德：《王尔德全集》第一卷，赵武平主编，荣如德、巴金等译，中国文学出版社，2000，第65页。

出了大量深刻而且辩证的思想主张。这方面的成就，除了体现在他们的创作中，还体现在具有正统色彩的艺术权威们的态度上。这里主要是指与王尔德同年辞世，却年长于王尔德的约翰·罗斯金。这位著作等身、成就超群的艺术理论家在很大程度上代表了英国 19 世纪文艺思潮和文学理论的最高水平，他在许多评论文章中，都曾对唯美主义表达了赞赏和支持的意见，虽然他的意见不无保留之处。这个情况也证明了，唯美主义，包括王尔德的艺术思想和艺术创作既迎合了时代文化的发展要求，又得到了理论形式的高度认可。

第七章
对王尔德现象的若干理解

本章的目的是对王尔德叙事艺术为核心的艺术成就进行说明，以及围绕他的艺术成就对“王尔德现象”所产生的综合认识。所以，本章有些内容会涉及王尔德叙事艺术作为现象引起怎样的看法，有些内容会涉及他的叙事艺术之外的某些人生——创作事件所构成的现象以及给人们带来的启示。

这些内容相互之间存在着必然联系，但是限于各种条件，笔者只是把它们分别列为专题加以讨论，没有特别说明它们之间的内在联系，希望这种做法不会过于影响到对这些问题的总体理解和评判。

第一节　爱尔兰情结与追求自由解放的时代要求

一、民族意识、艺术追求、性爱取向的内在逻辑

一名作家在时代生活中扮演什么样的角色，是一个衡量作家的标准。王尔德扮演的角色留给世人的都是花花公子、浪荡子、玩世不恭者、享乐主义者、伤风败俗者等印象，已经很少有人关注到他的另一面，即忧国忧民、吊民伐罪、匡时济世的一面。其实一个人的社会立场和人生价值观未必都露在表面，露在表面的行为举止有时甚至是和内在思想立场不一致或截然相反的。

王尔德于 1887 年 2 月发表在《蓓尔美尔街公报》上的一篇政论文章，明确地表达了王尔德的这种积极干预社会现实生活和文学要承担社会义务，为社会立公德、扶正义的主张。他在文章中说道：

穷人世代受穷，而资本家又贪婪成性，他们双方对这种状况的原因都只是一知半解，因而日益受到其他的威胁。就在这样的时候，诗人应当站出来发挥有益的作用，向世人展示更公正的理想形象，而不是一方面把财富视为至宝，四处卖弄炫耀，另一方面又计划如何使用这些钱财。但是，我们没有听到过任何反映大众心声的或是触及资本家贪婪成性的诗歌或民谣。①

根据文章中的这些片段，能够毫无疑义地看出两个要点：其一是王尔德以英国社会的正式成员自居，以维护这个社会的公益，特别是

① 奥斯卡·王尔德：《王尔德全集》第一卷，赵武平主编，荣如德、巴金等译，中国文学出版社，2000，第 70–72 页。

公平正义为己任；其二是对社会弊端和社会危机的自觉认知和克服之志，这是一名作家不仅需要的责任感和赤诚之心，而且需要一种社会观察能力和艺术敏感力才能胜任的。

这里且不论王尔德社会认知能力的敏感性以及作家责任感，在此需要澄清的是，他的这种主人公意识和艺术敏感性是否能够反过来说明他完全丧失了爱尔兰民族意识，完全感受不到爱尔兰人在英国社会所处的劣势地位呢？检视王尔德在作品和论著、书信中的言论，便能证明，他不但没有丧失这种民族性，而且还比普通爱尔兰人更加带有民族倾向，只不过他从社会文化发达与否的角度出发，并未在文字中或社会行为中表现出激进的民族解放或民族独立自决的锋芒而已。

1889 年 4 月 13 日的《蓓尔美尔街公报》刊载了王尔德的署名文章《弗劳德先生〈关于爱尔兰〉的蓝皮书》，文中对这位历史学家关于英国历史的著述表达了批评意见。他在表明自己的爱尔兰态度时，说了下面这段话：

如果弗劳德先生想用他这本书来帮助保守党政府解决爱尔兰问题，那他完全是缘木求鱼。他所描写的爱尔兰已不复存在。然而，作为一种记录，说明一个条顿民族要统治一个不愿被统治的凯尔特民族之不可能，那么这本书还是不无价值的。这本书很单调，但单调的书现在很流行；由于人们对谈论《罗伯特·艾尔斯米尔》感到有点儿疲乏了，所以他们可能开始喜欢讨论《邓博伊的两个首领》。有一些人很喜欢这种意见：解决爱尔兰问题即是把爱尔兰人民去掉。另外也有些人会记住，爱尔兰已经延伸了她的国境线，也会记住，我们今天已不单是在一个旧世界里来考虑爱尔兰，而也是在一个新世界里来考虑了。[①]

人们从这段作为结论的话里能够感受到，王尔德始终认为英国对

① 奥斯卡·王尔德：《王尔德全集》第一卷，赵武平主编，荣如德、巴金等译，中国文学出版社，2000，第 179 页。

爱尔兰的统治是不得人心的；而弗劳德的小说也并没有对爱尔兰民族或天主教信仰有任何同情之感，甚至对玛丽·都铎统治下的英国天主教复辟有所指责；王尔德在文中发出的民族与宗教论辩，是要用广阔的文化视野看待天主教信仰和爱尔兰民族主义的合理性和正义性。

从历史上看，爱尔兰是一个历史悠久的欧洲移民地区，自公元前4世纪凯尔特人迁徙到爱尔兰岛，与当地的原住民相融合，以凯尔特语为基础的爱尔兰语便成了与英语相区别的通用语言。公元200年即出现了古代王国政权，公元5世纪因圣帕特里克的传教活动开始进入有文字的拉丁文化时期。爱尔兰不断受到外部移民的侵扰和迁徙的历史——维京人、诺曼人、英格兰人甚至法国人等——决定了爱尔兰的民族融合特点。12世纪初叶，英格兰势力入住爱尔兰；1210年，英国国王在爱尔兰建立英爱政权；1541年，英格兰在爱尔兰建立统治；1609年，英格兰统治爱尔兰。但是，自罗马帝国的入侵后，爱尔兰多次受到北欧民族的入侵和占领。从历史沿革可以看出，自16世纪初被英国统治后，其民族成分主要包括历次入侵民族。

1641年，爱尔兰人开始大规模反抗英国统治，在漫长的历史过程中，爱尔兰人为争取民族独立和建立主权国家，前赴后继，发起了无数反抗战斗，天主教和新教的反抗英国迫害斗争也从未间断。但随着英国镇压力量的不断加强，英国国教在爱尔兰的垄断地位也随之开始。天主教徒、新教徒均遭到排挤。在爱尔兰独立势力的抗争下，特别是1782年爱尔兰议会独立后，英国统治开始做出妥协。1801年，英爱合并；1921年，南北爱尔兰分裂，成立大不列颠及北爱尔兰联合王国；1949年，英国正式承认爱尔兰共和国。

不难看出，一部爱尔兰史就是民族解放和异国统治的历史，而这部历史以爱尔兰民族自决和主权国家建立宣告结束。所以，正如进入爱尔兰的异族人面临一个同爱尔兰人相互包容的问题一样，爱尔兰人离开母国也面临着解决身份认同和捍卫自己的文化疆域的问题。

等到王尔德所处的维多利亚时代后期，英爱之间的民族矛盾看似早已解决，但政治上的权宜解决消弭不了政治对抗和文化对立。由于社会政治变迁和意识形态对抗往往与文学艺术的现实倾向和主观抉择存在密切联系，所以王尔德所感受到的，主要是思想文化的自由主义高涨的要求。既然政治经济发展推动艺术向现实主义转变，而意识形态对抗趋势推动艺术向浪漫主义转变，那么解决文化领域危机的诉求便显得格外迫切了。王尔德之所以在作品和论著中一再宣称英国社会的形势“令人窒息”，原因即在这里。

事实上，王尔德对于爱尔兰的矛盾态度虽然也很明显，例如他并不适应爱尔兰的思想文化和宗教环境的压抑性，对于宗教意识形态对艺术的敌对态度无法接受，而且向往国际大都市伦敦的开放自由氛围和欧陆风格，但是，他在情感上和政治上都对爱尔兰深抱同情，也无法容忍对爱尔兰的任意歧视和随意贬低。他在1889年发表的《弗劳德先生〈关于爱尔兰〉的蓝皮书》中，对弗劳德在小说《邓博伊的两个首领》中对爱尔兰人的诋毁做出了反讽，这部小说中的戈林上校代表着北爱的新教徒群体和工业资产阶级，主张对爱尔兰天主教群体采取无情的压制政策。如果爱德华·卡森读过王尔德的这篇抨击文章，是很可能对王尔德恨之入骨的。[①]

总之，在民族观方面，王尔德在作品和论著中不断表现自觉的民族意识和身份认同意识，他虽然没有像俄狄浦斯王那样固守自己的血统，宁可追究出自己的奴隶身份，也要穷追不舍，直至在最后的对质、自戕、自我放逐，也不放弃自己的尊严和与命运抗争的勇气，但也绝没有像詹姆斯·乔伊斯那样对爱尔兰心怀刻骨义愤，把爱尔兰看作一只“吞噬自己幼仔的老母猪”。

还有一层因素对王尔德的民族意识产生了巨大影响，即在爱尔兰都柏林的波托拉皇家学校和三一学院度过的10年光阴。由于身在母国，联结着王尔德的民族自尊心和民族文化情愫，遨游学海，畅谈人生，磨炼口才，其书生意气格外酣畅。人们从他追求马哈菲教授前往

① 《王尔德全集》关于王尔德对弗劳德政治主张的反对，以及与爱德华·卡森的关联，均可见之本文。

希腊游览，逾期不归的情形，就知道他是何等的放任。人们从他更高的追求，如追随罗斯金和佩特，以及“不能流芳百世，亦当遗臭万年”的预感，即能体会他的自我怜悯和决绝心态。不妨回顾一下王尔德在离开牛津之前说过的一段话：

“天晓得。不过我是不会留在牛津教书的。我想当诗人、作家、剧作家。我想我会成名，如果我没能出名，就会臭名在外。或者，我会尽情享受生活一段时间。谁知道接下来会发生何事？柏拉图认为的凡人最高境界结局是什么？就是坐着冥想美好的事物。或许我的结局也就是这样。”①

当然，这种为前程的忧思和决绝态度很可能由来已久，但这还不是全部，他如果不能惊天动地，就可能坐享冥思，这里哪有丝毫的维多利亚精神？在那样一个分分钟都要用来发财的时代，他对财富的蔑视已经暴露无遗。

在这段关于王尔德人生转折点的文字中，维维安·贺兰轻描淡写地说到了王尔德感受到的“有些失望”，因为王尔德没有接到牛津大学邀请他担任研究员的函件。还说到了王尔德离开校门踏入社会的迷茫。作为家庭支柱的父亲去世已好几年，自己需要独立支撑未来人生。在那个竞争激烈的时代，王尔德内心是种什么心态？

人们几乎可以测定，他所能倚仗的只有自己的才学，这种特殊的商品可能得到社会的认可，也可能被当成无用之物而拒收。除了迷茫，他很可能在内心里还有某种惶然。因为他不会感觉不到，他在学校里的十几年既勤苦又快乐的学业是与冷酷无情的社会的口味大相径庭的。他后来的生活和创作证明了这一点。虽然一个有志青年在社会中的发展是否顺利是检验社会的重要标尺，但是如王尔德这般的极端实例所验证的残酷意味的确是历史罕见。

---

① 维维安·贺兰：《王尔德》，李芬芳译，百家出版社，2001，第25页。

如果人们只看到王尔德的离经叛道之论、招摇过市之行，就未免有失察之嫌。因为在表象后面，隐藏着王尔德的焦灼不安和郁愤不平。正如荣格所分析的那样，他的奢靡、交际、妆容、谈吐，无不透露出他的这份痛苦。的确，一个人的行为方式后面往往隐藏着他的内心逻辑和下意识动机。他的奢靡更像赌徒的下注，他的交际更像孤独的恐惧，他的妆容包裹着多少渴求，而他的谈吐又有多少邀宠的期盼！

所以，作为一个并无人生经验的冒险者，恍如一个没有什么资本却在幻想的鼓动下进入赌场的人，心中的忐忑，无言的苦难，不仅是无以对人语，而且是无以释怀的。人们只要回顾一下王尔德对自己的预感——与他人的交谈、信函，或作品中人物的对话，就不难发现王尔德言行后面的隐衷与预言。

就拿上引这段话来看，出于怎样的心理，才能把自己的命运做出如此预感？不能不说，爱尔兰的千百年的屈辱和反抗历史，个人敏锐感觉到的压力，都凝聚在这预感中了。

事实上，这里还涉及集体无意识积聚在个体中并得到突出显现的问题。在显现过程中，个体会以特殊的甚至远离集体无意识的形式表现出来。如在王尔德的个体表现中，他的古典学和实地观摩把他带入的境界、古典美与现实丑的严峻对比等，使他在多个生活领域陷入极度敏感并不断激化的矛盾中。在日常人生内容方面，如婚姻家庭生活，他所遭遇的是艺术和俗务之间不可避免的冲突。艺术需要超越，俗务需要投入；艺术凝聚于形而上，俗务深陷于家庭琐事。所以两者很难兼顾，迫使王尔德为了艺术而放弃俗务，以免他的艺术之火澌灭在凡俗的浑水中。再如经济收支方面，艺术与金钱往往抵牾，艺术要自由、慷慨、豪爽、荣耀。王尔德的乐善好施和奢靡享乐都是为了满足艺术的这种要求，而掂斤播两和精打细算则完全没有任何艺术精神和美感，这是但凡有过艺术追求的人都有体验的，这也是王尔德在经济上经常被困窘包围，最后以破产告终的缘由；还有两性关系，鉴于两性之间的矛盾冲突是双重性的，既包括人与人之间，又包括性与性之间，所以其矛盾冲突往往极难冲抵或调节，在王尔德生活的时代，平均每个家庭生养四个子女，而王尔德夫妇在连续两年生了两子后再无下文，已经暴露了他们之间的无法融合，尤其揭露了王尔德无法承受婚姻和性爱的事实。

涉及两性冲突，就不能不触及王尔德的同性恋问题。他的同性恋之“罪”与他的艺术之“罪”实际是一体两面的关系，也就是同相而行、同步而生的关系。他的艺术追求要离经叛道，他的性爱追求也就无法循规蹈矩，因为两者是相互激励、相互濡化的关系。同性恋和异性恋在对比之下，显然是异大于同，所带给个体的体验和心理满足也截然不同。既然异性恋和婚姻家庭对于艺术、审美、古典追求都表现为对抗关系（特别是在资本主义时代），那么同性恋对于艺术、审美、古典追求的相契性也就不难理解了。由此可见，王尔德当初不但欣赏道格拉斯的娇美俊俏，更赞许他的叛逆任性，感觉到其中的反抗意志与己甚为契合。结果对自己做出的误判毁灭了自己，那些把他推向牢狱的人，不过是生活的报复之手所操纵的棋子而已。

总之，在王尔德这里能够看到极为典型的两种极度敏感的生命体验的冲突，他既要参与到社会角逐、社交往来、奢靡消费、博取功名中去，又要追逐理想、鼓吹唯美、超越世俗、开辟新风，它们由于都处在极度敏感状态，所以表现出了典型的、真正的“针尖对麦芒”的状态。这两种力的压迫便不断把他推向极端，推向同性恋之“罪”和唯美艺术之“罪”（《画像》和《莎乐美》是其典型表现）的双重冒险。而王尔德也会从这冒险中得到刺激、亢奋和吸毒般的幻觉（他的所谓社会成功在他身败名裂后将他无情抛弃，就证明了这种虚幻性），犹如饮鸩止渴，无法自拔。

实际上，人们对于王尔德的心理和行为分析，在他所引起的各种社会关系变化和社会人际反应方面都能得到很好的说明。以昆斯伯里侯爵反诉王尔德案的主诉方律师卡森为例。卡森的政治立场便和倾向于爱尔兰独立的王尔德母子截然相反，作为一个爱尔兰人，他是全力维护英国正统集团利益的政客，堪称毫无民族自主观念，是本民族的宿敌。如果说，他因为与王尔德在学业上相互竞争，以及儿时与王尔德游戏时遭受过心理创伤，那么这些理由恐怕不容轻易否定，但毕竟不足以支持一个成年人的世界观抉择，所以只能是次要原因。

总之，在如何看待王尔德的激进叛逆心理时，结论只能是，如果生活逼迫你务必要寻求痛苦中的快乐时，务必要在屈辱中竞争谁才是最能忍受者时，务必要放下一切而以苟活为要务时，务必要连“吾与汝偕亡”亦不敢言时，务必要为守住生命财产而循规蹈矩时，这种生活是否还有存在的理由？王尔德的现实处境对于他这个在优裕家庭中长大的人来说，是十分难以接受和忍受的。笔者深信，一个高超的喜剧演员，内心往往是悲剧性的炼狱；一个幽默大师，内心空间通常总是严肃得令人窒息；一个看上去把世界玩弄于股掌之上的人，可能对世界充满了恐惧，因为他根本就没有，也不想有对世界的刻骨体验。

王尔德的长处是对历史文化的书本知识的掌握，是他多年在校的苦读和心得，如果要将这些阅历充任文学创作的材料，需要的是非凡的想象力和创造力。好在他拥有敏锐的直觉，又善于借鉴前人的观点，这才使他对现实和自我都有一种认知和自信。他应该看到了，对历史趋势和艺术使命的敏感是衡量一个人的认知水平和历史发展水平的重要标志。王尔德的创作表明，他有这方面意识，尽管还并不成熟。因为他说过如下经常被人非议的话：

我曾经是我这个时代艺术文化的象征。我在刚成年时就意识到了这一点，而后又迫使我的时代意识到这一点。很少有人能在有生之年身居这种地位，这么受到承认。这样的象征关系，如果真有人看到的话，那通常也是史学家或批评家；等看到时，那个人，那个时代，已然作古。而我就不同。我自己感觉到了，也使别人感觉到了。拜伦曾是个象征性人物，但他象征的是他那个时代的激情，及其激情的萎顿。我所象征的则更为崇高，更为永恒，更为重大，更为广博。[①]

① 奥斯卡·王尔德：《王尔德全集》第一卷，赵武平主编，荣如德、巴金等译，中国文学出版社，2000，第 118 页。

综上所述，尽管个人创作与时代精神和时代要求之间存在着必然的迎合关系，但是要达到深刻的理解并非易事。笔者虽然试图捕捉王尔德的思想、行为、创作之间的逻辑关系，把握其间支配其表现的主次因素，但毕竟因为线索繁复、今昔隔膜，收效甚微。

如果人们承认，在一个人的内在心理结构和外在行为逻辑之间如果存在着必然性的主导作用的话，那么，无论如何，在王尔德身上体现出的典型意义集中了民族意识、性爱倾向、艺术追求之间的必然性制约关系。当然，在弗洛伊德眼里，恐怕要把力比多当作主导因素，而在艺术家眼里，恐怕要把艺术追求当作首要价值。而王尔德的宿命和结局，则不能不让人想到，自古以来，人类文明中就存在着杀害先知的传统，耶稣、但丁、伽利略……当然也包括中国历史上自比干和屈原以降的大量事例。

那么王尔德为什么会身罹牢狱之灾？从他的传记研究中得知，因为他自己的某些缘故，但更因为时代的谬误，因为权力阶级的共同意志，因为大众更容易受到集体无意识的影响和支配，更容易被鼓动和利用。从这些无意识的特性可以看到：第一，它是隐伏于意识之后的精神存在；第二，它是极为原始的近于冷血动物性的人性载体。所以在被召唤出来或自行现身的时候，往往暴露出残忍无情的毁灭性欲望。

可怕的是，往往真正将大众拖入灾难的领袖人物，如各种政治投机家和经济操控者，特别是辅佐暴君的奸佞，不但得不到历史的惩罚，甚至经常被奉为英雄和伟人，而真正在精神和思想文化领域为人类开辟新大陆的人（如柏拉图、但丁、马克思和弗洛伊德等），往往遭到庸众的嘲弄唾弃、恶人的排斥打击，直至将其赶尽杀绝而得不到应有的尊敬和评价。也许自古以来那些祭司们、先知们、预言者们的命运就是如此。而王尔德的叙事作品——小说、童话、叙事诗、戏剧等，很大程度上正是这种精神意志的体现。

而这样的英雄和先知往往受到双重的折磨和打击，一个发生在他与庸众之间，另一个发生在他自己内部。正如荣格指出的：

每一个富于创造性的人，都是两种或多种矛盾倾向的统一体。一方面，他是一个过着个人生活的人类成员；另一方面，他又是一个无个性的创作过程。因为作为一个人，他可能是健全的或病态的，我们必须注意他的心理结构，以便发现其人格的决定因素。但是我又只有通过注意他的创作成就，才能理解他的艺术才能……艺术是一种天赋的动力，它抓住一个人使他成为它的工具。艺术家不是拥有自由意志、寻找实现其个人目的的人，而是一个允许艺术通过他实现艺术目的的人。他作为个人可能有喜怒哀乐、个人意志和个人目的，然而作为艺术家他却是更高意义上的人即“集体的人”，是一个负荷并造就人类无意识精神生活的人。为了行使这一艰难的使命，他有时必须牺牲个人幸福，牺牲普通人认为使生活值得一过的一切事物。[①]

这段话，第一，解释了艾略特在文论中强调的个人和群体、瞬间和历史的关系。第二，有助于理解王尔德所汇聚起来的时代冲突，以及他极力予以克服的内在矛盾性。在此有必要回顾一下他在《画像》自序中说过的：“批评家们尽可意见分歧，艺术家不会自相矛盾。”究竟是矛盾还是不矛盾？答案只能是，艺术家必须从矛盾走向统一，否则的话，他的艺术无论在过程上还是在结果上，都将出现分裂——主题的自我矛盾与分裂，或形式与内容的龃龉。第三，它也解释了一切为艺术而付出沉重代价的人，当然，这种为艺术而奋不顾身的行为，对于从未有过如此渴望和奋争的人或民族是无法理解的。

下面这段话似乎专门为王尔德而说的，也是为所有不被理解和尊重、不为历史所供奉的作家而说的，同时显示了荣格的胸襟和品德。由于荣格对艺术的尊重，他也赢得了艺术的尊重。如果说文学创作是作家的白日梦，那么，王尔德的确梦见了智慧的长者。《画像》中的亨利便是格雷的长者，也是好为人师者，而格雷也是需要一个导师来指

① 卡尔·荣格：《心理学与文学》，冯川、苏克译，三联书店出版社，1987，第140–141页。

点。这一切也表明他的创作的确是从他内心深处涌现出来的。不过，在这段话里，荣格从个人到群体，把理论又推进了一步——艺术家作为整体而生活。这一观点不啻是理解王尔德的作品价值与人格特征的钥匙。而荣格本人在心理学中所焕发出的浪漫主义精神，则是他那个领域中的其他学者很少具备的。应该说，一切科学——无论自然科学还是社会科学，都应该以具备下述这样的基于审美素养的情怀为光荣：

诉诸感官依据的真理固然可以满足我们的理智，却不能激发我们的情感，并通过赋予人生以某种意义来表现我们的情感。说到善恶一类的事情，起决定作用的往往正是情感。情感如果不给理智以援助，理智通常是软弱无力的。理智和善良愿望使我们幸免了世界大战吗？或者它曾经使我们幸免过任何灾难性的愚蠢行为吗？试以希腊罗马世界转入封建时代为例，或者，以伊斯兰文化的迅速传播为例，有哪一种精神的和社会的革命是从理智中产生出来的呢？①

这段话恰当地说明了艺术思维的精髓所在。艺术诉诸人的情感，靠的是审美的形象和意象，类似于迂回包抄的方式，感动人的精神生活并培育人的价值观念，从而影响人的物质生活和社会实践。在这里，几乎所有否定艺术的功用性和实用意图的艺术家都懂得，唯有放弃目的，才会达到目的；唯有否定功利，才能实现功利。人们看到，王尔德自命为反道德论者，但是他的作品有哪一部是不具道德或略具道德的呢？事实上，正是因为他深谙这种艺术的予取予夺的秘诀，才使他实现了使有限的生命最大限度地艺术化的目标。

二、反科学主义和反社会物欲的立场

维多利亚时代可以说是整个资本主义时代的第一个高峰。英国自

---

① 卡尔·荣格：《心理学与文学》，冯川、苏克译，三联书店出版社，1987，第48–49页。

从1832年议会改革之后，资本主义获得了长驱直入、一路奏凯的良机，很快就在生产总值、工业品输出、商贸殖民等方面的雄冠全球。

从总体上说，工业化打断了传统社会生活的方式。它是一种新的个人财富。

为了从根源上说明资本主义时代的思想文化特征，荣格从机械论转向生物论说起。他的分析有助于人们深入理解进化论和意志论影响下王尔德的先锋姿态，因为整个资本主义的社会进程就指向社会关系的恶化和人的物化，王尔德的创作就是与此针锋相对的。这种转变的特征被荣格描述为：

在科学唯物主义的影响下，一切看不见摸不着的东西都受到怀疑。不仅如此，这些东西由于被认为同形而上学沾亲带故，甚至受到人们的嘲笑。任何东西，除非能为感官所知觉，能够追溯出物理的原因，都不可能被认为是“科学”的，都不可能被承认是真实的……事实上，始终有相当多聪明的哲学家和科学家，只是有保留地接受了这种非理性的观念转变，他们有足够的洞察力和思想深度，其中一些人甚至对此加以抵制。①

王尔德不遗余力地以自己的艺术作品和艺术化言行抵制这种科学主义的突出范例。他在美国演讲中提醒听众，要警惕科学主义和理性主义对艺术和美的戕害，他说：

我们现代骚动不宁的理性精神，是难以充分容纳艺术的审美因素的，因而艺术的真正影响在我们许多人身上隐没了，只有少数人逃脱

① 卡尔·荣格：《心理学与文学》，冯川、苏克译，三联书店出版社，1987，第30页。

了灵魂的专制，领悟到思想不存在的最高时刻的奥秘。[①]

这段话和荣格的科学分析观点几乎一致——从表述到含义。王尔德在这篇演讲中还以雪莱和济慈的诗歌为正面例子，鲜明地表达了自己对科学和理性的弊端的清醒认识；而他以自己的创作和论著对科学主义做出的反拨，犹如在"漫游在荒野的人"所发出的呼喊。在理性的骚动破坏审美的宁静时，对人们发出逆耳的警告。这样的例子很多，本书只举一条。王尔德在他的《叶芝的神仙故事和民间传说》中谈到，叶芝对民间故事采集者不是按照人类学标准而是按照民间文学标准采集民间故事的做法很赞赏，王尔德也为此赞赏了叶芝这位受他影响颇深的爱尔兰诗人。[②]

在评价王尔德对维多利亚英国社会的批判时，有一个问题值得重视，就是在严重的资产阶级社会的物化过程中，人会受到适应本能的支配，无论自己处在社会的哪个层次，都不由自主地逐渐适应其制度、文化、伦理、时尚……所以，在这样的趋势下，具有警觉和叛逆意识的作家是格外重要的敲钟人，他们会把自己审美方式感受到的预感和警示传达给世人。王尔德的思想和创作所反映的精神危机在一战前的英国出现，并非偶然，而社会主流对他的反应则完全是愚昧的，这种反应的异常对于一战爆发的精神成因都有说明意义。

当然，在王尔德之前，就有很多有识之士都曾反对功利意识蔓延给社会造成的物质主义，反对实用哲学的庸俗表现，狄更斯在小说《艰难时世》中对小学校长葛雷硬的讽刺便是突出一例。

荣格把这种不良世风做了如下概述，他的感觉很真实，但是他的说法流露出过于抽象或轻忽的痕迹。事实上，这个全社会性的转变造成的后果不仅是重大的，而且隐伏着深刻的危机。他说：

---

① 奥斯卡·王尔德：《王尔德全集》第四卷，赵武平主编，荣如德、巴金等译，中国文学出版社，2000，第17–19页。

② 奥斯卡·王尔德：《王尔德全集》第四卷，赵武平主编，荣如德、巴金等译，中国文学出版社，2000，第167页。

精神上的形而上学在十九世纪被物质的形而上学取代，这一事实如果理智地看，纯粹是变戏法，然而从心理学的观点看，却是人的世界观的一场前所未有的变革。彼岸世界转变为世俗世界，经验的领域被限制在关于人的动机的讨论上，限制在人的意图和目的，甚至限制在“意义”的分配上。整个看不见的内部世界似乎已变成看得见的外部世界，而且除了从所谓的事实中确立起来的价值，就根本没有别的价值存在。至少，在头脑简单的人看来，事情就显得是这样。

这段描述工业化造成的精神生活变化用了“世界观”一词，而西方社会成员的世界观通常除了世俗功利意识之外，还包括一个超功利的领域，即宗教生活。从王尔德所受到的父母影响看，他的父亲得到爵位是凭借知识才能，而非沽名钓誉或卖官鬻爵，所以他父亲对他的期望应该在实用职业方面。可王尔德在学校却认定，“世上所有值得学习之事都无法借教学而得”。他的母亲则不同，一方面，她把名声建立在个人意志和民族尊严基础上，另一方面又以诗文给王尔德以熏陶，其中必然包含爱尔兰的民族宗教天主教的影响。由此可以看到，王尔德的父亲其实是与他母亲存在矛盾的。他父亲的社会立场和态度，包括宗教信仰，都是新教的，是科学理性和实用主义的，而他母亲则是天主教的，是民族主义的，是以情感和想象面对世界的。王尔德的一生是极为矛盾的和痛苦的。虽然他为了适应英国社会而在一生大部分时间里以接近英国国教（新教）的信仰形式出入社会，但他在内心里是倾向于天主教的。

这种宗教信仰方面的表现，同他在唯物论与唯心论之争的哲学观念方面，是有必然联系的。由此可知，王尔德的全部社会观念立场态度，以及他的创作和文论中的社会性方面，都与他所处的社会和时代冲突，他所自幼接受的影响熏陶，有着直接或间接的联系。特别是在伦理道德、意识形态的方面，尤其表现出这个原理。这是打开他的心理和创作的奥秘之门的钥匙。

作为印证王尔德及其父母的关系，以及英国社会结构关系的材料，马克斯·韦伯的社会学调查具有相对可靠的权威性。他的方法是从物质与精神的相关性入手研究资本主义特性，所以典型的社会组织和机构就成了他的标本。韦伯在其代表作《新教伦理与资本主义精神》的开篇便说明了他的研究思路的起点，即资本主义大机器的操控和操作是新教徒的行当。他说：

粗看一下包含多种宗教构成的国家的职业统计，就会发现一种十分常见的情况，即现代企业的经营领导者和资本所有者中，高级技术工人中，尤其是在技术和经营方面受过较高训练的人中，新教徒都占了绝大多数。①

从这个现象出发，他又把这种资本主义职业与教徒关联性的问题，联系到了资本主义的规模性发展，指出新教徒已经成功地造就了资本主义的高度繁荣，改变了世界的面貌。这都是众所周知的事实，但是，当韦伯试图揭示资本主义世界的庞大体系的动力和机制时，一场没有硝烟的战争，一个工业化覆盖下的世界，一个自启蒙主义以来直达科学主义和功利主义的传统，把维多利亚风气引向了物欲横流的方向。

正是在此大变迁的震动下，韦伯的探索才从头开始，即从早期资本主义发展开始，于是他追溯到佛兰德斯所发掘到的资本主义“第一桶金”，以及该地区对新教的普遍皈依。韦伯在极其广泛的意义上，对资本主义伦理的文化表现和人性结果都做了揭示。这种充满了人的物化或异化的现象，与人的感性生活的权益，与人的全面发展意义上的自由和解放，是完全背道而驰的。为此，韦伯从个人的直接需求的角度同样做出了批判：

这种伦理的“至高之善”(summum bonum)，即尽量地赚钱，加

① 马克斯·韦伯：《新教伦理与资本主义精神》，黄晓京、彭强译，四川人民出版社，1986，第5–6页。

上严格规避一切本能的生活享受，毫无幸福可言的混合物，更不用说享乐。把赚钱纯粹当作目的本身，从个人幸福或对个人的效用的观点看，显然是完全超然和绝对不合理的。[①]

正是出于反对这种唯利是图的哲学的缘故，王尔德极力提倡享乐主义（当然不是通常意义上的、庸俗的享乐主义），提倡把自己的生活艺术化。他从历史和现实的对比中，从贵族社会与资本主义社会的对比中，见出了前者的高贵和后者的卑劣，见出了美和丑的尖锐对立。所以，他把古典、审美、贵族化、心灵安宁和善行看作时代、人类的救赎之途。那些功利者、暴发户、志得意满的中产阶级粗汉，既不懂美也不懂人，是入不了王尔德眼的。在唯物论与唯心论的交锋中，他的抉择包含着对唯物论的鄙夷，就毫不奇怪了。

这些反抗不仅招致了资产阶级社会的压制，受到正统势力的排斥，甚至也引起了正统观念支配下的大众的鄙视。从这个意义上说，王尔德所谓的反抗社会，其实质则是试图拯救社会的一种表现，其中也包含反抗民众、批判民众的含义。艺术史上历来不乏批判民众的精神，在塞万提斯的小说中，在莎士比亚的戏剧中，都得到了充分体现，《堂吉诃德》对于小农的批判,《科利奥兰纳斯》对于愚民的批判便是例证。中国历史上的许多运动，民众的历史局限性，或称历史蒙昧性，均反映了社会转型以前极“左”思潮的亢奋状态。每当危急时刻来临，对时事的批判，特别是出自保守主义的批判的合理性，就格外醒目而具有积极意义。而民众对唯美主义的“日常生活审美化”的不接受，与书评家出于无力转身的苛责妄评，都显示了与先知者和预言者的对立。如果人们翻开一般历史，如犹太历史，那么对于先知的迫害则几乎比比皆是，所以，艺术史上的作家与庸众和正统批评者的对立实在不足为奇。

---

① 马克斯·韦伯：《新教伦理与资本主义精神》，黄晓京、彭强译，四川人民出版社，1986，第 27 页。

当然，人们在王尔德身上看到的绝不是纯粹的天主教徒倾向或新教徒倾向，而是比较复杂的矛盾状况。王尔德既有天主教徒那样的幻想性和神秘性，又有新教徒的冒险精神乃至变形的享乐主义；既反对清教徒的禁欲主义，又无法接受天主教与现代文化相扞格的狭促落后性。

宗教信仰在王尔德身上固然举足轻重，但他也恰恰为此深受矛盾的折磨，人们从他的作品、论著、书信中都已看到了这一点。他的这种在社会立场、宗教抉择方面首鼠两端的状况，与他在艺术方面的紧张而尖锐的挑战是存在密切关系的。而在王尔德这里，他不能放弃他的艺术和审美追求的市场和环境，所以他无路可逃，他只能从艺术中找到出路。

总之，他要美食与美睡兼而得之。类似的矛盾以及努力克服诸矛盾的巨大付出，构成了他的独特个性。逼迫他做出抉择，造成他矛盾窘境的，便是荣格所做出的思维和行为的全面变迁：

> 在古希腊、古罗马和中世纪，人们普遍相信灵魂是一种实体。整个人类从诞生之日开始，的确一直保持这样一种信念，直到十九世纪后五十年，这一信念才逐渐被人们遗忘，并由此发展出一种“没有灵魂的心理学”。在科学唯物主义的影响下，一切看不见摸不着的东西都受到怀疑；不仅如此，这些东西由于被认为同形而上学沾亲带故，甚至受到人们的嘲笑。任何东西，除非能为感官所知觉，能够追溯出物理的原因，否则都不可能被认为是“科学”的，都不可能被承认是真实的。[①]

在审美的精神生活领域，佩特的艺术生活化或生活艺术化的主张使王尔德深受鼓舞，王尔德仿佛找到了解决内在矛盾的良方，便以此来抵制这种被荣格揭发出来的精神潮流。

---

① 卡尔·荣格:《心理学与文学》，冯川、苏克译，三联书店出版社，1987，第30页。

至于发生这种世界观和思维范式方面的急剧转变的原因，荣格从思想史，特别是哲学史的层面进行了说明，但并未从社会基础结构的层面，即资产阶级社会的生产方式层面做出深入的说明。这种从社会的“底层”的转变，或“地层”的运动所带来的观念变化，显然不难理解。正是经过漫长的社会改造过程，即王尔德所理解的渐变的过程，才促成了资本主义社会的全面飞跃。所以，王尔德所代表的文化要求，例如唯美主义和天主教倾向等，都是数百年乃至数千年历史积累的结果。

法国思想家圣佩甫的妻子在劝告司汤达要宽容地理解雨果等浪漫主义作家的崛起时，曾说起当初照耀奥斯特里茨战场的太阳（喻指拿破仑时代）现在照耀的是圣安东区的烟囱（喻指工业化和大资本时代）[①]，概括了从英雄激情时代向群体理性时代的转变的现实本质。事实上这种艺术精神的嬗变，这种艺术应时而变的情形正是艺术生命力的体现。只不过到了王尔德的时代，唯物论的崛起和对唯心论的取代也正是时代的要求和现实的趋势。

如果说，王尔德的审美理想是以唯美主义为核心的美的创造，那么这并未妨碍他对当时社会的抨击和批判。他在作品中、论著中不断对强大而傲慢的维多利亚式社会现象点名批评。这一点若在对维多利亚时代有着肤浅理解的人们那里，往往会产生王尔德之论不合时宜、自由主义甚至反社会的印象。本书前面谈到了王尔德身受的各种现实压制，其实还有一层需要考虑的问题，即艺术与社会的对抗性关系。

尽管这是一个关系到艺术本体论是否正确的问题，但是在很多时候，人们在判断文学艺术的社会批判立场时却经常陷于困惑。为了澄清这一问题，德国哲学家西奥多·阿多诺从艺术的自律性和艺术本体论的角度做出了非常明确的论断：

① 参见阿·维诺格拉多夫的著作《时代三色》。圣佩甫夫人对司汤达说的原文为：“照耀圣安东工厂烟囱和贫穷工人的太阳，难道不是把晚霞洒满奥斯特里茨战场的同一个太阳吗？”

艺术在其获得自由之前较之以后，从某种意义上说是一种更为直接的社会现象。自律性即艺术日益独立于社会的特性……资产阶级社会比它以前的任何社会都更加彻底地使艺术获得了整一性……艺术之所以是社会的，不仅仅因为它的产生方式体现了其制作过程中各种力量和关系的辩证法，也不仅仅因为它的素材内容取自社会。确切地说，它的社会性根本就在于它站在社会的对立面……艺术只有在具有抵抗社会的力量时才得以生存，如果它拒绝将自己对象化，它就成了商品……艺术中没有任何具有直接社会性的东西，即使直接社会性成为艺术的明确目的时也不例外。①

阿多诺不仅从古今对比当中，而且从对社会的对立统一中，阐发了艺术的生机和存在权利，这些论述不仅涉及艺术的本体论特征和意义，而且从根本上说，是直接涉及艺术的基础和形式特征的。只有把自身的基础建立在对社会的批判性描写上，建立在某种具有审美批判意义的事物上，艺术才会获得存在的价值。甚至在存在形式上，阿多诺也断然地指出了艺术形式与艺术对象的关系，即艺术的超越现实的品格。他说：

形式的作用就像一块磁铁，它通过赋予各种现实生活因素以一定秩序，把它们同外在于审美的存在间离开来。但正是通过这种间离化（陌生化），它们外在于审美的本质才能为艺术所占有……它的历史地位排斥经验现实，虽然艺术作品作为事物是那一现实的组成部分。如果说艺术真有什么社会功能的话，它的功能就在于不具有功能。②

人们看到，西方学者的“磁铁效应”再次出现在阿多诺这里。当初柏拉图就用磁铁比喻了史诗艺人的传导艺术魅力给听众的道理，阿

① 西奥多·阿多诺：《艺术与社会》周宪等译，北京大学出版社，第67–69页。
② 西奥多·阿多诺：《艺术与社会》周宪等译，北京大学出版社，第69–70页。

多诺把这磁铁又用到了艺术对于重新组织生活所起的作用上。的确，如果没有审美地、陌生化地重新组织，艺术便没有自己的领地和功用，没有自己的审美本质。从古到今，历代名哲先贤也都是按照“磁铁效应”一次次地重组现实并将重组的结果不断传递下去的。在这里，阿多诺还从接受美学的角度，指出了艺术的这种非功能的功能是否产生结果，或在什么程度上产生结果，不仅取决于自律性，还取决于他律性。他说：

古往今来，人们对艺术作品的反应一直是极其间接的；他们不是与特定艺术作品直接相关的，而是由整个社会决定了他们对于作品的态度……艺术作品在实际上是否介入社会（程度如何），不是由艺术本身决定的，而是取决于历史环境。博马舍的喜剧也许算不上是布莱希特或萨特意义上的委身文学（committed literature），但是这些戏剧确实产生了不可低估的政治影响，因为它们的内容与某种历史倾向相符合，在这些戏剧中这种倾向得到了肯定。当社会影响是见解的时候，它具有明显的悖论：它产生于自发性，同时又有赖于整个社会发展。①

其实，这就是艺术与社会的关系的辩证法，也是王尔德创作的辩证法。

第二节　在反抗社会中生发出的罪与美

一、从奥维德到维庸到王尔德之罪

伦理学主题一直是王尔德创作及其论著的焦点问题之一，也是学术界一直关注的王尔德研究焦点之一。可以说，王尔德叙事艺术研究

① 西奥多·阿多诺：《艺术与社会》周宪等译，北京大学出版社，第70，74页。

无法回避艺术的功用性和批评的道德标准这两个相互联系又相对独立的问题。

艺术作为直接关系到社会善恶规范的审美现象，自古以来就受到各民族思想家们的密切关注。既然人类是群体生活的物种，有利或是有害于群体及其个人，就始终不会越出人们的思考范围。从东方到西方，从远古到现代，从神话到哲学，道德伦理的话题从未间断。在东方，例如我国，自古就有对于自然的善恶（天下善恶皆天理）和人伦之德（父子、君臣、夫妇、朋友、长幼）的表述；在西方，例如古希腊，有米利都学派的各种伦理学说，以及柏拉图的《理想国》和亚里士多德的伦理学。在神话中，中国古有三皇五帝的传说，在西方有阿波罗神为古希腊人制定规则。古埃及、巴比伦、希伯来、古印度，到处都有人伦文化的传统。但是，从历史演变的角度看，伦理道德又都是变动不居、因时因势因人而异的。在灵活性和权宜性方面，几乎没有什么思想文化传统的分支能够和它相比。

恩格斯在《反杜林论》中曾对道德伦理的实质和标准提出过切中肯綮的观点，恩格斯的论述是针对杜林的道德学说提出的，所以，他在书中逐个列出了杜林[①]的道德的世界，诸如“和一般知识的世界一样……有其恒久的原则和单纯的要素”，在杜林的虚拟世界里，道德的原则凌驾于“历史之上和现今的民族特性的差别之上……在发展过程中构成比较完全的道德意识和所谓良心的那些特殊真理，只要它们的最终的基础都已经被认识，就可以要求具有同数学的认识和运用相似的适用性和有效范围。真正的真理是根本不变的……因此，把认识的正确性设想成是受时间和现实变化影响的,那完全是愚蠢。”[②]其中包含的谬误，如今看来早已破产。

恩格斯在批驳杜林时，指出了人类的伦理道德或道德哲学对于社

① 卡尔·欧根·杜林，19世纪德语作家、哲学家、庸俗经济学家，被认为是小资产阶级社会主义的代表。

② 弗里德里希·冯·恩格斯：《反杜林论》，转引自《马克思恩格斯文集》第九卷，人民出版社，2009，第90页。

会历史条件的密切相关性。一方面，这一思想范畴没有独立的、普世的、永恒的衡量标准。但凡好坏、善恶、对错、规范和信条，以及价值和原则，全都是动态的存在。而人应怎样生活？幸福的标准、美丑的界限又在哪里？所以，对于王尔德的创作和思想来说，任何试图对是非曲直做出无可置疑的评价和裁断的做法都是无法实行甚至充满危险的。另一方面，恩格斯也提出了该范畴与特定阶级群体、特定时代生活相关联的观点，虽然每个阶级、每个时代的道德伦理都是相对稳定的，但对于某个群体主体来说又都可能是合理或不合理的。同样的，对于王尔德来说，他的道德伦理观也适用于这一观点。人们从王尔德的创作和论著处处见到他的立场观点和方法，他的各种社会倾向也是完全能够从中得到判断的。

但是，人们明明看到，王尔德在很多场合都在宣扬反道德或道德虚无主义的思想。对于他的反道德论，究竟应该如何理解？首先，笔者认为，理论是灰色的，创作之树常青。判断王尔德的道德伦理观念终究要以他的创作和思想自白为主；其次，王尔德是反道德的，但这个反道德是反抗维多利亚式的中产阶级（尤针对其上、中层）的虚伪乖张的道德，这在他的作品中一再得到伸张；再次，如果一个力过于猛烈，那么反抗的力不过于猛烈就无以奏效，因此他的矫枉过正往往出自刻意而非真心实意，人们看到太多在实现了自己的目标后再对先前的纲领做出回返性修正的案例，王尔德也不外如此；最后，笔者认为，王尔德是一个极端看重道德伦理而且倾向性也格外强烈的作家，只不过他的这些思想观念并不合乎当时的主流，就像人们经常拿来与他做对比的尼采那样，他给人离经叛道的感觉，甚至和其他批判社会的作家们相比，他也显示出超越的特点。从这个意义上说，王尔德的道德伦理观确实具有超越的特点，既出于时代又远未具备实现或发难的条件。

王尔德与时代的关系诚如《剑桥指南》所称：

维多利亚人曾为价值而焦虑——家庭价值、英国价值、可用或可交换的价值——而尼采当时却揭露说，价值是骗人的。一方面，它是一些人控制另一些人的工具，另一方面，它又提高了人们的洞察力和怀疑能力。王尔德作为一个悖论和矛盾的综合体，既投身到了现代价值的批评中，又参与到了后现代的洞察中去。①

难能可贵的是，王尔德本人对于自己和时代的关系持有相当自觉的认知。这一点不仅从他的自白中得到了印证，也得到了学界的普遍公认。理查德·艾尔曼就曾说过：

就像司汤达一样，王尔德认为他自己是时代所召唤的一种声音，而不是正在消亡的声音。②

需要说明的是，王尔德的时代象征的自我认知，与他的道德伦理主张是存在必然关联的。他的意志就是要突破时代的局限，让自己的主张在未来立得住阵脚。

所以，本书并不是一味地反对文学艺术的道德伦理批评，而是主张因时因地因人因作实事求是地进行道德伦理批评。特别是在判断一个作家的社会倾向时，尤其要结合他的生存环境和时代矛盾的因素，不能单纯地肯定其左倾或右倾。道理很简单，环境因素和个人因素都存在复杂的差异性，不可等量观之。设若王尔德生在别的时代，抑或生在英格兰人而非爱尔兰人家庭，都不可能产生这样的王尔德。而且，艺术的伦理批评和道德批评是基于艺术本身的伦理道德因素的。后者又无论作者如何回避或排斥，仍是无法全然免除的。正因如此，艺术在任何时代的生活中都会或多或少地透露出伦理道德的作用及其影响，这就为伦理道德批评提供了分析对象。但是，文学艺术的伦理道德因

① Peter Raby, *The Cambridge Companion to Oscar Wilde* (Cambridge:Cambridge University Press, 1997), p.18.

② Richard Ellmann, *Golden Codgers: Biographical Speculations*(New York:Oxford University Press, 1973), p.62.

素从主观刻意上讲却是一个不必为之、不必囿之、不必求之的因素，即作家的创作不但不必趋奉于伦理道德，反而需要将其严格地限定在应有的地位上，因为伦理道德意识往往与艺术的审美意识发生抵牾甚至严重的冲突；同时，对于艺术的理解也无须刻意地搜寻伦理道德因素，并据此苛求于艺术家或其作品，因为艺术的创造本就不是为伦理道德的；最后，由于艺术的成因不在伦理道德而在审美灵感与创造冲动，而在审美表现的欲望和要求，因此如果刻意追求艺术的伦理道德因素及其影响作用，则无异于舍本逐末，缘木求鱼。

事实上，美与罪属于极为古老、极为原始的对立范畴，伸张美的，常与罪相关；指为罪的，多有美相伴。反抗强权和不义的行动，往往被斥为不肖；恭顺逢迎者则往往窃得美名。在宗教里，我们看到耶稣对于罪与罚所持的态度；在文学中，我们看到陀思妥耶夫斯基对于罪与罚的诠释；在艺术上，我们看到太多狂热的道德论者写出的非道德、非艺术之作，也看到太多被践踏者被后世奉为名家和杰作。艺术是不为、不限、不求伦理道德的伦理道德，因此而能达到敦风化俗的功效；正如体育竞赛之不为、不限、不求其健身强体，但却往往达到健身强体的功效。谁说一首咏花的诗（例如普希金的《一朵小花》）或咏时光的诗（如歌德的《游子夜歌》）必须属意于人的伦理道德呢？恰恰相反，它们只是偶然引发的念头而已，但却不乏极为隽永的大道大德。

那么，艺术中之“有心栽树树不发，无心植柳柳成荫”的伦理道德性应该受到怎样的对待？笔者认为，真正的艺术之德非一时一地之德，更非一党一群之德，艺术之德总是以恒久、隽永、美好、良善的特性为旨归，艺术之伦常以天伦、无垠、深邃、神秘为妙境。生老病死之畏，悲欢离合之情，爱人惜物之悯，尊天敬地之心，皆为艺术之德、审美之德，也就是大善。即便睚眦必报、疾恶如仇，也要以人类普遍正义为据，如人道互爱、相互尊重、和平共存。

不过，按照实事求是的原则，对于切实含有伦理道德寓意的艺术作品也绝不应刻意回避，而应做出恰如其分的论断品评。尤其是对于只求艺术品位而创作，但又透露出鲜明而强烈的伦理道德观念的作品，尤其应该予以公允的阐释。因为它们不同于那些刻意追求伦理道德含义，而最终丧失了高尚道德境界的作品。与前者相比，后者往往落得想入此门却入彼门的结局，越是要兜售自己的货色，越是无人买账，做出的东西并无艺术价值。个中的缘由在于，艺术创作总是艺境为上，审美当家，如果瞻前顾后、投机讨巧、好为人师，一派道德说教的方巾气，终究会不受待见。

所以，王尔德的道德伦理观倒是很有“明修栈道，暗度陈仓”的意味。时至今日，文学非人学、风格非人格，已为世人所公认。同样的，作品中人物并非作家替身，画中人也不是画家本人，若是捕风捉影，因文废人或因人废文，利用反艺术以反人类，只会徒劳无功。更何况，我们在王尔德的作品中何曾见过他对伦理道德主题的摒弃呢？在《画像》中，谁都能看到，这是一个单纯青年走向堕落的故事，其伦理道德主题含义极为显著。再以《夜莺与蔷薇》而论，即便是为他人之爱，仍以生命殉之，比之于更多的主角为自己的爱而奋争，又高贵了多少倍！这里明明在告诉人们，作家在否定说教与目的同时，恰恰在显示其教益。若反向而行，时刻以说教为己任，势必得到事与愿违的结果。

从上述观点出发，笔者至少可以确定：其一，我国比较流行的伦理批评的一个危险，即一切从思想内容出发，过度强调政治或道德内容。这就需要分辨什么是艺术的伦理批评和以伦理取代艺术的批评，这是两种分庭抗礼的批评；其二，需要分辨艺术的内容与一般的社会内容的不同，不能把非艺术的因素用来干预或取代艺术的因素。例如，在谈但丁的《神曲》或《新生》时，就不能用但丁的实际性爱经历为尺度，批评他对俾德丽采的理想之爱；也不能用拜伦、雪莱的实际爱情经历来解释他们诗歌中的爱情主题；其三，需要从具体的历史条件和产生基础来理解维多利亚时代资产阶级右翼的道德伦理信条，而不能犯杜林那样的绝对化理解的错误。

事实上，人们只要把王尔德的大量奇谈怪论或似是而非之论摆在一起，从反面做出逐一理解，就会知道他所反驳的正统道德伦理。那样人们就会看到，站在王尔德对立面的道德伦理派又是代表怎样的立场和伦理原则了。同时，人们只要把维多利亚时代留下的鸡汤言论进行反转的表述，就会得出与王尔德相近的结论。所以，王尔德的做法表明，如果不是出自对现实逻辑的憎恶和反抗，如何能时时处处用反逻辑反击那些鸡汤呢？据此可以得出，王尔德不但不是简单化地一概否定道德伦理，反而是以反道德伦理的名义不遗余力地描摹甚至鼓吹新道德伦理。

至于王尔德的同性恋问题，即所谓有伤风化罪，本书在第二章中已经围绕皮格马利翁情结、纳喀索斯情结、同性恋、艺术人格等问题做过讨论，澄清了异性、同性之恋并非截然对立，它们间亦可相互依存、相互转化，在个性主体的特殊性基础上，只有外界因素或可起到左右甚至支配作用，这一方面是由性爱倾向本就发源于进化史的开端时期，从原始生物的雌雄同体到自性恋，再到同性恋，很大程度上取决于生命体的自适与自足需要；另一方面，王尔德的同性恋倾向还典型地体现了社会推动的作用，包括他自己在社会推动下对自身的性取向所做出的自觉或半自觉的抉择。

当然，虽然当今世界已经有很多国家立法支持了同性恋行为，但笔者并不认为应该把同性恋看作全然正常和在重要性上比肩于异性恋的伦理存在。但毕竟随着历史进程的展开，人类在理解自身的方面越来越开明和宽容了。而今看来，在王尔德身上，同性恋的社会成因更加复杂而突出，或许还有损于他的健康生活和艺术创作，从而成为瓦解王尔德的个人自主能力、破坏他的心理健康的消极力量，人们就更加视其为王尔德的噩兆了。本书相信，凡是从王尔德写于狱中的《自深处》中读出王尔德怨妇一般不厌其烦的哭诉，读出他在无情的事实面前仍无真正的自省表现的人们，都会在为社会毁灭一个人而愤懑的同时，也为王尔德的痛苦挣扎深感遗憾，甚至为他的愚蠢无知和自甘堕落发出叹息。

面对有些人的浮浅看法，人们不禁要问，如果王尔德把自己的离经叛道、奇谈怪论都去掉，换上一副为中产阶级所欣赏的面孔，写出些依靠中产阶级“美德”而争取到的皆大欢喜的人生幸福颂歌，那么就合乎那个所谓成功的中产阶级，特别是中、上层的中产阶级的要求和理想了吗？那样的话，就让维多利亚时代天下太平了吗？时隔不久的世界大战就会掉头跑开了吗？可见，一个以自我主观标准而非历史过程检验的标准做出的评价，实在没有意义。且看一段我国学者写的王尔德命运的判词吧：

他希望自己以艺术家的名义能够拥有不受世俗、法律约束的特权，这样一种毫无胜算的抗争只能意味着自毁。也正是因为王尔德破釜沉舟的姿态，唯美主义行为艺术只能以司法解决。精神贵族以否定形式才能定义的无形的优雅高蹈由此落入刀笔吏与狱卒所体现的森严秩序之中，而原本处在暧昧地带的唯美主义文学观念也被新教徒的道德手电筒照得一览无余。当这个人被判罪，艺术实践被认为是非法，人们还会回溯性地推导出作为其犯罪意图的艺术观念的非法。现在，颓废不再被认为仅仅是一种艺术风格，它本身就是一种堕落艺术的丑恶内容。所以在《道连·格雷的画像》这个文学事件中，法庭审判具有一种赋予意义的功能，它通过将唯美主义者王尔德判罪，也将唯美主义本身加以判罪。英国唯美主义运动从此就偃旗息鼓了，失败了，直到后来才借尸还魂……王尔德的失败首先是因为他用过时、没落的贵族阶级精神，来蓄意挑战正在逐渐成长的中产阶级及其新教徒理想，体现在唯美主义观念中的非人性化的指向与日常生活中的逻辑是格格不入的。①

这样一种站在英国权势阶级立场，抨击王尔德的反抗和叛逆行为，让人不能不想到其评价的立场和观点的极右倾向。笔者即便想对此评论，又恐已经提不到严肃批评这个层面了。有兴趣的读者可以参考这

---

① 朱国华：《现代性的成败：重释〈道连·格雷的画像〉的文学事件》（下），《名作欣赏》2018 年第 4 期。

篇文章的全文，也可以参考本书在绪论中提到的梁实秋与田汉的笔争，以明察个中是非。在此只能提到一点，维多利亚时代的中产阶级上层和权力集团都是帝国政治的既得利益者。对于某些人的谬见，也只能用“可怕”两字来形容其中的隐含意义，因为这种对于王尔德乃至整个新浪漫主义文艺思潮的强烈否定态度显然是与上引文作者对维多利亚时代的盲目崇拜和认同相一致的，是无视世纪之交的世界性大危机的，是与茨威格的《昨日的世界》、罗曼·罗兰的《约翰·克利斯朵夫》的时代感相乖违的。而且，这种强烈的、道貌岸然的意识形态高压态势也随时可能发生在当今和未来的现实中。

事实上，早在王尔德生前死后，这种围绕他本人及其创作活动的争议和毁誉就已十分明显地存在了。例如，关于王尔德之死所做的盖棺之论，我们从贝克森所著的批评文集《奥斯卡·王尔德：批评遗产》中看到针锋相对的批评意见。该书收入的具有保守贵族倾向的《帕尔玛公报》上非署名的否定性文章，以及《泰晤士报》上的非署名悼念性文章，便形成了鲜明对立的批评立场。前者中有如下话语：

奥斯卡·王尔德的一生悲剧现在终结了。花力气讨论道德问题显然是徒劳无益的，但对他的毕生成就说上几句还是有必要的。他在80年代引领了一场运动，虽然这运动荒诞不经，但毕竟对于粗鄙的非利士风气造成了打击。他拿来而不是创造了一种美学风尚，那是在罗塞蒂、琼斯的绘画中，在莫里斯、佩特的作品中发现的。[①]

这段话的弦外之音很明显：一是说王尔德是个失败者，二是说王尔德没道德，三是说他是个浪得虚名的唯美主义者，四是说唯美主义同样没道理。我们再看后者，则对王尔德的离世表达了截然不同的看法：

① Karl Beckson, Oscar Wilde:*The Critical Heritage* (London and New York:Taylor & Francis Library, 2005), p.261.

多年来，他作为典型的唯美主义者，成功地获得了公众的关注。同时，他还是一个比许多唯美主义信徒更有独创性和思想力量的人。正如他在牛津的成就所显示的，他在许多方面都具有毋庸置疑的天赋，如果不是因为他渴求忤逆之名，这些天赋很可能使他获得荣名。①

这段话的有力概括很确切：一是说王尔德为大众所关注，二是说王尔德是个有创造力、思考力的唯美主义者，三是说他禀赋殊异，四是说他离经叛道刻意反抗虚伪的时俗和威权，因而为这类时俗和威权所不容。将这两段话对比来看，其中包含的各种社会立场、文化观念、利益追求、境界高低、人格尊卑等诸多方面的尖锐冲突——围绕王尔德而不限于王尔德的冲突——便顿时得到呈现了。

放开来看，如果不把王尔德现象看作历史的偶然，那么，除了从他所处的历史环境中寻找其成因之外，还需从他所属的历史传统中寻找其成因或背景。在欧洲历史上，有几位诗人的确与王尔德的类型和经历很相似，如奥维德、阿伯拉尔、但丁、维庸等人，也都有牢狱之灾或放逐之祸。他们的创作、人生、所处时代、所持立场等，存在诸多一致之处。人们从中稍加分析，就能看到一些启示。

由此传统可见，其虽为权势所不容，为正统所排挤，但其思想情感与审美取向却响应于时代的要求，植根于生活的土壤，特别是其生命历险、哲理探索、艺术创造，皆为人类审美文化或整个文明的进展开辟了新途径，提供了新经验。

总之，任何人的本能倾向和社会倾向都不是无缘无故形成的。或者是遗传因素，或者是后天经验因素，或者是两者共同作用的结果。如果说，王尔德的智力发育始于他的家庭文化熏陶，那么他的性倾向很可能是他的父母对他的影响。例如，他的母亲由于个性过强，感情更多地放在子女身上，因此对其丈夫必定产生轻慢和忽视，从而导致

① Karl Beckson, Oscar Wilde:*The Critical Heritage* (London and New York:Taylor & Francis Library, 2005), p. 259.

丈夫的婚外恋或婚外交往，进而导致王尔德对同父异母诸子女，以及对其相关与非相关女性的仇视与成见；再如，王尔德的母亲对小王尔德的性角色影响，使他产生女性倾向的偏执个性，甚至影响到他的性取向；此外，由维多利亚式生活方式所制约的婚姻生活的空洞和失落是王尔德转向艺术美和同性恋的重要原因，先前的宏大理想无法在婚姻的巢穴中容身，却在同性恋的虚荣和幻境中得到了虚假的实现，从而诱使他从婚姻中抽身而出，投向与艺术美相关联，与人生畸变相关联的同性恋的怀抱。这一切因素都对他的另一种性倾向抉择，即男性爱倾向做出了说明和印证。

事实上，人们在王尔德的性取向问题上，不仅应该见出其已经成为事实的必然性，而且应该见出未成为现实的可能性。因为王尔德的《自深处》等作品已经透露出，他对道格拉斯的迷恋确实存在着古典影响的痕迹，也具有梦想的痕迹，就是将此恋情作为实验手段，把自己的男友改造或者培育成名诗人甚至大诗人，以成就一篇现代版的神话。就是说，王尔德对道格拉斯的爱应该是形式化的古典风格崇拜占了大半，而情欲的成分却不占重要地位。与其说这是一种出于情欲的同性恋情感，莫如说是人性本能和文化之恋的畸形结合的表现。而且，男性爱更多关联于创造性和女性爱更多关联于保守性的特点，很可能也是他作为创作狂所迷恋的目标。虽然这里的讨论只是浅表的，但似乎只有从这样的角度看问题，王尔德的许多匪夷所思的行为才能得到解释。

本书还要申明在一般社会过程中善恶运动的辩证法。它们是相互依存和转变的，恶造成因恶生善，即恶的动机带来善的结果，如没有犹太民族的大流散，就没有犹太现代文化和犹太大资本的产生。同时，也有善的动机带来恶的结果，如《浮士德》中玛甘泪的结局是众所周知的。此外，人受自己的生物本能推动，自发地便有摹仿猛兽恶鬼的本能欲望，它们源自原始习俗，常在儿童摹仿坏人的现象中见出，这种有违于社会审美规范的叛逆形式也会在成年人的反社会常规冲动中表现出来。

当然，从反犹主义者的立场看，从玛甘泪的哥哥的角度看，以及从孩子的好恶看，善恶就颠倒过来了。再如，若是恶以致善，人们便得到悲剧中的喜剧；若是善以致恶，人们便得到喜剧中的悲剧。

与此同时，美与丑的辩证法也是如此。很多时候，丑对美具有神奇的激发作用，这不仅是因为艺术手法会将丑的内在矛盾揭示出来以增添丑的魅力，例如夸西莫多或汤姆大叔；而且，艺术作为美的高级形态，又是以新颖为前提的，无论是形式还是情感的新颖，都会给人带来新的美感体验的满足，例如那些被视为独创的艺术，以及各种非写实的变形艺术。从艺术史早期的朴素的美，到现代社会的矛盾交织的美，在现实的折射作用下，不同的关系决定了人对美丑的评价（例如梭伦与克罗索斯的对答），正如鲁迅所说，“并非人为美而存在，乃是美为人而存在”。

从这些问题的分析可以得出的结论是，王尔德身上汇聚起来的叛逆之举和伦理之罪，无不是历史生活的产物，无不存在现实矛盾冲突的根源。它们既体现了社会的状况，又体现了艺术的法则。

二、从诗人、批评家到美学家之美

维维安·贺兰在传记《王尔德》中，比较清晰地呈现了王尔德在当时英国文化界和社会上扮演的角色。很显然，他是大众的开心果。但无论哪个阶层和群体都对他并无大宠，所以当他后来大难临头时，众人将他放弃了。确实，王尔德在当时的英国社会处在尴尬的境地。他有些贵族化，所以不受资产阶级待见；他有些小资的激进化，所以不为保守的贵族阶级所接纳；他有些社会主义倾向，所以不为贵族和资产阶级的认可。王尔德的艺术禀赋固然超群脱俗，却未臻炉火纯青，所以，所有欠缺之处便成了众人的靶子。他的恃才傲物、忤逆之言、奇装异服等，怎能不招致上层社会的嫉恨。而他的创作上限于自己的生活经验的不足和对见风使舵的不屑，使他成了生活的“Green hand”（生手；没有经验的人），他对艺术的无上崇拜，对生活的极力贬抑，又岂能不招致生活的报复！

不过，英国社会上层对王尔德的讥讽、排斥、打击、攻讦已经尽人皆知，无须再议。本书只想说明，王尔德的创作活动和美学著述的本质和价值。首先，由于发起了艺术本体论和艺术主体论的革命，所以，他才在新的基础上提出了艺术与生活的新关系。其次，他的艺术追求和美学主张完全是历史发展的产物，并非他的一时兴起或无妄之想。最后，他的美学变革与人类审美文化的创造事业大致一致，也就是说，在总的方向上是相一致的。这与马克思主义关于人类在较高的发展水准上保持与童年的天真相结合的论述，有着内在一致性的。

之所以得出如此结论，是因为人类审美文化所经历的历史发展而言。从文化的范畴来看，美学是审美活动之学，而审美作为一种活动和文化，又是人类进化到高级阶段的产物。在原始时代，以审美而非实用为主导属性的文化还不存在，真正的审美文化是伴随着英雄时代的传说从实用的讲说演变为娱乐的欣赏而产生的。在荷马演唱他的史诗时，尽管人们仍然把它们看作真实的历史，但是其中娱乐的因素、欣赏其美感已成为主导的因素。所以，俄底修斯听到他人演唱自己的经历而掩面泣下，正是受到了情感的审美感动的结果。就是说，处在主体能力极为低下的人类，如果不是从神秘的或巫术的角度看待事物，就是从实用的或审美的角度看待事物。而在部落贵族的宴饮和部落民众的庆典等场合，史诗演唱是不会以讲说历史的形式为主，而只会以欣赏娱乐的形式为主而存在。

在古希腊历史上，从原始部落的解体、部落联盟的形成，到古代王国的出现，再到城邦国家和古典文明高峰的产生，审美的因素随之发生了从青铜和铁器造型（如史诗中的器物造型），到形式感、风格化的造型（如古风时代的小神像），再到古典时代的雕塑、绘画、各体文学的古典美繁荣。一个唯美的民族终于成为各民族、各时代的审美文化风范。

在王尔德生活的时代，建立一种新的、现代性质的批评观，包括批评风范，不仅是文学活动的需要，更是社会文化的需要。这种新的现代性质的文学批评不同于传统，需要在新的基础上建设起来。批评历来不被重视的局面，将要被克服；以往认为批评只是附庸、鸣锣开道之举的观念，将要被克服；认为批评不及创作，无以发挥文学创作伟大作用的观点，也要被克服。王尔德的审美理想，由于受到对维多利亚时代虚伪拜金风气的推动而激越，必然性地使他发出了走进象牙塔的呼唤。

不难看出，如果没有维多利亚时代英国社会这个虚假巨人的极度虚伪、矫揉造作、伪善、傲慢、霸道（其极端形式是唯意志论和超人哲学，其政治上的反对形式是无政府主义和社会主义），就不会有试图冲破其藩篱的唯美主义，不会有王尔德的走进象牙塔主张。而普遍的工业化改造与物质繁荣，只不过对王尔德的审美乌托邦起到了类似于海市蜃楼的鼓动作用而已。

同样的，王尔德的审美救赎主张也不是没有前驱者的。人们不用追随柏拉图，只要看看席勒的主张就能证明这一点。席勒曾说过：

> 人们在经验中要解决的政治问题必须假道美学问题，因为正是通过美，人们才可以走向自由。①

如果人们联想到萨特对文学艺术下的哲学定义，以一种自由呼唤另一种自由，就更能理解这份审美情结了。从这个意义看，美的实际社会作用不但存在，而且绝非可以低估之物。人们也可以把作家比作人类的奶娘，他们为其小儿，也就是自己的族人，讲故事，以耳濡目染之法影响其心性，教导其为人。那么，如果你作为家长，你可愿给自己的小儿雇上一些粗鄙的、愚蠢的奶娘，抑或以水代奶的奶娘？若非如此，那就首先需要挑选优秀的奶娘！

事实上，在文学艺术领域，思维方式的变革是经常发生的事件。只要考察历史上发生的若干思想文化运动，在思想上倡导新说、在创

---

① 约翰·克里斯托弗·弗里德里希·冯·席勒：《审美教育书简》，冯至、范大灿译，上海人民出版社，2003，第21页。

作上率先垂范者多为作家，且不说自但丁至文艺复兴诸大师的理论与创作，即如近代以来人们耳熟能详的伏尔泰、狄德罗、卢梭、歌德、雨果、巴尔扎克、布莱克、华兹华斯、托尔斯泰、陀思妥耶夫斯基、罗曼·罗兰……可谓中外先贤不胜枚举。

到了王尔德生活创作的时代，世界的变化可谓一日千里，新视野、新知识、新学说、新思维也应运而生。王尔德的文学生涯便体现了这种时代孕育的结果。他的文学创作和批评思想几乎是不相上下的，均具有革命性的意义。可以看到，他在大量批评著述和美学著述中，从柏拉图、亚里士多德到当时的美学思想发展，在几乎每个重要的节点上都做出了独特的阐述，既有对前人的总结，又有自己的见解，两相结合，相得益彰。王尔德最终是在批评和美学的领域，在对传统的批判继承的基础上，颠覆了流行的谬误，振刷和建设了新的美学体系。

由于篇幅所限，本书无法就王尔德的全部批评理论展开阐述，在此仅以他的两个创造性理论做范例，略做讨论：一个是他对批评本身的观点及其论述，另一个是他对传统和现实中流行的谬见的颠覆。换句话说，就是从他的艺术本体论（艺术是什么），亦即艺术主体论（艺术家是什么），来考察王尔德的艺术论的变革意义。而且，本书在此只以他的重要美学著作——《作为艺术家的批评家》(一,二)为例，以求管中窥豹之效。

从王尔德的用语中，可以看出他是反对维多利亚时代的实践活动的庸俗内核的，因为它是被铜臭玷污的，是虚假而无价值的；还应看到，艺术与生活的质的差别，一个是在美的虚拟中得到陶冶，一个是在实际的境况中做出反应；也能看出他把柏拉图看作比亚里士多德高明得多的哲学家来看待。所以他说，柏拉图热爱智慧，而亚里士多德热爱知识，两者区别很大，一个是发现，一个是分析和归纳，但发现要比整理重要得多。

由此他继续发出叛逆的挑战，虽然是借对话者之口，但在很大程度上就是王尔德本人的宣言：躲开圣徒，抛开哲学家，去投奔罪人，寻觅自然的真实；还有那些逝去的、已被掩埋的古老罪恶，在那些传说的或真实存在过的罪人那里找到逃脱当代恶俗环境的避难所，那里有莱奥帕尔蒂、兰斯洛特、阿伯拉尔、维庸、雪莱、哈姆莱特等等。艺术，要艺术就不要道德，因为道德属于行为而不属于想象；也不要领袖，因为领袖完全依靠愚民才登上高位；英国，也只有它的联邦成员们争得自由时才会得到好转；慈善，不过是徒劳罢了，人们只需投奔东方古国的那位庄子，才能返璞归真；现实不会给人教益，哈姆莱特完全是心灵的产物，罗密欧也不过是莎翁的天性显现……

不用尽数列举就能看到，王尔德借着这篇对话人物草拟的檄文，曲折、过激，却尽情地表达了自己对以维多利亚社会现实为代表的一代资本主义文明发出的征讨，表达了自己在这个危机四伏的时代所持有的激进主张，伸张了自己的反潮流意志，而且表达了他对自由的美的理想的执着信念，里面甚至透露着他对不久的将来就要降临的未来主义、现代主义的预感。用他的话说就是：将来必定会爆发一场奇特的“文艺复兴”，就像许多世纪以前唤醒意大利诸城市艺术新生的那场波澜壮阔的复兴运动一样。而现代主义的兴起——它的迅猛、威严、暴烈、破坏、创造——的确证实了王尔德的预见。

三、审美主体论与审美本体论的变革

在王尔德这里，艺术主体论和艺术本体论的变革是从方法论的变革开始的。这是王尔德从创作到理论的逻辑展开方式。说到方法论，势必要涉及从古到今的变迁。

如果说，西方的中世纪神学统治遏制了人的认知方法和思维自由，那么，在中国的古代，古人在说到天地万物的运动变化时，也总是颠倒认知的逻辑，颠倒道与象、名与物的关系。

老子在《道德经》中说：“道可道，非常道；名可名，非常名。无名，天地之始，有名，万物之母。”这明显就是一种自上而下、本末倒置的认识逻辑。

而王尔德的思维逻辑包含可贵的逻辑意识和辩证法。就是说，他的美学主张具有实践的性质，他从威廉·莫里斯那里学到了日常生活审美化的观点，从自己的切身经历中体会到了美的教化的巨大意义。所以，他知道要想推行他的唯美主义，就要遵循唯物论的路线，遵循存在决定意识的路线。他的日常生活审美化、享乐主义、装饰美学等就是这方面的例子。

王尔德的创作开始于新浪漫主义兴起之后的80年代，此时从总的社会思潮和思想趋势来考察，唯物论思想遇到了较先前更为流行的唯心论的挑战，现实的社会关系和社会问题极大地暴露了对人的无情压制，精神的目光重新仰望唯心论所指示的方向。马克思在晚年曾经向恩格斯表示，他毕生致力于宣传唯物主义思想理论，不遗余力地与唯心主义论战，导致很多人对他的思想产生了误解，以为世界只是一元性的、决定论的、绝对化的，没有给唯心主义留下足够的空间。但是，他们要做扭转的工作，为时已晚。后来，列宁继承了马克思主义的唯物论，但在唯物与唯心之争的问题上，列宁还是看出了机械唯物论的危害，他在《哲学笔记》中说："可以说，一种精致的唯心主义比愚蠢的唯物主义更接近于聪明的唯物主义。"[①]这种对马克思主义的丰富和完善，值得深思。

事实上，唯心论对人的精神生活的重视，完全合乎人作为万物灵长的特殊性，在人类哲学史上，唯心主义哲学家提出的问题、探讨的深度都远远超过唯物主义哲学家，这种对比关系的确值得深思。

在美学上，王尔德的思想受其时代文风影响之处也俯拾即是。例如他说：

> 看出灵魂与肉体区别的人既无肉体，也无灵魂。[②]

尽管在古希腊时代，在阿里斯托芬的喜剧中，就提出过"形式即

---

① 列宁：《列宁全集》第38卷，人民出版社，1959，第305页。

② 奥斯卡·王尔德：《王尔德全集》第四卷，赵武平主编，荣如德、巴金等译，中国文学出版社，2000，第487页。

内容”的观点，但在19世纪机械主义盛行的时代，这类主张从根本上扭转了形式与内容截然对立的二元论思维，显然具有革命性的意义。

在当代文论中，时代对作家的决定作用极大地忽视了作家的自觉意识和能动作用，这是与历史、文化的进程情形和现代规律不相符的，至少要区别时代对个人的决定性影响的方面与个人不受影响，而且反以自觉的意志态度积极地影响并决定时代的方面，通过事例印证这一点，纠正结构主义等流派的“时代决定论”的绝对化倾向，这一点对于抉择论的建设有着至关重要的方法论、认识论意义。本书重视王尔德的颠覆传统思维方式，开启新思维的努力和成就，便是意图强调个体在引发整体变化方面所起的重要作用。

这样做的目的是重视作家的艺术追求和创作能动方面的作用，这对于从艺术和美学特征上理解作家作品，而非从诸多其他文化角度上理解作家作品来说，也更为合理和大有助益，因为艺术家的能动作用最突出地体现在艺术而非其他社会或文化特质方面。因此，这样的举措可克服机械唯物史观的缺欠，也从客观性上纠正唯心史观的偏见。

主体论哲学昭示人是什么，人需要什么，人知道什么，人能做什么（科林伍德语）等重要的人生问题，表现人的力量和局限，表达人的感受和情怀；政治制度则告诉人应如何做那些业已被意识到并列入人类社会关系和实践事务范畴的东西。从这一点来看，可以说，苏格拉底是在由戏剧艺术开启的主体觉醒的道路上继往开来的哲学家。

从现实的结构出发，对照文本的或类型作品的结构，从而分析作家的或总体主体的心理结构思维结构，就造成了最重要的对作家主体的理解和主体性认识。例如《画像》中几个主要人物的行动和命运，提示了若干审美形式的、抽象精神化的人生逻辑，反映了王尔德对这种人生逻辑的思考，那么这种思考从何而来？答案只能是他在现实人生中的经验、思考和感悟，是这些精神过程的艺术化产物。而这些精神过程，则是他积极参与现实的文化冲突、在各种场合和机缘中确立自我形象的过程。一句话，是他以自己独特的方式感受和折射时代精神的结果。只不过在分别承载王尔德的自我人格时，某个角色承载的内容必定区别于其他角色，否则他就是其他角色的同类项了。例如，同样是追求本能享乐和满足私欲的人生态度，道林的表现又不同于亨利，在他身上更多些激情，更少些冷静，更多些简单的判断，更少些透彻的思辨。例如，当听到亨利讥讽他所爱的西碧尔时，道林激动地反抗道：

“你真可恶！要知道，所有戏里了不起的女主角都集于她一身。她不是一个人。尽管你认为可笑，我还是要说，她有天才。我爱她，而且我一定要使她也爱我。你深知人生的奥秘，应当告诉我怎样吸引西碧儿·韦恩爱上我！我要使罗密欧吃醋。我要让世上为爱牺牲的有情人听到我们的笑声自叹命薄。我要让我们爱情的热浪惊动他们的骸骨，唤醒他们的痛感。天哪，亨利，我是多么崇拜她啊！”①

这里，道林的身上便折射出了王尔德式的审美追求，而且在以戏剧方式看待人生的方面，也同王尔德如出一辙。

从整体上看，在这部作品的创作过程中，王尔德将人格、道德原则和哲理等作人格化投射（拟物的和象征的）、意象化的表现，以劝世喻事，在某种程度上表现的是他对自身的认识。这就使作品带上了明显的主体性特征。只不过笔者这样表述，也只是从捕捉王尔德的美学理想和创作方式，特别是他在文学批评观点的基础上做出的判断，而全面的文学主体性研究除了要掌握作家的创作心理学，还要掌握受众的接受心理学，而那是需要大量的资料才能够得到印证的。

事实上，王尔德自己在评论艺术时经常发表对主体性的看法。他始终认为身体是思维的器官，心灵只是思维的一部分；他提出行为是展开的心理，社会是打开的大书；他还果断地提出，唯有突破了唯物与唯心的绝对对立和僵化理解，才可能在哲学和一般社会人文的领域

---

① 奥斯卡·王尔德：《王尔德全集》第一卷，赵武平主编，荣如德、巴金等译，中国文学出版社，2000，第 61 页。

开拓新视野，取得革命性成果。他甚至说：

看出灵魂与肉体区别的人既无肉体，也无灵魂。[①]

他在堪称小说形式的文艺学论著《画像》中，以亨利的名义探讨了艺术主体性的诸多法则。书中写道：

灵魂与肉体，肉体与灵魂，实在神秘莫测！灵魂包藏着动物的本能，而肉体却有超凡脱俗的时刻。感官能趋于精炼，理性却会退化。谁能说出什么时候是生理冲动的终止，心理冲动的开始？一般心理学家的武断定论是多么轻率！而要在各家之说中作出抉择又是多么困难！灵魂真是寓于罪恶之躯壳的影子吗？抑或肉体包含在精神中，像乔尔达诺·布鲁诺所设想的那样？精神和物质的分离是一个谜，精神和物质的结合同样是一个谜。[②]

由此心理描写可以看出，王尔德把探索的触须既伸向艺术的主体论，又伸向了人的本体论。人是灵肉一体、一体两面的，艺术又何尝不是如此。其中既有主观之外的因素在起作用，又不可避免地把主观因素对象化，其结果便是写实和写意、内容和形式、主观和客观的交融一体。

王尔德写过以斯芬克斯命名的诗歌和童话，这一意象在他心里占有重要地位。从斯芬克斯之谜的神话来看，本体论与主体论哲学的关系在亚细亚哲学流派兴起的时期就已经露出了端倪，在前苏格拉底的哲学家们的思想记录中就已存在最初形态的主体论意识；只不过在古典时代，以苏格拉底为代表的哲学家们被时代的主体意识推动，开始

① 奥斯卡·王尔德：《王尔德全集》第四卷，赵武平主编，荣如德、巴金等译，中国文学出版社，2000，第487页。

② 奥斯卡·王尔德：《王尔德全集》第一卷，赵武平主编，荣如德、巴金等译，中国文学出版社，2000，第64页。

自觉地创立主体论哲学体系的工作。

在关于作家主观因素介入作品的方面，王尔德通过亨利之口，甚至带着调侃的语气，半是戏谑地说到了主观化的具体表现：

“老弟，贝泽尔把他身上全部可爱的气质都放到创作中去了。结果他为生活留下的就只有他的偏见准则和大道理。我所认识的艺术家中讨人喜欢的都是不成器的。有才气的艺术家只存在于他们的创作中，而他们本人都是索然无味的。一个伟大的诗人，一个真正伟大的诗人，是最没有诗意的人。但是等而下之的诗人却极其讨人喜欢。他们的诗写得愈糟糕，他们的外貌就愈是生动。如果一个诗人出版了一本二三流的十四行诗集，此人一定具有不可抗拒的魅力。他把写不出来的诗都在生活中实现了。而另一类诗人却把他们不敢身体力行的意境都写成了诗。”①

亨利的格言警句和道德伦理艺术等方面的高论，只是王尔德日常社会活动中的谈话艺术向小说创作中的延伸。例如上面这段评论，看上去有些主观化，但如果采用统计学的方法予以测定，恐怕还真会得到验证。根据日常生活的经验，那些能说会道却对动笔如临大敌的人，那些口舌木讷写起文章来却思如泉涌的人，的确到处都是。

本书认为文学的主体性是文学赖以存在的基础，是文学创作发生内在变化的依据，也是理解文学的关键所在，主要依据的是主体性理论本身的客观性。从审美文化的角度看，文学主体性无不在历史生活推动下，与人的主体意识一道发展，经历其历史性变迁，并代表着文学的历史水平。

如果说，文学的主体性乃是作者及其体现在作品中的艺术人格自觉，其核心是文学家的审美要求和审美创造力，是伴随着人类社会生

① 奥斯卡·王尔德：《王尔德全集》第一卷，赵武平主编，荣如德、巴金等译，中国文学出版社，2000，第62–63页。

活和审美文化的发展而逐步成熟起来的。那么，可以说，审美主体性又是和审美客体性，即审美活动的对象本体直接相关和并行发展的。主体性自觉又是为文学的本体论特征所决定的，主体性的提升也直接关系到对文学本体论的理解。所以，王尔德在这两个方面的主张不啻对传统的艺术观做出了全面的颠覆，也做出了全面的改造。

综上所述，王尔德的艺术观改造活动，也自然会导向这样的结论：文学艺术，总需要审美客体和审美主体兼备的社会条件才能得到生长壮大，这个审美客体需要社会历史条件的培育才会形成，而审美主体则总须与该社会历史条件，与其社会历史范畴的特殊形态相一致或相促进，才能创造出对于时代生活和未来历史发展均有进步意义的艺术作品。而这一切的实现若没有深刻自觉的改造和变革，没有撕开资本主义现实的虚假面纱的暴烈批判，是无法做到的。所以，首先，资本主义时代巨大的物质成就不应受到过高的评价（这是19世纪的思想家经常发生的认识偏差），人类不应为之陷入盲目乐观的陷阱；其次，高度发达的技术和日益繁荣的物质生活如果失去强大的进步观念和人文精神的制约，就会陷入非科学的科学崇拜的泥淖，加深人的物化过程和全面异化。因此，也就是最后，人类无论在什么时代都应创造与其物质水平相适应，甚至超越其发展水平的精神生活水平，因为精神在历史运动方面和个人社会实践方面，越来越表现出自身的先导作用。

结　论

本书在问题意识和方法意识的基础上，对王尔德的叙事作品进行艺术和美学的分析，辅之以社会历史内涵的探索，试图发掘王尔德叙事艺术的主导特征。虽然本书以“研究”的字样立题，但距离真正系统而深入的研究还有很大的差距。

首先是方法论的问题，没有正确的方法就无从解决问题，犹如没有桥梁就无法渡河一样。所以，本书在撰写之初，便确立了方法论思维，即坚持开放、多元、灵活应用、独创的方法论，保持对于流行的、夸口的、跨界的方法论的警觉，坚持艺术学、美学的观点优先原则，同时注意汲取各种非艺术类学科领域的相关成果，包括自然科学成果。其实，方法论是一个不断吐故纳新的领域，也是一个凭借常识就能够广泛利用的方法论源泉，犹如一个博大的工具库，只要注重工具的善其事的作用，就会受益无穷。本书在这方面只有初步实践的体验，谈不上经验，所以有待今后继续努力。

其次，本书的研究过程特别令人感到一种矛盾的困扰，即在面临很多涉及价值判断、立场观点、意识形态、道德伦理问题时，虽然努力追求客观公正、态度鲜明，持论有据，也深知所有的论述和判断应该经得住实践和时间的考验，但笔者毕竟才疏学浅，总是无法超越自己，更无法超越他人。这种追求而不可得的感受大概就是无法超越历史的证明吧。尽管如此，笔者还是尽量坚持不盲从、不畏难、不知足的态度，尽量做到实事求是，把学术研究推向前进。

在作家作品的价值判断方面，笔者认为，一个作家对人类文明的贡献，毫无疑问，在很大程度上取决于对人类的启示、开智、批判、告诫，像牛虻一样对人类的颟顸懵懂做出痛彻的鞭策，使人类能够在他的教训面前不仅感受到惭愧和赧然，更会从他的诚挚的智慧中欣喜地获益。为此，真诚、勇气、献身精神，都是不可缺少的品格。

以王尔德而论，他的创作与论著在文学史上均占有一席之地，其反对维多利亚时代正统文化及其意识形态的思想锋芒具有艺术史上的革命性意义。一个是理性自觉的批评，一个是独辟蹊径的创作，两者汇集而成他的独特贡献，显示出理性和感性的兼备和双强，这在艺术史上也十分罕见。

他的叙事艺术的特征是敢于创新、善于发难。有创新才有进步，有发难才能有救难。因此，善于提出问题者总是比善于解决问题者更为难得。这个问题有时也反映在创作的独创与摹仿关系上。英国近代学者爱德华·杨格曾在《试论独创性作品》一书中区分独创和摹仿的区别，强调了独创之可贵，非狭义之摹仿所能相比。他说：

模仿有两种：模仿自然和模仿作家。我们称前者为独创，而将模仿一词限于后者……独创性作家是，而且应当是人们极大的宠儿，因为他们是极大的恩人；他们开拓了文学的疆土，为它的领地添上一个新省区。模仿者只给我们已有的可能卓越得多的作品的一种副本，他们徒然增加了一些不足道的书籍，使书籍可贵的知识却未见增长。独创性作家的笔头，像阿米达的魔杖，能够从荒漠唤出灿烂的春天；模仿者从那个灿烂的春天里把月桂移植出来，它们有时一移动就死去，而在异乡的土地上总是落得个枯萎。[①]

实际上，杨格在极力赞美独创的时候，有一点没有说到，就是独创的作品往往存在实验性和尝试性，也往往会有各种瑕疵与纰漏，而后世则往往求全责备，不恤其艰。这诚然是不足取法的态度。

至于杨格所说的自然，其实也分为人心之外的自然与人心之内的自然，王尔德的叙事艺术在很大程度上属于对心内自然的拟象和拟意上。他的心象是怎样、意念是怎样，在很大程度上决定了创作的方式方法，决定了作品的艺术特征。人们经常在王尔德的作品中见到，对前代经典的参照或联想，这就是他心理活动的印迹和心中意念的呈现。

值得关注的是，独创性的价值往往被人低估。在文学艺术史上，独创性作品的价值往往是被艺术直觉的发现功能决定的。应该承认，一部世界文学艺术史既是一部心灵生活的审美记录，也是一部人类审美发现的伟大历史。文学艺术借此揭示的世间真相和真理往往不是其他文化形式所能做到的。即便是以同类题材或同类体裁创作的作品，也断然不会因此而妨碍独创，因为每个独创者都有自己独特的人生和独特的美感。而王尔德的叙事作品，无论其长短，无论是小说还是童话戏剧，都具有十足的独创性，虽然称不上经天纬地之作，也堪称世界文学宝库的珍异之作。

而王尔德这种叙事艺术独创性的实现，不仅涉及知识和才学、能力和智慧，更涉及对信念的执着、对真理的坚守、对艺术的赤诚。而且唯有后者才会使他获得勇气和力量，推动他驱散维多利亚时代的虚伪庸俗的迷雾，使读者看清迷雾后的真相。这大概也是王尔德乐于采用画家画的伦敦雾来比喻艺术力量的缘故。说到这一层，就令人想起

① 爱德华·杨格：《试论独创性作品》，袁可嘉译，人民文学出版社，1963，第5–6页。

同时期的俄罗斯作家群，在沙皇帝国统治后期，他们格外注重对社会积弊和病毒的揭露和清算，果戈理、库普林、契诃夫、蒲宁等，都善于钻进生活的深处揭发其症结，推动大众和社会的改造，人们甚至可以把他们的艺术成就理解为共同的独创性。

英国科学史家贝尔纳在《历史上的科学》中写到一段英雄时代技术发展的总结，他说：

作为旧文明嗣裔的铁器时代人，自己不会不相信，他们曾经出过一分力所毁灭的那些帝国，又伟大又壮丽。易利亚德（Iliad）和奥第赛（Odyssey）两篇长赋反映了那些时代的生活，而它们本身所歌咏的就是劫掠城市和横行大海的故事。当时诗人们拿自己的艰苦生活和鄙陋文化，来对比古老城市的威力、奢侈、华丽，尤其是升平景象。他们尊敬古代文明国民的智慧，而低徊并回顾过去的黄金时代。[①]

作者不是文学家，但是他生活在普遍带有文学素养的人类生存于世的时代，那个时代学通文理，识贯古今的人很多，所以，他觉得不用这里的诗性语言，不足以结束他所叙述的英雄时代的技术史，不足以与那种生龙活虎、血雨腥风的时代相配合。所以他是用自己的心去体会那个时代来写作的。

还可以以另一段显然也不是文学家写下的文字为例：

于是把他赶出去了，又在伊甸园的东边安设基路伯和四面转动发火焰的剑，要把守生命树的道路。[②]

这样的描写表明，没有美，没有对美的追求，就无以抒发人类对

① 约翰·德斯蒙德·贝尔纳：《历史上的科学》，伍况甫等译，科学出版社，1983，第80页。

② 《旧约圣经·创世纪》3：2，3：24。

自己的生命历程的感受，无以把人类走过光荣历程的足迹向前延伸。所以，王尔德所代表的，也是维多利亚后期诸多文化方向之一，但因其过于理想化和超前化，所以对他的创作和理论的反响不仅属于那个时代，更属于未来久远的时代。

由于王尔德在创作、理论乃至行为举止的独特性、创造性和叛逆性，因而产生了“王尔德式”和“王尔德派”，以及“王尔德现象”的说法，这表明王尔德其人其作其行已经形成了文化符号。而这一切也证明了他的创作和理论的自成一家。

笔者在王尔德叙事作品的分析阐释中，着重发掘了他的各种体裁叙事作品中表现出的文体特征、意象化特征、观念外化特征、传统形式革新特征等几个最富于个性的特征因素，从而证明了王尔德叙事作品对于古典主义、浪漫主义、哥特式传统、传奇传统、民间文化传统以及风俗喜剧传统等的积极借鉴和大力弘扬。同时，他在综合各种资源因素，开创自己的独立艺术世界时，还特别关注所处时代的哲学趋向，对当时业已呈现出激烈交锋的唯物论和唯心论、民族沙文主义和民主解放要求、正统文化规训和道德伦理颠覆等一系列事关人类终极命运的大问题所做的思考与宣扬，这些都是王尔德叙事作品的思想性与艺术性的突出特征，也是他的艺术观、美学观的直接体现，足以成为前驱之鉴。

从王尔德的创作、理论、社会表现等诸多方面可以见出，他的传奇经历和悲剧结局都是不可避免的历史必然。而人类对王尔德的前倨后恭也已证明了很多道理。例如，历史上的每一次奋起与不甘都要有人付出代价，也都要在未来兑换成一种积极成果。这就要求人们在审视和评价他的文学作品与理论著述时，更加珍视其独特的成就，使其在历史的岁月中不断焕发异彩。

由王尔德及其他所鼓吹的唯美主义所启示的，尤其值得汲取的教益是，艺术为自身的基础和本质所决定，绝不是说明书和教科书，更不是瞬息万变的意识形态传声筒。艺术是凭借一切可用的材料和手段，创造独特而具有独特美感魅力的想象空间及其生存其中的审美形象的活动。艺术是人类审美把握世界的伟大方式，是人类赖以自由地生存的第二自然。由于它的独特基础和独特主体的规定性，所以伟大的、感人的文学，必须寄托于美感强烈的形式或画面，寓含着深邃悠远的内涵，从而在读者心中引发强烈而持久的共鸣。那些不具备这些品格的艺术品，即便一时浪得虚名，终究不会被人类审美实践的历史认可，或者最终只能安于其位，或者成为“看后即扔”的残次品，甚至成为自言自语的“日记”，被历史的灰尘所掩埋。而那些真正经历过大浪淘沙的优秀作品则如不死的凤凰，不但不会随时光的流逝而委顿，反而会在历史的天空中永放异彩，历久弥新。

参考文献

中文文献

著作类

[1] A·H·比鲁克．创造心理学概论[M]．哈尔滨：黑龙江人民出版社，1985.

[2] A·科瓦廖夫．文学创作心理学[M]．福州：福建人民出版社，1983.

[3] 阿多诺．美学理论[M]．王柯平，译．成都：四川人民出版社，1998.

[4] 阿·尼克尔．西欧戏剧理论[M]．北京：中国戏剧出版社，1985.

[5] 阿萨·勃里格斯．英国社会史[M]．北京：中国人民大学出版社，1992.

[6] 艾布拉姆斯．文学术语词典：第7版[M]．吴松江，等编译．北京：北京大学出版社，2009.

[7] 艾弗·埃文斯．英国文学简史[M]．蔡文显，译．北京：人民文学出版社，1984.

[8] 埃丝特勒·普莱桑－索莱尔.缪斯的花园[M].杨松石，译．武汉：华中科技大学出版社，2020：13.

[9] 埃里希·奥尔巴赫.模仿论[M].吴麟绶，周新建，高艳婷，译．天津：百花文艺出版社，2002.

[10] 爱德华·傅克斯.欧洲风化史·风流世纪[M].沈阳：辽宁教育出版社，2000.

[11] 爱德华·扬格.试论独创性作品[M].袁可嘉，译.北京：人民文学出版社，1963：5-6，44-47.

[12] 安贝托·艾柯.诠释与过度诠释[M].王宇根，译.北京：生活·读书·新知·三联书店，2002.

[13] 安德烈亚斯·胡伊森.大分野之后：现代主义、大众文化、后现代主义[M].周韵，译.南京：南京大学出版社，2010.

[14] 安妮特·T·鲁宾斯坦.英国文学的伟大传统：下册[M].上海：上海译文出版社，1998.

[15] 奥斯卡·王尔德.王尔德全集[M].北京：中国文学出版社，2000.

[16] 巴赫金.文艺学中的形式方法[M].邓勇、陈松岩，译.北京：中国文联出版公司，1992.

[17] 柏拉图.文艺对话集[M].朱光潜，译.北京：人民文学出版社，1980.

[18] 保罗·H.弗莱.耶鲁大学公开课：文学理论[M].北京：北京联合出版公司，2017.

[19] 保罗·鲍威.向权力说真话：赛义德和批评家的工作[M].王丽亚，等译.北京：中国社会科学出版社，2003.

[20] 保罗·德曼.解构之图[M].北京：中国社会科学出版社，1998.

[21] 鲍姆·嘉通.美学[M].北京：文化艺术出版社，1987.

[22] 鲍桑葵.美学史[M].张今，译.北京：商务印书馆，1985.

[23] 北京大学哲学系美学教研室.西方美学家论美和美感[M].北京：商务印书馆，1981.

[24] 贝克雷奇.心理学纲要[M].北京：文化教育出版社，1981.

[25] 本雅明.经验与贫乏[M].王炳钧，杨劲，译.天津：百花文艺出版社，1999.

[26] 彼得·比格尔.先锋派理论[M].高建平，译.北京：商务印书馆，2002.

[27] 波德莱尔．波德莱尔美学论文选[M]. 郭宏安，译．北京：人民文学出版社，1987.
[28] 勃兰兑斯．十九世纪文学主流：第五册[M]. 北京：人民文学出版社，1982.
[29] 勃兰兑斯．十九世纪文学主流：第一册[M]. 北京：人民文学出版社，1988：30.
[30] 查尔斯·泰勒．现代性之隐忧[M]. 程炼，译．北京：中央编译出版社，2001.
[31] 查尔斯·泰勒．自我的根源：现代认同的形成[M]. 韩振，等译．南京：译林出版社，2001.
[32] 陈鹤琴．陈鹤琴“家庭教育”家长实用手册[M]. 南京：南京师范大学出版社，2019：259.
[33] 丹纳．艺术哲学[M]. 傅雷，译．北京：人民文学出版社，1997.
[34] 丹尼尔·贝尔．资本主义文化矛盾[M]. 赵一凡，译．上海：三联书店，1989.
[35] 杜·舒尔茨．现代心理学史[M]. 北京：人民教育出版社，1981.
[36] 杜吉刚．世俗化与文献乌托邦：西方唯美主义诗学研究[M]. 北京：中国社会科学出版社，2009.
[37] E. 卡西尔．启蒙哲学[M]. 顾伟铭，译．济南：山东人民出版社，1996.
[38] 弗莱德里克·卡尔．现代与现代主义[M]. 陈永国，付景川，译．长春：吉林教育出版社，1995.
[39] 弗兰克·哈里斯．奥斯卡·王尔德传[M]. 蔡新乐，张宁，译．郑州：河南人民出版社，1996.
[40] 弗里德里希·席勒．审美教育书简[M]. 冯至，范大灿，译，上海：上海人民出版社，2003：21.
[41] 弗洛伊德．弗洛伊德后期著作选[M]. 林尘，张唤民，陈伟奇，译．上海：上海译文出版社，1986.
[42] 高伟光．“前”现代主义、现代主义与后现代主义文学[M]. 北京：中国社会科学出版社，2006.
[43] 歌德．歌德谈话录[M]. 北京：人民文学出版社，1978.
[44] 格·尼·波斯彼洛夫．文学原理[M]. 王忠琪，等译．上海：三联书店出版社，1985：128.

[45] 葛兰西．实践哲学[M]．徐崇温，译．重庆：重庆出版社，1990：84-85.
[46] 何其莘．英国戏剧史[M]．南京：译林出版社，1999.
[47] 赫伯特·马尔库塞．爱欲与文明[M]．黄勇，薛民，译．上海：上海译文出版社，2008.
[48] 黑格尔．美学：第一卷[M]．朱光潜，译．北京：商务印书馆，1979.
[49] 侯维瑞．现代英国小说史[M]．上海：上海外语教育出版社，1985.
[50] 霍克海默，阿道尔诺．启蒙辩证法[M]．渠敬东，曹卫东，译．上海：上海人民出版社，2003.
[51] J. L. 斯泰恩．现代戏剧理论与实践[M]．刘国彬，等译．北京：中国戏剧出版社，2002.
[52] 杰拉德·吉列斯比．欧洲小说的演化[M]．胡家峦、冯国忠，译．北京：生活·读书·新知三联书店，1987.
[53] 杰姆逊．后现代主义与文化理论[M]．唐小兵，译．北京：北京大学出版社，1997.
[54] 金麦田．中国古代神话故事全集[M]．北京：京华出版社，2003：175-176.
[55] 卡尔文·斯·霍尔．弗洛伊德心理学与西方文学[M]．包华富，等编译．长沙：湖南文艺出版社，1986.
[56] 康德．判断力批判：上卷[M]．宗白华，译．北京：商务印书馆，1964.
[57] 克尔凯郭尔．爱的诱惑[M]．王才勇，译．上海：上海社会科学院出版社，2002.
[58] 克尔凯郭尔．或此或彼[M]．阎嘉，译．北京：华夏出版社，2007.
[59] 克里斯托弗·巴特勒．现代主义[M]．朱邦芊，译．南京：意林出版社，2018.
[60] 雷蒙德·威廉斯．马克思主义与文献[M]．王尔勃，周莉，译．河南大学出版社，2008.
[61] 雷纳·韦勒克．近代批评史：第三卷[M]．杨自伍，译．上海：上海译文出版社，1991.
[62] 列·谢·维戈茨基．艺术心理学[M]．周新，译．上海：上海文艺出版社，1985：193-214.
[63] 廖星桥．西方现代派文学500题[M]．沈阳：辽宁人民出版社，1989.
[64] 刘炳善．英国文学简史[M]．郑州：河南人民出版社，1988.

[65] 刘东 . 西方的丑学：感性的多元取向 [M]. 北京：北京大学出版社，2007.
[66] 刘茂生 . 王尔德创作的伦理思想研究 [M]. 武汉：华中师范大学出版社，2008.
[67] 刘文刚 . 二十世纪西方小说大观 [M]. 长春：吉林人民出版社，2005.
[68] 刘小枫 . 人类困境中的审美精神 [M]. 上海：东方出版中心，1994.
[69] 刘小枫 . 现代主义中的审美精神 [M]. 上海：学林出版社，1997.
[70] 刘小枫 . 救与逍遥 [M]. 上海：三联书店，2001.
[71] 柳无忌 . 西洋文学的研究 [M]. 上海：大东书局，1946.
[72] 鲁 · 阿恩海姆 . 艺术心理新论 [M]. 郭小平，等译 . 北京：商务印书馆，1996.
[73] 罗丝 · 吴尔 . 智慧帽 [M]. 施蛰存，译 . 上海：少年儿童出版社，1956：5.
[74] 陆建德 . 破碎思想体系的残编：英美文学与思想史论稿 [M]. 北京：北京大学出版社，2001.
[75] 罗杰 · 法约尔 . 批评：方法与历史 [M]. 怀宇，译 . 天津：百花文艺出版社，2002.
[76] 罗兰 · 巴特 . 批评与真实 [M]. 温晋仪，译 . 上海：上海人民出版社，1999.
[77] 罗斯 · 霍顿等 . 欧洲文学背景 [M]. 房炜，等译 . 北京：人民文学出版社，1992.
[78] 罗素 . 西方哲学史 [M]. 马德元，译 . 北京：商务印书馆，1976.
[79] 马 · 布雷德伯里，詹 · 麦克法兰 . 现代主义 [M]. 胡家峦，译 . 上海：上海外语教育出版社，1992.
[80] 马丁 · 艾思林 . 戏剧剖析 [M]. 罗婉华，译 . 北京：中国戏剧出版社，1981.
[81] 马克思 · 韦伯 . 经济 · 社会 · 宗教：马克思 · 韦伯文选 [M]. 郑乐平，编译 . 上海：上海社会科学院出版社，1997.
[82] 马克思 · 韦伯 . 新教伦理与资本主义精神 [M]. 于晓，陈维纲，译 . 北京：生活 · 读书 · 新知三联书店，1987.
[83] 马泰 · 卡林内斯库 . 现代主义的五幅面孔 [M]. 顾爱彬，李瑞华，译 . 北京：商务印书馆，2002.
[84] 马歇尔 · 鲍曼 . 一切固定的东西都烟消云散了：现代性体验 [M]. 徐大建，张辑，译 . 北京：商务印书馆，2003.
[85] 马休 · 阿诺德 . 文化与无政府状态：政治与社会批评 [M]. 韩敏中，译 . 北京：

生活·读书·新知三联书店，2002.
[86] 玛丽琳·巴特勒. 浪漫派、叛逆者及反动派 [M]. 黄梅，陆建德，译. 沈阳：辽宁教育出版社，1998.
[87] 迈克·费瑟斯通. 消费文化与后现代主义 [M]. 刘精明，译. 南京：意林出版社，2000.
[88] 迈克尔·莱文森. 现代主义 [M]. 田智，译. 沈阳：辽宁教育出版社，2002.
[89] 莫里斯·梅洛·庞蒂. 知觉现象学 [M]. 姜志辉，译. 北京：商务印书馆，2001.
[90] 尼采. 悲剧的诞生 [M]. 周国平，译. 北京：生活·读书·新知三联书店，1986.
[91] 尼采. 反基督 [M]. 陈君华，译. 石家庄：河北教育出版社，2003.
[92] 尼采. 尼采文集·权利意志卷 [M]. 王岳川，编，周国平，等译. 西宁：青海人民出版社，1995.
[93] 诺斯洛普·弗莱. 现代百年 [M]. 盛宁，译. 沈阳：辽宁教育出版社，1998.
[94] 奥维德. 变形记 [M]. 杨周翰，译. 北京：人民文学出版社，1984：11-12.
[95] 齐格蒙特·鲍曼. 流动的现代性 [M]. 欧阳景根，译. 上海：三联书店，2002.
[96] 乔·艾略特等. 小说的艺术 [M]. 张玲，等译. 北京：社会科学文献出版社，1999.
[97] 乔安尼·科克里斯，多洛西·洛根. 文学欣赏入门 [M]. 王维昌，译. 合肥：安徽文艺出版社，1986.
[98] 乔国强. 王尔德精选集 [M]. 北京：北京燕山出版社，2009.
[99] 乔治·桑普森. 简明剑桥英国文学史：19 世纪部分 [M]. 刘玉麟，译. 上海：上海外语教育出版社，1987.
[100] 荣格. 心理学与文学 [M]. 冯川，苏克，译. 北京：生活·读书·新知三联书店，1987.
[101] 石敏敏. 希腊人文主义 [M]. 上海：上海人民出版社，2003.
[102] 史蒂文·卢克斯. 个人主义 [M]. 阎克文，译. 南京：江苏人民出版社，2001.
[103] 叔本华. 作为意志与表象世界 [M]. 石冲白，译. 北京：商务印书馆，1982.
[104] 苏成全，宋寅展. 二十世纪西方文学 [M]. 湖北：华中师范大学出版社，1990.

[105] 孙宜学．凋谢的百合：王尔德画像[M].上海：同济大学出版社，2009.
[106] 泰奥菲尔·戈5蒂耶．莫班小姐[M].艾珉，译．北京：人民文学出版社，2008.
[107] 特里·伊格尔顿．二十世纪西方文学理论[M].伍晓明，译．北京：北京大学出版社，2007.
[108] 滕固．唯美派的文学[M].上海：上海光华书局，1927.
[109] 梯利．西方哲学史[M].葛力，译．北京：商务印书馆，1995.
[110] 田学超．家庭是孩子最好的学校：约翰·洛克的家庭教育[M].北京：中国社会出版社，2017：172.
[111] 托马斯·卡莱尔．论英雄和英雄崇拜[M].张志民，段忠桥，译．北京：中国国际广播出版社，1988.
[112] 汪正龙．西方形式美学问题研究[M].哈尔滨：黑龙江人民出版社，2006.
[113] 王平．生的抉择[M].北京：商务印书馆，2000.
[114] 王一川．语言乌托邦：20世纪西方语言论美学探究[M] 昆明：云南人民出版社，1994.
[115] 王岳川，尚水．后现代主义与美学[M].北京：北京大学出版社，1992.
[116] 王佐良，周珏良，李赋宁，等．五卷本英国文学史[M].北京：外语教学与研究出版社，1987.
[117] 威廉·冈特．美的历险[M].北京：中国文联出版公司，1987.
[118] 韦恩·布斯．小说修辞学[M].付礼军，译．南宁：广西人民出版社，1987.
[119] 维柯．新科学[M].朱光潜，译．北京：人民文学出版社，1986：179.
[120] 维克托·什克洛夫斯基，等．俄国形式主义文论选[M].方珊，译．北京：生活·读书·新知三联书店，1989.
[121] 维维安·贺兰．王尔德[M].李芬芳，译．上海：百家出版社，2001：25，38，66.
[122] 温克尔曼．希腊人的艺术[M].邵大箴，译．桂林：广西师范大学出版社，2001.
[123] 文德尔班．哲学史教程[M].罗达仁，译．北京：商务印书馆，1997.
[124] 沃尔夫冈·凯塞尔．语言的艺术作品[M].陈铨，译．上海：上海译文出版社，1984.
[125] 沃尔夫冈·韦尔施．重构美学[M].陆扬，张岩冰，译．上海：上海译文出版社，2006.

[126] 沃尔特·佩特.文艺复兴[M].张岩冰，译.桂林：广西师范大学出版社，2000.
[127] 吴刚.王尔德文艺理论研究[M].上海：上海外语教育出版社，2009.
[128] 吴其尧.唯美主义大师王尔德[M].杭州：浙江大学出版社，2006.
[129] 伍蠡甫.西方文论选：上下卷[M].上海：上海译文出版社，1979.
[130] 西美尔.时尚的哲学[M].费勇，吴晏，译.北京：文化艺术出版社，2001.
[131] 西美尔.宗教社会学[M].曹卫东，译.上海：上海人民出版社，2003.
[132] 席勒.秀美与尊严[M].张玉能，译.北京：文化艺术出版社，1996.
[133] 薛家宝.唯美主义研究[M].天津：天津社会科学院出版社，1999.
[134] 薛雯.颓废主义文学研究[M].上海：上海世纪出版集团，2012.
[135] 雅克·马利坦.艺术与诗中的创造性直觉[M].刘有元,等译.北京：三联书店，1991.
[136] 亚里士多德.诗学[M].陈中梅，译.北京：商务印书馆，1996.
[137] 杨恒达.尼采美学思想[M].北京：中国人民大学出版社，1992.
[138] 杨小滨.否定的美学[M].上海：上海三联书店，1999.
[139] 伊恩·P·瓦特.小说的兴起[M].高原，董红钧，译.北京：生活·读书·新知三联书店，1992.
[140] 伊夫·瓦岱.文学与现代性[M].田庆生，译.北京：北京大学出版社，2001.
[141] 于尔根·哈贝马斯.现代性的哲学话语[M].曹卫东,等译.南京：译林出版社，2004.
[142] 余碧平.现代性的意义与局限[M].上海：三联书店，2000.
[143] 詹明信(又译为杰姆逊).晚期资本主义的文化逻辑[M].张旭东,编,陈清侨,等译.北京：生活·读书·知新三联书店，1997.
[144] 詹姆斯·C.利文斯顿.现代基督教思想[M].何光沪，译.成都：四川人民出版社，1992.
[145] 张弘.美之魅：20世纪前的西方艺术和审美沉思[M].上海：汉语大词典出版社，2004.
[146] 张辉.审美现代性批判[M].北京：北京大学出版社，1999.
[147] 张介明.唯美叙事：王尔德新论[M].上海：上海社会科学院出版社，2005.
[148] 张寅德.叙述学研究[M].北京：中国社会科学出版社，1989：442.

[149] 赵澧，徐京安．唯美主义 [M]. 北京：中国人民大学出版社，1988.
[150] 赵敦华．外国哲学：第 25 辑 [M]. 北京：商务印书馆，2013：58-65.
[151] 赵一凡，张中载，李德恩．西方文论关键词 [M]. 北京：外语教学与研究出版社，2006.
[152] 周国平．尼采：在世纪的转折点上 [M]. 上海：上海人民出版社，1986.
[153] 周宪．审美现代性批判 [M]. 北京：商务印书馆，2005.
[154] 周宪．现代性的张力 [M]. 北京：首都师范大学出版社，2001.
[155] 周小仪．唯美主义与消费文化 [M]. 北京：北京大学出版社，2002.
[156] 朱光潜．西方美学史 [M]. 北京：北京人民文学出版社，1981.
[157] 朱光潜．朱光潜美学文学论文选集 [M]. 长沙：湖南人民出版社，1980 .

期刊、论文类

[1] 蔡玲燕．论唯美主义在王尔德的童话中的体现 [J]. 文学界（理论版），2012 (5).
[2] 陈瘦竹．王尔德的唯美主义理论与他的喜剧 [J]. 当代外国文学，1985.
[3] 陈莉莎，姚佩芝．王尔德人文主义思想的颠覆性 [J]. 外国文学研究，2010.
[4] 郭玉生，辛鑫．论王尔德唯美主义艺术道德观 [J]. 文艺评论，2020 (2).
[5] 何昌邑．唯美主义与同性恋视野中的王尔德 [J]. 云南民族大学学报（哲学社会科学版），2007 (6).
[6] 黄心怡．《道连・格雷的画像》：唯美主义道德观的美学实验 [J]. 戏剧之家，2019 (23).
[7] 惠婧蕊．王尔德童话三元素之关系解读 [J]. 牡丹江师范学院学报（哲学社会科学版），2011 (12).
[8] 解志熙．英国唯美主义文学在现代中国的传播 [J]. 外国文学评论，1998(1).
[9] 李亦天，陈丽．从三个“我”看王尔德的唯美主义 [J]. 北京第二外国语学院学报，2015：37 (10).
[10] 李元．唯美主义的浪荡子：解析王尔德的矛盾性与自我塑造 [J]. 四川外国语学报，2003 (5).

[11] 刘洪洋 . 浅析奥斯卡 · 王尔德唯美主义思想：以《夜莺与玫瑰》为例 [J]. 戏剧之家，2020 (3).

[12] 刘茂生，程小玲 . 从享乐到悲哀：王尔德唯美艺术的双重表达 [J]. 外国文学研究，2011，33 (4).

[13] 刘茂生 . 王尔德：享乐主义道德与唯美主义艺术的契合——以小说《道连·葛雷的画像》为例 [J]. 外国文学研究，2005(6).

[14] 聂珍钊 .《王尔德创作的伦理思想研究》序 [J]. 世界文学评论，2009 (2).

[15] 彭莉 . 论王尔德唯美主义与童话的契合 [J]. 吉首大学学报（社会科学版），1999 (4).

[16] 乔国强 . 从唯美到现代：王尔德唯美主义思想的再认识 [J]. 东北师大学报（哲学社会科学版），2020(6).

[17] 乔国强 . 论王尔德的唯美主义思想 [J]. 上海大学学报（社会科学版），2015，35 (6).

[18] 孙加 . 王尔德唯美主义童话中的基督受难原型 [J]. 浙江树人大学学报（人文社会科学版），2010，10 (1).

[19] 王化学 . 唯美主义：世纪末的快乐与痛苦——兼论王尔德《葛雷的画像》及《莎乐美》[J]. 山东师大学报（社会科学版），1992 (3).

[20] 王慧,李燕 . 奥斯卡·王尔德唯美美学思想的哲学基础 [J]. 九江学院学报（哲学社会科学版），2010，29 (4).

[21] 伍碧鸽 . 王尔德唯美主义矛盾的根源探析 [J]. 广西民族师范学院学报，2012，29 (5).

[22] 吴志伟，王欧雯 . 绵延不绝的文学香火：论唯美主义于现实主义与现代主义间的历史作用 [J]. 文学界（理论版），2011(05)：32-33.

[23] 肖名丽 . 论王尔德的现代意识 [J]. 烟台大学学报（哲学社会科学版），2000(13)：314-321.

[24] 姚恺昕 . 王尔德唯美主义理念的完善：从居斯塔夫 · 莫罗的画作到王尔德的剧作《莎乐美》[J]. 外国文学，2021 (3).

[25] 杨逸 . 邓南遮文学作品中的唯美主义表现 [D]. 北京：北京外国语大学，2016.

[26] 尹仪英 . 试析王尔德美学思想中的现代主义倾向 [J]. 文史哲，2009.

[27] 袁霞 . 唯美主义文艺观的生动体现：试评王尔德的喜剧 [J]. 南京师大学报（社会科学版），1997 (4).

[28] 张建渝 . 试论王尔德散文叙事作品中的童话模式 [J]. 外国文学评论，1989 (2).

[29] 张介明 . 从《道连 · 葛雷的画像》看王尔德的唯美主义 [J]. 外国文学研究，2000 (4).

[30] 张金玲,杨敬伟 . 解析王尔德童话故事中的宗教情结 [J]. 电影文学,2010 (7).

[31] 张婷 . 王尔德童话的宗教原型解析 [J]. 山西财经大学学报（高等教育版），2006 (1).

[32] 周小莉 . 波德莱尔的文艺思想：审美现代性、想象力、应和 [J]. 牡丹江大学学报，2015(24)：133-135.

[33] 周小莉 . 从《莫班小姐》及其序言看戈蒂耶的美学思想 [J]. 兰州交通大学学报，2015(34)：8-11.

[34] 周小仪 . 奥斯卡 · 王尔德：十九世纪末消费文化与后现代主义理论 [J]. 国外文献，1994.

[35] 祝传芳 . 从王尔德唯美艺术观看其童话中唯美的死亡 [J]. 长江大学学报（社科版），2014，37(2).

[36] 朱彤 . 王尔德在现代中国的传播与接收 [D]. 北京：北京语言大学，2009.

[37] 朱亚兰 . 真善美的陨落：《夜莺与玫瑰》的意象解析 [J]. 海外英语，2013(22)：14.

外文文献

著作类

[1] ARDIS ANN L. Modernism and Cultural Conflict, 1880-1992[M]. Cambridge: Cambridge University Press, 2002.

[2] BASHFORD B. Oscar Wilde: The Critic as Humanist[M]. London: Associated University Press, 1990.

[3] BECKSON KARL. The Oscar Wilde Encyclopedia[M]. New York:AMS Press, 1988.

[4] BECKSON KARL. Oscar Wilde: The Critical Heritage[M]. London: Taylor & Francis e-library, 2005.

[5] BEHRENDT PATRICIA FLANAGAN. Oscar Wilde: Eros and Aesthetics[M]. London: Macmillan Academic and Professional Ltd, 1991.

[6] BELFORD BARBARA. Oscar Wilde: A Certain Genius[M]. New York: Random House, 2000.

[7] BLAIR HUNTER. In Victorian Days and Other Papers[M]. New York: Books for Libraries Press, 1969.

[8] BLOOM HAROLD. Modern Critical Views: Oscar Wilde[M]. New York: Chelsea House, 1985.

[9] BRUCE BASHFORD. Oscar Wilde: The Critic as Humanist[M]. London: Associated University Presses,1984.

[10] COHEN PHILIP K. The Moral Vision of Oscar Wilde[M]. London: Associated University Press, 1978.

[11] EDMOND DE GONCOURT, Translated by G.F. Monkshood and Ernest Tristan. La Faustin[M]. New York: Hard Press Publishing, 1914.

[12] ELLMAN RICHARD. The Artist as Critic: Critical Writings of Oscar Wilde[M]. Chicago and London: The University of Chicago Press, Phoenix edition, 1982.

[13] ELLMANN RICHARD. Oscar Wilde[M]. New York: Alfred. A. Knopf. Inc, 1988.

[14] FLEISCHMANN WOLFGANG BERNARD. Encyclopedia of World Literature: In the 20th Century[M]. New York: Fredrick Ungar Publishing Co, 1971.

[15] EMER O'SULLIVAN. The Fall of the House of Wilde:Oscar Wilde and His Family[M]. London: Bloomsbury Press, 2016.

[16] GAGNIER REGENIA. Critical Essays on Oscar Wilde[M]. New York: G. K. Hall & Co, 1991.

[17] GEORGE WOODCOCK. The Paradox of Oscar Wilde[M]. New York: T. V. Boardman, 1949.

[18] HAMILTION WALTER. The Aesthetic Movement in England[M]. New York and London: Garland, 1986.

[19] HART DAVIS. More Letters of Oscar Wilde[M]. London: John Murray, 1985.

[20] HAROLD BLOOM. How to Write about Oscar Wilde: Introduction[M]. New York: Infobase Publishing, 2010.

[21] HESKETH PEARSON. The Life of Oscar Wilde[M]. London: Methuen & Co. Ltd., 1946. 145.

[22] HESKETH PEARSON. Essays by Oscar Wilde[M]. London: Methuen & Co. Ltd., 1950.

[23] HOLLAND VYVYAN. Son of Oscar Wilde[M]. London: Hart-Davis, 1954.

[24] HYDE H MONTGOMERY. The trials of Oscar Wilde [M]. London: Hodge, 1948.

[25] KNOX MELISSA. Oscar Wilde in the 1990s: The Critic as Creator[M]. Rochester, NY: Camden House, 2001.

[26] K NORBERT. Oscar Wilde: The Works of a Conformist Rebel[M]. Cambridge: Cambridge University Press, 1988.

[27] M A R HABIB. A History of Literary Criticism: From Plato to the Present[M]. Oxford: Blackwell Publishing Ltd., 2005.

[28] MASON STUART. Oscar Wilde: Art and Morality[M]. London: Haskell House, 1971.

[29] MERLIN HOLLAND. The Complete Letters of Oscar Wilde[M]. London: Fourth Estate limited, 2000.

[30] MIKHAIL E H. Oscar Wilde: An Annotated Bibliography of Criticism[M]. Hong Kong: The Macmillan Press Ltd., 1978.

[31] NICHOLAS FRANKEL. Oscar Wilde: The Unrepentant Years[M]. Cambridge, Massachusetts: Harvard University Press, 2017.

[32] OSCAR WILDE. Intentions[M]. London: Methuen & Co. Ltd., 1913.

[33] PAUL L. Fortunato. Modernist Aesthetics and Consumer Culture in the Writings of Oscar Wilde[M]. New York & London: Routledge, 2007.

[34] PATRICIA FLANAGAN BEHRENDT. Oscar Wilde: Eros and Aesthetics[M]. New York: St. Martin's Press, Inc., 1991.

[35] RABY PETER. The Cambridge Companion to Oscar Wilde[M]. Cambridge: Cambridge University Press, 1997.

[36] RICHARD ELLMANN. Oscar Wilde[M]. New York: Random House US, 1988.

[37] SCHAFFER TALIA , PSOMIADES KATHY ALEXIS. Women and British Aestheticism[M]. Charlottesvlle and London: Univeresity Press of Virginia, 1999.

[38] SHEWAN RODNEY. Oscar Wilde: Art and Egotism[M]. London: Macmillan, 1977.

[39] SMALL IAN. Semiotics and Oscar Wilde's Acconts of Art, Regenia Gagnier, ed, Critial Essays on Oscar Wilde[M]. New York: Hall & Co., 1991.

期刊类

[1] BRUCE WHITEMAN. The Last Days of Oscar Wilde by John Vanderslice (review)[J]. Pleiades: Literature in Context, 2019,39(1): 244-245.

[2] GANZ ARTHUR. The Meaning of the Importance of Being Earnest[J]. Modern Drams, 1963,6(1).

[3] HASLAM RICHARD. Seeking the "Irish Dimension" in Oscar Wilde's The Picture of Dorian Gray: "What Does This Mean?"[J]. English Literature in Transition, 1880-1920, 2020,63(4): 533-558.

[4] SMALL IAN. "The Portrait of Mr W. H., "Textual Identity, and Oscar Wilde's "Incalculable Injury"[J]. English Literature in Transition, 1880-1920, 2020,63(4): 509-532.

附　录

附录一　王尔德作品年表

按年份排序：

1880——《薇拉》

1881——《诗集》

1882——《英国的文艺复兴》

1888——《快乐王子和其他故事》(《快乐王子》《夜莺与玫瑰》《自私的巨人》,《忠实的朋友》《了不起的火箭》)

1889——《谎言的衰朽》《笔杆子、画笔和毒药》《身为艺术家的评论者》《面具下的真实》《W. H. 先生的画像》《坎特维尔的幽灵》《百万富翁模特》《没有秘密的斯芬克斯》《亚瑟·萨维尔勋爵的罪行》

1891——《石榴之家》(《少年国王》《西班牙公主的生日》《渔人和他的灵魂》《星孩》)《社会主义下人的灵魂》《道连·葛雷的画像》

1892——《无足轻重的女人》《温德米尔夫人的扇子》

1893——《帕都瓦公爵夫人》《莎乐美》

1894——《斯芬克斯》
1895——《认真的重要性》《理想丈夫》
1897——《自深渊》
1898——《雷丁监狱之歌》

按体裁排序：

戏剧：

《薇拉》（1880）
《无足轻重的女人》（1892）
《温德米尔夫人的扇子》（1892）
《帕都瓦公爵夫人》（1893）
《莎乐美》（1893）
《认真的重要性》（1895）
《理想丈夫》（1895）

诗歌：

《诗集》（1881）
《斯芬克斯》（1894）
《雷丁监狱之歌》（1898）

童话：

《快乐王子和其他故事》（1888，含以下 5 种）
《快乐王子》
《夜莺与玫瑰》
《自私的巨人》
《忠实的朋友》
《了不起的火箭》
《石榴之家》（1891，含以下 4 种）

《少年国王》

《西班牙公主的生日》

《渔人和他的灵魂》

《星孩》

论文：

《谎言的衰朽》（1889）

《笔杆子、画笔和毒药》（1889）

《身为艺术家的评论者》（1889）

《英国的文艺复兴》（1882）

《面具下的真实》（1889）

《W. H. 先生的画像》（1889）

《社会主义下人的灵魂》（1891）

短篇小说：

《坎特维尔的幽灵》（1889）

《百万富翁模特》（1889）

《没有秘密的斯芬克斯》（1889）

《亚瑟·萨维尔勋爵的罪行》（1889）

长篇小说：

《道连·葛雷的画像》（1891）

书信：

《自深渊》(1897)

随笔：

济慈墓（1877）

美国印象（1883）

惠斯勒先生的十点钟（1885）

服饰与艺术的关系

——对惠斯勒先生演讲的书面注释（1885）

正餐与菜肴（1885）

〔乔治·圣茨伯里：〕“与最差作家半小时谈”（1886）

该读，还是不该读（1886）

巴尔扎克作品的英文版（1886）

本·琼森（1886）

菲利普·锡德尼爵士的两传记（1886）

诗人与大众（1887）

一部评论狄更斯的新作（1887）

一位伟人〔罗塞蒂〕传记的廉价版本（1887）

美国的入侵（1887）

美国男人（1887）

轻佻的鲍斯威尔（1887）

皇家艺术院的溃败（1887）

威廉·莫里斯的《奥德赛》(1887)

陀思妥耶夫斯基的《被侮辱与被损害的》(1887)

马哈菲先生的新作〔《希腊人的生活和思想》〕(1887)

诗人一角（1888）

卡罗先生论乔治·桑（1888）

〔亨雷和夏普的诗〕(1888)

英国的女诗人们（1888）

伦敦的模特儿（1889）
诗歌与监狱（1889）
沃尔特·惠特曼的福音（1889）
〔英国皇家艺术家协会的〕新主席（1889）
〔叶芝的神仙故事和民间传说〕（1889）
弗劳德先生〔关于爱尔兰〕的蓝皮书（1889）
维德的新小说〔《基得罗伊》〕（1889）
斯温伯恩先生的最后一卷诗集（1889）
〔叶芝的《峨相的漫游》〕（1889）
一位中国哲人（1890）
佩特先生最近的一卷书〔评论〕（1890）
供年轻人使用的至理名言（1894）

附录二　《道连·葛雷的画像》序言中译改译（依序为《王尔德全集》原译、改译、英文原文）

自传体是批评的最高形式，也是最低形式。

批评的最高形式与最低形式一样，都是自传式批评。

The highest as the lowest form of criticism is a mode of autobiography.

人的精神生活只是艺术家创作题材的一部分，艺术的道德则在于完美地运用并不完美的手段。

人的道德生活只是艺术家创作主题的一部分，艺术的道德则在于完美地运用并不完美的手段。

The moral life of man forms part of the subject-matter of the artist, but the morality of art consists in the perfect use of an imperfect medium.

艺术家并不企求证明任何事情。即使是天经地义的事情也是可以证明的。

艺术家并不企求证明任何事情，即便实存之物皆可证。

No artist desires to prove anything. Even things that are true can be proved.

思想和语言是艺术家艺术创作的手段。

思想和语言只是艺术家藉以创作的工具罢了。

Thought and language are to the artist instruments of an art.

邪恶与美德是艺术家艺术创作的素材。

邪恶与美德只是艺术家藉以创作的材料罢了。

Vice and virtue are to the artist materials for an art.

从形式着眼，音乐家的艺术是各种艺术的典型。从感觉着眼，演员的技艺是典型。

从形式的角度说，音乐家的艺术是各种艺术的范型。从感觉的角度说，演员的技艺是范型。

From the point of view of form, the type of all the arts is the art of the musician.

From the point of view of feeling, the actor’s craft is the type.

一切艺术同时既有外观，又有象征。

一切艺术既是外观，同时又是象征。

All art is at once surface and symbol.

批评家们尽可意见分歧，艺术家不会自相矛盾。

当批评家们意见分歧时，那位艺术家却始终如一。

When critics disagree, the artist is in accord with himself.

一个人做了有用的东西可以原谅，只要他不自鸣得意。一个人做了无用的东西，只要他视若至宝，也可宽宥。

一个人做了有用的东西，只要他不自鸣得意，便无可厚非；一个人做了个无用的东西，只要他视若至宝，便自有道理。

We can forgive a man for making a useful thing as long as he does not admire it. The only excuse for making a useless thing is that one admires it intensely.